千窍芯

TRICKS AND CHIPS

桃花面 / 著

下

江苏凤凰文艺出版社

第十一章 争夺

66.赵正华的真实意图

　　颜亿盼自上次从科技园回公司，销售部吴凡就送来了国兴的最新动态消息，询问她的意见，认定了与国兴合作还是得由她出面推动。因为认为无论是说服乔婉杭和程远，还是绑定大伯，颜亿盼都应该有方法。

　　可如今，颜亿盼没有办法。

　　因为程远在工作中很少和颜亿盼透露自己的态度；而乔婉杭更是个决绝之人，一旦想好的事情，旁人很难改变。这件事，真的不好协调。

　　廖森也曾说过，希望她能成为研发和营销的纽带，自千窍芯片大卖以来，二者从互不信任走向了联合，如果能良性互动，那就能减少公司内耗，让一切步入正轨。但如果依然背道而驰，矛盾再次爆发，外面盘旋的鹰隼必然乘虚而入。

　　大伯的野心，她当然清楚，不过，如果没有这份野心，国兴恐怕不可能和云威联合。

　　程远的那番话，其实还有另一个意思，因为芯片是所有项目的核心，无论和谁合作，首要因素都会考虑芯片行不行。

　　所以这步棋，她主"和"，与鹰共舞，一旦合作，主动权还是在云威工程院手里。

　　这天下午，她把罗洛和销售部重新修改的方案打印了出来，去找乔婉杭。

　　那天，乔婉杭把她拿到的录音转手就赠给了刘江，她心里还是有些顾虑甚至忌惮的。如果乔婉杭愿意说，她可以有所准备；但如果乔婉杭不提，她绝不多问。

她朝着乔婉杭的办公室走去，发现办公室外面多了一套办公桌椅，是新来没多久的助理。助理见到颜亿盼，站起来告诉她："Lisa在里面，应该快出来了，您可以稍微等一下。"

颜亿盼于是坐在旁边的沙发上，听到里面传来爽朗的笑声。等了大约十五分钟，她正准备走的时候，门开了，Lisa从里面走出来，脸上还挂着没收拢的笑容。

乔婉杭居然还亲自送出来了，颜亿盼过去来见她，她可没这么热情过。

看来，她也开始玩笼络人心那一套了。

乔婉杭见了她，只是一挥手，让她进办公室。

办公室里的茶几上还有没收的茶具，上面有一个文件，写着：年会方案——HR部门。

二人走到办公桌的位置，乔婉杭的神色看着有些疲惫，她抬了抬下巴示意颜亿盼坐下。

"销售这几天一直找我说国兴合作……"颜亿盼说道。

"我猜到你会过来找我问这件事，你想和他合作？"乔婉杭一眼就看出了颜亿盼的打算。

颜亿盼突然有些犹豫，要不要和她亮明立场。

"怎么不说话？"乔婉杭问道。

"赵正华这个人，并不是外界传闻的那样，"颜亿盼斟酌了一下，说道，"我们没和他真正交过手，也说不好。"

"帮我约他，"乔婉杭抬眼看着颜亿盼说道，"我当面见一见，再决定，可以吗？"

"行。"颜亿盼暗自松了一口气，没料到，她尚能听进去意见。

"你来就是要说这件事吗？"乔婉杭问道。

颜亿盼顿了顿，笑道："没别的事了，时间约好以后，我告诉你。"

乔婉杭看着颜亿盼站起来离开，脸上难掩失落。她其实希望颜亿盼能问她刘江的事情，她替颜亿盼挡着刘江，希望她能告诉自己更多关于翟云忠死前的事情，甚至和她一起调查翟云忠跳楼的原因，但是颜亿盼不是这样的人，她有清晰的目标，凡事都向前看，也有很多界限，她不会轻易跨越。

本质上，她们两个是利益共同体。要确保的是方向一致，而不是心灵契合。

她们各自的苦痛并不相通。

颜亿盼让吴凡约见赵正华，可对方的秘书一直称：董事长很忙。

销售们对现在这个状况也是战战兢兢，担心这位行业大家长会将云威踢出ICT行业板块。

吴凡来她办公室的时候，就差哭了。

颜亿盼最终还是直接给赵正华电话。

"亿盼，你好。"赵正华接过电话，倒还是客气地问道，"有什么事吗？"

"听说大伯您最近很忙，不过我看最近有几个行业论坛您是受邀嘉宾。"颜亿盼决定不提竞标的事情，她点开自己在网上查到的高端论坛活动。

"部里牵头的活动，它要求谁上，谁就得上啊。"赵正华说道。

"那是因为您来，大家也都跟着来了，"颜亿盼笑着说道，"我每次和您的交谈都太简短，这一次想当个学生，在台下听您的讲座。"

"哈哈哈，"赵正华很受用，"那我让秘书给你找个好位置。"

"两个人。"

"好。"

颜亿盼挂了电话，感觉赵正华并不是不可谈，但结果如何，还需要考虑乔婉杭的想法。

论坛在本市顶尖大学的礼堂举办，两人来得还算准时。赵正华的秘书给她们安排到第一排的位置，参加活动的多数是行业高管。

开始前，颜亿盼还是照例和大家社交了一会儿，交换了一些名片。

开始后，乔婉杭上了两趟厕所，听了一会儿，又玩了一会儿连连看。随着大佬们开始以过来人身份奉劝年轻人吃苦的时候，乔婉杭便站了起来，往外走。

颜亿盼也只能跟着她出来了。

两人看着四周的草坪，冬季枯草遍地，空旷而萧索。

颜亿盼打破了沉默："这种活动都是这样的，在公众面前树立威望，在上级面前表达忠诚。"

"没劲透了。"乔婉杭扭了下脖子，就往下面的台阶走去。

刚走了一半，发现身后跟来了两个人，大伯赵正华和国兴研发部的VP李琢。

他们从阶梯的中间往下走，俯视着乔婉杭和颜亿盼。

赵正华主动朝乔婉杭伸出手，说道："翟太，百闻不如一见。"

乔婉杭不得不抬头和他握手，相比赵正华充满笑意的脸，她的态度倒是很冷淡。

赵正华大概猜到了她此行的目的，笑道："旁边有一家不错的茶馆，坐坐？"

赵正华和乔婉杭对坐，两边坐着颜亿盼和李琢，屋内的窗户都是木制的，密封性不好，总时不时往里灌着冷风。

"赵董也在关注智慧城市项目吧？"颜亿盼见几人都坐定了，挑明了两家的来意。

"李琢前几天跟我汇报了一些情况。"赵正华说道，"你们准备得怎么样？"

285

"还在准备,主要看这个盘子怎么码。"颜亿盼说着。

"你们想怎么码?"赵正华看着乔婉杭问道。

"自然谁支持我,我码谁咯。"乔婉杭说得颇为轻松。

"哈!"赵正华咧着嘴笑了一声。

红茶被服务员缓缓倒入四个古朴的茶杯中,热气升腾,服务员倒完茶退了出去。

"翟太,你恐怕不太清楚这个行业的规矩,这么和你说吧,跟不跟你们云威合作不是你说了算,而是我说了算。理由很简单,因为我是集成商,这个生态圈只有我能建立。"

"可是你的研发水平达不到,芯片是这个生态圈的心脏。"乔婉杭笑了笑,"不然,您怎么会那么费心地想把云威工程院切割出来?"

颜亿盼听到这里,低头喝了口茶,乔婉杭这句话暗示了之前赵正华的背后动作,赵正华泰然自若的神色逐渐消融。

赵正华的眼睛鹰隼般盯着她:"因为这块心脏你们养不起,现在看着是很好,但这不是短跑,而是马拉松,需要长期的投入,对你们消耗很大。"

"你怎么就那么肯定我们养不起?"

"你先生,是我佩服的人,可他也没有坚持下去。"

乔婉杭定定地看了他几秒,垂眸缓缓端起了茶水。

颜亿盼担心她会把面前的茶水泼向赵正华,却见她只是把茶杯往前推了推,说道:"他即便死了,也没卖工程院。"

"你不必走到那一步,现在就可以开价。"赵正华给她续了茶,又将茶杯推了回去,说道,"当然,如果价格过高,我也会考虑换个心脏。"

"你一定要买云威的工程院?而且是从我手里?"

"对,从你手里。我会感到很荣幸。"

"真是让人受宠若惊。"

"相信我,我不喜欢毁坏,我喜欢建设,建设一个全新的世界。建设最讲究的就是集大成,讲究和而不同。"他侃侃而谈,如同对待自己的学生。

"那都不同的话,听谁的呢?"乔婉杭像是真的在请教。

赵正华身体前倾,眼神仿佛要把两个年轻女人侵吞,语气也没有那么和蔼了:"听谁的取决于双方谁更能撑,'智慧城市'下个月就交方案了,你们没有时间了,错过了这次机会,别说建立生态圈,你们进去都困难,今后,恐怕云威只能在这个生态圈外遛弯了。"

"好……您开个价。"乔婉杭笑道。

颜亿盼紧握双拳,不可思议地看着乔婉杭。

赵正华让旁边的副总拿出纸和笔,他在上面写了一个数字,交给乔婉杭,她垂眸沉吟片刻,手指做了一个三的动作,说道:"你这个价格只能占这个股份。"

赵正华摇了摇头,一副她不懂行情的样子,他的手指做了一个七的动作,说道:"到这个比例,我的团队才有可能和你谈。"

乔婉杭把那张白纸叠好,抬头说道:"我让证券公司核算一下,尽快给您答复。"

"国兴给不出市面上的最高价,但一定有市面上最好的平台。"赵正华笑道,看不出一丝担忧。

一旁的李琢突然对颜亿盼说了一句:"颜总应该清楚吧?我们合作是最合适的。"

颜亿盼感觉有人在杀人诛心,她干笑了一声。这个李琢,她见过几次,居然有些猜不透他到底是太耿直,还是太精明。

乔婉杭笑着看了一眼颜亿盼,浅浅地,说:"她比我想得多,也比我懂得多。"

说完,她很谨慎地把那张纸放在了口袋里,离开了茶馆。

她们走出一段距离后,颜亿盼问道:"你真的要卖工程院吗?"

乔婉杭什么也没说,把那张纸撕碎了扔进垃圾桶。

"你知道吗,亿盼,"乔婉杭说道,"我过去在华尔街工作过一段时间……在那里,从来都没有温情,如果有人告诉你,放下屠刀,立地成佛,那么这个人一定是第一个要把你杀死的人。"

颜亿盼听到这句话,暗自心惊,看来真的不能在她面前主动提"求和"。

"怎么不说话了?"乔婉杭见她欲言又止的样子,问道。

"没有,"颜亿盼嘴角扯出个笑来,"现在要重新码盘子了,在想谁比较合适。"

乔婉杭无奈地笑了笑,走下面前的台阶,说道:"程远正在准备,你不知道吗?"

颜亿盼脸色有些难看,说道:"你既然知道,又何必去见赵正华呢?"

"因为你想和他博弈,"乔婉杭转头看了她一眼,说道,"你总是想着不要撕破脸,接着谈,进可攻,退可守。"

颜亿盼转脸看着乔婉杭:"有问题吗?"

"现在看清楚了吧,和这种人博弈,从来不能靠手腕,只能靠实力。"

颜亿盼听出了乔婉杭这次谈话句句在点她,她不想被当作投降主义再挨批,于是便不再继续这个话题了。

两人上了车,车里气氛很沉闷。

司机很识趣地打开了音乐，悠扬的旋律刚响起来，就被乔婉杭要求关掉。

车里更闷了，仿佛在等一个雷声爆开，让大雨落下，冲刷掉此刻的超低气压。

直到下车，乔婉杭才开口说："把咱们上午见的那几家企业也和程远聊聊吧。"

于是，二人便上了研发楼。

67.两手准备

罗洛、厚皮、小尹、赵工等一行人从测试室出来，都在脱防尘服，摘护目镜。

"这次电路绕线的修改效果不错！"罗洛对结果甚是满意，想鼓励团队。

"我怎么觉得这次二级缓存速度增加到3M，但是应用上没有多大改善。"厚皮头也不抬，边解鞋套边说。

"那是因为测试电脑不是那些需要大量使用存量数据的，如果集成在政府体系，他们会经常大规模调用已有客户资料，那缓存速度增加就能看出优势。"罗洛说道。

"这个道理我懂，我说的是这款芯片的应用场景，对于多数用户来说，尤其是政府客户，他们以办公为主，而我们的这个设计，不但能耗大，而且占资源。我们是不是在追求性能的道路上太极端了。"厚皮提到。

"追求性能永远是芯片的最高竞争。"罗洛解下最后一根防尘服的绳子，接着说，"先把能做到极致的做到极致，才有机会突围，剩下的可以补。"

"你定的这个方向太极端，跟小学生参加奥赛一样，某一项遥遥领先就能证明你实力了？"厚皮反驳道。

罗洛不悦，他毕竟是组长，竟然被嘲讽为"小学生"，声量也大了："就你老成，可设计还是在条条框框里，没有突破。"

厚皮把防尘服甩向旁边的回收箱，怒骂道："连反对意见都听不进去，还冲在前面当主设计？！"

"你们怎么还吵起来了。"小尹在一边分开了两个人，提醒厚皮说，"组长有他的打算。"

赵工过来把厚皮拉到一边，他依然不依不饶，说道："还有，小尹，你这次调整电路布局和大家商量了吗？你随手一个'小天才'调整，我们组改了一晚上漏洞，当英雄也不是这么当的。"

"你们之前商量了那么久，Benchmark（基准）照样跑不过Xtone。"罗洛也怒了。

"是我让罗洛带队改的。"程远不知什么时候站在了他们旁边，说道。

"总工，厚皮说得也有一定道理，木桶原理嘛，短板会拉低芯片的整体分值。"赵工也帮厚皮说了一句。

"木桶原理？那是用来安慰平庸者的。"程远语气倒是温和，话锋却很犀利，"这次智慧城市项目，集中把CPU速度提上来，大家都要转变思路，因为这一次，我们要和Xtone正面交锋。"

众人又是惊讶，又是激动，还有长期被Xtone压制的担心、紧张和不安。

正在此时，乔婉杭和颜亿盼从门外进来，刚好听到了这里。

乔婉杭上前说道："一会儿我们讨论一下怎么搭建竞标团队吧，正好亿盼上午也收到了一些合作意向。"

颜亿盼晃了晃手里的名片夹，冲程远商务地笑了笑，程远便叫上几个人一同进了他的办公室。

程远在白板上投放了一张PPT对比图，来的人站的站，坐的坐，都盯着这张图。

"左边是国兴和Xtone合作板块，周边是他们的供应链渠道，是一个商业帝国；右边是云威，我们初步的合作意向是数码中国。"程远介绍了几句。

颜亿盼把几张名片挑了出来，说道："A1、京强、BAC等系统设计公司和渠道厂商，因为做了高铁售票系统和国际物流系统，也被部里圈定了，如果我们没有入围，可以和他们合作。"

"我们先联系他们谈谈，形成方案，再说服廖森那边。"乔婉杭说道。

颜亿盼站起来把名片递给程远，程远抬手接了过来。

"这件事程院长会亲自牵头来做吧？"颜亿盼问道。

"嗯，我来。"程远说完，看了看名片，现场把名片给手底下的两位总监去联系，然后对颜亿盼说，"要有不放心的地方随时跟我说。"

"放心，怎么能不放心？"颜亿盼笑了笑说道。

一周后。

颜亿盼带着研发团队和公司的销售部及其他业务部沟通合作系统。

当完整的合作版图投射到大屏幕上的时候，下面发出了一些反对声。

"什么嘛？"

"开玩笑，把行业老大国兴踢出局？"

"我只能说，勇气可嘉。"

蒋真摆了摆手，示意大家安静，然后说道："下周就宣布入围名单，你给的这些厂商，除了数码天下在税务系统上很成熟，有多省联动开发经验，BAC的核心团队有实力，剩下几家都是新兴互联网企业，看着生意很大，研发水平跟不上，吹得比干得好。"

"我们不要他们的研发，只要渠道。"程远说道。

"京强在大数据领域上还是有突破。"另一位总监补充了一句。

"有理想可以，但不要理想化。"廖森说了一句。

显然，重新组队，他们不认可。

"国兴这几天有些松口，说可以和我们先做设计方案。"吴凡说道。

乔婉杭听到这里，沉默了片刻，看来赵正华的意思是方案可以先出，拍不拍板，看她愿不愿意出售工程院。

"一颗红心，两手准备吧。"乔婉杭沉吟片刻，说道，"我们也给自己留一条后路。"

廖森脸色沉沉，却也没有反对。

这次会议就这样结束了，谁也没说服谁。

"过去就是这样，两条腿，奔向两个方向。"出来后，颜亿盼说道。

"在我这里只有一个方向。"乔婉杭看着她，说道，"那条后路，就是死路。"

"你不用再强调了，"颜亿盼看着她，笑了笑，说道，"我知道。"

但还有一句话，她没敢说，就是，云威的赢面并不大。

"程远在工程院蛮有威信的，之前也这样吗？"乔婉杭走了几步，忽然问道。

"哦，他们吵架被你这个大老板看到了，"颜亿盼淡然一笑，回忆道，"其实研发之间经常会因为思路不同吵起来，总要有个人定方向，程远年轻的时候，也没那么沉稳，很嚣张的。"

"以前？研发中心有三十年了，以前是谁说了算？"

"翟董啊。"

"不是一个叫Danial的人吗？"

颜亿盼背部僵了一下，然后转头看了她一眼，眉目含笑，说道："Danial？哪个Danial？"

乔婉杭不想错过颜亿盼脸上任何细节一般地凝视着她，说道："Danial Xu。"

"没印象了。"

"听说是个技术牛人。"

"研发部的技术牛人多了。"

乔婉杭没再追问，她看出来颜亿盼表现得很无所谓，太过无所谓，以至于像是在戒备什么。这个戒备让乔婉杭有些烦躁，在这家公司里，到底有多少人瞒着她多少事，每个人看起来都支持自己，却都有各自的打算，她甚至又怀疑起自己是不是想太多了，以至于草木皆兵。

两人分开后，颜亿盼回到了自己办公室，打开一包花茶，水开了，却迟迟没倒上，愣着神直到门口出现敲门声，是吴凡进来找她。

吴凡手里拿了一个袋子，从里面拿出一个精美的盒子。

"这是我老婆在国外买的，"吴凡笑道，"看颜总拿的包，就是这个牌子。"

"到底什么事啊？"颜亿盼并没有打开盒子，问道。

"哎，还是那件事，您知道，我们销售都是拿提成，和部里那个项目如果签约，这五年的单子都不会断。"吴凡眉头蹙着，犹豫了一下，又接着说，"我们内部其实分析过翟太和程院长的心理……翟太是不想国兴进来分利，程院长是不想国兴进来分权。"

"原来你们都很清楚国兴的打算啊。"颜亿盼仰靠在椅背上，说道。

"说来惭愧，我跟国兴的单子跟了快十年，最多算是有点了解大伯，"吴凡摇头说道，"对我们销售来说，重要的是有钱赚，至于老板是谁，干预不了。"

"我也干预不了。"颜亿盼这句话说得很真诚，"先看入围情况再说吧。"

"不是，关键是，这么玩法，国兴那边的关系就搞僵了……"吴凡满面愁容。

"那你说怎么办呢？"

"大伯想和程院长单独谈，约不上。"

"之前大伯没联系过他吗？"

"说之前……就没搞定他。"

颜亿盼想到程远之前盛赞国兴平台好，开价高，原来他还是没看上啊，表面上给廖淼施压，实际上提醒了乔婉杭要留意国兴。

颜亿盼无奈地笑了笑："他不会听我的。"

他们二人间的关系的确是公司茶余饭后的一个谈资，吴凡从她的表现来看，猜到两人关系不佳可能是真的，一时不知道怎么说下去。

"这个包我有一个同款了，"颜亿盼把包还给了吴凡，"还是谢谢你留意我喜欢什么。"

"哦，不好意思，我也不懂，要不你送别人吧，媒体什么的……"吴凡尴笑着，也不肯接，身体一直往后退着走。

颜亿盼看他尴尬又紧张的样子，也就没坚持了。

"颜总，"吴凡出门前想了想，还是颇有些纠结地说道，"我们的难处您懂吧……其实不合作也就损失点提成，我其实挺烦站队那一套，但没办法……适当的时候替我们说说话。"

颜亿盼笑了笑，点了一下头。

吴凡指的是乔婉杭那边，销售的看风向能力很强，看出廖淼已然拿乔婉杭没办法了，这种双核运行的状况恐怕还要持续下去。

外部是实力的竞争，内部就是权力的角逐了。

而在权力脚下的人，只能任凭摆布。

颜亿盼此刻的立场和态度，如果被乔婉杭知道，估计又要被扒层皮。

她对乔婉杭有支持，但不是百分之百；乔婉杭对她有依赖，但也不是百分之百。

现在乔婉杭和她走得近，有颜亿盼自己的努力，也有翟云忠之前的渊源。乔婉杭能力增长很快，但性格太极端，要扛下所有，让云威真正屹立不倒，她要走的路还很长。

68.Love you & Good bye

任何事情的结果，有偶然因素，也有必然因素，有人为力量，也有客观力量，就如同平行四边形的角不断拉扯，而人就像被这个平行四边形圈起来的困兽，无论怎么挣扎、冲撞，最后也会随着历史洪流，被拖拽着走向不可知的命运。

颜亿盼去系统集成部开会的时候，中途突然被外面的喧闹声打断，然后一行人看到手机信息，都跑了出来，围在大屏幕前。

屏幕上安顺快递的官网界面变成了红色底，一个黑色箱子里飞出很多白鸽，白鸽散去后，最后屏幕上显示"Love you & Good bye"（爱你&再见）。

程远看着LED屏幕，眉头紧蹙。

"全城几家快递的系统都被黑了，包括快快达、Go顺，还有两家快递的客户数据都泄露了。"赵工说道。

"这句话好像在哪儿见过。"罗洛指着屏幕的"Love you & Good bye"说道。

"十年前爆发的传媒大亨窃听丑闻，《世界新闻报》的头版头条标题就是这个……"颜亿盼说道。

厚皮道："这应该是传说中的假面病毒，这种病毒能直接改写后台程序，扩散性没有木马强，但是很难修复。"

"这次假面病毒比之前的升级了。"小尹已经打开了源代码，开始查看。

罗洛迅速打开自己的手机网页，查看新闻，说道："现在四大银行都开始检测内网了，几大购物网都暂停快递服务……"

很快，就有很多公司出来澄清自己没被攻击，请用户放心。

各大技术论坛都出现了讨论，这次黑客集中攻击的都是有大批量个人信息的后台系统，而没被攻击成功的系统都有一个特点，就是采用了云威的加密芯片，或者说，采用了云威的集成解决方案。

此消息一出，网上引起了群嗨。

"最牛的还是中国制造！"

"让那些骂中国芯的人出来道歉！"

"话也不要说得太满，云威集成系统里的显卡是Vidi的，美国公司。"

"FPGA芯片是和以色列艾迪公司联合开发的。"

"少来，少来，CPU是云威的好吧。"

"云威为什么这么低调，不出来发个广告什么的？"

……

吴凡找到颜亿盼，倒不是让她去做广告，而是国兴邀请云威的工程师共同来做这次防病毒测试，并发布新的杀毒系统。但大家都猜测，云威不会参加，毕竟他们两家私底下还是角逐智慧城市项目的对手。

赵正华此举是打算化危为机，借此想向客户和媒体表明一个姿态，他还是行业领头羊，即便云威系统好，大家也可以共同合作。

销售当然是乐见其成的，只是，工程院那边……

理论上，他们没必要给国兴站台，尤其在国兴和Xtone还是战略联盟的情况下，他们即便不参与此事，名声也打出去了。颜亿盼本来想直接找乔婉杭商量，但被吴凡劝阻了。吴凡的意思是，这是个技术合作，不是商务合作，别上升到资本层面，不然事情不成，阻力先上来了。

吴凡说的确实有道理，这件事情，做得越简单越好。

颜亿盼最后选择直接给程远打电话，也没有求他，也没有给他施压，就说了一个客观理由："这个病毒是从欧洲传过来的，在这件事上，我们要站在客户立场来考虑问题，重要的是共同解决问题，而不是谁赢谁输。"

"已经在准备了，就是一会儿他们怎么过去？"程远问道。

"让袁州送吧。"

"好，那个……亿盼……"挂电话前，程远突然说了一句。

"怎么了？"

"等问题解决再说……"

"嗯。"

颜亿盼挂了电话，出办公室的时候，发现袁州没在。

杨阳说："他最近在和董事会的男人们练群口相声，准备在年会上表演。"

Amy还酸溜溜地说："走上层路线了。"

颜亿盼回到办公室，发现吴凡还在，他似乎盯紧了颜亿盼，恳求她说："您亲自过去可以吗？领导们在国兴那边监测运行环境，可以见见。"

销售跟单的决心真的不可小觑，颜亿盼没有推脱。快到工程院楼下的时候，她还是有些忧心，参与这件事并没有和乔婉杭商量，这次和国兴联手抗敌，她有意忽略乔婉杭的态度。

算了，也来不及解释了。

她没有上楼，只跟程远说让程序员下来，没想到一块儿下来的还有乔婉杭。

乔婉杭走过来时，她心里莫名有些发紧，正琢磨该怎么解释这件事：这不是和国兴暗通款曲，只是未来智慧城市可能遇到状况的一次演练。

她打定主意，还没等开口，乔婉杭就先说话了："我让司机送你们过去，稍微正式一点。"

看不出她的情绪，只稍微有些疏离感，颜亿盼提着一口气，话到嘴边又收回去了，说道："好，谢谢。"

"这么客气呢？"乔婉杭瞟了她一眼，答道。

颜亿盼不知道该怎么接话，干笑了一声，司机把车开了过来。

用了一个下午时间，由国兴牵头，云威做主力，几家公司把所有的系统数据找了回来，重新加密，颜亿盼也和一位视察工作的领导交换了联系方式。

国兴那边对接的是李琢，出来的时候，两只手一手一个搂着厚皮和小尹，像搂着自家孩子一样，说道："云威都从哪里把你们找来的，不错，真是不错。"

颜亿盼没和他多说话，怕说多了，又激起赵大伯把工程院据为己有的决心。

一行人忙碌了一天，车在逐渐入夜的城市中行走。

下班的人们行色匆匆。

两个年轻的男孩倒在车里睡着了，无数次披星戴月，无数次跨越技术障碍，这群年轻人从未退缩。只是这几年来，他们总觉得时间不多了，明明全力以赴奔向梦想，却总是世事无常。

好在，前方有一线天光，可以让他们奋力奔跑。

颜亿盼到工程院门口的时候，看到了"云威 加密"几个字上了热搜，深觉这一趟虽然没有产生利润，但声誉价值还是有提升的，想必工程院的人也体会到合作的愉快。

她本以为带着厚皮和小尹回去能迎来大家的热烈欢迎和友好询问，可工程院的人依然是该干吗干吗，连头都没抬。

他们一行人回来还没来得及喝口水，就被程远叫去了办公室。程远靠在桌子上翻阅着项目组提交的技术方案，乔婉杭坐在沙发上，脸色沉沉。

颜亿盼心中不禁担忧是不是他们在客户那儿做得不太好。

怎么去的时候还好好的，回来的时候却变脸了。

"搞定了？"程远头也不抬地问道。

"搞定了。"厚皮憨笑道。

"这么快就搞定了？"程远镜片下莫测的眼神从文件里抽离出来，抬眼凝视着小尹。

"是他们的存储芯片加密功用的FPGA（可在线编程）程序，被、被攻击了。"小尹被他盯得有点紧张。

"哦……"程远打量着小尹的脸庞，顿了顿，眯缝着眼，寒光从镜片中透了出来，继续问道，"我问你……这个病毒，跟你没什么关系吧？"

"什么？！我？为什么？！"小尹的辩解中带着慌乱和不满，"我哪有这个胆！"

"我说没有吧，可你们程总工不信。"乔婉杭站了起来，说道，"就因为我之前找过你们，他就觉得我带着你们自导自演了这场黑客攻击。"

颜亿盼一脸惊讶，觉得他这个想法蛮有想象力的。

"没有最好。这种歪门邪道，想都别想。"程远依然不松口。

程远语气严厉，小尹吓得哆嗦了一下。

"这种国际病毒，谁敢引入啊？"颜亿盼听到这里，也走上前半边身子挡着小尹。

"这事儿你不知道？"程远又看向颜亿盼。

"我知道什么？"颜亿盼迎着他的眼神。

程远的手轻轻拍了一下颜亿盼肩膀，示意她让开，然后又看着小尹，笑了笑，指着他说："这臭小子没毕业就被招进来，是因为高中时攻击过我们的系统，是个解码高手，也是加密天才。"

乔婉杭夸道："哇呜。"

颜亿盼附和："厉害厉害。"

厚皮道："牛人就在身边！"

"我这不是在表扬他！"程远站直了身体，感觉带偏了方向，有点压不住火。

小尹脸通红，不停地摆手说："我不会，不会的，我不会折腾大家的。"

"这本来就是一件好事，您之前不是说过，客户需求也会变，过去客户的第一需求是性能，现在变化了，安全性更重要。"厚皮居然有些自豪地说道，"而安全性，正好是我们最强的地方。"

"打住！"乔婉杭右手一抬，拦着厚皮说下去，说道，"就因为这个，还有那个热搜，到处说加密最强的是云威，他认为我们在改变客户需求，让需求对我们有利。"

厚皮突然意识到程远为什么会这么想了，赶紧不说话了。

"不要以为凭借几个人，几天几夜的冥思苦想，然后来个灵光乍现的方案就能赢了对手，就算赢了，也只是一时的。"程远扫了一眼惊魂未定的大家，说道，"在这个领域，没有经过团队长年的积累，没有经历过失败、失眠，甚至推翻一切的自我否定都无法形成突破重围的技术。"

"我记住了。"厚皮看着程院长，不满转变为思索，顿了顿，大声说道，"不过，总工，是您提出先解决最重要病毒的80%，实现核心修复，剩下的20%在以后的迭代设计中逐步解决，为我们以后和智慧城市的合作铺路。如果真是我们黑了人家系统，您也脱不了干系啊。"

"就是。"小尹也低头附和。

"什么？"程远被他们气笑了，之前豪情万丈的人生金句瞬间被冲垮了，感觉像遭遇儿子们顶嘴的老父亲，说道，"我都成黑客头子了？！"

程远一摆手，不想被群起攻之，把他们都轰走了。

"这程远，够可以的。"乔婉杭出来以后，松了一口气。

颜亿盼突然笑了一声。

"你笑什么？"

"能让你紧张的人，我还真没见过几个。"相比之前的谨小慎微，此刻颜亿盼感到了一丝轻松。

"真别提了，把我叫进去一顿夺命连环拷问，我是第一次被人问急了，最后我吼了一句，'我是股东！你没搞错吧？！'"

颜亿盼听到这里笑得更大声了，完全止不住，她简直无法想象这两个人对决居然会是这个样子。出了研发楼大门，她好不容易让自己长长地舒了一口气，说道："我说过吧，他就是这样的人，挺嚣张的。"

"不可理喻，你怎么忍得了这种人？"

颜亿盼听到这里，摇头笑着，其实她感觉训人的程远有点可爱。

"要说起来，这里的气氛是真的好，"乔婉杭露出了笑意，"你没发现，他下头这些人也都挺敢说的？"

颜亿盼点了点头，说道："不过，这个黑客，算是个助攻吧，我们的赢面确实大了些。"

"原来你还不信我们能赢，"乔婉杭瞥了她一眼，见她要辩解，抬手阻止了她，"就算没有这事儿，我也觉得能赢。"

"为什么？"颜亿盼倒是有些纳罕了。

"我在这里工作了一年，我从来没见过一个团队这么有活力，又这么齐心。就这里……不但是云威的心脏，还是翟云忠跳动的心脏，"乔婉杭抬手指了指身后的研发大楼，决然说道，"我不可能把它让给别人。"

颜亿盼发现乔婉杭看着很强势，其实内心没什么安全感，她问了一句："一年时间，你和这些工程师都打成一片了？连程远都怀疑他们会听你的。"

"嗯，就是找他们做了一点事。"乔婉杭语气忽然又有些发闷，也没多解释。

颜亿盼也不再多问。

"亿盼，你也看到了。"乔婉杭顿了顿脚步，说道。

"什么？"颜亿盼感到耳边灌了风，侧过脸时，看到乔婉杭额前的碎发在眼睛边飘飞，陡然间想到媒体第一次拍她时的那张照片，或许当时墨镜下就是这样一双眼睛，迷茫而不甘。

"不管你愿不愿意，大家都把你和我看作是一伙儿的，这次病毒，明明是一次意外，看着却像是我俩里应外合搞出来的名堂。"乔婉杭话说得轻巧，眼睛却在观察颜亿盼的反应。

"他们怎么想的无所谓，我们心里清楚就好。"

"清楚什么，"乔婉杭看着颜亿盼挑眉笑道，"清楚我们不是一伙儿的，还是清楚我们没有搞名堂？"

身后的路灯半明半暗地落在颜亿盼脸上，她露出意味不明的笑容，反问道："你要我怎么说？这件事，我只是做了该做的。"

"做了该做的……"乔婉杭冷哼了一声，错开她往前走去。

颜亿盼猜测，乔婉杭还是有些介意自己不打招呼就答应和赵正华合作解决问题。

身后大楼的灯驱赶了逐渐漫上来的夜。

二人一前一后踏夜而行。

69.试探

云威是否可以入围智慧城市竞标的消息并没有传来，内部怎么也打听不出来，只能在各种猜测和担忧中等待官宣。

研发楼的二层，罗洛正在秀他新买的手机，对它赞赏有加："Xtone的图形处理又上了一个台阶，像素已经达到了3600万。"

这款手机集成了Xtone的高性能移动芯片，新闻报道，国兴发布新款手机的当天，专卖店被抢购一空。厚皮一边拨弄着手机一边说："我还是觉得安卓系统用不惯。"只听到"叮"的一声，手机屏幕弹出一条微博。

"哇！厉害了！"厚皮喊道。

新闻标题是：云威跨越技术鸿沟，多省联动数字教学。

另一边，颜亿盼接到通知，领导计划下个月来参观云威，主要原因是之前颜亿盼团队做的编程大赛里，乡村小学和城市小学进行了联动，让乡村小学享受到同样的数字教育机会。

除了部里点名表扬，教育部门也将这个项目做成了典型案例，在多地推广。

有心摘花花不开，无心插柳柳成荫。

山重水复疑无路，柳暗花明又一村。

这一周，云威发生了一些变化，战略沟通部恢复了过去的热烈忙碌，一向笑容满面的袁州居然开始紧张起来，一贯小心翼翼的Amy反而是笑容满面的状态。

颜亿盼把吴凡送的包给了Amy，她最近的工作热情见长，作为编程大赛的项目经理，她忙得风风火火。

公司里挂出了红色条幅，写着：欢迎领导莅临指导。

袁州是接待高手，他带着团队甚至推演出活动的整个流程，引导员应该站在哪一侧做引导，届时灯光要怎么打才能不刺眼。

乔婉杭穿着职业套装在门口迎接。当天天气极寒，天色还阴沉沉的，Lisa多次劝乔婉杭进去等，乔婉杭依然没有动，这是诚意，不容马虎。

乔婉杭问道："亿盼呢？"

Lisa也在找人，发现颜亿盼在门口和IT部门调试LED屏幕。曾经Embrace the world（拥抱世界）的标语换成了"信息科技服务于民"。

袁州接到电话，领导的车已经在路上，很快就过来了。

恰在此时，公司楼下的一扇展厅的侧门进来了三个人，其中一人正是刘江，旁边还跟着保安，那保安拦也不是，不拦也不是，一脸惶恐地四下看着。此刻，他们也望向颜亿盼这一边。

颜亿盼摆脱人群走了过去，笑着迎上这几个人，问刘江道："怎么了？"

刘江说："我只是过来看看，主要是公安局的同志在调查前不久假面病毒的入侵案件。"

过来看看，颜亿盼显然不信，她看着刘江，这时他身边一位穿着便装的男士亮出了证件："我们过来了解一些情况。"

"哦，"颜亿盼将目光转向警察问道，"我们公司参与了那次杀毒和系统重建，是有什么问题吗？"

"没什么问题，我们在查这次病毒的来源，想和你们的技术人员聊聊，看能不能发现什么线索。"一位警察说道。

颜亿盼看他们几人都是公事公办的样子，便带着他们往工程院去了，没有惊动程远，直接联系了厚皮和小尹。

两位警察和两位工程师就在办公室聊了起来，颜亿盼听他们说的全是那天病毒代码的问题，与自己无关，便又出来了，往大会议室走去，想看看汇报内容准备得怎么样了。

快到的时候，发现刘江也跟着过来了。

"你们十年前的研发资料还能调取吗？"刘江在她身边问道。

"十年前？"颜亿盼侧过脸看他，"那要问技术人员了……和这次病毒事件有关吗？"

"看了才知道。"

"你别诓我,我又不是犯罪嫌疑人,"颜亿盼笑道,"这病毒不是云威弄出来的,也没入侵云威,你要云威的研发数据干什么?"

"我是真的好奇,为什么单单云威对这种病毒免疫。"

"你不会怀疑是云威'投毒'吧?"

"这种事……让信息科去查吧,我更关心你们董事长的死。"刘江知道颜亿盼一向通透,懒得虚与委蛇,说明了来意。

"要从十年前开始查?"

"不行吗?"

"不是不行,就是没工夫陪你查。"

"你知道公民有配合调查的义务吧。"

"配合调查可以,"颜亿盼心下不满,也不好发作,低声说道,"现在不是时候吧?"

"这就是最好的时候,你们的信息科技是服务于民,这可是颜总刚刚亲自挂上去的标语。"刘江说完抬手看了一下手表,"哦,领导快来了。"

他这么说着,却丝毫没有要离开的意思。颜亿盼实在不愿意让别人看到他们这里还在接受调查,两人一时僵持不下,气氛很僵。

你看我,我看你,都不说话。

他们的对面是要向领导汇报的地点,刘江瞥了一眼里面正在筹备汇报内容的程远,问颜亿盼:"那是工程院的老大吧?"

颜亿盼心下一紧,一时没想好怎么才能摆脱这种穷追不舍的调查。

玻璃墙内,程远注意到外面这种微妙的情况,便出来了。

刘江倒一点不认生,上来就伸手和程远一握,说道:"检察院,刘江。"

"工程院,程远。"程远也和他握了握手。

"程院长,刚刚我向颜总了解情况,但这些估计还是您更熟悉,我长话短说,我们也做了一些调查,听说十年前,一个叫徐浩然的高工领导的团队全员被开,我们很好奇中间发生了什么。"

"这个我确实不太清楚,我来以后重新做的研发策略,更偏重消费领域。"程远回答了一句,"您在调查什么,我方便问吗?"

"哦,就是学习。"刘江说道,"我们什么都得学,比如十年前您进入工程院以后,研发方向有什么变化吗?"

"那调整得太多了,不知道从哪里说起。"

"能不能从一个叫Danial Xu的离开说起?为什么你取代了他?"刘江眼睛明亮无比,很认真地请教着。

"那我不是特别清楚了。"程远摇了摇头,看了一眼颜亿盼,又看了看刘江。颜亿盼脸色红一阵,白一阵。

"那可惜了。"刘江一脸遗憾。

"那您一会儿可以听听汇报,会讲这三十年的历程。"程远说道。

"那行,不会影响你们吧?"刘江笑道。

"应该不会。"程远说道。

颜亿盼此刻的脸色并不好,看了一眼程远。程远神色很淡漠地笑了笑。

"还有,我想请教一下,为什么你们做的系统加密性这么强,我看外界称你们是打不破的次元壁?"刘江继续说道,吹捧中,带着一丝狡黠。

"这也是被攻击次数多了,形成免疫力了。"程远笑了起来。

"你们最近一次被攻击是什么时候?"刘江问道。

"这怎么说呢?病毒试图入侵是常有的事……有时候一分钟都能有好几次,不过是进不来而已。"

"哦,我的意思是,攻击成功的,您不是说免疫力提高了,那肯定也是有感染的时候。"

"有的。"

"近两年有吗?严重的……"

"近两年?我可能要查一下记录。"

"我现在能跟你一起去查吗?"

"现在恐怕不行。"程远看了看颜亿盼。

"是的,一会儿要汇报了。"颜亿盼立刻说道。

这个时候,罗洛推门出来对程远说道:"总工,您再看一下最后版本。"

程远朝刘江说了句"失陪",便抬脚离开了。

"那边有个休息区,你可以在那里待一会儿,我得下楼接人了。"颜亿盼指了指会议室旁边的休息区,那里有抱枕,还有躺椅,专门给员工放松用的。

刘江扯出个笑来,没再继续跟着她了。

另一边的云威大厦,几位大股东和高管也都从楼上下来了,站在门口等候,包括永盛的Keith和Chris、翟云孝、翟云鸿、翟绪纲、廖森、汤跃、项总等人。

袁州立刻迎了上去,轻车熟路地跟大家打着招呼。看来,之前他和这几位股东练习群口相声还是起到了作用。

此时,浩浩荡荡的车队从花坛处环绕进入云威。大门前,乔婉杭和廖森一左一右带着一行人上前迎接。

乔婉杭带着大家参观工程院的实验室、风淋室、测试中心。

到了四楼,则由颜亿盼带路。她明明演练过,最后还是忘了去图书室,直接去了大会议室。程远当时还在和同事讨论问题,他看队伍过来,也反应及时,带着大家鼓掌欢迎后,就让领导们坐下,讲解了云威的研发目标和研发成果。

罗洛讲了研发的产品特性。

程远做了一些补充和概括:"云威的研发部到今天有三十多年的历史,从最初的研发合作,到现在的独立开发,从工控B端,到全线C端消费电子产品研发,我们走过很多弯路,好在越是走在弯路上,也越是发现了创新点……"

最后,研发部门简单做了智慧城市项目规划的讲解,全程看起来无缝衔接。

廖森一语不发地听着,听到他们计划和数码中国等企业共同合作时,脸色却并不好。

袁州坐在Chris身边,还替他做起了翻译。

刘江也坐在角落里认真地听着。

领导对身边的人说:"这次智慧城市项目,重要的就是,每个企业都有一颗服务人民、建设祖国的心。"

乔婉杭坐在后面听到,心中像吃了定心丸一般。

讲解结束后,程远陪同领导参观了展览室,讲解了云威这几年研发的路程,待工程院参观结束,因为廉政,大家就一起到负一层的员工自助食堂吃午饭,感受公司餐饮文化。而正在这时,她看到刘江和两位警察都跟着程远去了旁边的机房,大概是继续上午说的调查。

杨阳先下去让人隔出一个预留空间,Amy和袁州引着领导坐电梯下了地下一层,颜亿盼带着股东们走楼梯下去,收到程远的信息。

程远:"没按流程来?"

颜亿盼:"没有。"

程远:"没什么事吧?"

颜亿盼:"没事,你那边呢?"

程远:"就是要了一些资料,也不知道要做什么。"

颜亿盼看着信息,皱了皱眉。

乔婉杭过来,领着一众股东往食堂走,颜亿盼看乔婉杭走近,便错开身,照顾走得慢的股东。

乔婉杭看颜亿盼今天一上午状态都不对,也没深究。项总不知何时走到了她身边,两人有一搭没一搭地聊着,从前门穿过小林子往下沉食堂走去。

项总感叹道:"现在的工程院真是青年才俊,藏龙卧虎啊,这个程远也就三十来岁吧,讲得多好啊。感觉时间过得好快,那时做汇报的是徐浩然,也是总工,当年四十多了,也讲得很好。"

"徐浩然?"

"嗯，哈佛毕业的，被挖过来，后来好像又去美国了。"

"英文名是不是Danial？"

"好像是，我对他印象还不错，之前研发部就是在他手里建立起来的。"

"哦，最后为什么走了？"

"哎，当时翟云忠董事长直接开的人，还有他手底下的亲信，一个都没留。"

"是他们做错什么事了吗？"

"不知道啊，可能就是没有研发成果吧。"项总摇了摇头，又想了想，"也有人说是给程院长清障，处理这件事的还是他后来的老婆。"

"颜亿盼？"

"是呢，你看她现在总是笑盈盈地，谁见了都觉得亲切，那个时候，她就一刚毕业的小姑娘，也不怕得罪人，处理这件事，真是铁血手腕呀，不到半个月都签了遣散合同，还没一个人敢在媒体面前喊屈，从那以后，就被重用了……是个人才，现在的工程院比那时好太多了，从人员配置到成果产出，牛大了。"

项总竖了个大拇指。

乔婉杭听完，勉强笑了笑，穿过幽暗的过道时，她闭了闭眼，感到有些眩晕和恍惚。一直到进入人声鼎沸的食堂，她才缓过来。

但不知为何，看他们每个人的脸，她都有一种不真实的感觉，他们像在笑，又像在生气。

下午，小学生编程大赛预赛在云威一楼临时机房开始。他们把领导送走后，乔婉杭就上了楼。

乔婉杭坐在办公室里发了好久的呆，看着柜子里放着的那片苗绣，有些失神。

一直到下班，她看了看时间，才拿起手机。

"黎叔吗？"她给远在美国的黎坤去了一个电话，"帮我在美国找一个人。"

"谁？"

"他叫徐浩然，Danial Xu，哈佛毕业，十年前在云威工程院工作。"

"……翟太，先不说这人会不会用中文名，断联时间久……"黎叔说话还有些犹豫，乔婉杭看着窗外灰蒙蒙的远山，耐心地等着他说下去，"您应该最清楚了，美国对个人信息保护很严格，如果他身上没什么官司，很难查到，您不要抱太大希望。"

黎坤在美国掌管一家大型法律事务所，但并不代表他可以越过法律获取个人隐私。

挂了电话以后，乔婉杭又拿起那张画有青松的书签，反复翻看，清隽的字，悠远的画境。

一切依然没有头绪。所有人，知道的，不知道的，都统统在她面前竖起了高墙，任凭她在高墙内无望地反复敲打挖掘，也不会施以援手。

她忽然拿起丈夫留下的那本书，砸向前面的玻璃柜，砰的一声，玻璃碎了，噼里啪啦地落下来，那幅苗绣也跟着落了下来，凄凄惨惨地被压在一堆玻璃碴下。

70.就你委屈！

今年的雪来得有点晚，到了十二月的傍晚，才飘出点雪沫。云威楼下的路灯亮了起来，迎接圣诞的彩灯也亮了起来。雪在半空中起舞，四周晦暗，唯有那些晶莹的星星点点在肆意跳跃。

每年的十二月到来年春节，云威楼下都是变着法儿地换彩灯装饰，从三层楼高的圣诞树上挂满蓝白色的彩灯，到挂在门前红彤彤的元旦灯笼，再到即将上场的春节焰火灯光秀。

在整个市区的街道里，这家高科技公司总是呈现出一派繁华美景，让人流连忘返。

圣诞、元旦、春节……那些在别人脑海里欢快的时节，在乔婉杭这里就如同这随意飘散的雪，冷不丁落在了人脸上。

冰冷、刺痛，又捉摸不定。

活动结束，一楼的工人们把所有的欢迎条幅、花篮和红色地毯收起来。

乔婉杭走下楼时，看到颜亿盼正在那儿给Amy签活动单子。

有人过来问她："圣诞树的灯要亮起来吧？"

"开，让灯亮起来。"

眼前的圣诞树和周边一些树苗的彩灯都亮了起来，倒映在白雪上，熠熠生辉。

颜亿盼笑着朝工作人员挥手说道："下雪了，早点回去，大家辛苦了。"

众人也都和她挥手道别。

繁华过后，寂静无比，只有风雪声潇潇入耳。

一朵鲜红的玫瑰落在莹白的雪地里，大概是撒花篮时掉下的，一两片花瓣散落着，极艳又极惨，看得格外惹人怜爱。颜亿盼缓缓走了过去，弯腰捡了起来，靠近唇边闻了闻，寒气让花香更盛，抬头时，发现一把黑伞撑在她头顶。

转过身时看到的就是乔婉杭那张笑脸，很落寞，让颜亿盼不禁一怔。

"徐浩然，你认识吧。"乔婉杭靠近了她，在她耳边问了一句。

"我就知道，"颜亿盼看着她，无奈一笑，"你不会放弃。"

"为什么骗我？"

"你既然知道我认识他，也就必然听说了一些我对他做的事情，不会是好听的话，又何必让我再去多说。"

"他和翟云忠后来一直有联系。你知道吗？"

303

颜亿盼听到这里，也愣了一下，说道："我不知道，他走的时候，翟董非常绝情，要不然，我可能会处理得更柔和一些。"

"你知道他去哪儿了吗？"

"美国吧。"

"十年前发生了什么？"

"我不知道。"颜亿盼声音很冷。

"怎么，怕被连累？"

"要怕，就不会把你送到工程院去；要怕，也不会把录音给你。"颜亿盼漠然一笑，转而走出她手中的伞，说道，"只是，我没有料到，你那么信任刘江。"

"我不是信任他，只是，我相信他是最接近真相的那个人。"

"真相？"颜亿盼冷笑了一声，说道，"谁在乎？"

乔婉杭的心脏骤然一凛，神色变得凄然，见颜亿盼要走，不禁说了一句："我在乎！我在乎……"

祈求一般，让颜亿盼一时顿住了脚步，她很少见乔婉杭这样。

"乔，睁开眼看看这里，"颜亿盼回头，抬手指了指刻着云威集团四个字的梯形大理石，"这个圣诞，没人再设吊唁台，董事会新年致辞，也没人再提翟董的理想，年会停了一年，下个月就照常举办了。你在乎又有什么用？大家都在往前走，就你还留在原地。"

是的，只有她，留在了原处。

无论从哪个角度来说，她所有想做的都是在踏着翟云忠的原路走，除此之外，别无他路，哪怕尽头是同样深不见底的深渊。

从来不在人面前落泪的乔婉杭，此刻骤然崩溃，眼泪突然流了下来，冷风吹来，只觉得冰凉入骨。

"是！"乔婉杭喊道，"就我在原地，你们都清楚自己要什么，我说过，我能给你的，我都会给你，可你有没有考虑过我的处境？！停下来，听听我的诉求！"

"你说过，你来这里，谁也不相信，谁也不原谅，别忘了自己说的话。"颜亿盼居然并没有为此心软，"你总说我喜欢权衡，考虑的就是自己的位置，没错，你说的一点没错。你也别以为就你忍辱负重，就你委屈，觉得自己可以是逆袭的大女主，大杀四方，不可能！这个行业残酷的地方多了。今天你为他哭，明天你就得为自己哭。你凡事出发点考虑都是自己内心好不好受，丝毫不考虑这家公司的真实处境。你说你难，你告诉我，这里谁容易？！"

颜亿盼大概也是这段时间忍了太久，完全不受控的话脱口而出。

"你让我怎么办？让我怎么办？怎么走出这个地方？马上又是圣诞节了，怎么办！"乔婉杭显然也失控了，指了指翟云忠跳楼的地方，"我每天都要从这里经过,你要我怎么忘记?我忘得了吗?我忘不了,也走不出去!"

颜亿盼闭了闭眼睛,雪越下越大,她说道:"这里不是你复仇的地方,做企业不要感情用事。"

乔婉杭留在原地,泣不成声。

颜亿盼最后劝道:"回去吧,我答应过他的事情,我会做到,别的恕我无可奉告,也无法奉陪。"

颜亿盼说完走向大门,低头时,才发现自己手上那朵玫瑰的刺早已扎进了手心,几滴血在手心里蔓延。

远处缥缥缈缈传来圣诞音乐,但细听又不像,很哀伤。

天边一片鱼肚白,却并没有带来温暖。

天微明,头顶飘着雪,那雪落在了颜亿盼的身上,她只穿了一件极其单薄的红色长裙,雪落在她脖颈处,她感到了寒意。

她意识到自己站在了云威大厦的楼顶上。

翟云忠站在天台边,笑得很亲切。她恍惚间有些委屈,却无处诉说。

翟云忠向她招手:"过来,亿盼,有一件事你还没告诉我吧。"

颜亿盼犹豫要不要过去,那里看起来很危险。

忽然间,整个大厦好像往前倾斜,她控制不住地往前走,像随时都要跌落一般。

翟云忠见她走近却什么都没说,就往后仰去。

她看着他坠落,那张脸,竟然是乔婉杭,她太过平静,反而生出了诡异的气息。

在一阵心口的痉挛中,颜亿盼从床上惊醒过来。

昨晚和乔婉杭争执以后,她入睡艰难,睡着了以后又极其不安宁,此刻,胸口的烦闷依然没有得到缓解。

手心的伤口生疼。

颜亿盼起身走到卧室旁边的书桌旁,书桌靠近阳台,外面的灯光和月光混合着,落在白色的书柜上,她打开书柜下的双开木门,下面叠放了一堆新旧的书籍,从最靠里面的位置抽出一本书。

书里泛着一股陈腐的味道。

那是一本极其老旧的英文书*Verilog HDL*,书籍还未完全抽出时,带出一张折叠的A4纸,上面是一份《开除报告单》。

报告单上面写着:

305

研发路线调整，撤除原芯片研发A、B、C组和测试A组。

翟云忠
2010年3月18日

字体为行草，落笔有力。
报告单下面写着：

云威高层执意选择成为孤岛，不出十年，必将消失于ICT行业。同意全组离开。

徐浩然
2010年3月22日

字体偏向隶书，但有些凌乱。
最后一行写着：

团队共73人，已全部签订离职协议和保密协议，离职日将不晚于4月20日。

颜亿盼
2010年4月1日

第十二章　溃败

71.入围成功

　　颜亿盼再见贵州来的白总，是在云威年会上，他作为云威的重点大客户，也在受邀范围内。

　　因为西南市场打开了，他一派春风得意，还像模像样地穿了一身白色定制西装，西装下摆裹着他圆圆的西瓜肚，直挺挺地和颜亿盼握手。

　　据说，再没人管他叫憨总了。

　　"这一路从楼下到电梯，再到你办公室，到处都是红色，智慧城市你们入围了？"白总笑呵呵地说道。

　　颜亿盼从旁边给他拿了一份《IT世界》，上面公布了智慧城市入围企业，里面颜亿盼用红笔圈出了"云威科技"四个字，紧跟在"国兴"后面。

　　白总坐在椅子上翻了翻，这篇报道下面还介绍了云威的教育信息化工作，一张在云威大楼下的合影，领导站在中间的位置，两边分别是廖森和乔婉杭。乔婉杭的身边是颜亿盼，廖森的旁边是汤跃，二圣临朝一般。

　　"看来以后我们要跟着云威飞黄腾达了。"白总放下了杂志。

　　"话也别说太早，四月份才竞标，结果还说不好。"

　　"你们挺有种的，跟国兴抢单。我百分百支持！"白总说完，身体前倾，点了点杂志上那张照片，问道，"现在云威公司里头，到底谁说了算？"

　　"谁有理谁说了算呗。"颜亿盼瞟了一眼照片，说道。

　　"我看是谁赚钱谁说了算。"白总不以为然。

307

"你想谁说了算？"颜亿盼饶有兴致地问道。

"我跟着颜总走，你押谁赢，我就跟投。"白总说完大笑起来。

颜亿盼扯了扯嘴角，没有表态，说道："白总还是挺风趣啊。"

白总坐正了身子，从他那超级土豪的包里拿出一个土黄色盒子，正色道："我是认真的。"说完，他把盒子推到颜亿盼面前。

是统一的VI字体，钢印的地方也是对的，只是细看，还是能看出一些猫腻来。

"这LOGO……"颜亿盼摸着主板后面极小的钢印，又放在光下照了照，说道，"颜色好像不对。"

白总从口袋里掏出一个微型的放大镜递给她。颜亿盼仔细看着，发现放大镜下面的Logo边缘很粗糙，印记也很浅。

"这货，都流到我们西南了。"白总双手交叉搭在大圆肚上，"你们的供应链出了问题，现在有仿造品出来了。"

"仿造？"颜亿盼也是纳闷了，"开什么玩笑。"

"是啊，芯片是真的，主板也是真的，甚至都可能是从云威授权的渠道出的，不过是没在供应链合同里，质量嘛，没法保证，价格嘛，自然是便宜不少了，算是顶级A货了。"

颜亿盼很快把主板外那层塑料合上，眉头微蹙地看着白总，问道："你向上头反映了吗？"

"我哪有什么上头啊，你就是我的上头。"白总咧着嘴笑道，"说实话啊，这事儿可大可小，八成是廖森手底下有人吃回扣了。"

颜亿盼看着主板，神色微黯。

"不过嘛……"白总欲言又止的样子。

"不过什么？"

"看你站哪边了，是站这边？"白总指了指那张照片偏左位置的乔婉杭，接着又指了指偏右位置的廖森，"还是站这边？"

颜亿盼知道他的意思，把主板收了起来，笑道："白总总是给我惊喜。"

白总抬头哈哈大笑，站了起来，回头给颜亿盼投来一个油腻的眨眼："我俩算是患难之交嘛，颜总站哪儿，我站哪儿。"

说完，他便出去了。

颜亿盼看着那块主板，又看了看那张照片，她知道白总的意思，供应链上无论是销售还是管理层都是廖森的人，这件事，说小不小，供应链里出私货，一旦蔚然成风，挤压正规渠道，足以让云威从里到外溃烂垮台，这件事，不能不管。况且借着肃清供应链，砍杀廖森的人，于公于私都有好处。

只是，廖森在几个月前刚审批完颜亿盼的《供应链管理体系》，这种事，真说起来容易伤敌一千，自损……虽到不了八百，也会有余波。

这还不能拖太久，外部正在竞标，如果被拿来做文章，后果不堪设想。

颜亿盼踌躇不定。

过了一会儿，她给客服部的经理去了个电话，说要查看这两个月的投诉清单。

客服部知道她负责公司对外形象沟通，很快就发了过来。

因为云威面向的是B端，大的投诉都直接给销售，个人对于主板的投诉必然少之又少，里面的确有人在自己组装机器时怀疑买到假货，但客服部门的清单填写了"售后更换记录：投诉解决"。

没有提到假货。

颜亿盼一时无从下手，心里想着，难道这条A货渠道已经在云威内部畅通无阻了？

此刻，袁州推门进来，说道："领导，我先过去彩排了，今晚年会有我的节目哦。"

他头上抹了足量的发胶，整个人看起来很精神。

"赶紧去吧，哦，对了，把杨阳叫来。"颜亿盼说道。

杨阳进来后，颜亿盼问他："现在销售那边怎么样？"

"特别好。"杨阳用了三个字概括，接着又解释道，"自从云尚那次营销，订单就一直在涨，廖森乘胜追击，推行了极端销售法，就是单的金额越高，提成就越高，所以也拉开了差距，销售业绩不好的会被末位淘汰，我记得是过百万，提成百分之一，过千万，提成百分之二，过亿的又有几档。虽然都是团队合作分红，但几个顶级销售年薪到几百万了。所以，蒋真亲自下场盯智慧城市项目，那眼睛和狼一样。"

这段时间，除了云威的品牌效应提升让云威的产品销量大增以外，更重要的原因是廖森推行的政策强而有力。

廖森在营销领域的能力被很多人认可，这和他之前创业的失败经历有关，他过去是一味地扩充渠道，而忽略了渠道中的人，进入云威后，他转变了思路，和翟云忠形成了两个极端，翟云忠会追求产品的极致优势，而他催生着销售的极致欲望。公司里唯业绩说话，业绩好的人，除了奖金多，在方方面面都会有优势，比如坐的椅子更豪华、体检的档次更昂贵、每年的旅游补助更高。他建立的等级制度，影响了公司很多人，包括人力资源部。在招聘测试中，一般的大企业会测试心理健康和人际交往水平，但在云威会测试销售的金钱欲望，包括对名牌包、房子、车子的向往，所以招聘进来的人，逐利性极强。所以，只要产品能过关，他便立刻能创造销售奇迹。

"出货跟得上吗？"颜亿盼问道，这种力度下，产品都未必能跟上销售的节奏。

"资宁工厂那边已经是三班倒,二十四小时不停工了,有的单子还排到下半年了,还有外省的OEM、ODM代工厂也都被催单。"

颜亿盼点了点头,没有说话。

"怎么了,领导?"杨阳问道。

"你听说过市场上有卖仿造云威主板的吗?"

"没有啊,不是……这怎么仿造?"杨阳一脸困惑,"都是高科技。"

"也是,我看有投诉的。"

"那估计是买了别人的翻新款。"

"应该是了。"颜亿盼没再追问了。看来事态还没有扩散,这很可能是小范围的管理失控。

杨阳走后,颜亿盼把那块主板放进了包里。

走出办公室,进了电梯,里面有一两个人,颜亿盼看着电梯按键,摁了一个数字,瞳孔盯着电梯按键,陷入思索。

电梯上行的时候,在十七层停下来,门打开后,正看到Lisa陪着乔婉杭在等电梯,Lisa开着什么玩笑,乔婉杭笑得正欢,抬眼就看到颜亿盼,两人不久前吵了架,乔婉杭脸上明显僵了一下。

颜亿盼没有出来,乔婉杭本要进去,Lisa拉了她一把,说了一句:"乔董,这是上行的。"

乔婉杭又退了一步,里面有一个员工出来。

颜亿盼手不自觉地快速摁了电梯关门键,电梯继续上行,一直到了顶层。

她缓步走向廖森的办公室。

廖森翻来覆去地看了主板好几遍,才问道:"哪儿来的?"

"一个经销商给的。"

廖森对着电话摁了几个数字,直接把蒋真给叫了上来。

"你知道不知道?"廖森没等蒋真坐下,就把主板推过去问他。

"最近代工厂的单子是跟不上进度……"蒋真倒是沉着,斟酌着说道,"不知道是不是有人为了业绩,让非授权的工厂进来了,我这就回去查。"

"不要大张旗鼓,"廖森提醒道,"尽快给结论和处理意见。"

蒋真点了点头,就赶紧离开了。

"这件事你跟董事会汇报了吗?"廖森问颜亿盼。

颜亿盼摇头。

廖森打量了一下她,神色稍缓。

"还是要尽快处理,只怕到时候假货横行,市场做坏了,我们的货就卖不动了。"颜亿盼说道。

"不急，先看看。"

"廖总，这件事很蹊跷，如果真出在咱们内部……"

"微软为什么在进入中国之初不大力绞杀盗版，"廖森打断了她的话，"因为它需要市场普及率。"

"微软有绝对的优势来掌控市场，我们的对手都很强大，一步行错，就容易被对手反杀。"颜亿盼反驳道。

"那我们就想着怎么变强大。"廖森的声音透着不容置疑的坚决，"……抢到智慧城市订单，云威在这个行业里就没有人能撼动了。"

"您之前说过，所有外部问题，都源于内部管理出了问题，这件事关系到供应链，我担心有人知情不报，甚至从中攫取利益，"颜亿盼斟酌着说出了自己的想法，"会不会已经有了一个溃烂的蚁穴？"

千里之堤，溃于蚁穴，这话说得小心，实则给廖森施压。

廖森偏不吃这套，他眼睛眯了眯，冷言道："你不要刚站上高位，就立刻想着扩充自己的权力范围。"

廖森很清楚这件事对他个人的杀伤力有多大，他对事态的解读会从利益角度，也会从个人权力角度，这件事可大可小，闹大了，很可能成为派系斗争，两方权力角逐，做错事的那一方肯定会被削权。

颜亿盼知道深浅，不再多说，站起来准备走。

离开前，廖森还不忘提醒道："不要扩大事态，否则影响了竞标，把你沟通部掀翻了也灭不了火，知道了吗？"

颜亿盼点了点头，从办公室离开了。

过去，她眼里看到的是自己的前程，她知道怎么做对自己最有利。此刻，销售的势头太猛，如果自己冲上去贸然灭火，必然会引火烧身。

可是现在，她居然隐隐担心这家企业，难道转性了？她看着电梯间镜子里的自己，猝然一笑，摇头想道：怎么可能呢？她只是担心企业出大事，影响她的晋升速度罢了。

72.鲜花着锦

五星级酒店的水晶灯流光溢彩，吊顶的玻璃倒映着云威员工们放松而欢快的身影。漂亮的女人都把自己平时不好意思穿出来的华服展现出来，男人们互相说着在办公室里不敢开的玩笑。但这种热闹并没有均等地分到每个人身上。

乔婉杭在整个热烈的气氛中显得卓尔不群，她进入后，Lisa亲自引导她坐在了主桌的位置上，她的名牌上写的是：翟太。

她眼里闪过一丝不悦。

右手边是几大居于首位的经销商及客户，白总坐在其中，他给乔婉杭递了名片，满脸笑容地说着："原来云威的年会是这个样子的，去年我连门都找不着，这次受邀，荣幸之至。"

"去年没有年会。"乔婉杭看似无心地说道，"你不知道吗？"

白总额头冒汗，低头剥开一颗糖放进嘴里，转过脸对乔婉杭另一边的沈美珍说道："沈厂长啊，你们的货供得太慢了！"

乔婉杭左手边是几家核心供应商，其中规模最大的就是沈美珍的代工厂。

"白总别急，我还有两家工厂会开出来，现在跟着云威进入资宁的工厂多了起来，会快的！"沈美珍说道。

乔婉杭对面坐着的是Chris和Keith，廖森来得比较晚，过来的时候，和他们聊了几句。

旁边并行的一桌是基本不参与经营的董事会成员，他们也都往这一桌看，不断低声耳语着，翟绪纲还是一如既往地照顾着桌子上的长者，姿态依然谦卑体贴。

整个大厅的座席布局很整齐，中间是销售，工程院的代表坐在舞台左侧的位置，主座上坐着程远，他对这种应酬场合表现淡漠，手里拿着平板在看国外的论文。工程院也没有全来，他们年底有自己的聚会。

热场舞蹈已经开始，门口突然响起一阵掌声，销售团队不少人站了起来，蒋真引着国兴老总赵正华大步而行，后面跟着副总李琢和销售总监吴凡。赵正华往廖森身边走去，廖森立刻站了起来，向他介绍乔婉杭。

乔婉杭也站起来，两人握手。

乔婉杭："常听人提起赵董事长，久仰。"

赵正华："听闻你巾帼不让须眉，幸会。"

两人仿若初见，不存在那些你争我夺，更没有人心难测。

热舞完毕，Lisa穿着大红色的鱼尾裙，一只手搭在身边穿着黑西装的袁州腕上，另一只手牵着裙摆，款款上台。背景幕布上出现今晚的年会主题：芯连心·创未来。

"各位女士们先生们，晚上好！"二人大声说道。

"你看我像不像美人鱼身边的企鹅。"袁州调侃道。他圆润的脸上泛着亮光，双眼笑成弯月。

"那也是戴着皇冠的帝企鹅。"Lisa笑道。

"那不行，皇冠哪是谁都能戴的？"袁州笑呵呵地说，"今天，我们请来了一位神秘嘉宾，他来自上海，曾在血雨腥风中杀出了一条血路，他对企业负责，对下属有情义，他从未向权贵……现实低头。"他意识到自己说错了台词，又低头看了看台本，最后大声说道，"他是时代的偶像！"

此刻，追光灯旋转，忽然落在了舞台的最高处，一个高瘦的身影站在那里，他侧着身，帽子遮着半边脸，脖子上挂着白色围巾。随着一阵《上海滩》音乐的响起，整个大厅沸腾起来。

这个上海滩老大还戴着眼镜，文质彬彬的样子。

"有请老大廖森登场！"袁州一边拿着话筒鼓掌，一边大喊道。

廖森带领团队冲击着30%的利润增长率，随着这个数字的接近，他成了云威的救星，他春风得意、意气风发，吴凡、汤跃、蒋真等亲信都站起来鼓掌，廖森从高处走下台阶，把帽子扔向观众席，并解开了西装的扣子，脱下西装交给舞台幕布后的助理李欧，Lisa双手递上话筒，他拿着话筒："我一个人站在上面，又闷又热……可惜没有冯程程。"

众人大笑。

廖森接着说道："袁州的介绍太夸张了，我们上海人不讲究这些虚的，都是实际的，我们这次请了业界同人，不仅仅是共同庆祝胜利，更重要的是，未来云威希望能和业内豪杰共同建立一个生态链，让ICT行业蓬勃发展，应对纷繁复杂的市场，应对凶险惨烈的国际竞争。特别感谢国兴，是他们在关键时刻，给我们滴血续命，感谢各位经销商，白总、肖总、黄总；感谢云威的每个员工，云威走出困境不是时势造英雄，是英雄造时势，在座的每个人都是英雄。"

台下响起热烈的掌声。吴凡大声喊道："主要是公司政策好！"

吴凡说的公司政策恰是千窍系列芯片发布后廖森主推行的"极端销售法"，把销售分为金银铜牌，销售额度越高的销售提成比例也越大。

在这种场合，廖森会减少那种冠冕堂皇的说教，而是更大程度和员工走近。

廖森道："公司今年的销售策略是有所改变，给到你们的压力和动力都比以往大，我听说，年底，咱们公司的销售团队产生了几个百万富翁啊。举办年会前我就说过，今天要把公司几个区域的顶级销售请上来现场发金牌。"

下面的销售开始欢呼，吹口哨。

廖森笑道："当然，高调还是要唱的，智慧城市我们入围了，而更重要的是拿下单子，我们拼搏的时候，不要忘记时代赋予我们的使命，也不要忘记强大对手对我们的鞭策，无论是研发、营销、还是财务、审计，都是公司一路前行的幕后英雄。最后，现在是十二月底，离财年结束还有三个月，我很有信心完成业绩，让每个人的奖金都不低于去年。"

台下大喊道："廖森、廖森、廖森……"

在这狂热的追捧声中，廖森把话筒还给了Lisa。

Lisa道："下面，让我们一起请出股东代表——乔婉杭女士，为我们颁发本年度的杰出贡献奖。"

旁边的台阶过高，乔婉杭穿着长裙，她提着裙摆，小心走了上去。

Lisa走上前，把话筒交给了她。

乔婉杭笑道："我刚看了时间，现在六点五十八分，我们计划是七点开席，留给我的时间，只有两分钟，我会很快完成人力资源部交给我的工作，让你们按时填饱肚子。"

台下响起了掌声。

乔婉杭笑道："我代表董事会对两个人提出表彰。一个是廖森，他的功劳，不用我再赘述了，大家都有目共睹，我将在这里代表董事会给他颁发'云威杰出领导者'的奖项。"

廖森又被再次请了上去，挺直的腰板微微弯曲，他从乔婉杭手里接过水晶奖杯，脸上却没有丝毫感恩戴德的谦卑，而是亮出比以往更具有逢场作戏性质的笑容。

"另外一位，在公司公开场合露面的机会不多，但是如果没有他带领团队一路坚持，没有他手里的利剑，我想我们很难披荆斩棘走出来。在这里我将为他颁发'云威杰出贡献者'的奖项，让我们请出工程院院长程远。"

程远目不斜视地从侧面上台，非常礼貌地弯腰接过奖杯。二人站在乔婉杭身边，台下摄影师给他们合影后，廖森主动伸出手，与程远握手，说道："程院长，以后继续努力，拜托了。"

程远淡淡地笑了笑，和廖森一左一右站在乔婉杭身边接受合影。

下台后，廖森非要拉着程远和一众高管巡桌，给每一桌以上级的关怀与鼓励。没过一会儿，他们来到了颜亿盼部门的桌前，袁州正在台上和几个中外股东讲相声，台下一片欢愉的掌声。

廖森看着颜亿盼，对她露出了久违的笑容，问道："亿盼来公司有几年了？"

"明年就整十年了。"

"嗯，跟程远一样啊，你们都是这个位置上最年轻的人。"廖森轻轻拍了拍程远的肩膀，说道，"以后的路还长，你们现在倒是可以安心做同事了。大家也都要像他们这样的前辈学习，十年来兢兢业业，都快把家安在公司里了，他们是公司的脊柱。"

廖森举杯，每个人都举起杯。跟在廖森旁边的李欧给廖森和程远添酒。

整个酒桌一片祥和。

"Lawrence，抱歉我要以茶代酒了。"Amy两手托举着茶杯，含羞带怯地笑道。

"嗯？我记得你可是能喝的。"廖森曾与她出去见过某报社的社长，对她的酒量有印象。

"我怀孕了。"Amy笑着说道,试图用最自然的语气,说出最自豪的话,但睫毛却不安地颤了颤,瞥了一眼旁边的颜亿盼。

颜亿盼起先有些愕然,接着又低头看了一下Amy的身量,她也没穿孕妇装,选在这个时候宣布,无非是想要廖森给她撑腰。

"哦,"廖森看着Amy,顿了顿,笑着说道,"那要恭喜Amy了!不错,不错。那别太辛苦了,亿盼,你得多照顾。"

"嗯,那是我们事业部的大喜事,"颜亿盼举了举杯,说道,"敬Amy这位准妈妈了。"

大家举杯。

她回头看了一眼程远,程远捧着酒,有意避开她的眼神,神情淡漠。她举了举杯,落寞地笑,大口地咽下了那杯发涩的酒。

Amy喜笑颜开,说道:"谢谢领导,高龄产妇真是各种不适。但是,Lawrence,我不会耽误工作的。"

"没必要硬撑啊,"廖森笑着说道,"我们公司的管理体系还是健全的,不会因为一个人就停摆,总有人能挑起公关部的担子,对不对?"

公关部的徐婵等人都紧张地点头。

Amy脸上的笑意变得僵硬了。她不了解廖森,廖森不喜欢任何人在公开场合把他架起来,这种"惊喜",廖森不会买账。

"不着急,Amy,你这离预产期还早吧?"颜亿盼偏过头看着Amy,眉眼弯弯地问道。

"明年九月。"Amy低声说道。

"公关部还是你来比较好。"颜亿盼轻轻抚了抚Amy僵硬的背,Amy在旁边抬眸看着颜亿盼的侧脸,目光闪闪,手里捏紧了茶杯,轻轻地放在唇边,喝了一口后,不禁吁了一口气。

廖森一行人离开了这一桌。

颜亿盼部门的桌子上,敬酒、举杯、祝福和相互奉承无论如何热烈,也没有掩盖她的疲惫,越是这种喧闹的环境,她便越抽离。这么多年,她一直在悬崖边行走,在这样一个刚硬的科技公司,没有一个女人在四十岁前,坐到了她这样高的位置。两年前,站在上面和翟云忠合影的是她和程远,因为她拿下了资宁那块地。她还记得那天头顶上落下的彩色丝带和金粉,让她眼花缭乱。外人看到了她的华丽精致,却没有人看到她内心的谨慎焦灼。她不计后果地达成目标,最终反噬到了她的身体和她的家庭。

值得吗?

她喝了口酒,内心拒绝继续思考这个问题。

时间不知过了多久，抽奖、领奖、给优秀员工颁奖。对企业来说，年会的意义到底是什么？是再一次加深大家是一体的情怀？是年轻人放松自我的机会？但是对大多数老员工来说，他们都希望尽早结束。

赵正华被销售团队一圈一圈围绕，但他都推说血压高，以水代酒，连廖森敬酒也不例外。

这时传来Lisa的报幕："资宁产业园的生产线是云威的生命线，他们派出了工人代表，将为我们献上舞蹈《生命线》。"

台上的工人们先是跳起了机器人舞，接着围成不同的圈，把安装主板时的工作方式通过舞蹈的形势演绎出来。

电焊、衔接、测试、组装……

整齐的动作加上夸张的表情，诙谐又有气势。

沈美珍看到哈哈大笑，表演结束后，她被一群年轻的员工请上台说话，她接过话筒很是大方地说道："这一年跟着云威，赚了不少钱，作为合作方，这是我们员工送给云威员工的节目，希望大家喜欢。只要人在，厂在，合作就永远继续！"

台下又是一片欢腾，口哨声也响了起来。

节目结束后，沈美珍被员工拉着去了后台，大家围在沈厂长边上求直播，他们闹得差不多的时候，颜亿盼走了过去，拿着手机笑着问道："沈厂长，能和我合个影吗？"

73.烈火烹油

"当然，当然！"沈美珍抬手招呼颜亿盼站在身边。

两人自拍结束，颜亿盼笑着说道："一会儿还有抽奖，您也是抽奖嘉宾，我送您过去。"

沈美珍便跟着颜亿盼从后台的侧门出来。

颜亿盼在得体无比的陪同中，正在考虑如何接近某个话题，她是个务实的人，很少被某种情绪困住，哪怕在这种如走马灯一般的混乱场景中，她都清楚地知道自己要做什么。

她们穿过大厅里的过道时，喧闹声稍微小了一些，还带着门外冬季的寒气。

"看您一直都很忙，今年过年工厂是不是都要加班了？"颜亿盼笑着关切地问道。

"是啊，"沈美珍声音陡然增大，脸上有着某种操劳过度后的兴奋，"千窍芯片这批订单可以一直持续到明年年中，翟太说那时候你们还有新品出来！"

"是不是有些着急的订单您都接不了了？"颜亿盼笑着问道。

"对呀，我现在正在考察新工厂，准备扩建呢。"

"那质量能保证？"颜亿盼即便问得再小心翼翼，质量问题也永远是硬件厂商的命脉，沈美珍绝对敏感。

沈美珍瞪着眼睛问道："颜总什么意思？你是质疑我对工厂的管理能力，还是质疑你们云威供应链的管理能力。"

"没有，没有，我就是请教您，前段时间，我从网上买了一个包，去二手店市场鉴定，店长说第一次见仿得这么真的包……"颜亿盼态度诚恳地问道，"说可能是正规渠道里出的私单？"

"包我不懂，不过要说主板，那是很难，"沈美珍脚步顿住了，又想了想，"至少我的工厂不可能，一颗芯片多贵，任何损耗都要记录在案，更别说拿出去做私单。"

"那是肯定的。"颜亿盼赶紧笑道，又接着问，"夏总怎么没来，不然今天敬他一杯。"

颜亿盼问的是夏发，负责芯片的封测工厂的厂长。

"这人怕老婆，这里美女太多，怕别人看上他，不敢来。"沈美珍说。

颜亿盼笑了起来，就把沈总往既定位置上送。

她这才注意到，乔婉杭似乎一直在看着她和沈美珍，大堂里灯光辉煌，颜亿盼却感受到乔婉杭眼神中冰冷的审视意味。

"我就是离生产线太远了，让您见笑了。"颜亿盼低声对沈美珍说道。

"不会，"沈美珍笑了起来，拍了拍颜亿盼的肩膀，"颜总一看就不是我们这些在工厂里干的人。"

颜亿盼尴尬一笑，离开了这一桌。走了几步以后，她还是回头看了一眼乔婉杭，此刻乔婉杭也正看着她，但很快又收回了目光，笑盈盈地和旁边的人交流着什么。

颜亿盼内心不禁微微一颤，她想到结婚时，婆家送过来的一个瓷器，据说价值不菲，表面上看起来完美无缺，但几年后的一天，突然碎裂了，她找人修复的时候，被退还了，说这是瓷器里的暗裂，胚子里有，外表看不出来，年代久了，变质了，迟早有一天会裂开。

此刻台上响起了一首钢琴曲：*Last Dance*。

廖森在一边看着赵正华，说道："赵董，这是云威的经典环节，您可以邀请场上任何一位女士跳舞。"

赵正华看了一眼乔婉杭，又有些犹豫，她的身份还是特殊的。

"大伯，"乔婉杭的声音在赵正华身侧悠悠响起，原来她先站了起来，来到他身边，眉毛扬了扬，从容地笑道，"能请您跳个舞吗？"

赵正华于是也站了起来，旁边有人注意到二人站起来，都低低地惊呼起来，舞池里的人立刻让出了道。

乔婉杭这一次才近距离看这张脸，四十多岁的年龄，一张国字脸，刻画着常年商场打拼留下的印记，笑容可掬，眼神却如鹰一般透着锐利。

她搭上他的大手，这是一双满是茧子的手，坚定有力。赵正华体形健硕，乔婉杭并不矮，但在他身边却显得很娇小。他们在舞池中虽然没有最曼妙的舞姿，但一定是最吸引眼球的一对。

"难得您最近和云威走得那么近。我听说，过去，您可是连行业聚会都拒绝的人。"乔婉杭笑道。

赵正华听了这话，靠得更近了，低声说道："你知道是什么原因。"

"暴露目标，可是商场大忌。"乔婉杭并不躲避他咄咄逼人的步伐，而是在他耳边说道。

"还记得我第一次见你时说过的话吗，我不是暴露目标，我是认真地向你们云威表达合作意愿。"赵正华继续说道。

"你是吗？"

"我是啊。"赵正华眯缝了一下眼睛，带着乔婉杭随着自己的脚步走着，"你们云威想建立产业链，填补这个行业的空缺，但是战线拉得太长。我相信自己的判断，工程院比我预想的要厉害，但投入也会跟滚雪球一样，你们养不起。"

赵正华指的是云威的产业布局，从研发一直到生产线。

"难道靠你国兴养？"

"不是靠我，是靠这个生态，我们比云威介入行业更深更广，我们能提供更好的土壤……"

"怎么不见你们把自己的芯片做起来，"乔婉杭不想听他游说，打断了他的话，"你知道，我可以让我的研发团队给银行写一份专业报告，论证你的冥思芯片只是在烧钱，你猜银行会不会给你断贷？"

赵正华的脸上染上一层冷意："即便断贷，我也不至于跳楼。"

乔婉杭脸上的怒意升腾而来，立刻准备离开，却被他紧紧抓住手腕。

"既然你不愿意，我绝不强求。"舞曲舒缓了，赵正华的手也放松了下来，乔婉杭的手并没有抽离他的掌心。

"你讲平台，讲产业，讲资金，我都听腻了，我今天跟你讲一个事实，"乔婉杭的声音再次平和起来，"Xtone卖你们芯片从来不是一单一单，它要求你们把半年的订单都预订下来，算强买强卖吗？不算，因为它有核心技术。所以，卖方比你这个买方谱都大，你和它的合作，价格没得谈，数量没得谈，连交货期都没得谈，你一边觉得委屈，一边又怕人家弃你而去，所以你想自主研发，但这条路你起步晚了，于是你想要起步早的云威工程院。"

"你们入围了智慧城市，筹码多了一点点，但是只一点点，"赵正华看着乔婉杭，虽被说中，但依然波澜不惊，"我重新报价，出资金额涨20%，我们占股五五开。"

"不三七开了？"

"不了，之前是我鲁莽了，我道歉。"赵正华眼神里多出了一丝叫作诚意的东西，"智慧城市项目，我们可以谈谈合作……"

"我原谅人的方法只有一种，就是打败他。"乔婉杭打断了他的话，眼里却多出了一丝燃烧的灼灼之焰。

"你搞错了！"赵正华笑了一声，像在看一个年轻人不自量力地朝巨人挥舞拳头一般，说道，"我们不是对手。"

两人舞姿优雅，没有人看到他们之间哪怕一点火星。

赵正华继续说道："我这个人做生意和别人不同，向来磊落，我会继续表达和云威合作的诚意。"

乔婉杭却警觉地看着他，接着说道："合作也行，你研发中心的设备据说亚洲一流，不如，卖给我？"

"你就这点小算盘？"赵正华松开了手，乔婉杭和他保持了一定距离，舞曲不知道什么时候停止了，他知道这次谈判又没成功，眉眼微蹙，收起了之前的迂回，道，"你还未必比得过你丈夫。"

乔婉杭听到这里，抬起眼眸，神色沉沉地注视着她，没有再说话。

这时，一群人过来，簇拥着赵正华。他是第一个离开会场的人。临走前他让李琢把一份合同给了蒋真，上面已经有了他的签章。

是一笔22亿元的芯片组订单。

一周前，蒋真为了这个单子恨不得在国兴楼下搭帐篷候着。

这笔订单将直接帮助销售团队冲刺本年业绩，离三月份完成云威与永盛今年的对赌协议很近了。因为赵正华的这份合同，销售的欢呼声充斥着整个大堂。

赵正华的车停在不远处的花丛旁，他坐进车内，车围绕着花园缓缓开到了出口，颜亿盼正在花坛边喝着饮料，看着这位大佬在众人的注目下离开。没过多久，另外一辆车也跟在他后面离开，车里的人像是翟绪纲。他居然不等董事会那帮老家伙走就先行离开，颜亿盼没来得及细想，便听到耳边一阵喧闹，工人们也都出来了，他们和沈美珍一同上了一辆工厂大巴。

那些把酒言欢，豪言壮语，一旦脱离了酒桌，能长久的又有几个。翟家的五星级酒店，金色明亮得如同一个皇族宫廷，迎来一轮新月的点点余晖。

一拨又一拨的人从这个皇宫里离开，云威的世界，从热闹非凡又走向朴实无华。

空空的过道上，一个"云威杰出领导者"的奖杯被扔在了外面的垃圾桶里。

74.颜亿盼的罪名

颜亿盼家里客厅的墙角有一个玻璃三角柜,刚买家具时,夫妻俩计划每年去一个地方旅行,三角柜上放满世界各地的纪念品。但这么多年过去,上面只有一个大玻璃罐子,里面装满了贝壳、海螺,那是二人唯一一次一同旅行的纪念品,地点是珠海。不是特意去的,而是因为程远在深圳那边有个项目,颜亿盼在广州出差,后来两人都请了一周假,想补个蜜月,坐船到珠海一个叫作伶仃岛的地方。他们在那里住了两个晚上,吃了一只很大的螃蟹,喝了当地的姜撞奶,白天绕着小岛走一圈,晚上坐在海边,眺望一片海雾下的岛屿。

日光洒在白沙上,他们也会光着脚踩在上面,感受着柔和温暖的触感,整个人都放松下来。

岛内还有小山,他们顺着长满青苔的石阶往上爬,因为不是旅游旺季,山上的小道空无一人,他们当时很忘情地在石阶上接吻,觉得此生这样便很好很好。

本来计划要去澳门,可又因为产品测试出了点问题,程远被临时召回,颜亿盼便让他先走了,自己留在珠海多待了一天。

这么多年过去了,那个柜子还是很空,此刻又多了个"云威杰出贡献者"的奖杯,杯座后面刻着程远的名字,另外几个有颜亿盼的,也有程远的,形状不一样,昭示着二人大多数的时光和岁月。

颜妈临走前擦了这个柜子一遍,还反复叮嘱她:"你们也没个结婚照,有时间去补拍一下吧,让我带回家。你表妹他们还跑到海边去拍了,特别好看。"

"嗯,等有空的时候吧。"颜亿盼口里应承着,他们实在不喜欢把宝贵的时间用在化妆、摆拍和挑照片上。

他们的婚姻少了太多仪式,没有接亲、没有婚礼、没有彩礼、没有嫁妆,就是请了各家亲戚象征性地吃了一顿饭。

两家四个老人中,颜爸和颜妈对这桩婚姻是满意的,他们过惯了卑微的生活,对别人的不接纳表现得很认命,只要孩子开心就行,内心唯一的遗憾,是觉得女儿和女婿少了很多平常夫妻的那种细碎的幸福。

偏偏颜亿盼又是一个对家长里短不感兴趣的,所以,每当亲戚打听颜亿盼的婚后生活,颜妈也只能说,这两人挺般配的。

现在颜妈回老家了,家里又恢复了冷清。

颜亿盼在衣帽间的镜子前整理了一下丝巾,衣帽间大概七八平方米,除了排列整齐的衣服,就是满墙形形色色的鞋子,她静静地看着鞋子,好半天才挑了一双拿到门口穿上。

今天是年终业绩总结会,大家都表现得很轻松。

这一年过得不平凡，也不平静。虽然谈不上大家扭成一股绳往前冲，但在互相牵制和扶持中，达成了一个良好的结果。大单刚成，来年还有更大的盼头。

"我周末被拉去郊区度假，回来长疹子，医院居然没有皮肤科急诊……"说话的是客户关系管理部的总经理张光，可他话还没说完，突然发现不太对，因为明明是业绩总结会，但是董事会里几个成员也来了。

那样子不太像是要分享喜讯的。

战略发展部的黄西进来后小声说了一句："你们小心一点。"

大家立刻都安静了。

颜亿盼坐在管理层和董事会衔接的位置，在主席位对面，无论对内对外的沟通，她都代表那个桥梁，她感觉气氛不对，但一时不确定这是谁组的局，如往常一样只是跟人点头示意。

乔婉杭来了以后，翟绪纲、项总、桑浩宁等参会人员以她和廖森的座位为中心往两边扩散。翟云鸿也破天荒地参加了，估计自上次云尚事件以来，他感到自己有必要关注云威的动向，以免被杀个措手不及。他进来得比较晚，进来后，便坐下百无聊赖地翻阅着这次会议要汇报的资料。

廖森最后进来，他进来后扫了一眼这个态势，像是也有所耳闻，但没料到阵仗会这么大。李欧看到他的神色，小声对他说："是翟云孝半夜给董事会成员发的邮件。"

这句话似乎也有意让颜亿盼听到，翟云孝最擅长做幕后推手，不知董事会有几人与他有关。她很多事不与乔婉杭沟通，结果就是，乔婉杭也对她有所保留。

"按照惯例，这次先从汤跃开始，汇报上个月的销售业绩完成情况。"廖森不动声色地坐下后，拧开钢笔翻看资料，头也不抬地说道。

汤跃把业绩表投影在幕布上，虽然他常年和数字打交道，但是坐在这个位置，他也同样洞悉人性。他简明扼要地挑了股东们爱听的汇报："上个月营收2 140 001 503.8元，比去年同期增长95.87%；归属于上市公司股东的净利润为420 019 540元。按照自然年来算，今年达成的利润率比去年高出61%，同期每股收益比去年高出8元。还有三个月进入到财年结算，我们现在的业绩完成155%，如果按照今年每个月的增长率来算，财年结束，我们将完成年初云威与永盛定的指标，具体的财务数据在每个人手上的报告上。"

"这是一份让大家都满意的成绩单，我代表翟家长辈向廖森还有在座的各位优秀的管理者表达感谢，大家都辛苦了。"翟绪纲坐在一边，微微弓背点头以示感谢。

项总举起手为廖森鼓掌，道："不简单啊！"

其他人都给予了同样的掌声。

321

掌声适时地停了。

翟绪纲站起来拿出十几份资料，分别发给几位董事和高管。

廖森看着打印的邮件，脸色极其难看。

发到颜亿盼手里时，她刚翻开，就听到翟绪纲说道："找个人念一下吧，这里有的前辈眼花看不清。"

声音很体贴，但总给人阴阳怪气的感觉。

大家都大气不敢出，项总看着那位"长疹子"的人说道："张总，你是负责客户关系管理的，你来念吧！"

张总脸上本就有几个小疹子，被点名后，整张脸因为血液上升，由红转黑，倍感瘙痒，想挠又觉得不妥。他匆忙翻着这些纸张，似乎想找张合适的念。

"您能从第一张开始念吗？谢谢。"翟绪纲身子微微前倾，谦逊到让人肝颤。

"你们云威正牌子和假货掺着卖……咳咳，良心被狗吃了。我们是B端小客户就好糊弄，老子赚的那点钱还不够维修服务的！"张光念的是投诉信。

他翻到第二张："你们没有品质控制吗，为什么同样是云威，玩《三国杀》，我跑的周瑜居然被黄盖给揍了！同样型号的主板，差别怎么就那么大呢？……"

下面一阵讨论。

乔婉杭看戏一般，把这叠戏本子往桌上一放，声音不大不小地说了一句："行了！"

廖森显然也看够了，转脸对翟绪纲说道："有话就直说吧。"

"大家也许觉得董事会形同虚设，这么大的事情，一点风都没漏过来，"翟绪纲看了一眼董事会的成员，那样子似乎要做他们的代言人，接着又说道，"是欺负董事会不懂管理，还是你们隐瞒得好？！"

廖森道："这件事，我已经让人查了，很快会出结果，没必要急着开批斗会。"

"我知道，您又会说我们不懂经营的艰难，"翟绪纲不依不饶，"我和家父沟通，他说这是一个企业的价值观出了问题，外部的问题都是从企业内部的腐烂开始的。如果没有内部人员的协助，哪个工厂可以仿造主板？如果不是你们默许，这种产品怎么可能进入到我们的渠道？长此以往，云威的货还有人敢买吗？"

廖森知道了翟云孝父子剑指向何处，他试图调整情绪，转头对蒋真说道："涉事的销售，你给我一个名单。这些人，不能留。"

虽然无法挡住对手的剑，但廖森希望自己受的只是皮外伤。

"只是销售吗，管理层有没有问题？"翟绪纲说完又拿出一块仿造主板，"我这几天查过了，货的批号和资宁工厂一模一样，应该是同一批次做了复制，这个问题可不小。"

黄西说道："我建议，这一次销售部、质检部、财务部、沟通部、内审还有负责招聘的人力资源部，都应该进行自查自省！要把害群之马踢出去！"

汤跃听到自己的部门，看了一眼黄西，又看了一眼廖森，忍住没有说话。

"各位，少安毋躁，我们现在正在外面磕单子，这种事情，能否先控制内部员工的情绪，优先处理问题严重的人，毕竟现在是信息时代。"项总出来救场，关键时刻他总是充当中立者来站到自己利益相关方一边。

"各位股东，你们想清楚了，这把刀一旦举起来，砍掉的不见得是腐肉，还有大家手里的收益。"蒋真继续说道，他并不想把事态扩大。

Chris说："如果这一次不处理，变成了癌症，对云威不好。但是，我们的财年还有不到三个月就结束，要不要这么着急处理，我需要考虑一下。"

"现在形势大好，员工积极性很高，我们磨灭了士气，员工不团结，还能保证公司未来的发展趋势吗？"Lisa看到势头有扭转的趋势，又担心要处理自己的部门，也站出来说话了。

"内部腐朽，最终也会是强弩之末。你一个人力资源部的负责人，认识居然这么浅，"Wilson发言了，他过去是翟云忠的人，现在无法判断他是不是支持翟绪纲，但话说得很在理，"Lisa，今年你们人力资源部比往年多招聘了50%的员工，以销售为主，其次是运营，是不是一时消化不了，导致没有树立正确的价值观就上岗了？"

"我会重新规划招聘筛选机制和培训计划。"Lisa老实了。

颜亿盼一直没有说话，她感觉这一局，翟绪纲师出有名，并且筹备已久，不然不可能会有这么多人反应过来替他说话。

"大家都在追究业绩，没有人停下来思考云威创立之时的理想是什么，我二叔每一年都会提到的，"翟绪纲说这话时，声音隐约有些颤动，"他的理想，这里还有人记得吗？"

仿佛一切都排练过，又仿佛是本色出演，总之一群人在对另一群人层层施压，此话一出，大家都不好和一个死人对抗了。

颜亿盼看着翟绪纲，发现他说这话时居然眼含泪光。一时不知道他是在替死去的翟云忠说话，还是想刺激坐在这里的乔婉杭。

乔婉杭眼神幽暗，依然没有说话。

颜亿盼不禁想到那天雪夜里，她对乔婉杭说的话，说没有人还记得翟云忠说的理想。事态已经如此严重了吗？可这段时间的调查，她并没有查出个所以然。

一时间，她突然有些看不懂这个局面了。

可提到了质量问题，这是企业之本，没有人能掉以轻心，也没有人能置身事外。

"我记得公司的投诉机制是，如果二十四小时内不解决，就直接汇报到最高层,到今天都已经七天了。"翟绪纲说道,"我听说西南区的经销商是向颜总反映过的。"

颜亿盼心里猛地跳了两下,她发现翟绪纲所有的声势,有了一个落点,那个落点便是在自己身上。

"在市场上,最有价值的是什么?"一直沉默的乔婉杭说话了,倒没有指责的意味,仿佛就是探讨,是思考,还有一些感慨。

Lisa低声说道:"人才……"

别的人不明所以。

Wilson又说:"是质量。"

乔婉杭最后看向颜亿盼,颜亿盼避开她的眼神。

"是信任,"乔婉杭说道,"有了信任,生意才做得下去。如果把信任当屎喂了狗,就没有合作的必要了。"

颜亿盼深吸一口气才抬眼看着乔婉杭,两人的合作恐怕要到头了。

"我有一个提议。"乔婉杭收回眼神,看向一众高管,说道,"颜亿盼是公司里最早知道这个消息的,而我们到今天才知道,颜总,不知道你愿不愿意承担瞒报的后果。"

颜亿盼沉吟片刻,闭了闭眼,叹息一般说道:"……我承担。"

"那你从明天开始下工厂,调查出假货的源头。"乔婉杭说道,然后看向众董事会成员,"查清楚再给对策,这样可以吧?"

其他人说道:"没有问题。"

"除了彻查假货的源头,还要监管新的出货,"翟绪纲说道,"现在是智慧城市竞标的关键阶段,订单不能再出问题,颜总毕竟不是专业做供应链的……"

"如果你不放心,"Wilson说道,"新出的订单,也请颜总签字确认,确保流程中没有疏漏,专业的人做专业的事,管理就是确保责任到人。"

"廖总怎么看?"翟绪纲又问道。

"我没意见。"廖森接着又说道,"蒋真,你查销售端,Lisa查行政端涉事的部门,一周内出报告。"

对廖森而言,这本应该是吹响胜利号角的冲刺时刻,却成了全体默哀的至暗时刻。

廖森回到办公室后,内心燃起了熊熊烈火,骤然喷发,脸近乎扭曲,过去杀伐决断的霸气变成了愤怒,他道:"所有努力,付诸东流。"

"是,到头来又变成家族制,翟家抱团,我们这些经营者就得靠边站。"这些话,只有亲信CFO汤跃才敢说。

廖森沉默。

接着，汤跃又叹了口气，道："鸟尽弓藏啊，翟家人从来不懂感恩。"

廖森看着汤跃，眯缝着眼，他的战斗力岂能如此弱，他必须迅速调整方向。廖森不自觉深吸了一口气，此刻，不能自乱阵脚，他道："雷声再大，她在下面的根基也不稳。"

"她以一个颜亿盼，给公司商务团队换血，这是在削藩收权啊。"

"权力的脚下是刀刃，看她能不能走过去吧。"廖森随手翻看着投诉信，留下其中一页，把它放在了身后的文件夹C里。他按照事件重要程度会把文件放在A—H不同的级别，入了他A级别的文件，通常都意味着更高的荣耀或者更重的压力。

汤跃接过剩余的信，直接放进旁边的碎纸机里，说道："女人当了领导总会暴露两个问题，一是控制欲大过能力，二是情绪影响决策。"

廖森吹了吹保温杯里的热气，喝一口，又放下了，说道："你说她是真的不想和国兴合作，还是想闹革命？"

汤跃也摇头，说道："这个节骨眼上，闹这一出，太心急了吧。"

"等他们风向不对的时候，咱们再出手。"廖森眼里几乎可见红血丝。

一年前他试图将她踢出局，之后两人相安无事地走到了现在对峙的局面。

汤跃看在眼里，那是久违的杀气，这种杀气，让盟友感到安心，他主动给廖森未空的茶杯蓄上了水。

一直守在猎物身边的捕猎者——翟绪纲，额头上那个疤一直没有消失，他知道唯有捕捉到猎物，这块疤痕带来的屈辱感才会真正消失。随着他对云威经营的深入，一点风吹草动都能引起他的警觉，他不会错过任何机会。

但这一次，他不敢像上次那么鲁莽，他先请示了自己的父亲。

半个月前，他把这块高仿的主板放在了父亲的办公桌前。翟云孝看了一眼，即刻明白问题出在了哪里，却并没有马上给出答案。他问翟绪纲："猎捕者最需要的素质是什么？"

"稳、准、狠。"

"不是。"

"不是？快？唯快不破。"

"恰恰相反，是慢，是沉住气等待，一直到最佳时机才出手。"

"可这个时候，正是他们出问题的时候。把事情闹大，一旦危机爆发，股价下跌，我们可以……"

"我们不能乘人之危，这样你即使上位，也不会有威信。"翟云孝瞟了一眼主板，继续说道，"这件事情必须内部处理，处理完了，云威一定元气大伤，需要休养生息。那个时候，才是你进攻的时候。"

翟云孝让他出手时，一定要联合翟云忠过去的下属，那些人忠心而果敢，面对质量问题绝不会妥协。

于是，他借着翟家的名义，一一拜访了Wilson、黄西等人。

开会前，他站在自家阳台上，对着广袤天地反复演练了那段情绪饱满而激烈的台词：

我二叔的理想，还有人记得吗？

还有人记得吗？！

75.工厂之行

第二天公司里财务部牵头在员工内网发了一篇很隐晦的通告：

> 自1月1日开始，公司将进行内部审计，请各部门配合自查自省，尽职尽责做好本职工作。
>
> 云威集团财务部签发
> 12月30日

紧接着人事部牵头也发了一条通告：

> 自1月1日开始，公司将陆续开展《职业道德与法治》网上培训课程，请各部门安排时间在网上报名学习。
>
> 报名入口请点击此按钮。
>
> 云威集团人事部签发
> 12月30日

元旦刚过，第一天上班，内网发出一则通报批评：

> 客户关系管理部张光总经理，因处理投诉推诿拖延，现做开除处理。
> 供应链管理部门姚元总监，因部门监管不善，现做开除处理。
> 请各部门员工引以为戒。
>
> 云威集团董事办签发
> 1月4日

但正如廖森预料的那样，除了给大家风声鹤唳的恐慌感，并没有查出源头在哪儿。

颜亿盼在动身去工厂的路上回想这段时间的变故，益发感到自己的命运是高层角逐的结果，她习惯了这种斗争，偶尔觉得厌烦，厌烦那些资本和权力的耀武扬威；偶尔又觉得着迷，那种在迷途中走出一条路的感觉很是过瘾。她知道自己在靠近某个火源，出于各种原因，知情者都默许它暗中燃烧。最后的火势由谁控制，谁又会引火烧身，没有人知道。

这次被云威内部称为"道德风暴"的行动来得快而蹊跷，在风暴中的人还没回过神来，就因为各自的欲望、筹谋和打算被卷入其中。

廖森折了人心，大家才知道，原来他也有失控的时候，也有保不住的人。

颜亿盼被安排离开权力中心，至于什么时候回来，依然成谜。

颜亿盼快到科技园的时候，有一辆车开过来，一个穿着黑色西装，看起来不到三十岁的年轻男人上来接过颜亿盼的行李。

"我是青松温泉酒店的大堂经理，我叫王萧遥，您叫我萧遥就行。"

"青松温泉酒店？"颜亿盼问道，"翟绪纲的？"

"嗯，现在的老板是乔婉杭女士。"王萧遥说道，然后指了指科技园旁边的一个四层楼，上面的灯牌确实写着"青松温泉酒店"几个字。

颜亿盼看着前面的酒店，不知道是翟绪纲贱卖给乔婉杭，还是乔婉杭趁机收购了他的酒店。他们两个人在那次业绩总结会上，看起来好像是一家人联手解决难题，但以她对乔婉杭的认知，乔婉杭绝对看不上翟绪纲的。但他们之间是不是存在什么交易，颜亿盼不得而知。

想到此，颜亿盼的心情倒没那么低落，或许，和权力中心保持一定距离能理出个头绪来。

但她还是拒绝了王萧遥的好意，或者说拒绝了乔婉杭的安排。不是生气她把自己发配至此，也不是避嫌，说不上什么理由，她只是没有办法说服自己理所当然地享受乔婉杭带来的便利。

这一次，她是真的希望能查出点什么，才好交差。

王萧遥见她执意不住，也没再勉强。

颜亿盼在过来前就已经联系了沈美珍。

已经是傍晚了，夕阳染红了工厂的白墙，山庄里炊烟袅袅，工人们成群结队从工厂出来，孩童一蹦一跳地放学，颜亿盼来到了沈美珍的代工厂。

沈美珍的办公室装饰比较简单，除了座位背后一幅用行书写着"惛慢则不能研精"的字外，还有一老者教顽童下棋的水墨图，基本无甚意趣。

红色书柜里全是资料和订单，错落有致地描绘着沈美珍的全部工作和生活，忙碌又干练。

"听说你要监管我们产品的质量，我绝对欢迎！"沈美珍说着，拿出三摞订单，"这是上个季度的订单，云威董事会给我发了函，说从这个月开始，所有出货都必须颜总签字。"

"我是个门外汉，需要沈厂长指导。"颜亿盼自谦道，尽管她来之前做了很多功课，但是在工厂这块，她实操经验还是不足。

"质检部有荷兰的专家负责，你只要确保流程正确就好，比如他们的名字都在上面，批复意见都完整，就可以。"沈美珍笑着说道，然后又拍了拍她的肩膀，"放心吧，我这里从来不出问题。"

"我想找个时间去见见夏发夏厂长。"颜亿盼说道，"他住哪里？"

源头必然是从芯片出厂那里算起。

"没想到颜总是个急性子……"沈美珍说道，"你先去宿舍楼安顿下来，我联系他，问他时间。"

颜亿盼也不想给她惹什么麻烦，便先随她去宿舍楼，沈美珍叫来一个人帮颜亿盼拖行李。

"我以为你会住云威的招待所。"沈美珍说道，"那里条件还是好些的。"

"你不是说我不懂工厂管理嘛，这叫深入一线。"

"哈哈哈哈，好，我欣赏颜总这样的做法。"

事实上，颜亿盼真的希望和他们零距离接触，从而了解整个供应链的运行过程，她知道仅凭向上爬的野心远远不够，要靠实力，是不被任何人指摘的实力，是不被他人左右前途的实力。

她也很清楚，女人的野心不能说，说了要遭人嫉恨，遭人防备，只能做出来，而做成的代价向来不低。

宿舍楼管是个大妈，听说老板带了人来，赶紧叫了几个年轻女孩帮颜亿盼拿东西，给她单独安排了一个宿舍，在集体宿舍的最里面。宿管大妈说："这是所有宿舍当中条件最好的。"

颜亿盼跟着她们爬上了宿舍楼，楼里喧闹声很大，对面刷成蓝色的六层小楼是男寝，女寝是栋小白楼，没有电梯。楼里传来广播的声音，播音员普通话不算太标准，播放着今天各个小组的废品率，还有一些违规状况。

每层楼都有一个长条的阳台，阳台上布着密密麻麻的铁网，每个宿舍的大小相同，让她想到了高中宿舍。行政人员给她介绍这里澡堂、食堂和健身房的开放时间。颜亿盼上了顶楼，穿过一个又一个宿舍，里面有的女工在聊天，她听到她们在说今年某个外地代工厂的人跳楼；有的在唱歌，还有的正拿着盆子准备去旁边的水房洗衣服。每个宿舍的铁门两侧都有玻璃，即便门关了，也可以透过玻璃看到里面的情况。

穿过了长长的过道，她进入到最里面的一个房间。果然是单独的房间，"条件最好"的意思是，有一张床、一个简易的木柜、一个简易的桌子，对面可以看到远山。她还算满意。除了房顶有点掉墙皮、窗台下有霉菌以外，实在找不出什么别的毛病。

她收拾好行李已经到了晚上十点，随着一声长哨声，灯突然灭了。此时，一束刺眼的手电筒通过门旁边的窗户扫射进来，原来是两个社管人员查寝，听说这是从大企业过来视察工作的，又赶紧凑在窗前说了声抱歉，才收起电筒，离开了房间门口。直到此刻，颜亿盼才真正体会到，自己来的是一个什么地方。

这里的物质条件并不差，但需要整齐划一的统一管理。她在筹划着购买窗帘、水盆和书架的过程中，沉沉睡去。

早上六点半，整栋楼就醒来了。她还赖在床上，却被外面欢快无比的起床歌曲闹得头昏脑涨，也不得不起来。她拿出漱口杯，准备去另一边的水房洗漱。但因为人多，大家都在排队，她便又退了回来。

她稍稍有点后悔自己逞强了，如果住进温泉酒店，肯定不会这样，何必找罪受？但很快她又打消了这个念头，告诉自己，不要贪图享受，找到假货源头才是根本。

但接下来几天，夏发一直对颜亿盼避而不见，不是说自己忙着赶工，就是说在外地出差。后来，听说他回工厂了，她又去工厂等他，这人以保密基地、外人免入为由，将颜亿盼拒之门外。

以至于某天的深夜她不得不靠着沈美珍指路，直接奔赴夏发的家，那是一栋离科技园几公里的自建二层小楼。

小楼的院子里有一只凶猛的藏獒，颜亿盼一敲门，藏獒便扑向了铁栅栏，流着口水，眼球闪着瘆人的绿光，吓得颜亿盼直往后退。二楼的灯亮了，紧接着一个笨重的黑色身影从楼上下来，发出沉重的脚步声。来人走近铁门，安抚地摸了摸藏獒，藏獒便安分下来。门前一盏灯亮了，开门的正是云威芯片封测厂的厂长夏发。

夏发看着颜亿盼，有些诧异："颜总？"

"夏厂长，好久不见。"

夏发整理了一下自己凌乱的发型，把颜亿盼领进了那座小楼。

问明来意后，夏发没有回答颜亿盼的问题，而是问道："公司有其他人知道你来找我吗？"

"没有。"

"那就好。"夏发回头看了一眼颜亿盼，眼里的精光让颜亿盼背脊发凉，这番话，像极了电视里要杀人灭口前的问候。

"夏厂长怎么看这件事情。"她还是保持了镇定。

"我的看法并不重要,你们云威是我这家工厂的股东之一,交业绩是第一位的。"

"所以,芯片是从您这儿流出去的?"

"颜总,注意你的语气,不要带有指责,我年纪大了,听不惯。"

"抱歉,是我心急了。"颜亿盼不得不暗吸一口气,压住内心的情绪。

"我手底下出来的产品从来没有质量问题,其他的,不是我的责权范围。"

"卖给谁也不管?"

"订单从哪里来的?我一个工厂厂长,可不管销售。"

"那……"

"我老婆还在楼上,你这么晚过来,她不免要多心,恕我不能久陪了。"

夏发站了起来,一副急于打发人的样子,颜亿盼不得不离开。

见颜亿盼出来,藏獒面露凶光,咆哮着的吠叫声令人恐惧,但夏发一个眼神,藏獒又后退了。

离开前,夏发把门廊的灯打开了。

颜亿盼仍不甘心,回头说道:"夏厂长,您就不担心这会影响到您工厂的声誉吗?"

"我再说一遍,芯片没有问题。"夏发脸色带着一丝不耐,但最后还是挤出一个笑容,沉声说道,"察见渊鱼者不祥。颜总,天太黑,你路上小心。"

颜亿盼走下小路的时候摔倒在地,远方的风发出飕飕的呼号,前方灯火迷蒙,她靠着微弱的手电筒灯光回到宿舍。

那天她的手腕不但扭到了,还被旁边一个断掉的树杈划伤了一道口子,好在没有下西南时严重。回到宿舍,已经很晚了,她用温水冲洗了一下,撕了一件T恤包扎止了血。这一年,这只右手为她承受了太多。

第二天她才到医务室做处理,居然还被要求缝针。

"察见渊鱼者不祥……"缝针时,为缓解不适,颜亿盼一直反复思考夏发最后对她说的话,仍不得其解。想到最后,简直有点愤慨了:受不了这个植发老男人,装什么啊!

还是说,这里面是有他得罪不起的人吗?

76.程远

说来奇怪,自从翟绪纲那次大闹业绩会,再没有听到任何有关仿造主板的事情。她明明什么都没做,但公司内网都在传,因为颜亿盼进了工厂,那些假货就销声匿迹了。还有人唱起了高调:这一切足以表明云威的管理严格,颜总的手腕了得。

这句话获得超过1000的点赞。

一直位列公司低俗八卦榜榜首的颜亿盼，此刻面对这顶突如其来的高帽子，不禁感到汗颜。

　　颜亿盼的手受了伤，实在懒得去食堂里打饭被围观，打算出门找个地方吃饭，用手机软件查了一下，附近吃饭的餐馆还挺少的。

　　她刚准备出门，就接到程远的电话，说开车到了工厂门口。颜亿盼没在电话里多问，披上衣服往外走去，快到门口的时候，她不禁小跑起来。

　　外面还挺冷的，天也阴着，程远就站在门卫那里，穿着一件长呢子风衣，看到她就笑了起来，等她走近的时候，就盯着她包扎的手。

　　在这样一个陌生的环境里，颜亿盼得以换一种心情看程远，发现他瞳眸有着热切而深沉的色泽，像是被反复着色过，很浓烈。他轻轻拉起她的手笑道："我是不是该考虑给你这只手买个高额保险了。"

　　"可以啊，稳赚。"颜亿盼笑了起来，看程远目光沉沉，又说道，"可能会留疤。"

　　"找个时间回市区皮肤科看看，有不留疤的方法。"

　　"你怎么来啦？"

　　"这边的研发中心刚运行不久，我也要负责啊，去年我都来过好几次了。"程远说。

　　"哦，好像记得你说过……"颜亿盼有些不好意思地笑笑，程远的动向她其实关注甚少，"今天要上班吗？"

　　"不用，请了一天假。"

　　颜亿盼听后，马上拉他的手腕往里走："去我住的地方看看？"

　　"不了，"程远反手抓着她的手掌，"女生宿舍啊！"

　　"哦，对，哈哈哈。男士免进。"颜亿盼开心地看着程远皱眉无奈的样子，又逗乐道，"我可以用被子把你包着扛进去。"

　　"走吧，"程远笑着，轻轻搂了一下她，"去我那里拿被子吧。"

　　程远把她带回了招待所。招待所就在离研发中心不远的一栋楼里，云威工程师如果在这里进行研发，居住的时间会很长，所以配备了一个小型公寓，程远住的是一个套间，外面可以用来开会，里面是卧室，门口还有一个简易厨房。

　　他们两人在家相处的时间极少，此刻和谐到让人鼻子发酸。

　　"程院长，你熬的汤是放了什么吗？"颜亿盼喝着程远带过来的汤，说道。此刻桌上摆着三菜一汤，清蒸黄鱼、凉拌海螺片和蔬菜沙拉，汤是保温杯带过来的。程远来之前还是做了不少准备工作。

　　"怎么了，味道不对吗？"程远刚咽下去，有些担忧地在汤里翻了一下汤匙，查看食材。

"有一种很奇妙的香味，感觉容易上瘾，是不是放了罂粟？"

"那倒没有，是我妈从一个老中医那里学的一个熬汤方子。我后来又改良了一下，把流程和配方都重新调整了，没了药味。"

"怎么和搞芯片研发一样，还学会升级了。"说完，两人都笑了起来，颜亿盼继续问道，"千窍下周就发布第四代了吧？"

"嗯。"

"很兴奋吧？"

"还好。"程远低头吃着饭，神色很沉静，顿了顿，又道，"我下周去美国开一个研讨会。"

"哦？那不是快过年了。"颜亿盼放下勺子。

"嗯，没办法，外国人不过年，"程远看了一眼颜亿盼，接着说，"会有从世界各地过来的顶尖科学家，能见到一些传说中的人。"

"哦……"她又低头，拿着勺子喝汤，长长的睫毛掩盖着流转的眼波。

"你想让我给你带什么吗？"

"不用了，现在国内什么不能买。"

程远停顿了一下，说道："我们工程院几个高工都要我带签名。"

"签名？谁的？"颜亿盼有些走神。

"ICT领域研发的前辈。"

"哦。"

"亿盼……"程远打量着她，也不说话。

"嗯？"

直到她抬头，程远才开口："我来的时候在路边看到有个超市，吃完饭去逛逛，给你买点吃的用的？"

"好。"

颜亿盼看出来程远有些话准备要对她说，或许他开车时想了一路，但临了又改了主意，二人常年相处培养出来的一丝默契，就是你不说，我就不问。不知是不想把对方的情感考虑进自己的事业里，还是太过重视对方的感受，害怕不小心触碰到警戒线。

像是一点火苗被拢在手心里，想靠近，又怕烫手，想离开，又怕熄灭。

程远曾对她说：你不知道我，我却知道你。

程远知道她那些不甘人后的倔强，哪怕碰得头破血流，也不会回头。

她对程远也并非一无所知，他在她面前总像是卸下了铠甲，洒脱放肆，总让她忽略，其实他早已偷偷做了防备，安了监控。

两人简单收拾了一下，正要出门，颜亿盼察觉到程远的一丝沉闷，他开了几个小时的车来找她，她不希望他带着失意回去。

"程远，"颜亿盼倚在墙边，笑着说道，"你平时原则性那么强，不如告诉我，我做什么，你会生气？"

"嗯？"程远回过头，眼睛停留在她含笑的唇边。

"我做了什么你不会原谅我。"颜亿盼笑得有些艰难，眼神幽暗地看着程远，"过去那些不说，以后呢，我如果……"

"不要说了。"程远打断她的话，靠近她，低头亲吻了一下她的嘴角，接着抿了一下她的下唇，声音有些喑哑地说，"做什么都会原谅你。"

"是吗？"颜亿盼忽然有些不舍，眼睛不知看向哪里，觉得这句话好到让人发怵。

程远忽然双手紧紧地禁锢着她，她动弹不得，感受到伸进衣服里往她腰间探过去的手指。

颜亿盼颤抖了一下，莫名有些感动，还被他撩拨的克制不住声音发紧："这是招待所……"

"怎么了，放心，这里经常要谈机密要事，隔音很好。"程远说着就把她往床边推，"你有机密要事要和我谈吗？"

"你呢，要和我谈吗？"颜亿盼吻了吻他的耳朵，手又推着他的腰，故意拉开了一段距离。

这里确实隔音很好，外面的声音一点都听不到，以至于屋里的空气像产生了重量，将二人从这个世界隔离开来，剥离了身份，密封于此，只有彼此的呼吸交融。

"亿盼，"程远把她往墙上压了压，眼睛里染着一丝柔情和欲念，他侧过脸，低声问道，"我们要怎么维系我们的婚姻？"

颜亿盼心里猛地一跳，看着程远。

"靠我偶尔熬的那点汤吗？"程远轻笑了一声。

颜亿盼闭上眼睛，仰头猛地吻上他，两人很久没见，也很久没亲密，每次都在失控的边缘。

……

二人从卫生间出来时，颜亿盼擦着头发，拆开那只受伤的手上包着的一圈保鲜膜。

"这澡洗的，还得替你举着手。"身后，程远说道。他光着上身，身上围了个浴巾就出来了，眼睛被雾气熏红。

"那你在里头还折腾呢。"颜亿盼啐道。

"还能去超市吗？"程远笑了一声，"要不，睡个午觉再去？"

"怎么，您腿软了？"颜亿盼回头揶揄道，"走不动了？"

"你……"程远说完又搂了上来，往前蹭，"那可不一定。"

"行啦，"颜亿盼掰开他的手，抓起床上的衣服，边穿边说，"要是晚了，下班会有很多人去超市，挨个打招呼得累死。"

"那你就用超市喇叭，隆重介绍一下：这是我老公，云威最有价值、最有潜力的工程院老大……"

"我看你是脸大。"

两人又笑了起来，恢复到久违的轻松。

出门前，颜亿盼看了看窗外，天空灰暗，像要下雨。

"远处那朵乌云还没飘过来。"程远在她身后说道，"没那么快下，我带了一把伞，先拿着。"

"大不了回来再洗个澡。"颜亿盼说完转身往门口走去。

两人上了电梯。

超市在科技园的一条小路上，车也不方便绕，颜亿盼挽着程远的手，一路步行。

路上的行人不多，科技园里很安静，风吹着两边的树木发出簌簌的声音。

刚一踏进超市，一阵音乐迎了过来："恭喜你发财，恭喜你精彩！最好的请过来！不好的请走开！"

没到下班时间，超市人不多，过年的气氛倒是蛮热烈，五颜六色的产品驱散了这段时间她所有低落的情绪。

二人采购了一堆盆盆罐罐，像是新婚夫妻刚入住新房一般。

熟悉的亲切感，几年前，他拉着她跑到国外注册结婚，回来以后张罗着新生活，也是这样在超市选东西，那时他们从未想过同在一家公司的两个人，以后的路会是怎样的。

逛完超市往回走时，程远手里提着袋子，颜亿盼牵着他另一只手，天空忽然下起了小雨，那片乌云比预想的来得要早。

程远从袋子里掏出黑伞撑开，罩着颜亿盼。风吹得雨四处飘散。

"你呢？"颜亿盼抓着他的手，问道。

"风太大，这伞也不够两个人，我淋点雨没事。"

颜亿盼靠近程远，两人打一把伞，走在雨里。颜亿盼的左手湿淋淋的，程远撑伞的那只手把她揽到怀中，另一手提着东西。两人紧紧靠在一起，确保头发和身子都是干的，免得变成落汤鸡。

他们走过一个街口，穿过长长的过道，颜亿盼看到有一家美发店，她不自觉地往里打量。

程远脚步缓了下来。

"我想去弄头发，可以吗？"颜亿盼侧脸问他。

"图片好土啊！"程远搭在她肩膀上的手指卷了卷她的发梢。

"这叫工厂风，你懂不懂。"

"那去吧，生产线女工。"

"那你先打伞回招待所，把牛肉炖上，我染完头发就回家。"

"这工作安排得不错。"程远说完把她往美发店里送。

"嗯，我要成为厂花。"颜亿盼试图开一个玩笑。

程远却很不识趣地皱了皱眉："年龄过了啊。"

"快过年了，捯饬一下。"颜亿盼被噎得补充了一句，刚要往里走，又回头拉住程远的胳膊说道，"我没带钱。"

程远从口袋里拿出钱包拍在她手里。

颜亿盼接过钱包就往里走，美发店门脸很小，里面设备也很简陋，四张磨损发旧的理发椅，墙上贴着几张夸张的发型海报，弥漫着某种洗发水的浓烈香气，没有一个顾客，店里就两个人，一个红头发小工在里面清理水池，一个老板模样的人在沙发上看着手机屏幕傻笑，见到亿盼进来，他几乎是从沙发上跳起来，冲到她面前问道："染还是烫？"

"染。"颜亿盼本着来都来了，就试试的心态，坐在了理发椅上。

老板从柜台上面拿出一个发色参考本递给她，忙不迭地给她推荐，哪个是流行色，哪个显脸白。

她低头和店老板翻阅确定染发的颜色，夸张的发色让她眼花缭乱，划拉了半天，才闭眼随手指了一个。

她合上本子一回头，看着门外风雨交加，一片雾白光线下，那把黑伞被程远留在了门口，他已经淋着雨离开了，伞孤零零地在地上晃荡，这景象，让她心里瞬间产生一丝荒芜感，眼眶莫名地红了。

77.疑神疑鬼

颜亿盼的头发染得很失败，为了掩盖颜色的失败，她一错再错地把发型也改了，于是更失败了。

本来只是染了偏棕的颜色，染出来居然有一层灰色，过去刚到下巴位置的头发虽卷，但一丝不乱，现在变得很不老实，头顶蓬松，发尾调皮地四下撒开，老板看了却很高兴，说这是杰作。

程远见她进来时，还以为是谁走错了屋，看清是她以后，笑了半天："你这哪一点像厂花，简直就是厂霸。"

颜亿盼从卫生间找出来一个浴帽，作势要戴上，被程远一把摘了，还用力揉了一把她的头发，两手摁着她的额头说道："哪天把家里的墨镜给你带来，你现在有点像《重庆森林》里的林青霞，既诱惑，又怪异，还不好惹。"

颜亿盼想着，一定要早点回城，恢复到正常女高管的样子。

第二天，程远要去资宁的研发中心，颜亿盼送他到停车场的时候，他右手搂着她，亲了一下她蓬松的脑门，又笑了起来，弄得颜亿盼有点想揍他。

"我晚上就直接回市区了，明早飞旧金山，你照顾好自己。"

"到了给我消息。"

程远最后还是揉了揉她的头才上车。

接下来的日子，颜亿盼照例每天到工厂跟着一帮质检小组和国外专家上生产线监工签字，她分析了这群人的上工时间，都是固定的，流程也很清楚，不太可能在眼皮子底下做私活。太蹊跷了，货怎么出去的？

除非……不是按照固定排班走的小组才能做。也不知道是不是老天爷可怜她毫无头绪，她在宿舍外的阳台俯视着工厂亮灯情况时，发现原本要检修的机器居然在运行，而且里面还有员工在低头工作。

她就这样戴着工牌跟过去看，等了很久，才看到有人从里面拿了一个小盒子，里面有两三个报废品，她上前一看，上面没有云威的Logo。

搬废品的工人说：这些都是落后的工人做的主板。原来进度跟不上的人会被组长留下来加时补工，一两个小时不等，通常都是夜里，这部分产品暂时不会被送到生产线，如果要上市，还要层层质检，然后再打Logo。

所以，按照这个逻辑，他们完全可以用这个机会做私活。只是没有质检，然后随意找其他地方打Logo。可问题是，就这一两个小时，十几个人，做不了多少啊，大规模流向市场的那些，得多少人，多少时间啊……

这道数学题有点难。

颜亿盼是沉得住气的，她想，工厂里的人必然也在等机会，要么是过年，要么是检修日。

敌不动，我不动。

某天上班的时候，颜亿盼听到工厂办公室里传来吵闹的声音，推门进去正看到负责质检的荷兰人大发雷霆，叽里哇啦地说着一些大家听不懂的话，偶尔飚的几句中文还不利索。

翻译也配合着荷兰人的情绪，大声翻译着："我要回自己的国家！要享受正常的生活！这里简直是地狱！"

大家也都不知道怎么安慰，就这么看着。

这几个月，国兴的二十二亿订单如一剂强心针，让这头刚从低迷中恢复的猛兽进入了强力运转。

工厂进入到全面加班时期，从三班倒改为四班倒，每天六小时一班，吃饭、上厕所的时间也被限制。但是工人的积极性很高，因为大家都知道这一次他们过年能拿到大红包。颜亿盼也不得不跟着荷兰人带队的质检部挨个签字确认。

沈小姐旗下有一位分厂厂长，名叫何丰年，他大概在阳光和机器辐射中熬了过长的岁月，皮肤呈现出一种猪肝色，毛孔凹凸不平，笑起来给人一种很辛苦在讨好人的感觉。他深谙中国的"关系学"和外国人的"劳逸结合"，在荷兰人发飙后的当天下午，就叫上颜亿盼一起，开着专车，把他们带到资宁县最幽静、最奢侈的温泉馆泡温泉，并配上当地的特产河鲜大餐。

这是一个仿唐华清池的建造，里面都是独立的奢华套房，一人一间，每间都有温泉，抬头透过玻璃天窗就能看到外面的星星月亮。这种感觉确实美妙，身体冒着热气，外面还下着小雪，旁边站着身穿古代宫女衣服的侍从，给你撒着花瓣温着梅子酒，让你把这段时间的疲惫一扫而空。

彻底一放松，她迷迷糊糊睡到清早，头突然磕到了什么东西，她看到枕头边一个红色锦缎包裹的东西后，瞬间清醒了。借着天窗的光，她发现这是整整六万元的现金。难道是昨天晚上酒店抽奖了？不对。她四下打量，难道是上一个客人留下来的？不对。昨晚上她明明记得，自己沐浴更衣以后就躺下来，这么醒目的东西，不可能看不见。

到底从哪里飞来的横财？

更可怕的是，这种半夜送钱的行为本质和半夜进小偷是一样的，太没安全感了。

第二天清早，她本想找荷兰人询问此事，看是不是也有同样的待遇。但一问前台才知道，荷兰人已经被何厂长一早送到了机场，准备跟家人团聚了。

当她吃着酒店的自助早餐时，抬头突然看到何丰年那张笑脸，鼻尖皱在一起挤出了多余的油。

"颜总昨晚休息得好吧？"

"特别好，多谢何厂长的招待。"

"知道你离家来这里，不容易。多放松放松，想吃啥玩啥放开了来，我和这里的老板是朋友，挂我账上。"

"我能玩几天？"

"想玩几天玩几天，工厂那边现在是检修日，你回去也没什么事儿。"

此刻，何丰年身边突然来了四个人高马大的男人，都剃着板寸，能看出轻薄棉服下是常年撸铁的身材。颜亿盼心道，不用那么夸张吧。

"下午让他们陪您去看国际魔术表演，第一排的VVIP票。"何丰年说完，从口袋里掏出五张票，"保镖的票也买了。"

颜亿盼接过来看了一眼，国际魔术大师估计都没何丰年这变戏法的能力。

她上电梯时，何丰年提醒道："贵重物品别忘了带走哦。"

"我没有贵重物品啊。"颜亿盼回头一笑。

"怎么没有？"

"是什么？"

"您别多想，纯粹是因为这段时间出货量大，您也跟着加班，我作为厂长在那一丁点权限范围内给您的一丁点奖励，你不收下的话，就是不给我面子了。"

她看着那张笑眯眯的脸以及他身后四个壮硕男子铁血无情的面庞，扯出个笑容，没有拒绝。

下午到了剧院，魔术师在台上变魔术，台下一片叫好。

颜亿盼在欢呼声最大的时候起身，走进厕所后，检查了一下没人，本想给乔婉杭电话，可想到那天她在会上说的失去信任之类的话，最后又改成打给杨阳。

颜亿盼顾不得解释太多，就直接下了命令："我长话短说，给我调三个供应链管理的人过来，两天以后，也就是周三早上到这里，盯沈美珍旗下的6号工厂出货，我怀疑他们利用工厂检修走私单。"

"好，我马上安排。"

她出了厕所门，发现保镖居然在外面等她，说是这么久没出来，怕她出事。颜亿盼暗骂道：这是怕她逃吧，简直掩耳盗铃！

看完魔术从剧院出来，颜亿盼笑盈盈地和身后四个壮硕男子说："难得咱们进城，为了感谢何厂长的招待，今晚，我带你们去夜总会玩个痛快。"

四名男子中有一人当面请示何厂长，何厂长在电话里嘿嘿笑着，说："颜总真是场面人，去吧，去吧！"

一行人什么酒贵点什么，颜亿盼却滴酒不沾，一直保持着清醒，还主动给他们结了账，回来的时候又给车加满了油，还买了一万元的油卡放在车内的储物格里。

司机有点紧张，问道："这么多？"

"放心吧，发票都留着报账了。"颜亿盼解释道。

对方看出她大小是个人物，没敢拒绝。

几个保镖从夜总会出来也都晕晕乎乎地上了车。

醒来的时候，发现他们已经来到了市区最豪华的洗浴中心，几个人看着这堪比宫殿装潢的地方，眼睛都直了。

被颜亿盼带进去交钱的时候，他们还低声讨论着："到底是从大公司来的，大手笔。"

"你们辛苦了，好好放松放松。"颜亿盼笑盈盈地说道，第一次有当土豪的错觉。

西餐自助、桑拿、按摩、K歌……四个保镖从来没有这么舒坦过。出来的时候还在讨论着鱼子酱好吃还是和牛好吃，看到门口等着他们的颜亿盼，恨不得给她跪下了。

看来这一趟，他们是玩爽了。

三天时间，花掉的24000她都留好了发票，还剩不到36000。

回工厂的路上，车上的壮硕男子们对她态度完全转变，不但没有死盯她，还嘘寒问暖，问司机要毛毯，生怕在空调车内闭目养神的颜亿盼冻着。

她在路上一直想着，云威供应链这次一定能查到私货源头，他们会怎么处理何丰年呢？

按照公司规定，他这个厂长恐怕是当不了了，何丰年会痛哭流涕求放过，还是狗急跳墙大闹工厂？

她的手机一直没有消息，大概都是忙于处理这次私货案。

车缓缓驶入园区，到了工厂门口，她就见到何丰年的那张笑脸迎面而来，替她把车门打开，几乎是挽着她的手，歪着脖子一个劲儿地问："玩累了吧？"

霎时间，她不知所措。

等她到园区里的云威办公室时，几个供应链管理组的人顶着黑眼圈和大油头，困惑而烦闷地看着一脸自在的颜亿盼。

两方都愣住了。

"这几天他们厂搞大检修，都没出货，就是偶尔开个机，补做一些上个月没完成的单子。"供应链新上任的总监把单子递给颜亿盼，语气讪讪。

"数量多吗？"颜亿盼低头翻着单子。

"很少，不到1000个吧。"总监翻到最后一页，点了点数字，说，"这几天，我们也在查看沈美珍几家公司半年来的出库单，非常详细，连报废产品都有编号，以防泄密，无法想象怎么出私货。"

颜亿盼翻看所有单据，从一个月前开始，每张都有她的签字，她怎么会不知道。

怎么逃开监管的，究竟是怎么逃开监管的？

何丰年这么大张旗鼓地支开她，难道私底下没有小动作？

她脑海盘旋着这个问题，甚至开始怀疑是自己发型的原因，现在那几个从云威过来的同事看她的眼神全是质疑。这几天跟着这几个保镖出去放松，她整个人看起来染上了一层闲散气质，看上去很不可靠。

她又不得不让供应链管理的同事回去，想了一路，觉得事事都不对，却又事事挑不出毛病。

78.颜总也有翻车的时候

她回到宿舍，让杨阳把翟绪纲在董事会上读的投诉信从她办公室里找出来，给

339

她传真过来。

当夜，她反复查看这些投诉信，那些措辞，都是类似的语气和遣词造句。她不是没处理过投诉，通常劳动人民的智慧是无穷的，投诉的花样也无穷，有理智的、有愤怒的，还有直接要赔偿的。但这些邮件都是一个风格，就是辱骂，生怕别人不知道他的愤怒。

还有发件时间，都在下班后，而且二十几封都在一周内发出。

她给客服部打电话确认投诉情况，得知类似假货的投诉，在这一周前为零，一周后也凭空消失了。像是商量好了一样，只在这一周出现。

当晚，她给白总去了电话，那是她最初知道这个消息的来源地。

"喂，喂，喂。"白总接通后，背景传来混乱的K歌声，"颜总吗？"

"白总，您能找个安静的地方，我有事情问你。"

过了一会儿，声音小了一点，白总说道："什么事啊？"

"你那块主板从哪里来的？"

"颜总，听说那块主板帮你忙了！"白总明显喝高了，不在状态。

"我问你主板从哪来的？"

"不是说了是一个经销商给我的。"

"他又从哪里来的？"

"那我哪知道。"

"真的不知道？"

"真的不知道！"白总声音大了起来。

"你把那个经销商的联系方式给我。"

"哎哟，他说是网络上搞到的，现在这个网站早没了，乱得很，到我唱歌了，颜总要不要听我唱歌？"

接着那边唱了一声："太阳出来我爬山坡——"

颜亿盼挂了电话，陷入沉思，又想到夏发说的"察见渊鱼者不祥"，如果只是单纯的管理失误，揪出问题的根源，对大家都有好处。可是怎么大家都不太上心。

除非这是有人刻意为之。

这一切或许都是一场设计已久的局，翟绪纲做的吗？他有这个脑子吗？就因为大家都不敢拿质量开玩笑，他才拿这个做诱饵，目的是让云威出现内斗，让乔婉杭和廖森彻底对立？

回到宿舍后，她拽着这些发票和钱思考着下一步计划。

她不禁有些心惊，把她安排到这里，也是设局的一环。

她仔细回忆那天的会议，回忆矛头最后怎么指向她，她又是怎么被安排到了这个地方，乔婉杭是被他们带了节奏，还是她本身也参与其中？

不要打草惊蛇，也不要卷入其中，小心行事。她不断告诉自己。

第二天，她把剩下的钱给宿管大妈，让她找人修好宿舍破损的窗户和发霉的墙面，以及水房的设备，并且同样留好发票。

之后，那些过去不和她打招呼的人开始主动和她打招呼，还有人会给她打饭，一时间，她在这里的人缘变得好了起来。

与此同时，工厂还在有条不紊地运行着。她甚至开始怀疑自己是不是压力太大，想太多了。

放假前的那两天，何丰年给了她一叠质检单据，让她签字。单据上写着，货物要送往国兴的代工厂进行组装。

他再次强调："国兴的单子，过年前必须出货，绝不允许拖延。"

"荷兰专家签字了？"颜亿盼问道。

"签字了。"

上面的确有荷兰专家离开前一周的签字，颜亿盼翻阅着，说道："我记得他签字的时候都会记录一下每批货的成品率和工作组的一些问题，便于下一批货注意。"

"那都是形式上的，这次他走得急。"

"哦，那我再看看。"

"你不签字，怎么出货？"何厂长催促起来。

"行，那我再去看看这一批次的货，总可以吧。"

"呵，您在这里还真练成专家了。"何丰年似笑非笑地说道，随手招来一个工人，让他带着她去。

他们通过安检门的扫描后，便进入了仓库，这里四面八方都是监控探头，随着他们的行动会自动移动。

那四个大块头中的一个也跟了过来，说是帮她搬货物，颜亿盼拿着单据，按照质检部的工作流程，一一核对单据货号对应的箱子。

这是一款用于PSP的小型主板，体积小巧，上面有云威特殊的Logo，颜色形态都很精确。仓库里堆放极其整齐，可见沈美珍对物流、产品管理很严格。白炽灯下，这些货物闪着银色的光。

她不厌其烦地核对着，跟着她的两个人显然开始感到烦闷了。壮硕的那个出去抽烟了，精瘦的那个靠在货架上玩手机。

书到用时方恨少，颜亿盼像是文盲面对一本《红楼梦》试图找寻印刷错误，她极为苦恼，但还是一一核对了每张单据，看是否有疏漏，直到深夜。

她检查完毕，又被人护送至门口，看守门禁的人对他们几人的身体再次进行了扫描。一切都有条不紊，可以说，沈美珍的工厂货物管理非常严格。

何丰年还真有耐心，也在办公室一直等着她验货归来。

何丰年一边翻阅着签单一边说："你也真是疑心重，我这工厂和你们云威签着各种协议，光《检验书》《质检条例》就厚厚一摞，月检、季检都没出问题，年检就不可能有问题。"

何丰年眼睛里透出冰冷的精光，看着颜亿盼，嘴巴倒是咧开笑着，给她递来了笔，点了点签字的地方。

颜亿盼没接笔，而是说道："何厂长，我还有最后一件事情要确认。"

何丰年斜睨着颜亿盼，脸上的肌肉不自觉抽动了一下，手里的笔重重地往桌子上一放。

颜亿盼不紧不慢地拨了一个电话。

几声过后，传来了沈美珍的声音："喂，颜总？"

"沈厂长，"颜亿盼说话的时候，看着何丰年的反应，何丰年身体忽然僵直地挺起，脸色阴厌厌的，她继续说道，"有一件事情请教您。"

"别那么客气，说吧。"沈美珍回答。

"何丰年的工厂货物，荷兰人没有签字，我还要签字吗？"

何丰年低声咒骂了一句。

"嗯？"沈美珍那边短暂地沉默之后说道，"为什么？"

颜亿盼把手机递给何丰年，何丰年迅速调整了自己的肌肉，从之前的阴冷，转变为小心侍奉的表情。"没有的事，这云威来的领导，大概觉得不挑出点儿毛病回去不好交差吧。"

"不要马虎，"沈美珍说道，"所有流程按她说的来。"

"老大，真没马虎，我这就给您把单据送过来，您来评评理。"何丰年扯着嘴角笑道。挂了电话，他的脸又垮下来，然后拿着单据和笔站了起来，对颜亿盼说道："走吧，见老板去吧。"

颜亿盼摆出公事公办的样子，跟着他过去了。

很快，他们来到沈美珍的办公室，刚进门，就听到沈美珍给物流部负责人打电话："把这个月的出库通知单送过来。"

沈美珍审视般看着颜亿盼，说道："坐吧。"

颜亿盼惴惴不安地坐在了沙发上，在这个工厂，她毕竟只是个外人，只能寄希望于沈美珍能发现点什么，或者干预进来，但让她头痛的是，她没有足够的证据和把握，她没有办法像刑侦片那样大喊一句：他就是凶手。

物流部的人匆忙赶来，手里的出库通知单下有一叠厚厚的质检报告复印件。

"这不是荷兰人的签字吗？"

"不是。"颜亿盼上前，点了点旁边一个很小的连笔签名，"这个是他们仿冒的签字。"

沈美珍从后头又翻出以前签字的文件，对比了一下，皱了皱眉："有问题吗？一模一样啊。"

"不一样，这个荷兰技术专家的名字是Mathias，签字的时候名字上面有一个小点，但是他们给我的单据是原件，上面没有，连印记都没有。我猜测他们是拿着复印件的签名仿造的名字，复印件上这个'i'的小点是看不见的。"

何丰年鼻尖上都是豆大的汗，歪着脖子问颜亿盼道："您这逗我玩儿呢？"

"是吗？！"沈美珍把单子往桌子上一拍，瞪着何丰年问道。

何丰年吓得哆嗦了一下，赶紧又解释道："不是伪造，就是复制了一下他以前的签字，我还发邮件让他确认了，我给您找他回的邮件。"

何丰年低头翻找，手有些发抖，好一会儿才翻出来，举着手机给沈美珍看，又解释道："翻译也确认过没问题。主要是他非要回荷兰，国兴又等着出货，我这也是没办法。"

沈美珍盯着颜亿盼，然后对老肖说："把那个翻译和质检的黄主任都叫过来。"

那翻译过来以后说："邮件上，马尔希思认可质检报告。"

质检部来了两个人，看着桌子上的主板问："怎么了？"

"这批货，你们检验过了吗？"沈美珍在单子上点了点。

两人过来后赶紧弯腰检查，然后抬头说道："厂长，没有问题啊。这批货是要发往国兴代工厂的，他们催了好几次，所以我们优先检验的。"

何丰年挤出一个嘲讽的笑脸："颜总，你对我误会很深啊！"

颜亿盼知道在他们眼里自己像个疑神疑鬼的外行，但她依然尽量让自己冷静，又问道："那你拦着我回来干什么呢，是在搞这些报告吧？"

"我这一片好心，就是不想让你过年太累了。"

"我就怕你好心。"

"你……到底在折腾个什么劲？！"何丰年脸都皱在了一起，"怎么三番五次针对我？"

"荷兰专家都没验货，就同意签字，这流程就有问题。"颜亿盼问道。

"咱们讲点人情好不好，他闹着回家，国兴等着出货，我们质检员也都看了，他又认可，还有什么问题？"

"你再看看日期，这些都是1月20号以前的，在他走之前，你完全可以找他现场签字啊，为什么拖到他走以后再发邮件确认。"颜亿盼越说越不放心，她是个很懂自保的人，任何潜在风险她都会小心避开，但此刻，她知道，这些话，都像是鸡蛋里挑骨头。

果然，何丰年面目狰狞地反驳道："这单据总是有滞后的呀！确认就行了，那么死板，我干脆别干了！外面的车都等着你一个人，你当这满屋子人都吃干饭的吗？"

翻译、质检部的、库管人员都看着颜亿盼，却也不敢吱声。

沈美珍扫了一眼众人，最后把笔递给了颜亿盼，说道："过年前最后一单了，咱们都按规矩办事。"

颜亿盼接过笔，那一秒，她有一种很强烈的不安，她签这个字过分昂贵。不仅仅是何丰年给她那六万元奖金，更可能是冥冥之中把她推向这里的根源。

她被情势所逼，她没有别的办法。

外面准备出厂的货车排列开来，刺眼的灯没有照亮黑夜，而是压在窗前，她像个得了疑心病的怪物被他们捉住了，此时无处可逃。

她签了自己的名字，将单子还给了何丰年。

何丰年迈着急促的脚步离开了办公室。

几分钟后，厂区的货车开始一辆一辆往外开，灯光一个一个扫过窗前，亮澄澄的光让颜亿盼眼睛发痛。

良久，最后一辆车离开，尾灯在转弯处消失，沈美珍说道："颜总，你这段时间太累了，工厂运作的强度不适合你，这批货出了以后，我亲自向云威总部申请，放你回去，可好？"

颜亿盼听到这话，她本应该松一口气，此刻却担忧起来，就这样闹了几出乌龙，然后灰溜溜地走了？

别人会怎么说：来这里一趟，啥也没干成，尽出洋相了。

她看着沈美珍，心里非常堵，没有回答。

79.竞标前的暴风雨

乔婉杭自从进入云威以来，极少在人面前流露出脆弱的一面，她不屑于此，但颜亿盼却成了例外。

所以那天，她在开会时听到翟绪纲说的那些话，得知了又一件颜亿盼瞒着她的事，所有情绪堆积上来，想到那天雪夜里求她帮自己，想到送她去云南时给她的承诺，想到自己曾不顾翟云鸿的提醒，选择和她站在一起……

有形势所逼，也有情感依赖，两人的命运避无可避地交织在一起。

可到头来，一起走过的路全不作数了，她依然处于孤立无援的状态，她怪颜亿盼凡事不和她商量，说话办事总有保留，在她看来，除了欺瞒，更有一种背叛感，让她无法消解，也很难原谅。

乔婉杭从不是一个耐性很好的人，也不是一个包容度高的人，但看到翟绪纲引导众人将剑指向颜亿盼的时候，那几秒钟，脑海中有两个念头闪过：保她，惩罚她。

保她，惩罚她……但绝不能借他人之手。

她本希望让颜亿盼还是处在一种相对安全可控的环境，进入工厂，住进温泉酒店，然后等她回过头找自己沟通工厂的情况。

可颜亿盼用行动拒绝了她。

而且，她意识到，自己低估了事情的棘手程度。

业绩会前一天，翟绪纲曾给乔婉杭发了邮件，求和、示好，说以晚辈的身份帮她……但曾在华尔街工作过的她，就深谙一个道理：资本世界里，感情都是诱饵。

更何况，翟绪纲明明恨她恨得要死，她不但毁了他的投资项目，为绝后患，还抄底收购了他的温泉山庄。翟绪纲也在成长，现在比一年前更富斗争经验，一场戏下来，大家都买了账，唯有廖森成了输家。

而她自己也被卷入了迷局里。

颜亿盼不在的这段时间，她还是通过各种渠道了解其动向，供应链部门前往工厂查了三天，没发现问题；沈美珍向云威申请调离颜亿盼，因为她耽误了出货进度。

此刻的颜亿盼也一定很沮丧吧……她居然暗中生出了无耻的平衡心理：看吧，我们决裂了，谁都不好过。

想到这里，她自嘲地笑了笑，对着办公室窗外叹了口气。

这场僵局，她想打破，却无从下手。

她看了看时间，来到工程院，今天是程远去美国前最后一次开会讨论智慧城市项目，她也一直跟着参与，在技术上谈不上贡献，但至少能清楚地掌握云威的业务范围。

"我们可以试着搭建全系统，不然会像现在这样束手束脚。"厚皮说道。

"不行，即便国兴现在的系统烂，但如果完全抛开他们，我们可能会踩雷。因为国兴曾经为了搭建系统排除了大量雷阵，这部分经验很重要，数码中国也是这个想法。"罗洛否定了方案。

"照你这个说法，我们永远无法取代国兴。"厚皮说道。

"其实上次和他们合作杀毒，国兴的工程师蛮专业的，配合度也高。"小尹小声说。

"和国兴合作的项目组在隔壁，小尹，你要不要过去？"厚皮挑眼看着小尹说道。

小尹吐了吐舌头，不再说话了。

"两手准备，两手都要硬。"罗洛说道。事实上，从程远选择来参加这组会议的情况来看，与国兴合作的那一组前景并不乐观。

大家又沉默了一下。

"一个平台取代另一个平台不一定要大张旗鼓，可能隐形手段更有效。"乔婉杭开口，边思索边说，"就好像架空一个人不能撤掉他的职位，而是让他到一个无事可干的岗位上……我只是在想，技术上是不是也有这种方式。"

乔婉杭现身说法。

"这，不现实吧……"集成项目组的组长摇头。

"也不一定。"程远的右手食指关节不自觉敲了两下桌子，"可以保留原有国兴的大数据平台，但是只运行最简单的功能，比如筛查，而缴费、验证、智能排列那些核心功能完全来自云威。"

"这可行，运行半年基本能实现更迭。"罗洛说道。

"嗯，我这就把京强的大数据平台的优势再整理一下，看怎么实现对接。"厚皮有些兴奋地说道。

"和那些合作厂商沟通还顺利吗？"乔婉杭问了一句。

"嗯？挺顺利的。"罗洛回答，"那些厂商配合度很高。"

"我是说，沟通部这边……"乔婉杭语气顿了顿，"他们领导不在，效率会不会受影响。"

"没有啊，杨阳挺给力的。"罗洛又说。

"哦，是吗？"乔婉杭声音有些低，"我以为这种事务性工作得有人盯着才好。"

"不会的，"罗洛又答道，"程总工就从不盯我们，他只验收成果。"

程远看了一眼乔婉杭，扬了扬嘴角没有说话。

会议结束后，程远经过乔婉杭身边时说道："你如果想要她回公司，什么理由都可以。"

"啊？"乔婉杭眼神有些躲闪，嘴巴倒还利索，"她在那儿不是挺好的吗？"

"嗯，是挺好的，所以，估计她一时半会儿不想回来。"程远说完，就离开了。

程远没过多久就从办公室拖着行李箱出来了，今天是他去美国前最后一次会议。

乔婉杭忽然有些郁闷，回到办公室，想了想，本来想用自己手机给颜亿盼拨电话，又担心她不接，最后还是用公司电话给她拨了过去。

电话响了几声，才接起来，声音有些疲惫："喂？哪位？"

"我。"乔婉杭说道。

"哦，"颜亿盼那边停顿了一下，才问，"什么事啊？"

"你在那边是不是毫无进展？"乔婉杭这话说得颇有些质问的意思，挺有老板的架势。

"嗯。"颜亿盼的声音很闷，"您不满意了？"

"是啊，去了快两个月，也没看到一份像样的报告。"

"唉……"颜亿盼那边叹息了一声，说道，"那你要扣我奖金吗？"

"正在考虑扣多少呢，这边智慧城市进展也慢，你下面那些人……你不在的时候，效率就是不高，可见你平时没带好队。"

"不会吧，杨阳昨天还跟我说了进度，下个月都唱标了，那我提醒一下他。"颜亿盼说着工作，态度变得郑重一些了。

"提醒一下就会好转？"

"会的，我了解他们，"颜亿盼又问道，"没别的事了？"

"没了……你有别的事吗？"

"有，"颜亿盼想了想说道，"你能不能问一下翟绪纲，后来他怎么安抚那些投诉人的？"

"嗯？"乔婉杭眉头蹙紧，"为什么？"

"我真的说不好，我感觉我再说下去，你不是想把我送工厂，而是要把我送进精神病院了。"

"你说，"乔婉杭语气挺严肃的，"你说完，我再决定要不要送你去精神病院。"

"好。"颜亿盼深吸一口气，说道，"我怀疑这批投诉的根本就不是真实商家，我让IT查过，这群人的IP全都追踪不到，客服用邮件联系过他们，他们后来都要么自认倒霉，要么找了经销商换货，就是不说具体采购渠道。这批客户来势汹汹，妥协得也很快，像是准备好了似的。"

"嗯。好，我去问。"

"还有一个问题。"

"说。"

"把我安排进工厂，是你的意思，还是董事会提前定的？"

"是我，不过，董事会成员之前聚了聚，说你……"乔婉杭稍微轻咳了一声，缓缓说道，"欺上瞒下，不应该坐这个位置。"

"哦，这样啊。"颜亿盼顿了几秒，又问，"你也这么认为？"

"你的确有事瞒我。"

"是啊，你的确应该防着我。"颜亿盼凉凉一笑，情绪有些波动，但还是尽量平稳地说了一句，"等这件事过后，你再决定我的去留。"

乔婉杭挂了电话，便没停留地直接给翟绪纲电话，问他所在位置，想见面聊聊。

翟绪纲居然没觉得意外，还十分欣喜地在电话里说道："好啊，婶婶，难得您有时间来看我。"

仿若至亲。

翟绪纲发的地址是云腾旗下的一家地产公司。

乔婉杭让司机送她到目的地，发现地产公司位置很偏，离市中心有一个多小时的车程，跟他爸的云腾集团更是像分道扬镳似的，一个在城东，一个在城西。

她上了楼，进了公司，视野还算开阔，半层楼的面积，里面坐班的人并不多，整体布局显得局促，办公设备倒是很新，应该是新搬过来的。乔婉杭回国之后调查过他，知道这家公司发展不太理想，尤其是随着近几年国家宏观调控，翟绪纲投资又相对保守，只能算是勉强盈利。

乔婉杭问前台他们什么时候在这里办公的，前台告知是一年前。

乔婉杭点了点头，心中明了，就是那时，翟绪纲投资了资宁旅游项目，资金链绷得很紧，所以资金回笼一断，他只能卖楼搬迁。从一楼那个可以随时滑走的公司金属铭牌条来看，这里是租的。

如果翟绪纲不说，大概不会有人知道他与国内两大集团云腾、云威的亲缘纽带。

前台将她引入靠里的一个办公室，推门进入时，看到翟绪纲坐在老板椅上，嘴角上扬地看着她，手一抬说道："坐，婶婶。"

乔婉杭瞟了一眼他身后的文件柜，那里有一张他和翟云孝的合照，旁边是翟家大合影，事实上，那张翟家成员合照里并没有翟绪纲。

翟绪纲顺着乔婉杭的眼睛看过去，说道："这是爷爷过七十岁生日时的照片，我当时在国外读书，没赶回来。"

"嗯，我知道。"乔婉杭语气沉缓，怎么可能是没赶到，是翟云孝不想让他出现在老爷子面前，这个私生子的存在，时刻提醒着大家翟云孝年轻时的荒淫。想到这里，她突然觉得翟绪纲从年少时就在长辈面前过分乖巧，背后也必然有他苦闷的一面。

"您找我来到底什么事？"翟绪纲被乔婉杭的眼神搞得不爽，语气有些不耐烦。

"哦，就是好奇你上次在董事会说到的投诉，不知道你后来怎么安抚那些投诉人的？"

"那些人啊，"翟绪纲看着乔婉杭，眼神里居然有些揶揄的味道，"该怎么安抚就怎么安抚啰，渠道正规的，就退货、换货；渠道不正规的，就自认倒霉了。"

"不是吧，"乔婉杭问道，"客服说他们发了投诉信以后，就没再找过云威了。"

"都这么懂事？"

"那些人是采购过主板的商家吗？"乔婉杭尽量让自己沟通的语气正常，但发现这么做挺难，"怎么没有办法顺着他们采购的商品，找到供货渠道呀？"

"哦。"翟绪纲眼神有些神秘，眯缝了一下双眼，"这些人……"

"不会是你找的吧？"乔婉杭身体前倾，手支在桌子上，笑着问他。

"我没事找他们干吗？"翟绪纲收起了笑容，看着乔婉杭，问出这话的语气不像要否认，而是在发问，看对方是不是能给自己一个满意的答复。

"谁知道，逗我们玩儿呗。"乔婉杭看了他一眼，故作无意地说道。

"确实好玩，"翟绪纲忽然笑了起来，笑得有些止不住，缓过劲来才说道，"您还记得那个虾池吧，是它给了我灵感，原来一堆臭鱼烂虾，只要选对了时机冒出来，就可以毁了整个度假山庄。您不妨把那十几封投诉邮件，想象成您虾池了里的虾。"

乔婉杭的脸色彻底冷了下来，看他这么快就承认了，居然一时不知怎么接话了，缓了缓情绪，问道："你到底想干什么？"

"姉姉，我在帮你啊。你把我的旅游项目搅黄了，我现在只能帮你做事了。"

"我不用你帮。"

"怎么不用，看看，廖森现在在公司里可没那么大威信了，权力的天平不是偏向了你吗？"

乔婉杭眉头微微一蹙，看着他："我看你病得不轻。"

"被您看出来啦，自从我的旅游项目黄了，我都得靠药物控制情绪了。"

"那你搞到颜亿盼头上是什么意思？也是帮我？"

"Bingo！恭喜你答对了。"翟绪纲靠在座椅上，仰着头回忆往昔，"那天，度假村举办仪式，我看她代表你出席，就很不爽，她凭什么？你知道这个女人有多坏吗？就是她撺掇二叔搞这个科技园，还选在我的地产项目旁边，要没有科技园，二叔也不会死，我的项目也不会黄，也是她撺掇你和我们对抗的吧？不除奸邪小人，我们一家无法团结。"

"她是什么人，轮不到你来评价。"乔婉杭右手握拳，脸色冷峻。

"是，轮不到我，什么都轮不到我，你们从来都看不起我。"翟绪纲笑了起来，"不过，你会知道我的良苦用心的。"

"我当时对你还是手软了，就不应该让你有机会进云威。"乔婉杭不太想看他如此狂邪的模样，站了起来。

"姉姉，您为什么执迷不悟呢！我们才是一家人啊！"翟绪纲悲情无比地抬头看她，说道。

乔婉杭觉得自己和他沟通简直是浪费时间，转身往门外走去，推门前听到他说了一句："等您想明白了，一定还会回来找我的。"

这话没有了疯狂的意味，平静无比，却让她背脊发凉。

80.被围困

乔婉杭出来后，已经到了傍晚，天色晦暗，远处的落日被云朵裹挟，在山边留下坠落前的余晖。

乔婉杭不断想着翟绪纲的话，心烦意乱，实在不愿面对自己落到陷阱里的事实，而陷阱到底有多深，她又无从得知。她在车上给颜亿盼去了一个电话，尽量调整了情绪，说道："快放假了，你回来吧。"

"你问了翟绪纲吗？"

"嗯，"乔婉杭深吸一口气，"你想多了，别待在那里了，供应链重新梳理过了，以后也不会出现仿造货了。"

"那好吧。"颜亿盼叹了口气，"我可能真是太紧张了。"

"今天出发可以吗？"

"啊？这周是他们最后一次年检，盯完了就回去。"

"那哪天才能回来？"

"是集团有什么事吗？"

"不是，就是觉得快过年了，放你一个人在那里不人道。"

"你'人道'……过吗？"颜亿盼佯装诧异地问道，她认识的乔婉杭为达目的可不会心慈手软的。

"你……"乔婉杭决定不和她计较，"好吧，智慧城市项目，年前你还要盯一盯，别出娄子。"

"这才像你嘛，"颜亿盼笑了一声说，"我后天回。"

"上午，下午？"

"下午吧。"

"好，"乔婉杭想了想，又说，"你回来别和他们说了，我来说。"

"嗯。"颜亿盼答应了。

乔婉杭闭了闭眼，挂了电话，深吸一口气。翟绪纲的话让她后怕，她希望颜亿盼安静地撤出工厂，不要再有任何差池。

颜亿盼接过乔婉杭的电话以后，来不及多想，就听到工厂响起了交班的汽笛声。她回到宿舍开始收拾东西，包括之前留下的发票，还有拍照留底的荷兰人签字，以及与何丰年、沈美珍沟通时的录音，她把这些东西用一个塑料袋装好，放进行李箱。

那天晚上，她洗过澡后，在宿舍里拿着一个衣架，对着镜子假想实战，练习步伐，口里不停地念叨着比赛口令：En garde，Prêt，Lunge，Parry，Parry……（就位，开始，前攻，格挡，格挡……）

重复练习了好几次，地上都被她的脚步划出几道印子，仿佛绝世高手刚刚来过，她看着地上的脚印，忽然觉得没什么意思，镜子里根本没有对手，她把衣架往旁边一扔，趴在窗前看窗外星辰璀璨，寒气袭人，她等待着一个祥和年，幸福年。

第二天上班的时候，她发现何丰年管理的6号工厂里没几个人。

颜亿盼从宿管大妈那里得知的情况是：工人们提前放假了。

其他几家工厂依然还在运转。她心里还在想：何丰年对自己的员工还真是不错。

可这一天，她偶然听到员工说话，发现这些工人并不想放假，他们想在过年前多赚些钱回家。

上班的路上，她在宿舍门口听到有人议论，说何丰年被沈美珍扇了耳光，但不知道是什么原因，所以何丰年不想干了。

第三天上午，她先把行李箱寄存在青松酒店，准备做完年检后直接从那里离开，但等她出来时，发现女工们都没去上班，也不回家，都窝在宿舍待着。一问才知道，还没到结算日，她们都在等工厂结算最后的工资和年终奖。

当天上午，她本来想和几个质检部的员工做年检单据的核查，但发现他们都没来上班，打电话也都不接。

这个时候，何丰年朝她走了过来，又是那张堆着苦笑的脸，他右边的脸确实黑里透红，不知是不是真的挨了耳光，他不像之前签字时那般凶恶，很温和地对颜亿盼说道："不用等质检部的人了，他们已经完成了审核，沈总说让您过去最后确认一下，没有问题，就提交给云威做备份了。"

颜亿盼看了看时间，就跟着他往沈美珍办公室走去。走了不一会儿，她看到王萧遥站在厂门口，指了指门外的车，大意是要过来送她回市区。

颜亿盼点了点头，低头给他发了消息：很快出来。

这时候，她发现往沈美珍办公室方向走的人挺多，有的脚步急促，有的四下张望。何丰年佝着背，缩着脖子带着颜亿盼迅速从一条小道走过去，试图避开那群人。

他们从沈美珍办公室后门走过，刚要进门，她突然看到一个扫帚从旁边猛地飞了过来，直接砸到了何丰年的头顶，何丰年一把将颜亿盼推进了沈美珍的办公室。

身后，颜亿盼听到有人大喊了一声："扫把星！"

前面，沈美珍坐在那里，满眼通红地看着颜亿盼，那眼神极为骇人。

"颜总，那批货果然有问题，"沈美珍说道，"但你，作为云威方面的签字代表，是首要负责人。"

云威大厦里，销售部传来了爆炸性的消息。

国兴紧急撤回一批正要进入欧盟海关的手机，货运船只原路返回。外界没有任何人知道原因。

而欧洲那边本来计划赶在"2·14情人节"上市的国兴手机被告知延迟上市，这个巨大的空档期将被其他品牌的最新款手机迅速填满。

不到一天，云威收到国兴发来的法律公函：国兴要求云威赔偿高达22亿元的经济损失。

云威顶楼的会议室，各部门领导面前都有一份云威主板的监测报告，上面的表格上有一栏用红框给框起来了：Pb>1200 PPM。

检测意见：主板铅锡焊接点铅超标。

乔婉杭看着这份报告，只觉得头顶一阵电闪雷鸣，甚至听不清廖森开会和法务部商讨的对策是什么。

她大致梳理了眼下的情况：这份报告是工厂提交上来的，沈美珍出货的当天夜里察觉出一丝异样，凭借多年的管理敏感度，当晚让人调出了一批荷兰专家没有亲自检验的那批货，送到了第三方检测公司。

一周后，报告出来，结论是铅超标。事情太严重，她无法隐瞒，于是给国兴打了电话，通知国兴将货物从欧洲港口撤离。同时，国兴用了二十四小时，准备了对供货方云威的起诉函。

云威紧急成立危机委员会。

会上，销售部总监吴凡整个人如同被暴击过，他一改往日的谨慎，推了推黑框眼镜，咬牙说道："咱们以后见了国兴都得绕道了，现在国兴一边咬着这22亿不放，另一边在和Xtone组建智慧城市项目组，参加三月份的第一轮竞标。合作是不可能了，这辈子都不可能合作了。"

他现在不但本年业绩完成不了，以后的单子也黄了，所以，话说得没留余地。

"22亿，我们现在账面上没有这么多流动资金。"汤跃说道。

"国兴要赔偿是合理的。"翟绪纲补充说道，"哎，这次他们损失大了。"

乔婉杭看着翟绪纲，眼神带着冰刀子一般，她看到的不是眼下翟绪纲那同情的模样，而是他的幸灾乐祸，是他的蓄谋已久。

"国兴要赔偿是合理的，你爸准备来填补这个漏洞？"翟云鸿问道，他丝毫不把侄子放在眼里。

Wilson说道："产品送到国兴，如果国兴有合格的质检环节，也不至于把成品送到鹿特丹港口了，还得等我们工厂打电话他们才撤回。把全部损失都转嫁给我们也不合理。"

"你这有点强人所难了，如果终端客户要溯源到第一个供应商货源做检测，那每个环节的质检,还有整个供应链流程管理都是摆设吗?"销售VP蒋真替国兴说了句话,"面对现实吧,人家现在还只是赔订单的费用,没要求赔偿运输、人力,还有产品的集成费用。"

"22亿,他是想让我们的下游工厂都关门。"项总说道。

翟绪纲看着永盛的两个董事,极力表现出担忧:"22亿,云威这个时候要是拿出来,恐怕财年计划就完成不了了。"

其他人都没有说话。

此刻的廖森也沉默了许久,他没有指责在座的任何人,而是拿出了大家长的冷静克制,说道:"22亿的费用,直接下发给到工厂,按合同走,没有价钱可讲,法务部和他们去谈。等拿到工厂的赔偿合约,再去找国兴。"

这个时候,门外供应链管理部快步走了进来,低声在廖森耳边说了一句。

廖森瞟眼看他,说了一句:"大声点说。"

"沈美珍的工厂扣押了颜亿盼,说出库有云威管理者的签字,他们没有违约,不赔钱!"

乔婉杭闭了闭双眼,倒吸了一口凉气。她是真看到翟绪纲这只疯狗的"良苦用心"了,那几封投诉信为的就是今天,颜亿盼进入工厂,云威和工厂绑定,供应链内部出问题,两方撕扯,最后两败俱伤。

好个一箭多雕!乔婉杭看着翟绪纲,恨不能生啖其肉。

廖森回头看了一眼乔婉杭,如同看自家一个不懂事的女人惹了祸事一般,带着俯视与悲悯。

22亿赔偿金的要求很快在工厂里传开了,整个工厂都沸腾了。此刻,已经憋了一天的工人们总算决定要采取行动了。

颜亿盼也总算知道为什么把她叫回来了,这里就是刑场。她成了沈美珍和云威谈判的砝码,因为"产品质检是你们云威代表签过字的"。

所以,千万不要用钱去考验双方的情谊,如果钱没有使二人决裂,那只说明,这笔钱还不够多。到了眼前这个数额,基本就是选择到底是工厂去死,还是云威去死的问题了。沈美珍这次也不那么豪爽了。

"沈老板,您不能让我扛这个锅!"颜亿盼试图劝服沈美珍接受现状,尽管此刻,她自己内心都无法平静,"如果不是我,您怎么能发现这么一个问题,如果不发现,等进入欧洲市场,一切都……"

"放屁!"站在一边的何丰年大声喊了一句,"要不是你要心眼儿,我们现在也不至于这么惨!"

"你给我滚出去!"沈美珍指着何丰年大喊了一句。

何丰年看着外面人群激愤，有的人手里还抄着家伙，吓得他脚发抖，不敢向外挪动一步。

"还有你，颜总，"沈美珍看着颜亿盼说道，"云威那边很快会来人，字你是签了，工厂最后出货只认你的字，这也是你们云威的规定。"

"你大可把我签的字发出去，把责任推到我身上，但是不能改变一个事实，就是何丰年有意放水，让荷兰专家提前离开，我认为这件事情应该好好调查一下！"

何丰年看着他，眼珠子都快瞪出来了。

沈美珍坐了下来，缓了缓情绪，她并不想如此对待颜亿盼，可是她又有什么法子。她对颜亿盼说道："你看看外面，你这些说辞能说动他们吗？在他们看来，是云威把我，把他们往绝路上逼。"

"工资，年终奖，沈老板！你得兑现哪！"

"工资，年终奖！"

"工资，年终奖！"

"我们等着回家过年！"

"回家过年！"

"回家过年！"

外面此起彼伏地喊着。

81.你死我活

云威正在紧急调派人员前往工厂谈判，安保科也派了一整辆车，准备带人护送，但是各部门讨论会上，谈判策略迟迟得不到确认。

有说直接让公安局介入调查，有说联系颜亿盼让她直接代表云威和沈美珍交涉，员工们多数还是担心自己的安危。

当地已经出动了警力维持秩序，但从网上曝光的视频来看，沈美珍办公室的玻璃已经被砸了，接下来的情况很难想象。

"要不都别去了，"法务总监说道，"该判刑的判刑，该赔款的赔款，该开除的开除，该关门的关门，就按司法程序走。"

"还是要去谈的，现在国兴告的是云威，走司法程序，云威未必能占什么便宜。"Wilson说道。

乔婉杭看着他们的嘴一张一合，每个人都在竭尽全力奉献自己的专业和经验，也在小心翼翼地避祸，她听不进去，只觉得厌烦，她站起来，一言不发地走出了会议室。大家看着她出去，没有人敢问她要去做什么，也没人敢拦着她。

她身后的讨论停顿了几秒，又继续了。

天黑了。

资宁这几天降温，山里更是起了寒霜，可沈美珍的办公室却如同火炙一般。颜亿盼和何丰年待在一楼，沈美珍去二楼的财务办公室开会，他们也在商讨接下来的应对策略。

颜亿盼听到外面此起彼伏的叫骂声、嘶喊声，她坐在沈美珍办公室的沙发上，手肘支着膝盖，心在这呐喊声中逐渐冷静下来。

原来，不是她多疑。

原来，沈美珍也不是棒槌，她也因为颜亿盼那晚的举动生了疑心，所以拿着产品找第三方验证。

心悬了那么久，这颗炸弹总算落地了。

只是，场地被炸得一片狼藉，要怎么清理？

从一开始，那些私货就是烟幕弹，为了把她引来这里。这也证明，对方的脏手可以伸进工厂里，并且很有把握这一次铅超标不会被发现。敌人比想象的要凶残，如果不是沈美珍被她影响，重新验货，国兴的产品一旦进入欧盟市场，到时候问题再曝光，国兴和云威都将被禁入欧洲市场。

现在比最坏的局面要好一点点。

这离死亡的那一点点距离，就是云威存活的机会。

接下来将要进入焦灼的谈判，或者叫厮杀更确切。她要充分准备，以便谈判的时候为云威争取到最大的利益，沈美珍这次因为管理不善，极大可能要付出关张的代价，全国代工厂有很多，云威可以选择更严谨的代工厂。

"何厂长。"颜亿盼叫了一声站在角落里的那个魂不守舍的男人。

何丰年看着颜亿盼，防备地说道："干什么？"

"你之前是在哪里工作啊？"颜亿盼语气温和地问道。

"聊天也分时候吧？"何丰年瞟了一眼窗外，说道。

"我记得你之前就在东莞的代工厂干过分厂副厂长，"外面喧闹阵阵，颜亿盼不为所动，她知道担忧再也没有意义了，该做的也都做了，不如重新认识一下这位共事两个月的厂长，"代工过云威的主板吗？"

"代工过。"

"业绩一定很好吧。"

"不好也不会被沈老板挖过来……"何丰年看了一眼沈美珍办公室那幅字画"惰慢则不能研精"，眼睛里的戾气蓦然淡了下去。

"当时你把我支到市区里放松，是不是没想到这里会搞出这么大娄子。"

"你别想套我话。"

"没想套你的话，因为我也没想到……那天玩得太开心，都没来得及谢谢你，呵，我就是贪玩了些，搞得自己在云威干不下去了，搞不好还得吃官司……"

何丰年听到这里，鼻子哼出一口气。

"你呢？"颜亿盼语气怅然，"你以后有什么打算吗？"

"不知道。"何丰年闷声答道。

"我们都得想想后路，这可是22亿。"

"坐几年牢，出来还是好汉。"何丰年说完，从口袋里掏出烟盒，拿了根烟，用烟头一下下磕着烟盒，却没有掏出打火机。

"你倒是挺通达，不过沈美珍这次比我们都惨，她肯定玩完了，别说这外面的工人，就是这个行业里的任何一家公司，都不可能用她了，她这算不算遇人不淑？"颜亿盼侧过脸，眉眼一弯，看着何丰年，何丰年嘴角抽了抽，她又继续说道，"你别觉得我在骂你，我是在骂我自己，说是替云威坐镇监管，其实也没起什么作用，就是来顶雷的。"

"谁也没料到会出这么大事。"何丰年浑浊的眼睛看了一眼颜亿盼，见她窝在沙发里，那样子也很无助。

"你没料到？"

"说了你也不信，还说个什么。"

"你干了十几年厂长，就没察觉出点儿什么来？"

"……"何丰年咬了咬牙，话到嘴边又咽了回去。

"估计你还是有人保吧……"颜亿盼斜乜了他一眼，何丰年一个小厂长，没那个胆量捅这么大一个娄子，看他的表现，虽然执行了这次投雷行动，但肯定没料到这个雷的杀伤力如此之大。

何丰年看着她，神色有些警觉。

"沈美珍挺器重你的，不然不会把国兴这么重要的单子放在你的工厂，她肯定不忍心你背锅。"颜亿盼还是像聊天一样，何丰年听到这里又垂下了头，也不知想什么，颜亿盼无奈一笑，说道，"不像我，被发配这里就是顶雷的，死了都没人收尸。"

"别看咱们外表看着挺像那么回事，对那些大佬来说，都是小喽啰，"何丰年说道，嗓子沙哑沉闷地说道，"认命吧。"

"我跟你说，咱们其实可以少受点罪。"

"怎么少受罪？"何丰年缩着身子坐在那里，突然抬头看着她。

"你知道我们这些小喽啰，要想不被推出来顶雷，最好的办法就是和大佬绑定，让大佬觉得你要倒霉了，他也得倒霉。"

"看不出来，你还挺懂行。"

"当然，坐我这个位置，没点自保的能力，早被踩死了。"颜亿盼倚在沙发上，抬头看着吊顶亮白的灯，愣神一般说道。

"只可惜，大佬永远是大佬，让你死就得死，怎么可能被你牵着走。"何丰年一动也不动，眼睛虚盯着地上，手里的烟都被他捏碎了，烟丝掉在脚边，他甚至不敢在沈美珍办公室点了吸一口。

"呵呵，有道理，你上次请我去看那个表演，有个团队是表演木偶戏的，那些木偶上台的时候，活泼生动，又唱又跳，表演结束后，我看到那些人搬运木偶的箱子，一个个木偶就随便丢在那些箱子里，然后砰的一下被扔到货车上，那样子像随时要散架了，"颜亿盼幽幽说道，然后嘲讽般的一笑，瞟了一眼何丰年，说道，"像不像现在的我们？"

何丰年满眼血丝地看着颜亿盼，张了张嘴，没说出一个字。

砰！

又一片玻璃碎了，两人都本能地捂着脸，防止被扎到。

一个黑乎乎的石头落在沈美珍的办公桌上滚动了几圈，又掉下去。

工人们围坐在工厂四周。警察也过来了，站在外围维持秩序，但是工人们依然不愿散去。

沈美珍从楼上下来，怨怒地盯着何丰年。何丰年猛地站起来要往外走。

"你去干什么？"沈美珍问道。

"我让他们走！"何丰年嘴唇有些发抖，脚也在发抖，那样子看起来是想豁出去又不敢。

"云威谈判组马上过来，"颜亿盼说道，上前开门，"让他们别乱来就行。"

何丰年深深地看了一眼颜亿盼，走出房门，站在办公楼的台阶上，看着那群工人们，一时也有些茫然。

工人们见办公室出来一个人，认出是自己的厂长，都涌了上来，他们不知道该怎么办，只是看着他。

何丰年清了清嗓子，俯视着众人，意识到自己是他们的领导，硬着头皮开始喊话："你们都回去吧，都这么晚了，云威的谈判组正在路上，待着只会耽误进度。"

"你就知道进度、进度，要不是你催个不停，怎么会出事？"下面有工人喊。

"这次产品出问题，我们都要担责任。"何丰年说道。这么大责任，他根本没办法来担，还想着让工人面对现实。

工人："姓何的，你什么意思？合着还要我们工人掏钱？！"

何丰年："你们别闹，耽误谈判对你们没好处。赶紧散了！"

工人："还谈什么判，我们听说你收买了云威那个叫颜亿盼的高管，故意搞的事。你和云威合着伙儿欺负我们打工的人！"

357

工人："对，你们还在里面算计我们，就是想把损失转嫁在我们头上！"

有人朝何丰年脸上扔了一个烂柿子，把他又逼回了办公楼。

他回到沈美珍办公室，一脸蒙地擦拭着脸上的污渍。

颜亿盼强忍着笑，没有说话，这时，她的电话响了，低头一看，来电的是乔婉杭。

她有些愕然，犹豫片刻，还是接了起来。

"你出来吧，"乔婉杭的声音传来，周边还带着呼呼的风声和凌乱的杂音，"我在外面。"

"什么？！哪个外面？"颜亿盼腾地站了起来。

"就沈美珍办公楼外面。"那边的声音还很平静。

乔老板想干什么？！颜亿盼透过窗户往外看，发现一群人外面有个不太清晰的移动着的白色身影。

颜亿盼推开门往外冲去，她下了办公室门前几个小台阶，一股热浪迎面涌来，她甚至能感到地面的震颤。

她走近了，终于看清楚外面的形势，工人把沈美珍的办公室围了里三层、外三层，有举着手电晃动的，有点起了火把嘶喊的，那样子像要把沈美珍的办公楼烧了。

工人们连续加班不能按时回家本就怒火中烧，想早点领着津贴奖金回家，可现在家回不了，钱更是拿不到，黑夜中，陷入地狱般的焦灼和混乱。

前面有个手电开了一条道路，颜亿盼先看到的是高个子的王萧遥，然后看到他身边的乔婉杭。

她在人群里，并不显眼，但颜亿盼眼睛一眨不眨地看着她，她穿着一条白色长裙和一件宽大的外套，低头走着。

外面的风很大，她的裙摆晃动着，飘飘摇摇般朝里走着。

工人们看他们是云威过来谈判的，也不敢放肆，推推搡搡地让出了一条路，颜亿盼顺着这条路往前冲去。

这个时候，要再出人命，就更麻烦了。

乔婉杭借用保安和警察的力量，从大门最外围开辟出一条道路，直通大楼正门。保安喊道："云威派人过来了解情况，大家让一让。"

人群中，乔婉杭尽量不抬头看他们，垂眸向前走着。

颜亿盼倒吸一口气，试图穿过人群，她穿着红色的外套，格外显眼，还没走几步，就被人拦住了说："你别想走。"

"云威的人过来了解情况，我不出去，你们拿不到钱。"颜亿盼嗓子还是有些发紧。

围着她的工人们不明所以，都看着她，一时没想好要怎么办，脸上都是茫然和烦闷。

有些人认识颜亿盼，大概也受过她的恩惠，不好在她面前造次。

两人从人群的外围向中心穿过，人群让出了一条路来。在人群中央，颜亿盼看清了乔婉杭，火光、手电的光线乱成一团，但乔婉杭一脸沉着，还挂着一丝得逞的笑意，衬得周遭黯淡混乱。

颜亿盼眉头蹙了起来，因为她发现乔婉杭身边除了几个安保人员，并没有云威的谈判人员。

她们总算在中间的某个点会合了，她们彼此认真打量了一下对方，确认毫发无伤，不约而同地松了口气。

颜亿盼走上前，问道："你来做什么？"

"接你回家啊。"乔婉杭居然一脸理所当然。

颜亿盼不敢多交流，一把拉住她的手腕，想把她往外拉。

但工人们怎么可能让她们就这么走了。

"我看过照片，这个女人是云威的大股东！"有人大喊了一句。

"让她拿钱！"又有人喊了一句。

"拿钱！"声音伴随着人群脚步的混乱，忽然向二人涌了上来。

几双手上前去拉乔婉杭的衣服，她一个趔趄，往旁边倒去。

颜亿盼猛地扑了过去，对着一个拉乔婉杭胳膊的人就猛地给了一拳，那个男人还想冲过来揍颜亿盼。

颜亿盼一点不惧，冲上去又想打，似乎把儿时在菜市场乱窜的野蛮劲儿都激发了出来，正要向前，被乔婉杭一把拽住了。

青松酒店的保安冲到前面挡在了他们之间。

乔婉杭是第一次见优雅的颜亿盼如此野蛮的一面，诧异无比地看着她。

颜亿盼却是一脸烦躁，她难得失控，面对此刻的情形，一时不知如何是好，皱眉看着周遭混乱的局面。

警车的鸣笛声越来越近了。

颜亿盼看到一张张陌生的面孔，在火光下，他们如此狰狞，如此惶惑，又如此……可怜。她有种缺氧的感觉，胃部因为压力也在抽搐，她尽量克制着恶心感。

她一下午没吃饭，此刻也有些眩晕，她厌恶失控感，但此刻，她一时没办法控制自己的情绪。

乔婉杭轻轻抚了抚她的背，她感到颜亿盼的身体在轻微地颤抖，示意她放松，颜亿盼觉得她大概也是这样对待自己女儿的。

颜亿盼低头，喘息逐渐平缓，蓦然间看到乔婉杭的手机不知什么时候摔在了地上，她上前弯腰捡了起来，弯腰的瞬间，她让自己冷静，将破碎的手机摊在手心，晾在围上来的人面前，问道："谁赔？"

不是质问，只是在找罪魁祸首。

周围的人盯着手机，不敢造次。

众人都知道乔婉杭是股东，既不敢动她，也不想让她走，就这么一步一步围了上来，颜亿盼推开了乔婉杭身边那些人，站在她身边。

外面警笛大震。

"离远点，"颜亿盼压低嗓子朝旁边往乔婉杭身边挤的人冷笑道，"绑架罪至少判十年呢。"

她眼睛里尽是威慑的寒意，大家立刻不敢说话了，马上离开她们一米远，一起上他们都敢，但出头鸟，却没人真敢当。

两方僵持不动，这样不是办法。

乔婉杭定了定神，指了指沈美珍的办公楼道："我可以留在这里，你们让她先回去汇报工作，她很清楚这里的情况。"

"不行！"颜亿盼侧过头对她说道。

"你说的，他们不敢绑架我。"乔婉杭笑了笑，眼眸闪烁着周围火的橘色，那笑容极为勇毅。

颜亿盼看了看乔婉杭被撕扯得有些凌乱的衣袖，知道多说无益，指着那个之前拉扯乔婉杭的男人说道："你，跟我去和警察解释清楚。"

那个拉扯乔婉杭的人，吓得脸发红，额头冒汗，警察也往这边过来了。

工人们突然发现经过这么一闹，他们从有理变成理亏。大家也都安静下来。

颜亿盼还是不放心把乔婉杭一人留在小楼里，刚迈了一步，又回头，乔婉杭推了推她："你在门口等云威的法务团队，他们马上过来，你们商量一下对策，我去会会沈美珍。"

就这样，两个人分开朝着不同的方向走去，一个走向人群拥堵的楼里，一个朝外面走去。

耳边依然乱哄哄地闹着，前方冷风割面，颜亿盼再回头时，看到纷乱的人群湮灭了乔婉杭的身影。

第十三章　无域

82.最坏的结果

乔婉杭只身一人开车冲到资宁的举动给云威的讨论画上了一个休止符，他们很快派了法务、财务和商务部门的老大，出发去了资宁科技园。

颜亿盼出来后，等了一会儿，见到云威的商务车开了过来，里面坐着法务部总监，还有Wilson、黄西等人，这些人都曾参与科技园从设计到落成的全部过程。

此刻看到面前如此的混乱，讨论中弥漫着一丝感伤。

他们在商务车上认真分析着现在的局面，看怎么争取最大的谈判优势。

"一定要报案。"颜亿盼说道。

"已经报案了。"法务说道。

"不是平息这次闹事，是整个事件。有人动了机器故意造成的事故，有人隐瞒，还有人故意把事情闹大，所有这些看起来失控的管理，背后都有预谋。"

"是，"Wilson也说道，"我们来的时候一直在讨论，现在不单单是破坏了我们和国兴的关系，还破坏了我们整个产业链，经济损失、名誉损失无法估量。"

"还有破坏我们和客户的关系，智慧城市的单子恐怕……难了。"黄西愤慨地说道。

"先一个一个解决吧，找人查何丰年，看他的资金流向，他背后一定有人。"颜亿盼说道，她在谈话中察觉何丰年还在犹豫是不是要供出背后的人。

颜亿盼把何丰年贿赂她的资金采购的物品发票一一呈现出来。

接着又把手机拍的那些签字单据给了法务部，最后给了一段在沈美珍办公室争执的录音。

大家认真地听着。

听到何丰年不断阻止颜亿盼验货的时候，几人不断摇头叹息。

"这个录音恐怕不能作为物证。"法务比较冷静地说道。

"不用当作物证，"颜亿盼说道，眼神如同冰冷的刀锋，"就用这段录音给沈美珍施压。"

这句话让人不禁胆寒。

这个时候，绝不能再手软，这是一个肃清科技园管理不善的时机，也是云威脱离这摊陷阱的机会。

法务部的人看着颜亿盼准备的这些证据，又惊又喜又叹又悲，惊的是工厂内部对这次事故恐怕早有预谋，喜的是云威可以为此免责，叹的是颜亿盼居然在这个浑浊的淤泥里可以全身而退，悲的是，资宁产业园的这些代工厂将因为这次质量事故无法翻身。

但颜亿盼知道，她法律上可以免罪，但管理上不可能免责，以后必然在云威内部褪层皮才能安宁。

"我们现在进去谈吗？还是等公安局调查结果出了以后，把握大了再谈？"黄西问道。

"那里面真是太乱了。"法务总监还有些犹豫，说道，"谈不拢，不会把我们给灭了吧。"

"你当外面的警察是观众啊。"Wilson说道。

"必须今晚谈下来，"颜亿盼看着来的这些同事，商务车上的灯光照在她的脸上，半明半暗，她冷静地说道，"现在是沈美珍最脆弱的时候，容易接受我们提的条件，错过了今天，可能会无限延期，到时候国兴追加赔偿金额，就更糟糕了。"

"你别去了，不然他们当场又咬着你不放。"Wilson在商务上还是很有经验。

一行人没有再耽误时间，很快从商务车里下去，把颜亿盼留在了车上。

颜亿盼眼睛定定地看着他们离去的地方，云威的谈判团队进入以后，周围立刻安静了下来。

大家都像是等待宣判的囚徒。

火光让夜色更黑，商务车里出奇的安静。颜亿盼翻出乔婉杭被摔坏的手机，冰冷的手机没有一丝温度，她用力捏了捏，定了定神，把甩出电池的手机重新组装好，再次摁了开机键以后，她看到手机裂开的屏幕，是他们一家人在游乐场的照片，彼时的乔婉杭穿着花色的运动套装，抱着圆乎乎的小儿子，开怀大笑，靠在她身边的女儿穿着公主裙嘟着嘴，看着镜头，翟云忠一手搂着他们，一手举着气球，满脸的幸福。

她看着屏幕发呆,那时的乔婉杭和现在很不同。这种氛围,她从不曾见过。
没过多久,电话就又黑屏了。
外面又有一些声音,但并不大。
颜亿盼看到人群逐渐往两边散开,一个熟悉的身影从里面缓缓走了过来。
是乔婉杭。
颜亿盼脸上露出了放松的笑容,乔婉杭以浅笑回应她,灯火中,她的目光掬着星空的悠远,昭示着内心的笃定。颜亿盼无法抑制地又想起葬礼那天,乔婉杭从寺庙中走出的样子,那个时候的她,强撑着往前走,试图掩盖所有的脆弱和迷茫。
那时的她,美得没有丝毫力量,像远山的雪,晶莹、冰冷,随时会被融化。
而此刻的她,已经告别所有的庇护,直面这世界的刀光剑影。
世上从没有天选之人,不过是有人听从了内心的召唤,直面恐惧和黑暗,向前走。
在警察和保安的护送下,乔婉杭安然无恙地上了车。
颜亿盼问她:"在里面,他们没对你怎么样吧?"
她摇头。
又问:"沈美珍对你说了什么没有?"
乔婉杭点了点头,便沉默不语。
颜亿盼看她不欲多谈,便没再接着问。
回程的路上,颜亿盼开着乔婉杭的车,乔婉杭靠在副驾驶的位置,像是被什么情绪压制了一般,看着远处发愣。
资宁县到市区大概有两个小时的车程,如果不是云威科技园,这个乡村不会被外界关注。
"翟云忠怎么会把工厂选在这里?"乔婉杭终于开口说了一句话。
"当时我提交的方案里,距离市区有好几个选址,有的地方离上海更近,有的地方交通更发达,不过资宁政府批地更快,给我们的自主规划权也多,总之,他在地图上圈了这里……"颜亿盼一边开车一边说,"配套设施是弱点,但我们来了,自然会好起来。"
"会好吗?"乔婉杭呢喃一般说道,然后又沉默地看着窗外。车从科技园的道路走到了旁边小镇,小镇并不算繁华,她们都不想停留,过了一个桥后,又走上了黑黢黢的一条道路。
她们经过一段坑坑洼洼的石头路,一路颠簸,突然一个急刹车,车的方向盘猛然往左偏,颜亿盼下意识地朝右猛打方向盘,车横了过来,停在了马路边,一个轮子悬空在旁边的小沟里,车熄了火。颜亿盼不得不下车查看,乔婉杭也跟着下来。
她们本想叫拖车公司,但发现一个手机黑屏,一个手机没有信号。

这么晚等人来不是办法。

远处有点点昏黄的灯火,应该有农家。或许到有人居住的地方可以充电,或者有信号。

"我们往里走走看。"颜亿盼说道。

"好。"乔婉杭跟在她旁边,朝着旁边一条崎岖的小路走了过去。前面有一处温暖的光,她们越来越近。

两人来到农舍,透过玻璃窗,看到一个老奶奶带着一个小女孩,小女孩扎着两个羊角辫,正在看电视上播的动画片,老奶奶对着炉火在烘干菜。屋里摆设简陋,但散发着生活的气息,让人想靠近。

她们敲了门,老人起身开门。颜亿盼问:"能不能借您的地方给我们手机充个电?"

老人很善良,并不问她们从哪里来,也不问她们是谁,甚至还同情她们两个女人在荒山野岭无家可归,问她们:"吃没吃晚饭?"

"吃了。"颜亿盼答。

"没吃。"乔婉杭答。

老人听到二人同时给出的相反的回答,咧着嘴笑了起来。

"她肯定没吃。"乔婉杭指着颜亿盼说道。

老人于是下了厨房。

颜亿盼有点不好意思地小声说:"我怕麻烦老人家。"

"已经麻烦了,关键我饿呀!"乔婉杭说道。

"你过来没吃东西?"

"吃了一点,但还是饿。"

老人给她们一人煮了一碗面,还卧了鸡蛋,又夹了些家里做的咸菜。

颜亿盼在老人家充了电,然后给王萧遥打电话,让他过来送她们回市区。

地方台还在播放工人围坐工厂的新闻,老人嘴里一直念叨着:"造孽啊,造孽。"

两人都埋头吃面,心照不宣地没有交流工作,把碗里的面吃得一点不剩,颜亿盼还用锅里的热水把碗给洗了,顺便替老人收拾了一下厨房。

洗碗的时候,颜亿盼才发现自己右手上的伤不知道什么时候裂开了,能看到一点嫩肉,往外渗血,拉扯得很疼,看来要留疤了。她又看了看右手泛红的指关节和腕关节,莫名低笑了一声,想到自己冲上去揍人的样子一定非常狰狞难看。小时候,有人来家里追债,她也这样和人干过仗,多少年过去了,本以为自己已经修炼到能控制情绪了,不会再爆发,没想到一下子失控了。她收拾完厨房,用身上的打底衫盖住了伤口。

老人重新换了火盆，带着孙女去睡了，睡前还把遥控器给乔婉杭。

颜亿盼洗了碗出来，看到乔婉杭已经倒在沙发上睡着了，沙发不大，她脚落在地上，头枕在两个靠垫上。

窗前洒着月色的清辉，蛐蛐的叫声时有时无。颜亿盼脱了自己的外套给她盖上，衣领不小心盖住了她的嘴，颜亿盼往下拉了拉，看到她白皙的脖子上有两道鲜红的抓痕，应该是当时进去时，被几人撕扯时留下的。

颜亿盼手受伤的时候，买了一管镇痛修复的凝胶，她每天都会坚持涂抹，她从包里翻了出来，手凑在火盆上烤了烤，然后蹲在旁边非常轻柔地给乔婉杭抹上，心里还有些奇怪，她怎么来这混乱之地也不怕、也不躲。

"来接你回家啊。"

这句话又在颜亿盼脑海中回荡，火光冲天中她那无畏的样子，和现在幽暗灯光下柔弱的样子，形成了某种反差，颜亿盼心中的暖意猝然升腾，眼圈一红，不觉泪下。

眼前的乔婉杭动了动脖子，闭着眼，眉头蹙了蹙，又睡了过去。这个在外面看起来无坚不摧的女人，说话办事不留余地，可内心明明有柔软的部分。大概是觉得把颜亿盼送到工厂来是个错误决定，所以，亲自赶过来把她接走。

这真是个一条道走到黑，不会回头的人。

这和颜亿盼完全不同，颜亿盼向来是话说得好听，骨子里比谁都冷，说话办事，总是会想到给自己留后路。

思及此，她忽然觉得那天在雪地里，自己是真的伤到了乔婉杭。乔婉杭在这里无所依靠，却坚持留在翟云忠工作和生活的地方，她执念的唯一出口是找到丈夫跳楼的原因，而颜亿盼给了她一条通往高点的路，却唯独没给她这条出口。

颜亿盼坐在沙发的一角，看着窗外那一点点光，过去的、今晚的、以后的事情不停在她脑海中交错闪现，明明很累，却一点也睡不着。

过了一个多小时，她才听到王萧遥把车开过来的声音。

颜亿盼不想打搅老人和孩子，轻轻把乔婉杭推醒。

乔婉杭睡迷糊了，看了看四周，才坐了起来。跟着颜亿盼出门前，似乎想起什么，又轻声回到老人家，偷偷把口袋里剩下的钱放在了门口一件工作服里，她借着外面的路灯，拉开看了那件工作服，上面印有"资宁科技园"，这几个字让她心里陡然抽了一下，她一时愣怔。

乔婉杭放钱的时候，发现口袋里已经有好几百了，她把那些钱拿出来，和自己的钱叠在一起再次放进去。

二人上了车，王萧遥开着车小心地在山路中行进。

四周一片漆黑，偶有鸟叫虫鸣，颜亿盼靠在后座上不断地看手机，想着科技园里的谈判。

"你是不是留了钱给她们祖孙俩。"乔婉杭轻声问道。

"欸？"颜亿盼有些诧异地看着她,"你怎么知道的？"

她是在乔婉杭睡着的时候放的。

"心意相通啊。"乔婉杭眯了眯眼,笑道。

"哦……"颜亿盼扬了扬嘴角,反应过来,"你也留钱了？"

"也不多……口袋里就剩那么几百块,就都给了。"乔婉杭说道。

也不是心意相通,颜亿盼心想,她并没有给全部的钱,因为担心回家可能还会有突发状况,她不像乔婉杭,做什么都很少有后顾之忧。正想到这里,就听乔婉杭问道:"那个工作服你也看到了吧。"

"嗯,说不定老人的孩子也是今晚那群工人中的一个。"颜亿盼如实回答。

乔婉杭看着窗外,没有说话。

"我们能做的是确保他们拿到补偿,"颜亿盼沉声说道,"至于其他的……全凭个人造化了。"

工人们的前途不太乐观,先不说这笔赔偿款要什么时候拿到,如果沈美珍的工厂关闭,新进的工厂考核和筹备需要时间,不会那么快招人,他们很可能又要离家打工。

"今天你为他哭,明天你就得为自己哭。"颜亿盼闭目思索时,听到乔婉杭幽幽说了一句。

颜亿盼睁开眼,侧过脸看着她,这是那天在雪地里她对乔婉杭说的话,颜亿盼一时不知道如何接话,这句话现在听起来确实很无情。

"这句话没什么不对。"乔婉杭说。

"也不是什么好话。"颜亿盼说。

一路前行,星光逐渐暗淡。

天亮了。

二人走到乔婉杭家门口时,接到了Wilson的电话,她把电话设为免提,两人一左一右倚在门边倾听来电。

Wilson先给了结论:"沈美珍将依法赔偿22亿货物损失。"

颜亿盼闭了闭眼,松了一口气,至少资金压力解除了。

Wilson在电话中也说道:"这也是云威能争取到的最好的结果了。"

的确,他们用了一天一夜的时间,给沈美珍施压,包括那些工人们的催促,最终让沈美珍屈于现实,她因为管理不善,付出了惨烈的代价。

"不,"乔婉杭站在颜亿盼身边,沉郁地说道,"这是最坏的结果。"

83.弹劾

连地狱都有十八层,人一旦往下走,又怎么会有止境?

云威大厦里,销售部传来了消息:部里在重新审核云威的竞标资质,所以他们到现在也还没有收到"智慧城市"项目的邀标函。

猜测颇多,无非那几个:和那批突然出现又突然消失的仿造品有关,和铅超标有关,和工人围厂讨薪有关。

廖森发起管理层会议,大家本以为他要讨论如何再拿到招标资格,然而并没有。

"任何事故都来自人,说说我们的内部管理问题,为什么颜亿盼到了工厂,不但没查出仿造品的来源,签过字的货物还出了这么大的问题?"廖森这是秋后算账。

"签字当天,何丰年给我看的荷兰人邮件,后来证明也是造假,"颜亿盼说道,"所以,这是人祸,也是我的失误。"

"如果不是颜总,这次谈判,云威没有办法全身而退。"Wilson出面替颜亿盼说了话。接下来,包括黄西和法务在内,都提出这个事故问题出在工厂内部。

"工厂有人写投诉信,说颜亿盼收了何丰年六万元贿赂是怎么回事?"汤跃问道。

"从当时的情况来看,如果这笔钱我不收,我要么在工厂里就遭毒手,要么不可能发现他们后来的事情,"颜亿盼解释了动机,"只可惜……收和不收,都不影响结果。"

她在尽量淡化与自己有关的污点。

一个溺水急于往岸上爬的人,姿态总不会太好看。颜亿盼此刻就像个无耻之徒,恨不能把所有责任都推给别人,而语气又极为谦逊,话术又用得巧妙。

"这笔款项后来证明都用在工厂宿舍改造、招待费和加油费上。"会计王朋说道,"从这个角度来说,他们的投诉是不成立的。"

"如果这个投诉成立,这件事的性质就完全不同了,沈美珍不会同意赔款22亿。"黄西补充了一句。这就意味着,如果云威罚颜亿盼,就等于云威承认了自己的责任。

颜亿盼看着众人,情况比她预想的要好,她没想到在这件事上大家会如此力挺她。

廖森深深看了一眼颜亿盼,没有坚持对她的追责,却给了一个结论:"虽说无过,但也是无能。"

乔婉杭就没这么幸运了。

董事会上,众董事一副准备看好戏的样子。

"这一年，我以为挺过来了，没想到临门一脚，摔了个大跟头。现在不但客户得罪了，名誉受损了，单子还丢了。"廖森扯着嘴角无奈笑道，"到底是哪里出了问题？为什么失控了？"

"董事会讨论管理问题，不如讨论一下领导班子的问题。"项总就着廖森的引言，进入了正题。

汤跃说道："我们不能由资本过度干预经营，云威有现代化的企业管理制度，资产可以继承，但是管理功能不能继承，这是企业发展的必然。"

"怪只怪我，给了她太多的权限。"廖森说这话时，都不看乔婉杭。

乔婉杭转头看向他，眼神如同被禁锢的野兽一般，仿佛随时会冲破牢笼过来咬断人的喉咙，廖森赶紧收回了目光。

廖森检讨过后，提交了弹劾乔婉杭的议题。出了这么大的事，始作俑者就是那个冥顽不灵的乔婉杭，执意放弃与国兴合作，执意让仿造品这种事小事化大，让危机从可控走到不可控，最终导致云威的资质被重新审查。

职场政治那一套，她缺乏深入实践，但总算有些常识。喊冤这种事，不可能出现在高层管理中。

因为在这里，较量的不是谁有理，而是谁的意志得以贯彻。

"按惯例，最后现场表决吧。"汤跃说道，"同意翟太离开董事会的请举手。"

Chris和Keith说道："我同意。"说完，便举了手。

翟绪纲、桑浩宁等翟人都看热闹一样，不置一词，但举手的时候，毫不含糊。

看，当初这些引导或支持她严查工厂的人，此刻又举手弹劾她。

翟云鸿投反对票也无力回天。

少数服从多数，乔婉杭无意挣扎，干脆站起来离开了。

董事会外，各个部门的领导都候在那里，等候廖森指示下一步的工作。

在廖森看来，这两个女人总得下去一个，不然就祸乱朝堂了。

84.过年

春节里，院子挂的红灯笼被风吹落了，包裹竹签的红纸掉落了一块，小儿子捡起来，一定要让她修好，乔婉杭于是拿了过年前买的剩下的红色贴纸，耐着性子补这个灯笼。

细长的手指轻轻地伸到灯笼里，把那一点薄纸用胶水贴上去，不能太用力，怕戳破了纸，也不能太轻，不然黏不上。

手摩挲灯笼骨架的时候，还扎了毛刺，她仔细地拔了出来，好不容易才把这个红灯笼修好了，红彤彤的灯笼放在掌上，煞是好看，小儿子又抱着跑了出去。

这个春节，她是想着要好好过的，所以在院子里张贴了迎福纳新的剪纸，还挂了彩灯和灯笼。

雪断断续续地下了一些，院落里有那么一层，能遮住地上鸢尾的小半，孩子们在院子里堆了一个不到半米高的雪人，那雪人头大身子窄，鼻子是个削尖了的萝卜，孩子们围着它兴奋得大呼小叫。

两个孩子忙得一身汗，本来还好好的，突然间小的那个就发出尖叫声，然后屋子里全是他们打闹的声音。两个孩子抢着要爬梯子去挂灯笼，谁也不让谁，不断拉扯，好不容易修好的灯笼又被撕扯坏了。

然后小儿子抓着灯笼不放，张着嘴大哭，女儿也扯着灯笼在旁边呼呼地直哼气。

乔婉杭走了过去，把灯笼夺了过来，动作太过用力，灯笼被撕碎了。

儿子好像被吓到，由大哭改成扁着嘴抽抽搭搭，女儿看出了妈妈情绪不对，站在一旁吓得不敢说话。

阿姨过来哄小儿子，蹲下来，在他耳边不断重复着：没事的，没事的……

乔婉杭站在那里看着撕碎的灯笼，然后提起来走出院门，穿过弄堂，径直走到垃圾桶的位置。

垃圾桶里堆了很高的废弃物品，她把灯笼用力往垃圾桶里塞，还是不行，更多垃圾掉出来，她本要转身走，忽然转身一脚把地上的红灯笼踩扁了，不留余地，失控一般。她一手撑在墙上，脚不停地踩，灯爆了，支架断了，红色的纸碎了，她还不甘心，像要把残肢碾入烂泥一般，坚硬的高跟鞋底用力碾压。

天空飘落的雪落在她发红的脖子上，她也觉不出冷来。

"乔……"

"乔婉杭！"直到有人叫她的名字，她才稍稍恢复了理智，回头看到颜亿盼站在弄堂的入口，看不清她的表情，不知是惊吓更多，还是担忧更多。

乔婉杭站在原地，脚还在暗暗颤抖。

颜亿盼一步步走近。

"你还找我干吗？"乔婉杭料到自己现在脸色一定很难看，于是转身往家走，"我现在都不是你的老板了。"

"我跟定你了。"颜亿盼在她身后说道。

乔婉杭转身，看到颜亿盼笑盈盈地站在雪地里，眼睛却很是珍重地看着她，她才发现，那天夜里她没仔细看，颜亿盼的头发已经长了，发尾在耳后随意飘飞，还换了个颜色，没有之前那种端着的领导架势。

乔婉杭一时有些愣怔，现在的自己并不比一年前更好，而对颜亿盼这个人，她现在也并不比以前更了解，她看似对谁都和蔼可亲，实际上和所有人之间都立了一

369

个不易察觉的屏障，只给她愿意给对方的，只取自己所需要的。大概是自己那一夜把颜亿盼换出来，她感觉有一些东西在变，甚至觉得眼前这一幕有些奢侈。

良久，乔婉杭呼出一口气，两人没说话，一起并排往屋里走。

进了屋子，乔婉杭让阿姨带孩子去书房玩，引着颜亿盼往客厅走去。

"资宁那边怎么样了？"乔婉杭问道。

"沈美珍会卖掉工厂的设备，给工人把工资发了。"颜亿盼知道她心里还是担心工人，回答道。

乔婉杭拿了两个蒲团放在茶几边的羊毛地毯上，两人并排坐在蒲团上，那蒲团做得很精致，像是手工缝制的，看着无比闲适。

乔婉杭给颜亿盼倒了茶，又拿了一块玫瑰花饼干给颜亿盼，说："尝尝。"

颜亿盼咬了一口，饼干入口即化，玫瑰加奶香瞬间灌满整个口腔，还没咽下去，她就感叹道："这饼干……好吃到爆！"

"我做的。"乔婉杭抿嘴笑道。

"看不出来。"

"这有什么看不出来的，我这都是拜师学的，当初，我是真想当个好太太来着。"乔婉杭说到这里，又低头，转着手里的杯子。

颜亿盼看她还是一副愁眉不展的样子，问道："你那天为什么说是最坏的结果？"

乔婉杭给她倒了茶，看着窗外，过了一会儿，才开始回忆那天晚上的情形。

那天，她穿过呼喊的人群进了沈美珍的办公室，沈美珍看她过来也很惊讶，态度却很好，给她冲了一杯咖啡，还告诉她："不要害怕，这些工人都是很好的孩子，很老实很单纯，平时就是对着机器，下班也不怎么出去玩，这里周边很冷清，他们就是等着领钱，然后回家过年。"

那天具体怎么聊的，乔婉杭记得不真切，记得说了工厂的员工人数，也说了工厂开工时来了多少人，还说了没完成的单子要找下家完成，当时，外面总有各种喊叫声，时不时还有警笛声。

乔婉杭要很努力才能听清她说的话。

大概到最后，沈美珍也很疲惫，语气很落寞："你知道吗，你先生找到我的时候，曾给我描述过这片土地上的蓝图，说这里充满理想和汗水，每个人都有稳定的收入和安定的生活，不用害怕明天天气的恶劣，也不用担心突如其来的疾病。可惜啊……但见前人去，不见后来人。我一生从未觉得亏欠过任何人，现在，我只是觉得亏欠了你先生。我答应过他，但凡云威研发的产品出来，我的工厂都会跟上。"

沈美珍说到后来语调变了，好像哭了，乔婉杭知道他们接下来会进行残酷的谈判，她不敢上前安慰，生怕自己不小心许下履行不了的承诺。

此刻，乔婉杭坐在客厅里重复完这句话时，又沉默了，手里拿着空茶杯，半天也不动。

颜亿盼看乔婉杭的眼神有些失焦，回想那天从工厂回来时，她一直闷不作声的样子。

"可我们也不能求国兴撤销赔款啊。"颜亿盼说道，"我们没有办法改变过去，不如想想接下来怎么严惩罪魁祸首，怎么进智慧城市吧。"

"可我想改变过去。"乔婉杭低低地说了一句，那语气满是执拗。

现在轮到颜亿盼沉默了，她是一个不喜欢往回看的人，但还是问了一句："改变过去的什么？"

"我不想让工厂关门。"乔婉杭说道。

谢天谢地，她没有说回到一年前，颜亿盼心道。

两人不约而同地深吸了一口气，又轻叹出来。

可即便这样的要求，也无疑是天方夜谭。

这时，家里的阿姨过来说："太太，大伯刚打电话来，说中午去寺里吃斋饭，还说爷爷今年会一起，请您最好过去一趟。"

乔婉杭眉头皱了一下，说道："不去。"

阿姨站在那里，一时不知道怎么办，又看了一眼颜亿盼。

"要不你去吧，我回家了。"颜亿盼说完，拿了一块饼干放在口中，又扯出纸巾擦手。

"别走，说了不去。"乔婉杭说道。

"这件事的起因还是翟家。"颜亿盼道，"你不想看看他们又在干什么吗？"

颜亿盼说完就站起来，乔婉杭也跟着站了起来。

颜亿盼往门口衣架走去，听到乔婉杭的声音从身后传来："你陪我去。"

不是询问，也不是恳请，是理所当然地要求。

颜亿盼转身看她，打量她是不是开玩笑，可是见乔婉杭居然一脸正色，也不知她是不想面对翟家众人，还是像过去单纯小闺蜜那样，去哪儿都得拉个人陪着。

乔婉杭又解释道："我和他们真的不熟……"

"这是家宴，"颜亿盼总算听出这不是开玩笑了，"哪有带下属参加的。"

"我发现你这个人……"乔婉杭走上前，理直气壮地质问道，"你就是这么跟定我的？"

"那要怎么跟定？"颜亿盼很快反驳道。

"不应该是我指哪儿打哪儿吗？"乔婉杭挑眉问道。

颜亿盼一时无语，露出一副"你真行"的表情，依然没有答应她的邀请，或者叫挟持也行。

"后悔了?"乔婉杭问道。

什么话一旦说出口了,都可能成为这个女魔鬼的把柄。

"不后悔。"颜亿盼走上前去取围巾,随口揶揄道,"我可从来没想过改变过去。"

"司机过年去了,又是山路,我开不好。"乔婉杭见她穿衣服准备要走,有些着急,于是立刻又补充了一句,"你不还去过老三的云尚吗?"

"那不一样,那是工作。"颜亿盼见乔婉杭还要说什么歪理邪说,赶紧抬手制止,"我把你送过去。"

乔婉杭也就不坚持了,忙着给两个孩子找衣服,自己也穿上了大衣,拿了条披肩搭在肩上。

两个大人带着两个小孩儿出发了。

山上还有未化的雪,颜亿盼的车开得很慢,最后把车停在半山坡旁边的平地上,下车帮乔婉杭抱出小儿子。

"我今天就当你的司机了。"她把小松交到乔婉杭手里。

"我一会儿就出来。"乔婉杭说完就牵着两个孩子往台阶上走去。

前面便是崇安寺,寺庙隐匿在大片森林中,门口还有两个穿着黑色西装的男士接待。

乔婉杭抬眼看着这幽静又庄重的地方,感觉出某种难以名状的压抑和沉重,她曾在这里送走了翟云忠,这里不是家宴,不温馨、不热闹,是不得不去参加的某个活动,本质上和翟云鸿在外搞的派对一样,都是满足某些人的社交需求,而且前者更加无趣一些。

她想拉颜亿盼进去,除了是对这种伪装成家庭形式的拒绝,还有一个原因,她自己不愿意承认,就是颜亿盼在她身边的时候,她觉得内心比较安定。

在她看来,现在那个站在她身后看她进去的女人,总是有一种化险为夷的能力。乔婉杭做事总是不管不顾,情绪来了,爱谁谁,我就要灭了他;但颜亿盼不是,她可以等,她会说,今天不灭你,换个合适的时间来。

寺庙里种着好几棵上百年的松柏,遮天蔽日般守护着这片世外之地,寺庙每周三是诵经的日子,不迎香客,此时传来低沉的念诵经文的声音。

乔婉杭进了寺庙,感觉有些恍惚,仿佛这里的时间是静止的,从她第一次和翟云忠来这里,到给翟云忠送葬,再到今天。

此刻,翟云鸿坐在门口的台阶上抽烟,看她进来立刻站了起来,说道:"嫂子,你来了。"

"嗯,爸来了吗?"乔婉杭牵着孩子往前走。

"没有，大哥去请了。"翟云鸿一把抱起小松，把乔婉杭往里带，送到里面的一个门口，又出来回到原处坐着。

聚餐的地方在崇安寺旁边的一个房间内，古香古色，摆着几个餐桌，翟家的人坐在那里没有动筷子，大家都等着翟亦礼的到来。小松看着桌上的荷花酥很想拿，被乔婉杭一把拉住。翟绪纲则拿起一个荷花酥，偷偷放在了这个最小的弟弟手上。

一大家子人叽叽咕咕地聊着天，有的就干坐着。

一直等了一刻钟，屋内乔婉杭有些厌烦地想站起来时，翟云孝出现了，他独自一人回到寺庙。翟云鸿见他没把父亲请下山，嘴角上勾，神色闪过一丝嘲讽，他站起来，也不等大哥，转身便进到房间里。

翟云孝进来后，接过儿子递来的一个木制杯子。他举了举茶杯，向家族里的人说道："父亲长期打坐，腿脚没有那么灵便，本来说好要下来，临时又改主意了。他那一辈，就留下他一人了，下来难免触景伤情，老人家的情绪啊，我们做晚辈的也应该照顾到。"

众人点头，乔婉杭坐在那里，冷眼看着大伯的演讲。

"我代表父亲，先敬各位。"

众人举杯。

翟云孝接着道："把大家请来，除了因为事先说父亲要下山以外，还有一个原因，可能大家也都知道。去年，家门遭遇不幸，没来得及聚会，今年这个难关也算渡过了。我这个做大哥的从来不做暗事。今天也是告诉各位，从四月份开始，云腾将正式成为云威的第一大股东。"

乔婉杭脸色愕然，但转念想到近期云威的变故，心中也就了然。

"老二家的放弃股权了？"其中一个堂兄低声问旁边的翟云鸿。

翟云鸿冷笑道："放不放弃，老大也总有办法。"

翟云孝接着道："也是感谢家里人的支持，我相信云威在翟家的手里，总好过在外资口袋里，大家做个见证，以后，我们一定会把翟家的资产做强做大。"

"手脚够快的？"乔婉杭挑了挑眉毛，笑问对面的翟绪纲。

"不是我们快，是外资跑得快。云威现在出了很多事，父亲这几个月一直很忧心。为了打理好二叔留下的资产，我们云腾也是力排众议，刚和永盛谈完了股权置换，云腾也是让出了25%的股权给永盛，才换来永盛手里云威22%的股权。"

"哦，厉害！不亏吗？"乔婉杭冷笑道。

"亏也没办法。您不知道，永盛听到一点风声就开溜了，哎，外资啊，不可靠。"翟绪纲一副痛心的样子说道。

"你们就甘当接盘侠啊。"翟云鸿在一旁问道。

"我刚入资本市场，没得选。哦，对了，估计明年一开工，证券公司就会给董事会发通告了。"

在铅超标危机下,云威拿不下智慧城市项目的传言四起,外资急于开溜是真的,翟绪纲乘机入手也是真的,而且此时此刻,他还是以资本市场"白马骑士"的姿态入手。距离他上次掉进乔婉杭挖的"虾坑"过去一年,他这一年经历了怎样的变化和反思,没有人知道。不过,至少从乔婉杭看来,他这个翻身仗,打得挺像那么回事儿的。

"恭喜你了,大哥。"乔婉杭看翟绪纲那张脸实在不爽,转头对站在那里的翟云孝说道,"大哥"二字尾音颇长,举了举杯。

翟云孝也举了举杯,说道:"是啊,我们两家可以一起并肩作战,让云威、云腾蒸蒸日上。"

众人鼓掌,大哥还是那个大哥,关键时刻救人于"水火",帮人于"危难"。

大年初三的团聚很快就结束了,翟家的人认为自己时间宝贵,吃过饭以后,和乔婉杭稍稍聊了两句,给两个孩子塞了大红包,就各自上车走了。

乔婉杭带着孩子出来的时候,见到颜亿盼在车里等她,有意避嫌似的,直到她过来,才出来给孩子开车门。

两个孩子爬上车后座,这时从后门出来一个小沙弥朝着这边快步走来,只见小沙弥来到乔婉杭面前,说道:"鸣鹤居士想见您和孩子一面。"

小沙弥指了指后山,看来是翟亦礼有请了。

乔婉杭看了小沙弥一眼,说了句:"不见。"转身打开车门就要进去。

手腕却被颜亿盼一把抓着拦下了,颜亿盼眼神带着真切的期待,语气恳切地说道:"去见见吧,我陪你。"

85.翟亦礼

将颜亿盼从那个污秽角落里拽出来的那个教授,曾给她讲过一个故事,关于《希腊神话》里的太阳神之子法厄同。

法厄同少年时偷了太阳神阿波罗运送太阳的马车,以为自己可以和父亲一样,带着太阳奔向无限的银河,把光明带给人间,但最终他无法驾驭马车,坠落下来,掀翻的太阳之火在他身上燃烧,他死前听到宙斯的妻子赫拉对他的评价:太小,你还太小,你没有办法掌握日夜更替,也没有办法走出自己的黑夜。

小,不是年龄上的,而是力量上的。这种不安从颜亿盼年少时一直持续到现在,每当遇到困境,这种不安就愈加强烈。

她在寺庙外等乔婉杭的时候,这个被火燃烧的法厄同一直在她脑海中,那个燃烧着从天上坠落的人,是翟云忠,是她自己,还是走进寺庙里的乔婉杭?

所以,当她拦下乔婉杭,劝乔婉杭去见翟亦礼的时候,她不过是希望自己的担忧有一点出路。

此刻，乔婉杭没回答她是不是去见翟亦礼，而是问了一句："你没吃饭吧？"

"嗯，要不，你去给我化缘？"颜亿盼笑了起来。

乔婉杭立刻转身要去寺庙，被颜亿盼拉了一把胳膊，笑道："不用了，来之前在你家吃了一堆饼干零食，不饿。"

"本来想带你去山下的餐馆吃，我也没吃什么。"乔婉杭说道。

小沙弥站在那里一动不动，干净的瞳孔注视着她们。

颜亿盼转身弯腰把车里的小儿子牵出来，说道："走吧，去见见你们的爷爷。"

乔婉杭也就跟了过来，带着阿青，跟着小沙弥往寺庙后院走去。

穿过后院的一扇木门，是一条石阶小道，先是往下走了长长的阶梯，到了一个拐角的时候，又开始上阶梯，山上积水的冰也没有化，小松还摔了个屁股蹲，刚抱着妈妈的腿撒娇求抱抱，就被姐姐吼了一句："好好走。"于是，他不得不牵着乔婉杭的手，老老实实自己走路。

天气阴凉，山里还有雾气，一行人都走得格外小心。

"吃饭的时候没见到老爷子吗？"颜亿盼问道。

"今天老大去请，没有请出来。"乔婉杭在前面走着，又说了一句，"现在云威最大的股东成了翟云孝，永盛即将撤资。"

颜亿盼愣了愣，倒没有表现出太多惊讶，这应该是那父子俩布局了很久的结果，最好的猎手不是出手快，而是出手时机对。

在这一点上，翟云孝更成熟，一直蛰伏在云威身边，耐心等待时机。

颜亿盼没有乔婉杭那种无所顾忌的勇气，在工厂的那段时间，她每天都在想，接下来会发生什么，自己还能不能全身而退。

除了翟云孝和廖森在公司内部的撕扯，国兴在外部虎视眈眈以外，还有更多不确定因素影响着她们的命运，影响着云威这驾马车的方向。

过去，她很小心地和工作以外的牵连保持距离，而现在，她不但想看到乔婉杭能走出困境，也想和她一起走近看看，看看这里面到底发生了什么。

只是，不知道乔婉杭还有没有法子能解决现在的困境，至少她自己没看到出路。

"你说……"她还想安慰乔婉杭，就听到乔婉杭靠了过来说道，"我雇人把他们父子俩干掉，怎么样？"

两人脚下投射着千年古松的影子，雪的洁白和树影的灰度融合地恰到好处，她说这话时眯缝着眼，那样子挺有黑帮范儿。

颜亿盼捂嘴咳了咳，看了一眼四周，低头说道："佛门重地，施主还是收敛一点吧。"

"哦,失敬了,"乔婉杭低着头,又在她耳边压低声音询问道,"多少钱,你愿意干?"

"回去商量价格。"颜亿盼一本正经地答道。

两人互看了一眼,哈哈大笑起来。两个小孩看着她们,不明所以。

她们上了大概三十几级台阶,来到另外一个稍缓的山坡,前面不远处有个简单的院落,那里是翟亦礼修行的禅房。

四下一片空寂,隐隐传来节奏平稳的木鱼声。

颜亿盼往前走着,隐隐有些担心自己的出现会不会唐突,忽然感到一只稚嫩的小手牵着她,低头看,发现小松一手牵着她,一手牵乔婉杭,在不打招呼的情况下,拽着她们的手,猛地将两只脚离地。

颜亿盼感到一阵撕扯的疼痛从手背的伤口处传来,赶紧对小松说:"换只手,阿姨另外一个手力气更大。"

乔婉杭好奇地看了看她,很快跟她换了位置,乔婉杭用右手,颜亿盼用左手。二人手腕用了点力,很配合地让小男孩在这条路上"起飞"。

因为小松的双脚一次一次地往地上蹬,他们一行人的脚步变得轻松而快速。

颜亿盼的心绪也稍微平静下来,没多久,禅院近在眼前,木鱼声悄然停了。

禅院的黑色木门从里面打开了,一位老者拿着佛珠站在门口,身形颀长清瘦,穿着黑色缎面棉袄,腰有些弯,神色却清朗疏阔。

乔婉杭的女儿阿青认出了老人,叫道:"爷爷。"

翟亦礼抚了抚孩子的头。

小松还是呆萌地看着老人,又看乔婉杭,像是认出人来,却不好意思叫人,等乔婉杭的指示。乔婉杭带着孩子往门口走去,笑着看翟亦礼,也不叫人,也不介绍颜亿盼。

颜亿盼跟在后面走过来,看翟亦礼双手合十,也跟着双手合十说:"鸣鹤居士,打扰您了。"

翟亦礼把人引到屋内,屋子里陈设极其简单,一尊佛像,下面是一个蒲团,这个蒲团乔婉杭家有同款,不知道是不是翟家统一定制的。

两边是简单的方形桌子和打坐的地方。旁边有一个小门,估计是老人休息的地方,此刻天阴,光线并不明朗,只有一盏灯亮着,显得这个地方清冷而暗淡。

无法想象这是一个曾经在商政界呼风唤雨的人晚年居住的地方。

老人示意他们几人坐。桌上有茶壶和杯子,乔婉杭也不等老人招呼,自己拿出三个杯子,倒了三杯,分别给翟亦礼、颜亿盼和自己。

两个孩子就趴在旁边打坐的地方,四处看着。

"婉杭,你知道翟家的家训吧?"

乔婉杭不说话，低头看着茶杯，冷冷一笑，现场一度尴尬。

"'爱国、为民、忠党，以振兴民族产业为己任'。"颜亿盼不得不打破这个僵局，学会抢答，"是您定的。"

"应该说是他改的，"乔婉杭说道，"以前是'谨慎行事，绝不投机'。"她露出一丝不以为意的笑容。

"嗯，我听说，以前曾有人亲自登门，请您担任要职。"颜亿盼继续说着，希望二人间的气氛能得到缓解。

"你能想象吗，这样一个人，现在偏安一隅，待在这个地方。"乔婉杭看了颜亿盼一眼，说道。

"云威是在我手底下做起来的，然后在云忠手上转型，走到现在，实属不易。"翟亦礼声音沙哑。

"爸，您能不能有事说事啊，我们还饿着肚子呢……"乔婉杭一脸憨态地说道。

"我知道你们还怪我。"

"我不怪你，云忠也不会怪你。"乔婉杭轻轻呼出一口气，"都过去了。"

翟亦礼拿串珠的手垂了下来，他一边捻动珠子，一边缓缓说道："怪我，那年，我从欧洲给他带回来一个精致的木偶人，能按照人的指令唱歌跳舞说话，我问三个孩子谁要，只有老二跳起来喊：我要！这种精密物件好像偷了他的魂，从那天他就起了执念。过去是捣鼓齿轮……现在是芯片，没人拦得了，走到这一步，是命定的。"

这番话让乔婉杭脸上浮出了些情绪，她沉声说道："我不信命，也不信佛。我只信我自己脚底下的路，得自己走。"

"婉杭，我一直觉得你比云忠更适合经商，有决断，有魄力。可是，你因为从小没受过委屈，现在难免气盛，做事情也不留余地，现在挨挨打，吃点亏，也没什么不好的。"

"……"乔婉杭看着眼前这个风烛残年的老人，发现他并不是偏安一隅不问世事，大约翟云忠的死，也打乱了他的安宁。

"我也没什么可以再给你了，就告诉你一句：商界无域，相融共通。"翟亦礼认真说道。

"'无欲'？"乔婉杭眉头拧了拧，"无欲无求？那还和人抢什么市场，还怎么做生意啊？"

颜亿盼看着她，怀疑她是故意的。

翟亦礼似水般平静的脸上突然皱了皱，低头转动了一下佛珠，不想说话。

"到底是什么意思？"乔婉杭又问道，还有些不耐，"您不能直说吗？"

"别总想着对抗，要想着联合。"翟亦礼说道。

"和谁，和国兴的大伯？还是和翟家的大伯？"乔婉杭眼里流露出蔑视。

"谁对云威有利，就和谁合作。"翟亦礼不得不补充一句年轻人能听懂的话，原本富有哲思的话，一下子就变得很没有意境了。

颜亿盼强忍住想笑的冲动，觉得这公公和媳妇的对话也着实让人头疼。

此时，乔婉杭眼神里却并不认可，在资本市场都是因利起，因利分。兵无常形，这是老生常谈，更何况爷爷也许希望家族和睦，对此，她并不放在眼里。

翟亦礼从打坐蒲团旁边的箱阁里取出一个信封递给了乔婉杭。

乔婉杭也不接，像是猜到里面是什么，却似乎不解地看着翟亦礼："这是什么？"

"这是我在云威留存的股份，我想提前转让给阿青和小松。"翟亦礼看了两个孩子一眼，说道，"他们成年前，先交由你打理。"

两个孩子这时跑到禅房门口玩。

"爸，您这是什么意思啊？"乔婉杭也不接，看着信封。

"我知道你这一年很辛苦。"

"爸，"乔婉杭声音很柔和又礼貌过度地说道，"您是在帮我吗？"

翟亦礼看着她缓缓说道："我只是觉得应该如此……"

"您是担心我会让翟家不安宁吧。"

翟亦礼看着他，那种淡然的神情有些绷不住了。

"您这么做，是想让您心里好受，让我不再和老大争。"乔婉杭端起茶，喝了一口。

翟亦礼没有否认，神色微动。

"爸，您知道，我回来做的第一件事是什么吗？"乔婉杭的瞳孔仿若浸在黑夜里，难以抽离。

翟亦礼脸上染上一点忧思，继而阖上双眼。

"我要找到和翟云忠的结婚证，证明我是他的妻子，然后拿着结婚证，才能去看翟云忠血肉模糊的尸体，确认那是我的丈夫。我那天才知道，人脑袋受巨大撞击的时候，眼球会凹陷进脑浆里，混成一摊血水……"乔婉杭缓缓说道，看着窗外那处坟冢，脸上之前那种冷淡的笑意散去，握着茶杯的手过分用力，试图克制着某种情绪，"爸，当时您在哪儿呢？在这儿念经，还是喝茶？"

翟亦礼嘴角有些抖动，把手里的佛珠放在桌上，看了看窗外远山，他的老二在那里长眠，声音低沉喑哑："说这些有什么用……凡事都有因果，一切皆有定数。"

"因果？所以，他就是活该要死吗？"乔婉杭根本不屑于这种推辞，冷言道，

"所以,他遭了难,您根本就没打算帮他,而是告诉自己一切都是定数？"

"改革开放时期,面对国际社会风云变幻,很多事不是你我能左右的,不过保持本心,鞠躬尽瘁而已。"翟亦礼此刻的语气仿若褪去山里修行者的淡薄,多了几分当初那个以复兴民族经济为己任的企业家风骨。

窗外山间风萧萧,近处水潺潺,几个人都没有说话。

阿青忽然走过来抱了抱翟亦礼,小松抬头看了一眼爷爷,去抓他手里的念珠,笑嘻嘻地往他身上爬。

"小松啊,还记得爷爷吗？"老人抱着小松,搂着阿青的额头,"都这么高了……"

阿青眼底一片发酸,低声哽咽唤道: "爷爷……"

眼底本无尘的翟亦礼,此刻泛起酸涩的泪。

远山坟冢孤寂,院落中几人凄然聊着过往。不远处寺院的香火渐渐少了,山下隐约有灯光。

他们出来时,屋外下起一阵雨雾。"婉杭,"翟亦礼站在门前飘然说道,"你想好了,不管发生什么,都不走了？"

"我没有地方可以去。"

"只要你愿意,任何地方都可以去。"

"我留下来,也是想告诉他,"乔婉杭惆怅地一笑,"不管他做得好不好,风光了、跌倒了、落魄了,哪怕狼狈不堪,他都可以回家,我都在家等他。"

翟亦礼看着她,握紧了佛珠的手有丝轻微的抖动。

"您说,他如果早点知道,会不会就不走了？"乔婉杭回头讷讷地问了一句,又仿佛在问自己。

翟亦礼看着远山的坟,没有说话。

她没有得到答案。

颜亿盼看着乔婉杭,一时怔了怔。快出院门时,颜亿盼停下脚步,回头看了一眼翟亦礼,然后对乔婉杭说: "你等我一下。"

颜亿盼转身走了过去,看着翟亦礼,说道: "鸣鹤居士,我能问您一个问题吗？"

"请问。"

"如您所说,一切都有定数,那么,十年前,您把公司全权交给翟董事长,是否想过会有今天？"

翟亦礼双手合十握着佛珠,眼睛幽深地看了一眼颜亿盼。

颜亿盼脸上极为虔诚,说道: "晚辈无知,如果有唐突的地方,请您见谅。"

"十年前,我培养协助云忠的一个人,离开了云威,他离开当天来看我,说了同样的话，但没你这么委婉，他说：'最多十年，云威最多再活十年。'"

颜亿盼神色微微一怔。

"我当时给他的回答是，'不可能，我那么多精兵强将，三个儿子，绝不可能把云威往绝路上送。'到今天，我不会这么回答了。"

"您会怎么回答？"

翟亦礼展颜一笑，极为慈祥，接着道："即便云威往绝路上走，只要人还在，云威就还会活过来。"

颜亿盼看着老人，没有再说话，双手合十，告别了老人。

一行人就这样出了禅房院落。

山中雨雾缭绕、暮霭沉沉，脚下的路更加泥泞，翟亦礼看着他们离去的背影，眼神中仍免不了尘世的忧心，他闭上了眼睛，捻动手里的念珠。

白色的天幕下，翟亦礼形单影只，守着这青灯古佛，内心也许是孤寂的吧。

她们往小路上走，空寂的山林中，木鱼声再次响起。

天暗了下来，那个之前说不敢在雪山路开车的女人，此刻开着车在阴沉沉的山路上飞速盘旋而下，坐在她旁边的颜亿盼感觉自己的屁股一直无法安然地贴在座位上，整个人都像要飘起来，后面两个孩子倒见怪不怪，一个拿着平板电脑低头玩游戏，一个靠在椅子上睡觉。她看着窗外雨雾中路灯一盏盏地往后退去，想到在深海中徜徉游弋的鱼，无所顾忌。

86.李笙

回到家中，乔婉杭让颜亿盼坐在沙发上吃点点心垫垫肚子，然后就往厨房走去，随口问了句："你有什么忌口的吗？"

"都行。"颜亿盼不好挑剔。

"不真诚，你不是不吃带翅膀的吗？"

"啊？谁说的……没那么矫情，就是、就是小时候吃太多了……"

"那就是矫情。"乔婉杭笑道，然后转身进厨房忙活了，家政阿姨倒成了打下手的。

颜亿盼听到这句话，猝然一笑，不吃带翅膀的不是因为吃太多了，她可没那么奢侈，家里只有卖不出去的禽肉才会端上餐桌，品质一般，即便这样，被母亲添加了很多调料做完以后，味道也不坏。

是从哪天开始不吃的呢？

大概是高二吧，学校那天停电放假，外面下着暴雨，她的伞在暴雨里散架了，最后只能淋着雨回家。到家后，发现屋里的房顶被掀开了一个角，大雨像是闹脾气，作恶一般从那个角往里灌，堂屋堆满了笼子，有个笼子掀翻了，鸡鸭跑了出来，受惊吓一样疯狂乱窜，床也全部淋湿了。

父母到晚上也没回来，她没地方睡，就窝在角落一个竹椅子上睡觉，雨忽大忽小，她半夜冻醒了，发现那群家禽安静下来，也窝在笼子角落里，挤在一起。说来好笑，那天夜里，她看着那群瑟瑟发抖的家禽，产生了一种"我们是同类"的模糊想法，憋闷地活着，有一双没有用的翅膀，扑扇着想飞，又飞不走。

第二天清早，她迷迷糊糊看到父母蓬头垢面在家里搬运笼子，父亲一边抓鸡，一边数落她："这么大了，还不会照顾自己，去一趟医院，我一个月都白干了，外面有讨债的，屋里还养个讨债的！"原来她发高烧了，母亲说要带她去医院，父亲不同意，不知他从家里什么地方翻出了什么药给她吃了下去，她至今怀疑那药是给家里生病的鸡鸭鹅吃的，而她吃过以后，奇迹般地退烧了，下午又生龙活虎地回了学校。从此，她再看到学校里的鸡肉时，就一口都吃不下了。

这算是矫情吧。

她还是比那群家禽要幸运，有人给了她一双会飞的翅膀，也有人给了她更好的选择。想到这里，她心情从之前的沉闷转换了过来。

没过多久，乔婉杭把菜端了上来，清蒸膏蟹、虾球鳝段、炖牛尾、螺片拌丝瓜尖、清炒菜心，还有一道菌菇汤。

"没怎么准备，随便吃点吧。"乔婉杭不知道是自谦，还是真觉得简单。

"是妈妈做的菜。"儿子很欣喜地伸了筷子，阿姨在一边照顾着两个小孩开吃。

"阿姨准备的，我就加工了一下。"乔婉杭边说，边脱了围裙，把手上的袖套摘了给阿姨。

"哪有，我就洗了菜……"阿姨不好意思地小声说道。

颜亿盼是真的饿了，也没太客气地下筷子了，吃的时候，她想到小时候跟着妈妈在各家收货的时候，大家都会留她吃饭，基本从村头吃到村尾，当时一个村里的老人说：这孩子有口福。

此刻，她深以为然。

乔婉杭的厨艺，可以用惊为天人来形容。颜亿盼工作近十年，去过不少社交场合，山珍海味吃了不少，但朴实的菜品做出这种水准的真的少见，尤其菜心那道菜，像花一样整齐地码在盘子里，泛着鲜亮的光，入口还伴着花香。

"这花香味儿怎么这么浓？"颜亿盼问了一句。

"加了夜来香花露。"乔婉杭说。

颜亿盼开始相信她是拜过师，学过的，看来她曾经真的想当个好妻子。

她咬了一口巨大的嫩滑虾球，开始思考以后怎么找借口来蹭饭。乔婉杭拿了一瓶白葡萄酒，没问颜亿盼的意见就直接给倒上。酒很凉，沁入口中，散发着醇厚的酒香，颜亿盼看到她家餐厅有一面墙的酒，猜到乔婉杭的酒量应该很不错，继而联想到她那次把人家会所砸了的时候，应该是清醒的。

"你的手没事吧？"乔婉杭问了一句。

颜亿盼这段时间一直穿着有荷叶边袖子的衣服，藏着伤口，回来那天上午她去了医院处理，只要动作不大都没事，可能下午被小松突然拉扯一下的时候漏了馅儿。

"疼着呢。"颜亿盼低头拿筷子吃饭。

乔婉杭把手伸了过来。

颜亿盼由着她把袖子掀开，白色的胶布从手背一直延伸到小臂中段。

乔婉杭手轻微颤了一下。"有伤还下手那么重。"她说的是在沈美珍办公室外的挥拳。

"年底奖金记得考虑我这是带伤上场。"颜亿盼咬了一片红油鳝段说道。

"行。"乔婉杭点头道，"等你把我弄回董事会。"

颜亿盼嗤笑了一声，两人对视了几秒，就都笑了起来。这是第几回了，每次管她要点什么，她总是立马给你一个更难的任务。

吃过饭后，乔婉杭拿了一个圆圆的杯盅放在颜亿盼手里，杯子里是极清淡的莲子茶，透着浅红色，散发一股幽幽香气，捧在手里温热，喝在嘴里解油腻，她捧着杯子跟着乔婉杭进了书房。

不知是不是因为那盏落地灯的光线柔和，相比上次来，这里多了些生趣，书柜的书籍码得并没有多整齐，书桌上多了不少本子，有的还摊开着。在这个房间里，没有柔软的沙发，只有两张木制的椅子，一张靠在书桌前，一张在床边，上面放了一杯水，连床都窄得像火车卧铺一样，靠在墙边，上面铺着浅色的床单。

颜亿盼一直觉得这个地方少了些什么，后来慢慢发现，是少了舒适感。从乔婉杭做饭来看，她是个很懂生活情趣的人，也许这是她有意为之，她的夜晚多数在这里度过。

不过最吸引颜亿盼的是一张白板，上面画了一张麻将桌，四边分别放着四个人的名条：廖森、程远、乔、永盛。她看着乔婉杭把永盛的人名条撤下来，换成了翟云孝。

"你居然给了程远一个位置……"颜亿盼看到程远在乔婉杭的对家，也有些惊讶。

"他的位置最重要，好吗？"乔婉杭挑眉补充道，"而且他手里的股份并不低，只是他不想参与经营。"

颜亿盼想到那次如果程远真的带队出走，这一桌麻将估计也不存在了，然后又看到写在自己的标签在这个麻将桌的最左边，也就是程远的后面，说道："你把我放在这里啊。"

"不对，"乔婉杭立刻把"颜亿盼"的名条放在了自己旁边，说道，"你应该在这里，因为你跟定我了。"

颜亿盼笑了起来："你还挺乐观，你忘了，现在董事会都没你席位了。"

"行，那我在你后面，我看你和他们玩儿。"乔婉杭又把自己的标签放在了颜亿盼的身后。两人又笑了一通。

"我有一件事不明白。"颜亿盼看着黑板上这个麻将桌说道，"你家老爷子是真的支持老大那种下三烂的手段吗？"

"不支持。"乔婉杭回答道，"不然他不会扯了半天家训，当初，他把云威给云忠不是因为云忠经商本事高，而是因为他心正。"

"那也有些怪。"

"我怀疑支持翟云孝的有一个很强大的敌人，老爷子不想我去硬碰。"乔婉杭说道。

"赵正华？"颜亿盼注意到这桌麻将的最上方，廖森的后方，"其实年会的时候，我看到翟绪纲跟着赵正华的车出去，不知道这件事会不会和他有关。"

乔婉杭把赵正华的标签拿在手里，有些疑惑："我总觉得他不至于这么卑劣。"

"也是，他有谋略，也有手段，"颜亿盼也否定了自己这个推测，"而且，他不会拿国兴的名誉和货物去冒险。"

"也别把他想得那么好，"乔婉杭瞟了一眼颜亿盼，冷笑道，"这是只狡诈凶猛的鹰。"她说完把赵正华放在了乔和廖森的对角线，那是右上角的位置，似乎在俯视着里面胶着的战况。

两人正想到这里时，忽然听到一声门铃。

她们互看了对方一眼，有些纳闷，现在已经晚上八点了，外面还下着雨，她一个被董事会除名的人……会有人给她拜年？

乔婉杭走了出去，看到阿姨正在院门口给人开门，就也打着伞过去了。

一个年轻人打着伞，弯着腰从一辆黑色轿车里接人。

那人从车里出来，直起腰，看向乔婉杭。

"李老。"乔婉杭弯腰致意。

来的人是李笙，是翟亦礼的旧部，也是一手扶持翟云忠入主云威的功臣。自从一年前他把大部分股权转让给翟绪纲以后，就很少出现在股东席位上了。

他拄着拐杖，微笑地看着乔婉杭，他虽近古稀之年，但脸色依然红润，相比去年股权之争时他的无奈与心力交瘁，这时的他反倒有闲云野鹤之态。

"多有叨扰，乔董。"他笑道。

383

"哪里，您是贵客。"乔婉杭眼神里还是有防备，她猜测李笙也是翟云孝叫来的说客，她右手抬了抬，把人迎了进来。

　　二人顺着一条石子铺成的小路走到了屋前，乔婉杭接过他手里的伞，轻轻甩了一下，放进旁边的木桶中。

　　外面雨声淅沥冰凉，进屋后，却蓦然肃静起来。书房里的门不知什么时候关了，颜亿盼在里面，没打算出来见李笙。

　　乔婉杭没强邀颜亿盼出来见客，她知道颜亿盼的自我保护意识有多强，在公司里，虽居高位，但不在顶端，凡事总是要给自己留一条退路，很忌讳被人说搞利益团体，一切出发点是公司，而不是党争，这样才能立得稳脚跟。

　　乔婉杭把李笙引到茶几边的沙发上。

　　"这里看着不错。"李笙坐在沙发上，看了看四周，说道。

　　"李老，您不是来和我叙旧的吧？"乔婉杭坐在对面的矮凳上，抬眼看他，丝毫不打算虚与委蛇地试探，她知道这帮老头子最好打太极。

　　"就是问问你在董事会还有什么未尽事宜，需要我这个老头子出面的。"

　　"那您让翟云孝父子滚出云威吧。"乔婉杭给老人倒了茶，双手递过去。

　　老人稳稳地接过茶，喝了一口，放在茶几上，也很淡定地说："如果你手里有他们什么把柄，我倒是可以提交给董事会。"

　　现在轮到乔婉杭郁闷了，她闷声说道："现在警方在调查。"

　　"老大我还是了解的，不至于把手脚动到工厂，但他那个孽种，我就不知道了。"

　　"您也别替他们打圆场了，都不是什么好人，看调查结果就知道了。"乔婉杭说道。

　　"查得清楚？"李笙沙哑着嗓子说道，"这么大的事，想必琢磨了很久，才能做得这么悄无声息又轰轰烈烈。"

　　"您还挺欣赏那狗东西？"

　　"我恨不得亲手了结他。"李笙眼睛一斜，透出点年轻时杀伐决断的狠劲儿来。

　　这话让乔婉杭心里好受了些，只是，这事因她而起，也应当由她收场。

　　"现在不是斗气的时候，斗下去，最后遭殃的还是云威。"李笙说道。

　　"我不知道您还擅长当和事佬，"乔婉杭凉凉一笑，"当初您力推云忠接管云威的时候，也去劝过老大吗？"

　　过去李笙经常来家里和翟云忠开会，那个时候，她会留他还有一些元老吃饭，可是现在桑浩宁、项天等一众旧人都有了新的支持对象，甚至还站在她的对立面。

　　说到底，还是她不够强。

李笙听出她说话夹枪带棒，站了起来，说道："老大纵容他儿子这么做，是认为云威走现在这条路，脱离了他的管控能力。你如果能证明这条路走得下去，我自然会找法子让他滚。"

　　"好，这是您说的。"

　　"还信不过我了？"李笙摇了摇头，往外走。

　　乔婉杭愣了愣，又跟在他身后，为他撑了伞，一直送到门口。

　　李笙准备上车时，司机接过他的拐杖，乔婉杭注意到他弯着腿上车时的吃力。她轻声说了一句："等这事儿过去，我上门拜访您。"

　　李笙笑了笑，摆摆手："回去吧。"

　　乔婉杭回房间，推开书房的门，屋里只有一盏角落的落地灯亮着，看到颜亿盼只穿着袜子站在白板前，一只鞋落在脚边，另一只鞋不知所踪，她挺直了腰板，像罚站的学生。

　　"不冷啊。"乔婉杭过去，把书房的吊顶灯打开，低头替她把凳子下的一只拖鞋找了出来，扔在她脚边，"想听还不如自己出来，不知道的，还以为我又找了一个藏家里。"

　　颜亿盼捂嘴笑了起来，低头穿上鞋，刚刚她的确脱了鞋子，走到门边听他们说话，回来的时候发现一只鞋不知被她蹬到哪儿去了，又不敢贸然开大灯，低头找了半天没找着。

　　"没看出来李老还挺念旧。"颜亿盼低头穿上鞋，说道。

　　"肯定是'鸣鹤居士'授意的。"乔婉杭不以为意，坐在椅子上，说道，"他们今天说的话都挺奇怪的，明明老大那么做，他们看不下去，但也不想干预。"

　　颜亿盼垂眸思索了一下，从白板上拿了一个空的白色名条，用红色马克笔在上面画了一个问号，放在了翟云孝的身后。

　　她做完后，也没多解释什么，只是说："太晚了，我先回了。要保工厂的话，这段时间咱们都想想，到底是去求国兴放弃赔偿，还是劝董事会放弃追责……"

　　"求国兴，想得美！说不定就等着我开口，他好把工程院要过去。"

　　颜亿盼深深地看了她一眼，说道："愤怒会让人短视，我觉得'鸣鹤居士'说的'商界无域'也许是个出路。"

　　"我又不念佛吃斋，干什么要听他的。"乔婉杭倚靠在窗台边，双手交握着，低头说道。

　　颜亿盼没有多劝，无奈地笑了笑，离开了书房。

　　乔婉杭打开院子的灯，穿过种满鸢尾的小道，把她送到门口。

　　颜亿盼开车回家，感到无比疲惫，洗了个澡，就躺下了。

87.徐浩然

颜亿盼第二天很早就醒了，妈妈给她电话问她有没有去给婆婆拜年，她说很快就去。

她早上提着击剑器材到了楼下的击剑馆，他们过年闭馆，但因为颜亿盼和教练混熟了，形成了随约随到的关系，因而得以随时来练习。

她想清空大脑，弄清楚所有这些事情的关联，但脑海里的各种弹窗却失控一般弹出。

"商界无域，相融共通。"

"一切都是因果，我种的因，却让我儿子受了这个果。"

"他离开当天来看了我，说了同样的话。"

"他说，'最多十年，云威最多再活十年。'"

"老大纵容他儿子这么做，是认为云威走现在这条路，脱离了他的管控能力。"

……

"冲刺，冲刺，冲刺！"击剑教练吼了出来，他是个四十多岁的国家队退役运动员，对学员要求很高。

场馆本来就空，这几声还带着回响，颜亿盼仿佛一下子被他喊醒了一般。

"你的躲避能力一流，"教练在护面下说道，"可没有运动员光靠防守就能赢得比赛，是惧怕我水平太高了吗？你连正面迎击的勇气都没有，再训练下去也没有进步。"

"我知道了，再试试吧。"

"你如果集中注意力就会发现，再强大的敌人进攻时也有暴露部位！"教练再次举剑，说道。

击剑还在继续，剑身闪着寒光，碰撞和滑动的声音狠狠地割裂着台上跳跃的尘埃。

在刀剑下，一切都不稳定，敢出剑的人才有生机。

她练到几乎虚脱，教练走后，她站着先喘匀呼吸，才坐在台子边缘休息，脚搭了下来，摘下护面，给程远拨了视频通话。

程远在硅谷，时间约为晚上十一点，视频里，他正在酒店阳台上，穿着件厚夹克，风吹得他头发乱糟糟的，身后的楼房灯火通明，看来这个行业在全球的状态都一样，大家都像是赛道里的一员，和时间赛跑，和对手赛跑。

"这年都怎么过的？"颜亿盼问道。

"就是去每个同事家串门，烧烤、火锅一样没少。"程远倒是咧着嘴笑得很开心，一脸惬意。

云威在硅谷设立的研发中心，和国内的开发方向不太一样，硅谷更偏向应用型，程远每年会去那里待一两个月，和同事的关系处得比较熟。

"技术研讨会是明天吗？"

"是啊，看不出来，老婆这么忙还挺关注我的行程。"程远笑道。

"我打扫卫生的时候看到你桌子上放了一个研讨会的宣传单页。"颜亿盼话很平淡，"还看到里面的一位演讲嘉宾是从云威过去的。"

"哦？我认识吗？"程远说道。

相隔一个太平洋，颜亿盼居然能从他波澜不惊的语调里听到心跳。

"徐浩然，你认识吗？"颜亿盼问道。

"我不认识，不过这个名字好像在哪听过。"程远说道，眼睛看向阳台下的硅谷，眼睛在黑夜中闪着幽暗的光芒。

"你来之前一周，他离职了，他的离职申请报告是我替他交上去的。"颜亿盼说到这里，感到窗台的阳光照了过来，她偏开了头。

"说不定他会找你聊呢。"

"为什么？"程远又看向镜头。

"他肯定想知道继任者是谁呀，谁把云威的研发做得那么好。"颜亿盼笑了起来。

"你这么说，比老板说都让我高兴。哈哈哈哈！"程远仰着头，笑声在夜风中散开。

"对了，新年快乐。"

"新年快乐。"

颜亿盼挂了电话，闭上眼睛，深吸一口气，在台子上张开胳膊躺了一会儿，窗外的阳光照着她半边身子，她又坐起来，从台子上跳了下去，背后的阳光离她越来越远，她的脸色阴沉得厉害。

中午，她吃过饭后打扫了一下家里的卫生，到程远的房间时，有意避开了他个人的隐秘角落，把他之前不穿的大衣拿了出来，和自己的衣服一起包了起来，下了楼。

她开车穿过三条街到了一家干洗店门口，这家干洗店的门脸很小，窝在一家修鞋店和一家房产中介的中间，前面只有一个柜台，身后挂满了被塑料袋套上的洗好的衣服，收衣服的是一个小姑娘。

"您来了。"小姑娘认识颜亿盼，这段时间，颜亿盼都在这里洗衣服。

"杨老太在吗？"颜亿盼往里看了一眼问道。

"不在呢，回老家过年了。"小姑娘把颜亿盼拿来的衣服都摊开来计算价格，

387

又接过颜亿盼在店里办的会员卡，说道，"一共132元。"

刷完以后，机器还在出凭条。

小姑娘又想起什么，转身从货柜里的一个抽屉里拿出一个手册，在柜台上推给颜亿盼："杨老太说您来了给您看。"

是一本A4大小的《小学生期末手册》。

上面写着学校名称：经纶小学。

姓名：杨玉兴。年龄：11岁。年级：四年级。

颜亿盼左手支在柜台上，右手随意地拨划着纸张，看着老师写的评语：你积极向上，乐于助人，学习认真，老师希望你新年里更加注意个人卫生，上课积极举手发言。

颜亿盼看到成绩栏，扬了扬嘴角。英语差一点，73分，语文和数学都过了95分，体育是满分……

小姑娘背对着她，给衣服挂上号码，以及备注怎么洗，口里念叨着："这小子从老家过来找杨老太，赖着不肯走，说能自己养自己，因为交不起借读费停了一年课，没想到还能跟上。"

做完后，小姑娘把刷好的卡和凭条都给了颜亿盼，颜亿盼没再碰手册，转身要离开。

"是您资助的兴子吧？"小姑娘收了手册，压低嗓门问道，黑眼珠滴溜溜地打量着颜亿盼。

颜亿盼侧过脸看着她，没有说话。

"杨老太说资助人不肯让兴子知道，"小姑娘像是看活菩萨一样地看着颜亿盼，说道，"您真好，是怕孩子有负担吧？您放心，我们也不会说。"

"不是，"颜亿盼冷淡地笑道，"因为我赚钱比他奶奶容易，我怕他生出世界不公平的想法，想从我这里要更多。"

小姑娘瞠目结舌，呆在原地，看着颜亿盼上了街边的车离开。

第十四章 治乱

88.命门

　　春节过后上班第一天，大家都欢天喜地去领红包，颜亿盼却要跑到将近两百公里的资宁继续面对纷争。

　　资宁法院调解庭里，两侧分别坐着何丰年与沈美珍。沈美珍的身边除了她的律师外，还有颜亿盼和Eason，Eason受雇于乔婉杭，主要是确保这次调停过程不再牵涉颜亿盼。这一次不是云威和美普达工厂的矛盾，而是沈美珍和何丰年之间，他们要商讨是调解还是走法律程序。

　　那22亿的压力在层层下压。

　　法官带着一些地方口音，不紧不慢地对何丰年说道："你现在坐几年牢，赔多少钱，还得看对面你的老板有多谅解你。"

　　沈美珍眼底发黑，眼睛布满血丝，这个年恐怕是她过得最痛苦的一个年。相比上一次在工厂，她像一头守候家园的母狮，浑身上下散发着随时战斗的警惕，此刻的她，更像是被驱逐的落魄首领，疲惫而无奈。

　　何丰年一直低着头，不知道眼睛看向哪里。

　　"当着大家的面，说说原因吧。"沈美珍冷冷说道。

　　"管理员溜号，质检员眼花，我脑子进水。"何丰年低头闷声说道。

　　"是谁让你这么做的？"

　　何丰年没有说话。

　　"当初我找你来，你是怎么跟我承诺的？"

何丰年依然没有说话。

"说话！"沈美珍问道。

何丰年突然狠狠抽了自己几个耳光，说道："我何丰年就是个畜生！没骨头的东西！您看走眼了！"

"说来说去，都是我沈美珍用人不善，活该。"沈美珍说完站了起来，但手一下没支撑住桌子，身体往前倾，颜亿盼赶紧扶住她，又被她一把推开。

何丰年本能地站起来要上前，又顿在原地。

那22亿不可能再往下追溯了。

沈美珍对法官和律师说道："不用再走调解程序，直接立案起诉吧。"

沈美珍不再多看一眼何丰年，就出去了，颜亿盼也缓缓起身要走。

"颜小姐，你上次说那个木偶表演，"何丰年被警察带出去之前回头问了一句，"是一个团队，还是一个人？"

"怎么了？"颜亿盼好奇地看着他。

"好奇，想出去以后看看。"何丰年嘴巴咧开，露出那辛苦的笑容，因为之前自己打自己巴掌的时候下了狠手，肿起来的脸看起来又可笑又可怜。

"是一个团队，好像叫黄狮子团。"

"也对，"何丰年眼里有很多说不清的情绪，戴着手铐的手指了指她和自己，"操纵这样的木偶，怎么可能是一个人。"

颜亿盼眼眸一黯，看着他离开的背影。

颜亿盼到停车场的时候看到沈美珍和她的律师也正要上车，颜亿盼追上前说道："沈厂长，警方正在调查这件事的幕后主使。"

"有用吗？"沈美珍拉开车门，语气沙哑地回头问道，"你告诉我，有用吗？！"

颜亿盼一时无法回答，即便调查结果出来，损失已经造成，对方也不可能为她支付这22亿。

沈美珍上了车，关上车门。

颜亿盼和Eason上了公司的商务车，脑海里跟安了复读机一样，不停地循环播放那句，"有用吗？有用吗？"

她回公司上班，在楼下的时候看到了乔婉杭的车停在公司门口，颜亿盼跟特务接头似的上了车，乔婉杭坐在车后座，她俩之间隔着懵懂天真的小松，他手里拿着一根线，车顶上飞着猪猪侠气球，副驾驶坐着阿青，一家人应该刚从游乐场归来。

"你那边谈得怎么样？"乔婉杭问道。

小松身子靠在颜亿盼手臂上，仰头看着她，瞪着大眼睛，一眨一眨地。

"打死也不说，"颜亿盼说完捂嘴咳了咳，这个奇妙场合说这样正式的话，她颇为不适，"何丰年好像是豁出去了。"

"美国那边调查的情况,查到何丰年的父亲在美国治病,又染上了赌博,欠了两千多万。"乔婉杭已经料到这个结局,无奈说道,"今年年初这笔钱突然还上了,他父亲说是一起投资的合伙人还给他的钱,何丰年也不承认,大概就是因为这笔巨额资金,愿意坐几年牢。"

"是在拉斯维加斯吗?Michael的爸爸每年都去……"前面阿青稚嫩的声音传来,颜亿盼才看到,她手里举着一个风车,对着车载空调吹,显然她对二人的谈话一知半解,但又想有一点做小大人的参与感。

"是。"乔婉杭回答。

"何丰年说背后是一个团队,不是一个人。"颜亿盼说道。

乔婉杭听到这里眉头蹙了起来,点了点头,说道:"不管是一堆人,还是一个人,总得一个一个解决。"

乔婉杭说这话时语气清冷无畏,让旁边的颜亿盼感到莫名的杀气,可再侧过脸看她时,又是一副慈母的样子,头顶上的气球反射了一抹柔和的光,落在乔婉杭脸上。

颜亿盼心里不免担忧,现在这个情况,她为鱼肉,人为刀俎。

乔婉杭给了颜亿盼一封信:"这是给业绩会的信,你作为董事会内部沟通人,帮我转达吧。"

颜亿盼要拆,乔婉杭摁住了她的手:"上楼看吧,我要走了。"

"你去哪?"

"证券公司。"乔婉杭说完,从口袋里掏出一个圆框黑色墨镜戴上,旁边的小松也学着妈妈掏出一副桃心墨镜戴上。

"证券公司?"

"搞搞股票。"

颜亿盼还来不及质疑这位富太太的退位生活,就听到司机启动车子的声音,只能下了车。

颜亿盼回到办公室拆开信,沉思了片刻,便给Wilson去了一个电话:"有件事和你商量一下。"

"你说。"

"你还记得上次谈判,乔董说的,那个结果是最坏的结果吧?"

"记得。"

"她想改变这个结果。"

"啊?"

……

云威高层业绩汇报会。

"第一季度的业绩达成，本年度财年目标实现。"汤跃给了一个结论，稍后又顿了顿，说道，"如果没有工厂那一笔，现在这个结局是完美的。"

对于廖森来说，对赌完成，对他而言已经是富贵险中求了。

"这件事，如果要反思，云威的每个管理者都要反思，这是供应链管理失败，我们不要只忙着填补漏洞，却忘了分析漏洞的根源。"负责商务管理的Wilson说道。

"说到反思，我这里有一份来自股东的意见信，大家不妨听一听。"颜亿盼从信封里抽出一封信，甩了甩，摊开来放在桌前。

大家都心知肚明，这位股东是谁。

众人也都安静了，她正了正身体，念道："各位云威的管理者，我作为股东之一，关于资宁沈美珍工厂赔偿的决策，只有一个问题：如果这次因为赔偿22亿，导致云威最大的代工厂破产，那么以后，如果发现类似问题，代工厂还会及时通知云威吗？"

"就这个问题？"廖森冷冷问道。

颜亿盼点头："就这个问题。"

众人沉默，在思考其中的玄机。

"他们不敢，因为有法律约束。"法务部的总监说道。

"不对，他们敢。"颜亿盼接着说道，"因为如果不通知，他们有可能逃过赔偿，通知以后，就必死无疑了。"

大家没有否认。颜亿盼继续说道："选择不通知，任由国兴用我们的主板通过鹿特丹港口，卖了也就卖了，但如果被举报，后果是什么，除了面临巨额的惩罚资金，整个欧美市场如果按照RoHS指令（Restriction of Hazardous Substances，欧盟立法规定的一项强制性指标，即《关于限制在电子电气设备中使用某些有害成分的指令》），我们可能被永久性禁入。"

"这次处罚一旦下发，将是一个不良的引导，对我们上游的供应商和下游的经销商、集成商都会成为一个定时炸弹。"Wilson说道，他在开会之前接到颜亿盼的电话，于情于理都决定站到乔婉杭这一边。

"而且我们建立的信任机制，将被完全破坏。"黄西又补充了一句。

"赔率太高了，很多人就会滋生侥幸心理。"汤跃低声在廖森旁边说道。

廖森看了看沉默的众人，眼眸低垂，似在思考。

"非常有道理，"廖森终于开口说道，"不过道理不能当饭吃，国兴那边，这笔赔偿金我们要照付的。"

89.翟家的惩罚

乔婉杭来到一家开在一楼的证券公司，楼下还有不少股民拉着横幅，横幅上写着：无良黑水，还我本金。

这家公司前台的贴金字写着：黑水证券公司。

传言这家公司的老板是另一家国际调研公司的联合股东，那家公司在国际上更为有名，专门揭露公司坏账、丑闻来做空企业而响震整个金融圈。

乔婉杭从抗议的人身边走过，被证券公司的高级顾问接待到旁边一个会议室。

他们对了几份合同和资料，讨论了几个问题，然后就开始漫长的等待。

等了快一个小时，翟云孝和翟绪纲才在门口的过道停了车，徐徐走了过来。

看到外面这番景象，翟云孝眉头一蹙，翟绪纲低着头，勾着嘴角，还颇有兴致地欣赏了一下外面散户的惨状。

翟云孝进了办公室，看到门口的椅子上阿青的脚搭在地上晃来晃去，小松则在角落里拿着员工给的魔方在玩，办公室里有三个气球，窗台上还有两个彩色小风车，亮盈盈地闪着光，这个地方怎么看都不像一个要做公司战略决策的地方。

"弟妹怎么选这家公司？"翟云孝坐下来，刚接过人家双手奉上的现磨咖啡就问道。

"您没听过一句话吗？"乔婉杭靠近翟云孝，小声说道，"最好的镖师，就是强盗头子。"

翟云孝听完笑了起来，但看乔婉杭没什么笑意，又收起了笑容。

"你有什么打算，说来听听。"翟云孝把咖啡杯放在一边，问道。

"大哥，你有什么建议吗？"乔婉杭姿态放低了请教道。

"来这里快两年了，我以为你想清楚了。"

"不瞒大哥，我这次真的累了，想带孩子回美国了。"乔婉杭叹息般说道。

"弟妹，你真想清楚了？"翟云孝问道。

"想没想清楚，也都是现实了，搞成这样，我能力实在有限，现在手头上也没什么现金，这个时候撤出来，很划不来。把大哥叫来，是想求大哥最后帮我一把。"乔婉杭只有这个时候才像是翟家的媳妇，面色疲惫，整个人像被社会殴打过的无知妇女。

"怎么帮？"翟云孝问道，眼里依然充满防备。

翟绪纲从进来开始，就没参与到这次谈判中，他坐在旁边，接过小松递来的魔方，低头玩着，听到这里，手也顿住了。

乔婉杭看了一眼旁边的理财顾问，理财顾问弯腰站了起来，把一个平板电脑递了过来。

"我们算过，"理财顾问说道，"乔董近期如果要悄悄地抛售股票，不引起波动，需要把价格控制在这个区间。"

翟云孝看到上面是一张股价走势图，他眼里有些兴致。

"现在云威的股价因为工厂事故，一路走低，跌到了36块钱，"理财顾问继续说道，"她如果现在抛售股票，震动会更大，您是云威最大的股东，您也会受损，如果在股价涨到40的时候抛，这个价格是云威近一年的平均股价，波动范围会很小。"

"你想让我帮你托一下股价？"翟云孝的食指关节揉了揉下巴，颇为谨慎地说道。

"这个要求不过分吧？"乔婉杭一脸期待地看着翟云孝，"你们不也想要我手里的股票吗？"

"婶婶是要卖了所有的股份？"翟绪纲偏着头，一脸无辜又关切地问道。

"迟早要卖的，但不能一把卖，不然收到警告不说，董事会也会追杀我的。"乔婉杭眼眉低垂，双手微微握拳，像走投无路的人，"这次急需要筹钱。"

翟绪纲把魔方还给了小松，手支在桌子上，认真看着翟云孝。

翟云孝沉吟数秒，说道："弟妹，干预股价这种事，我真的做不来。你是知道的，我现在资金压力也很大，你让证券公司再想想别的办法吧。"

"那您要不帮忙，我就不走了。"乔婉杭说道，刚刚表现出来的可怜模样似乎装不下去了。

翟绪纲脸上有一丝着急，看着翟云孝。

"你要不等等也行，"翟云孝咧嘴笑了笑，"兴许过段时间也就涨上去了。"

"大哥，您真的不帮我了吗？"乔婉杭语气有些急切。

"弟妹，你早干吗去了？现在才知道回头。一年前你明明有更体面的方式离场。"翟云孝看了一眼乔婉杭，脸上带着怒其不争的悲痛。那个时候，他给她开出了很有利的条件。

说着，他站了起来，二人巴不得赶紧甩开乔婉杭一般地往外走。

"大哥……"乔婉杭眼圈发红的跟上去，"我最后有句话要问你。"

翟云孝停下脚步，转过身问道："什么话？"

"翟家都怎么惩罚做错事的人？"乔婉杭问道。

此刻翟绪纲脸色极为难看。

"惩罚力度必须高于造成的损失。"翟云孝落地有声。

"哦，知道了。"乔婉杭轻声答了一句。

翟云孝离开关门的时候，听到乔婉杭身边的顾问问她："那我们还操作吗？"

"操作吧，不然呢？"乔婉杭幽幽答了一句。

翟云孝走到门口的廊道上，翟绪纲跟在后面，紧张地问："为什么不帮帮她，万一股价到不了40，她不肯卖，不就耽误事了吗？"

翟云孝回头看了一眼翟绪纲，那眼神像带着刀子一样："你是不是傻？明明能抄底，凭什么帮她托举价格？她赚钱了，万一又卷土重来呢？看她那样，虽说是示弱求我们，那样子还挺不服的。"

"只怕拖太久，事情有变。"翟绪纲低声抗辩道。

"我们和外面这些散户不同，我们是能影响股价的大户，做决定要从大局着眼，不能只看眼前，她比我们急。"

翟绪纲不敢争辩，做了一个吞咽的动作，点了点头。

"告诉你，在这个家里，上阵就是对手。"翟云孝顿住脚步看着翟绪纲，声音低沉地说道，"你都做到那个份上了，更不能手软，必须沉住气让她无法再翻身。"

说白了，这就是你死我活的斗争，犯不着打亲情牌。

两人穿过抗议的散户人群，走到了车前。

"爸，那件事，您不怪我了？"翟绪纲又紧张又激动地低声问。

"做都做了，怪你有什么用？"

"翟家的惩罚都是什么？"翟绪纲心虚地问道。

"那是她自食其果，"翟云孝无情地说道，"跟你无关。"

这句话本意像是要安慰翟绪纲，可却更让他郁闷了。

乔婉杭曾经听翟云忠说过一件事，他高二的时候偷偷开了大哥的奔驰，带着弟弟云鸿和同学野营，车开上了山，搭好帐篷，准备休息，一群人闹着讲鬼故事，越讲到后来越恐怖，偏偏那天晚上总听到一种鸟的怪叫，加上山里肆意呼号的风声，大家就再也待不下去了，于是瑟瑟发抖、着急忙慌地跑到半山腰一户村民家借宿。

村民收了几个少年们的钱，看出这群少年正是叛逆的时候，索性把房子让给他们住，随便他们瞎折腾，自己下山去亲戚家住了。

这几个少年初次住这种原生态的房子，一下子玩疯了，把人家家里能吃的都翻了出来，足足在山里疯玩了一天。第二天晚上又回来睡，但夜里没人留火，他们冷啊，又不太会用炉子生火，几个人你添柴，我扇风的，最后不知道怎么搞的，把人家里的炉灶和床铺都点着了。

大半夜，他们砸了水缸，也没灭下去火，从床铺烧到了在堂屋里堆放的干玉米棒子，越烧越大，他们赶紧打了119，消防员赶到的时候，房子整个都烧没了，后山养的羊还熏死了好几只。但还算幸运，火没蔓延到山上，也没有人员伤亡。

少年们都很害怕，躲在一边不敢吱声。在翟云忠的描述中，弟弟云鸿黑乎乎的脸上挂着两道泪痕，吓得止不住抽泣，那样子又惨又滑稽。

其他几个人也都是有些家庭背景的，在消防员灭火时，就都被家人偷偷领走了。

翟云忠给大哥打电话求救，翟云孝瞒着老父亲，替他们平了这件事，赔了村民一大笔钱。

本以为这件事过去了，最后却还是传到了翟亦礼耳朵里。因为那几个纨绔子弟在外炫耀来着，说什么烧了半边山，出动了一个消防队，来了好几家媒体，最后还是无声无息地过去了，主要是有翟家人兜底。

翟亦礼听说后，派人查清了情况，然后选在一个月黑风高的日子，把三个儿子聚到书房里，重新审判、定损和判罪。

"你们的错不仅仅是烧房子，更大的错是以为钱可以摆平一切，想得美！人家辛辛苦苦种的粮食烧了，保存了几十年的老照片烧了，心痛不心痛，那是钱能弥补的吗？消防员大半夜跑去给你们灭火，他们也不比你们大多少，还要给你们这群蠢货收拾烂摊子。万一出事，你们这辈子都别想抬头做人了！四体不勤，五谷不分，不知轻重！"翟亦礼揍他们的时候，下手非常狠，直接打断了一根棍子。

老大翟云孝因为包庇之责，那年被发配到工地跟建筑项目，天天在工地吃住，每次见到他都灰头土脸。

老二翟云忠和老三翟云鸿被罚连续两年的周末去这个村里干农活，喂猪、种树、插秧、杀鸡、宰羊……每到周六，就成了他们的噩梦，天没亮就被送过去，日晒雨淋，寒暑不忌，都得出门干活，中午还跟着村民坐在田埂边，吃一种就着白开水才能咽下去的干烙饼，周日晚上再接回家，零用钱也被扣到只剩吃饭钱。老二还要备战高考，有一回他高烧栽倒在田里，顶着满脸泥浆被送到当地卫生所，即便如此依然没能免去处罚。老三的收获最大，他成功地瘦了身，和村里的男生们称兄道弟，还时不时被村花拉到家里吃羊肉火锅。

用翟云忠的话说，当时只有他是跪着领了罚，哭着熬过了两年的苦力。

如今时过境迁，也不知道这件事在他们心里都有怎样的影响。

90.对冲

颜亿盼这段时间有点忙，需要不停地对外发利好消息，有新的芯片量产，新的订单增长，还有全球编程大赛打开了全球市场。

一篇接一篇，完全不考虑节奏和频率，显得慌乱没有章法，实在是不像她的手笔。

Amy每次拿着稿件找她确认，她都懒得多看，直接签字让发。

只是签字的时候用力过猛，划破了好几张纸，Amy也不敢和别人讨论自己领导的情绪，只得就此执行。

这些消息，背后必然都有深意。

云威的股价出现了短期的上扬。

但炒股行家也发现了一些问题，就是交易量很大，但是股价却没怎么下降，是有大户在出货了。可即便这样，股价也支撑不了一周，就开始持续走低。

媒体都问颜亿盼云威内部发生了什么，她也只是说："你们看到的，就是发生的呀。"

她的老朋友兼线人王克是财经记者出身，看出颜亿盼这番操作的不寻常，询问内幕消息，颜亿盼给出自己的猜测：肯定是有人要撤了呗。

"真的假的？"王克也是吃了一惊，"她玩了两年，还是觉得麻将更好玩？"

颜亿盼笑了一声："都说是猜测了，你怎么解读是你的事情。"

颜亿盼挂了电话后，看着屏幕上有关云威的新闻，心烦地一个一个关掉。

王克秒懂，很巧妙地把这个消息放在了自己的微博账号里，几个业内大V跟着就转载了。大家认为外部的利好消息无非都是给这个真实消息打掩护。

混金融圈的有两类人，极少数是聪明人，剩下的全是自作聪明的。

总有人觉得参透了资本的真谛，却不知早已落入了它的圈套。

翟绪纲在办公室里看着云威的新闻和飘绿的股价，一阵冷笑。

天天跌停，云威实惨。

而另一边的云腾却形势大好，因为基准利率下调，贷款利率跟着下降，地产领域的云腾股价不断飙升，天天涨停。

不过云腾的单笔股价远没有云威高，后者毕竟是实打实的科技股，后盾还是很坚挺的，等价格跌到一定程度，帮翟绪纲操作的证券公司也建议他可以入手了。

顶级玩家，只在关键时刻出手。

翟绪纲甚至觉得这两周，是对他这么多年忍辱负重的嘉奖。

于是，他开始逐步卖云腾的股票，抄底云威的股票。这个时候接手，成本低太多，乔婉杭这次落荒而逃，实在难看。

一年前，他曾给她订好了离开中国的机票，这一次，他不必再装好人了，如果可以，他甚至想派人在她登机前放一挂鞭炮。

不过现在美国那边有点乱，建议她去瑞士吧，适合养老，孩子教育也有保障。阿青和小松毕竟跟他有血缘关系。上一代的恩怨不应波及晚辈，翟绪纲想得很远，他的胜利来得太猛烈，他无法控制他的大脑提前庆贺。

云威的股价跌是常态，云腾的股价却越来越高了，如果照此趋势，翟绪纲的人生将发生逆转，持股的公司股价上涨，自己要侵吞的公司股价下跌，世界上怎么会有这么好的事情？

世间美好，环环相扣。

只有经历了苦痛才能体会真正的幸福。

这一天，翟绪纲起得很早，过去他都故意在父亲窗前看得到的地方跑步，体现自己健康积极向上的生活状态，这一次，他踩着人字拖，信步来到家中的游泳池，这个地方空旷温暖，头顶上还有春日的阳光。

他还邀请了一些朋友过来，以前他不敢，但是这段时间不同了，翟云孝对他的态度明显有所好转。

翟绪纲觉得翟云孝也在衰老，看来他有必要认真考虑一下接班人的事情了。

以后的事情，他都计划好了，眼前的快乐，他还没享受够。

这套别墅需要一些生气和活力，他那些朋友们都玩得很疯，酒窖里的酒被不断打开，他的名牌眼镜都在疯狂的追逐中被踩成了碎片。

他眼前只看得到那赤条条欢快跳跃的人影，和面前蓝色的水波融为一体。

他拉着其中一位美女走向了泳池边的浴室，所有人里只有这个美女最有眼光，对他的勾引也最为直白，他从来没有这么恣意，那个女人很对他的胃口，浑圆的屁股和胸脯，完美的脸型，带着闪耀的水光，加上饱满鲜红的嘴唇，幻化成毕加索的抽象画，在浓烈的色彩中震颤，娴熟的画笔下每个线条都不会溢出多余的色彩，但肆无忌惮的叫喊声会，那是充满欲望的声音，不加掩饰，打破了平面空间，对沉闷生活发起冲击。

他不喜欢那些忸怩作态小心翼翼的女人，他喜欢这样张扬的，无所顾忌的。

这么多年来，他顾忌太多，不敢张扬，他结了婚，又离了，因为对方受不了他压抑的家庭和他温敦到扭曲的个性，他也受不了对方那装腔作势的教养。

他在高潮来临时，感到自己的天灵盖都要起飞了，飞向头顶的天窗，打碎布满雾气的玻璃，直冲向云霄，嘲笑这按部就班的人间。

就在这个时候，雾面玻璃外传来一阵嬉笑，他才听到嬉笑声里混杂着高昂的手机铃声。

一个人坏笑着把电话从浴室隔板上头递了进来。

是证券公司的电话。

这将是远方战士发来的捷报。女子还勾着他的脖子，挂在他身上，他关了莲蓬头，甩了一下湿淋淋的手，接听了电话。

"云腾股价从最初的19元，冲到26元，后台交易量还在飙升。"

"好！"他抑制不住地喊道。

"买主是一家。"

"嗯……好……什么意思？"

"怀疑有人在外围收购云腾的股票。"

"不要用怀疑来给我汇报。"他的霸总词汇张口就来。

"云腾的股权太分散了，这种动作很危险，随时会冲击董事会。"

"说、人、话。"

"照这样下去，云腾会换老板。"

"什么？"

"就是，大翟总的位置不保。"

"怎么可能？"

"翟亦礼老先生早年持有的股份并不多，往下分配的时候就更分散了，您难道不知道？"

"我知道啊……可怎么会……"

"来人路数很邪门儿。"

"什么路数，不……谁？谁在操盘？是谁？"翟绪纲咳了咳，嗓子有些沙哑。

"黑水证券公司。"

"黑水？"

翟绪纲被水淋过的眼睛布满血丝。旁边的女人不知道什么时候离开了，狭窄的隔间内只有他无法抑制的心跳和喘息，这居然比之前的做爱更刺激。

乔婉杭！

是她！

照此趋势，他在云腾的股份被不断挤压，云腾和云威不一样，云腾的股权分散，云威不是，这是他失算的地方。

他从没想过，野蛮人入侵的事情也会发生在云腾。

乔婉杭抛掉云威的股票，围攻云腾，这样下去，也会把她自己的云威拖垮，她是要干什么？

本来以为是你死我活，她现在是鱼死网破？！

他不能慌，要想办法击退野蛮人，他学过这个案例……

可为什么脑子里空空的，怎么办？

过了好一会儿，他才反应起来，他现在急需资金在股市抢回股票，于是致电公司财务，得到的回复并不理想："公司里现在三个地产项目都是垫资，拿不出太多的钱。"

翟绪纲匆忙披了浴衣，出来打发走玩伴，他发现刚刚那个在浴室里的女人混入人群后，他又辨认不出是谁了。

他看着五颜六色的比基尼，陷入了迷茫。

不，不，现在不是纠结这事的时候。

空荡荡的游泳池内，阳光更是刺眼，他感到一股恶寒，几次深呼吸，最终还是选择找爸爸。

"您现在能召集云腾的股东回购股票吗？"电话接通后，翟绪纲急忙说出了诉求。

"怎么了？"

"婶婶在外围收购云腾。"

电话那头突然安静，父子俩在这沉默中不知在想什么。

"董事长？爸？"

对面响起挂断电话的提示音。

乔婉杭选择这条路并没有费太多时间，因为她没有退路，麻将桌上反杀庄家的事，她没少干，说白了，到最后就是看谁豁得出去。与牌桌上唯一不同的是，她想跟对方好好谈来着，可对方拒绝了。她还需要一把称手的刀，类似黑水这样不受规则束缚的公司。

此刻，她没有忙忙叨叨地跟人抢股票，而是在马场，靠在椅背上，看着远处飘来的一片乌云。

这个位于郊区的马术俱乐部是属于翟云鸿的，早年常有人说翟亦礼对孩子教育太狠，其实狠人教育的背后，并没有违背他们的天性。稳重老成的老大接手了翟家的机械和建筑，富有钻研精神的老二接手了高科技产业，富有玩乐精神的老三继承了所有吃喝玩乐业务。

"小松、阿青，过来牵自己的马。"翟云鸿一手牵着小松，一手拍着阿青的肩膀，带着他们在马圈里挑马。

这里有从英国进口的纯血马，也有调驯良好的蒙古马，还有来自美国的夸特马，翟云鸿特意给小松准备了一只小矮马，待两个孩子准备好马具和装备，两个教练分别带着他们开始了训练，阿青小时候就接触过，很快就可以跟着做一些障碍赛的训练。

乔婉杭和大多数陪孩子上课的妈妈一样，坐在一边，百无聊赖地喝着果汁。

"一会儿带他们去射击吗？"翟云鸿问道。

"不了，太危险了。"乔婉杭摇头拒绝。

"我教他们，没事的。"

"改天吧，其实你二哥教过阿青，她没什么兴趣。"

"他肯定教不好，他做什么都不出格，玩着不刺激。"

"他觉得还行。"

"我们小时候挺没意思的，一点出格的事儿都不让做，你看老大那个样子，一看就是压制过头了，再看我这样，就是反抗过头了，只有二哥最有分寸。"

他说完，两人笑了起来，仿佛老二并没有离开。

"也未必吧，我怎么听说他还带着你把人家房子给烧了。"乔婉杭笑道。

"二哥这事儿都和你说啊。"翟云鸿有些不好意思，"嗨，别提了，当年我觉得我都要死那儿了。"

"不是说云忠才是最难受的那个,你挺享受的,还认识村花了吗?"

"你听他说!"翟云鸿眉眼一挑,急得跳了起来,非常不满地抗议道,"去村花家吃饭的是他好吗,那声音娇滴滴地追着他问,'阿弟,来侬家吃饭伐?'……人家每回叫的明明就是他,我才是死乞白赖跟在他屁股后面,硬要去蹭口饭的那个。"

"啊哈?不像啊。"

"怎么不像,"翟云鸿眯缝着眼睛,"你知道那是哪儿吗?他没告诉你?"

"没有,"乔婉杭才反应过来,坐直了身子,"不会是……"

"就是资宁,"翟云鸿手里把玩着鞭子,看着远方感慨道,"他要觉得在那里受苦受难,怎么会把厂子建在那儿。只可惜,村花早已嫁做他人妇啰。"

乔婉杭低头笑了笑,到今天才知道,还有这么一段渊源。

她又靠在椅子上,看到桌子上的手机屏幕再次亮了起来,翟云孝的电话已经响了三次了。

翟云鸿也看到了,但没有多问。

91.家法

马场的风骤起,绿色的草成片地倒向一边,天边的灰云卷成一团涌了过来。马的步伐变得焦急,地上的红土飞扬。

"云鸿,下午你带两个小的出去玩会儿再送他们回家吧。"乔婉杭站起来,把吹散的头发往后抚了抚,说,"我用下你这个地方。"

翟云鸿转身招手让教练把孩子们带过来。

翟云鸿一手牵着一个离开后,乔婉杭拨了一通电话,语气很平和地说道:"你不是一直想以家人的身份和我谈吗?过来吧。"

"我就知道,您一定会回来找我的。"翟绪纲的声音很是笃定,"在哪儿?"

"马场。"

"哪个马场?"

"你说呢?"

那边沉默片刻,说道:"我知道了。"

"就你一个人来。"

"……"那边有些迟疑。

"翟家的马场这个时候不对外人开放。"

"好。"

天色灰暗,一片雨云逐渐靠近。

马具仓库内，头顶一盏黑罩吊灯被风吹得摇来晃去，乔婉杭坐在一把竹藤椅子上，看着两侧精良的马具和弓弩。

外面下雨了，马场的雨和城市里的雨不大一样，落在草场上，伴着风吹过草地的声音，缥缥缈缈。

忽然一阵冷风吹入，乔婉杭回头，看到翟绪纲推门进来，手里还拿着收好的伞。

翟绪纲脚步声很轻，这和他儿时养成的习惯有关，永远都不敢打搅别人，连呼吸都像经过训练一般的平缓。

他进来时，脸色很凝重，抬眼看了看这个空间，又愣了愣，他一直在等这个场景，被翟家平视的场景。

乔婉杭也没站起来，挥了挥手，让他过来。这个工具房里散发着皮具和金属的气味，加上外面的雨水冲刷泥土的味道，让这个房子充满了一种异样的氛围。

明明灯光是暖黄色的，却感到湿冷的寒气萦绕。

"这里面的东西，挑几样，我们玩玩。"乔婉杭靠在藤椅上，说道。

翟绪纲看着满目的物件，一时有些发蒙，他知道自己不应如此，在翟家，哪怕是小松这样五岁的孩子见到这些充满竞争力量的物件也不会发怯。

皮鞭、马鞍、衔铁、笼头、皮靴、缰绳、弓箭、手套，错落有致地挂在木壁上，还有一张不知道是什么动物的皮张牙舞爪地贴在对面的白石墙上，泛着质感的光。

"外面在下雨……"翟绪纲说道，很纳闷地看着乔婉杭的后脑勺。

"下雨又怎么了？"乔婉杭不以为意。

翟绪纲僵在原地，有些发窘。

"那玩点儿室内游戏吧。"乔婉杭站了起来，也不看他，而是往货架里面走，在最深处的箱子里翻"玩具"。

先是翻出一把一把弓箭，她举起来，弹了弹弦，发现有些松了，就把弓箭扔到一边；接着又看到几个铜质飞镖，她在手里试了试飞镖的锋利程度，有些钝了，又把飞镖扔到一边。

站在一边的翟绪纲莫名地喉头发紧。

最后，她在弯腰翻找时说了一句："这个不错。"

她找到几把枪弩，黑漆漆的泛着幽深的光，她挑了其中一个看着很新的转身扔给翟绪纲，翟绪纲接过来时，身体晃了晃，枪弩挺沉的，还散发着一股淡淡的机油味道。他感到有些不适，苍白的皮肤抖动了一下。

乔婉杭在货架上找到两个千疮百孔的靶子，她把靶子挂在库房尽头的墙上。

"怎么，不会？"乔婉杭从里面翻出另一个弓弩，在手里把玩了一下，安上了一把极其尖锐的箭，然后不断退后，退到快七八十米的时候，朝着靶子一把射了过去。

正中靶心。

翟绪纲的心随着这咻的一声锐响，忽然空悬起来，他在路上所有的设想，到此刻都化为乌有。

乔婉杭叫他过来到底是干什么？难道不应该谈谈股市的操作吗？

乔婉杭走近，眼神冷漠地看着他，如同外面落在脸上的雨。翟绪纲站直了身子，正要质问对方叫他过来的理由时，便听乔婉杭轻声说道："我教你吧。"

翟绪纲握着枪弩的手不自觉收紧了，这枪弩的触感，得有些年岁了。

他聚会时常常会听翟家人说起这个地方，翟家是满族人，早年的几代都会骑马射箭，每个人身体里自带风骨，家族从清末就一直经商，一直到民国乃至新中国成立，都秉持着兴国为民的态度发展产业，低调而务实，在商业领域一直有比较高的声望，家族内部有自己的文化和信仰。

而这一切，他也只是听说，并没有真切感受过，他感受到的更多是忽视、排挤，甚至厌恶。这个地方，他从没来过。这种枪弩，也没触碰过。他的父亲更不可能教他。

乔婉杭站在他面前一步一步演示了怎么上箭，然后站在他旁边，身体挺直，枪弩架在手臂上，眯着一只眼看瞄准器。翟绪纲也学着她的样子，头微微往枪弩倾斜，眼睛看向瞄准器。

两人对着前面发射了利箭。那箭矢泛着银色的寒光穿梭出去。翟绪纲因为握枪的手臂不稳，枪弩发射时产生了一股往后弹的力量，击打着他的肩膀。箭脱了靶，飞到墙面上，发出"砰"的一声。

翟绪纲走近了看，发现红砖上被射出了将近一个指节深的孔，他扶了扶黑框眼镜，心道，这个力度原来这么大。

乔婉杭的箭也有所偏离，打到五六环的位置。

"你先练练，等能上靶了，我们再比试比试。"乔婉杭说完，又坐回了藤椅上，抱臂仰躺着看翟绪纲的每一个动作。

翟绪纲从盒子里拿了三根箭，按照乔婉杭之前演示的方法，将箭安到了枪膛里。

外面的雨越下越大，风刮得门板响个不停，雨滴敲打玻璃窗的节奏越发密集，翟绪纲偶尔也能射出不错的环数，更多是脱靶，箭飞得到处都是，他一箭更比一箭焦躁。

他一个将近三十岁的人，此刻如同菜鸟一般在这里练习射箭，让他觉得沮丧，之前来的那股气势随着一箭接一箭的脱靶，早已消失殆尽。

他想，或许，他本就不具备这个家族的特征。

他硬着头皮，拿出最后的耐心，一箭又一箭地练习。

乔婉杭并不催他，等久了，不自觉地阖上双眼。

"就这样吧。"他总算失去了耐心，收起了箭弩，回头看着乔婉杭。

"行。"乔婉杭神色恢恢，说完，缓缓站了起来，从一盒子箭当中拿了三根给翟绪纲，又拿了三根给自己的枪弩安上。

两人都举起来，上膛。

翟绪纲瞄向了靶子。

乔婉杭刚歪了歪头看了一眼瞄准器，又直了起来，黑瞳如夜色透着微光，说道："赌点什么呢？"

翟绪纲张着嘴，脸上有些迷茫地侧过脸看着乔婉杭，乔婉杭勾了一下嘴角，说道："每次比试，都要赌点东西才有意思。"

"那，您说赌什么？"

"就赌你的云腾破产，还是我的云威破产。"乔婉杭说得半真不假的。

翟绪纲手指猛地一下收紧了，咻的一声，箭突然朝上方飞了出去，刺在天花板上。

乔婉杭笑了一声："这就怕了？"

翟绪纲脸上有些僵硬，但还是现出了一股愠怒："你凭什么觉得云腾会破产？"

"你现在所有的资金都用在了和永盛换股上，云腾的资金链后方空虚，云威再不济，我卖了手里的股票，也可以成为云腾的大股东。我手里还有黑水对云腾的一份调查报告，如果这一局你输了，我就选择公布，抛售股票。"乔婉杭一边说，一边瞄向了靶子，一箭射中了靶心。

"你输了，"她麻利地安箭上膛，说道，"第二箭。"

翟绪纲看着靶子蓦地紧张了，手心的汗印在了弩机上。

"翟云孝管你管得太死了，你好像没有玩过大的。"乔婉杭依然看着瞄准器，挑眉说道，"怎么样，玩大的有意思吧？"

"有意思。"翟绪纲咬牙说道，然后又对着靶子，用力射出一箭，冰冷锋利的箭飞向了靶子，9环，很不错的成绩，足可以让他扬眉吐气，他昂头问道，"第二箭赌什么？"

"第二局……就赌22亿。"乔婉杭说得极为轻巧。

"什、什么？！"翟绪纲手猛地有些发抖，但还是强迫自己镇定，最后手垂下，"我不赌。"

"不敢？"乔婉杭看着他，眼里的光如同她手里的利剑一般，看着翟绪纲。

"那和我有什么关……"翟绪纲那个"系"还没说完，忽然嘴唇就抖了起来。

因为此刻乔婉杭的枪弩已经对准了他的额头，那个洞孔深不见底，箭身闪着寒光。

"绪纲，敢做就要敢当。"

她话音刚落，翟绪纲就感到一股寒光掠过，他本能地缩了一下脖子，箭从他头顶掠过。

"22亿，我输了。"乔婉杭看他一脑门的汗，不无遗憾地笑了一声。

翟绪纲眼里布满血丝，又愤恨又害怕，他想起乔婉杭之前戏弄他们家的司机，他站起来要抢夺她手里的枪弩，忽然，感到一股冰冷的寒意从脖子上传来。

翟绪纲脸色发青，手发抖，不敢再动，他皱着眉头，挤出个难看的笑来："婶婶，你这是要做什么？"

这一次，她把枪弩对准了翟绪纲的咽喉，说道："你说，你的命值不值这个钱？"

翟绪纲的血管好像顺着枪弩结成了冰，他一动不敢动。

"婶婶！我错了……别吓我。"他艰难地吞咽了口水，被迫仰着头，声音不受控地发颤，他见过这个女人的狠厉，"……你不要这样，我给我爸打电话，那22亿我们一起商量，都行，怎么都行。"

"你以为我是来管你要这22亿的？你爸有那么在乎你吗？"乔婉杭冷笑道，"不如，最后一弩来赌，翟家到底认不认你？"

这句话直接将翟绪纲逼哭了，这么多年，他打碎了骨头往翟家里钻，可是没有人认他。

"听说你爸很信命，我数三下，"乔婉杭把冰冷的枪口抵在了他跳动的大动脉血管上，"看他会不会来救你。"

"不会的，他不会来的。"翟绪纲哭喊着，吓得腿软跪了下来，除了害怕，他更多是伤心，他爸怎么可能管他，看他现在这个鸟样，估计只会更看不上他。

"一、二……"乔婉杭数着，翟绪纲嘶喊的声音夹杂在屋顶雨落的声音里，格外凄厉。

忽然，电话铃声传来，翟绪纲眼睛睁开了，瞪大了看着乔婉杭，又反应过来什么似的，发抖的左手从口袋里掏出手机，看到来电时，他停止了嘶喊，变成了哭喘，来电的居然真的是翟云孝。

他的右手一直发抖，仰视着乔婉杭，乔婉杭笑了，抬了抬下巴，示意他可以接听，他发抖的手点了一下手机。

"绪纲，你在哪？！"翟云孝难得紧张。

"爸！我在马场……"翟绪纲哭喊出来，"爸，救我！救我！"

"弟妹，你不会想把事情搞到这个程度吧？"翟云孝那边的声音居然还带着几分长者的威严。

"我想啊，特别想看你家破人亡的样子。"乔婉杭冷冷说道，从前年圣诞开始，她的心一天天从血肉化成石头，骨子里某些决然的狠劲像破土而出的龙舌兰，

405

刺着她的心脏长出来。

这边说着，突然大门被推开，颜亿盼站在门口，看着这一幕也是吃了一惊。

她眼见着乔婉杭娴熟地给枪弩上了膛，立刻冲上来把弩往旁边一推，一枚箭飞了出去，正好擦着翟绪纲的手过去，虎口的位置立刻流出了血。

颜亿盼突然有些不知所措，她见过各种混乱的场景，都不及这次失控。

一个脸色灰白的男人，一个眼睛血红的女人，站在这个昏黄的空间里，地上落着几滴血，空间里弥漫着外面的青草泥土的味道，还有没什么人味的皮革和机械味道。

乔婉杭侧过脸看着她，此刻眼睛里恢复了些许清明。

翟绪纲坐在地上都爬不起来了，乔婉杭把他丢在地上的枪弩又踢到他脚边。

"捡起来，最后一箭。"乔婉杭把枪弩瞄向了靶心，"看是你放弃云威，还是我放弃云腾。"

翟绪纲手发抖，却怎么也捡不起来。

"弟妹，我们都收手吧！从此各走各的。"翟云孝的声音从电话里传来，恳切而又无奈。

92.永久席位

乔婉杭冷笑了一声，没说行，也没说不行，挂了电话，把弩扔到一边，坐在藤椅上，闭目养神。

外面风雨大作，颜亿盼把翟绪纲扶起来，翟绪纲站在乔婉杭身边不敢说话。

"说吧，你们背后是谁？你不可能让芯片封测厂也配合你作弊。"乔婉杭语气沉缓地问道。

"我是从永盛那里得来的消息，半导体协会要对付云威。"翟绪纲的声音里透着疲惫，经过之前那一出，他完全没了斗志，"我们在那边的工厂现在被拒批，包括夏发的工厂也是，ASML的机器将停止售卖给他。"

"嗯？"乔婉杭和颜亿盼互相给对方一个眼神。

"所以你们搞这一出，让云威关闭工厂？表达诚意？"乔婉杭问道。

"只有工厂关了，那边的绳索会松些，婶婶，咱们就是做生意，不想牵扯那么多。"

"夏发也知道？"颜亿盼也跟着问道，她担心的是这件事牵涉面太广。

"他不知道我们要做什么……只是不希望把事情闹大，息事宁人，两边都不得罪。"翟绪纲低头说道。

门再次被推开，翟云孝急匆匆地冲了过来，头发和西装都淋湿了，满眼的焦虑。

乔婉杭看到他，嘴角一弯，说："看来，你还挺在乎这个儿子的。"

翟绪纲听到这里，抬起了头，眼里盈着泪光。

"弟妹，你到底要干什么？"翟云孝吼了一句。

乔婉杭转头看了一眼翟云孝，站了起来，那眼睛冰冷得让翟云孝愣怔了几秒。

"爸，我把我知道的说了……"翟绪纲紧张地解释了一句。

"弟妹，我们也有难处，经商的，哪个不想平安无事，我在商场上打拼了这么多年，见得多了，怕得也多了，"翟云孝说道，"我投资的工厂，地都买好了，现在却不让开，如果不是云威，云腾不会碰这么多钉子。"

"你也不用说得那么冠冕堂皇，"乔婉杭冷笑道，"你们从一开始就想吞掉云威，何必假装大仁大义。"

"那是因为我的商业版图比云忠的商业版图更可行，更安全！"

"可不可行，不是要走了才知道吗？"

"云威照云忠的路是走不下去的！我们迟早要放弃。"翟绪纲喊了一句。

"不是我们，是你。"乔婉杭定定地说了一句，说完便朝着外面走去。

翟云孝也没再与她争辩，拉着翟绪纲的手看了看，然后低低地骂了一句："疯婆子！"

乔婉杭听到这里，脚步一顿。

空气瞬间又凝结成冰，颜亿盼的目光从她的背影移到翟云孝的脸上，仿佛这里还有枚炸弹没有爆炸。

"我要真疯，你儿子不会从这里走出去，"乔婉杭侧过脸看着翟绪纲，"绪纲，22亿，可不是小数目，换你从此不再涉足云威的产业，可以吗？"

"可以，可以。"翟绪纲回答道。

"长辈的话，要听，知道吗？"乔婉杭说这话温和得要命，"这是你们翟家的规矩。"

翟绪纲嘴唇发抖，眼睛怔怔地看着乔婉杭，泪水滚落下来，不敢多言。

乔婉杭说完以后往大门走去，厚重的实木平开门被她一把拉开，一阵带着细密雨雾的风猛地吹入。

翟绪纲眯着眼抬头看着她的背影。

门外风雨肆虐，她闯进了雨夜，和黑暗融为一体。

颜亿盼看了一眼翟云孝，转身追了出去。

郊区到市区的路在风雨中笔直地延伸着，路上空荡荡的，只有两边的杨柳不断摇摆。

颜亿盼开着车，乔婉杭坐在副驾驶，侧着头靠在座椅上，看着窗外，两个人身上都湿漉漉的，但谁也没说话，都在调整刚刚失控的情绪。

车停到乔婉杭家门口，乔婉杭正要开车门，颜亿盼拉住了她的手腕，问道：

"我如果晚来了,你不会真的要手刃侄子吧!"

乔婉杭笑了一声:"很有可能。"

"我本来以为意思意思演一出,目的是好好谈判,把这次赔偿谈下来,"颜亿盼神色有些不悦地说道,"你要打算玩真的,能不能提前跟我说一声?"

"行。"旁边这人嘴上答应,态度却不以为意。

"你以后别那么……冲动,你这样会把自己也搭进去。"

"搭进去也解脱了。"乔婉杭看着窗外。

"你搭进去可以,别让我跟着你担心受累。"颜亿盼侧过脸看着她,发现和乔婉杭就没办法好好交流。

乔婉杭推开车门往外走,颜亿盼也不得不跟着她出来,外面的雨小了很多,乔婉杭走到了门口围墙的屋檐下。

"公司现在有了起色,你还不清楚自己要什么吗?"颜亿盼再次说道,"你要的是重整云威,不是把它当作赌注,把它往悬崖边上推。"

"不用你告诉我,我要做什么。"

"好……是,我说什么也是白费口舌。"颜亿盼不欲多言,准备上车。

"我只是想要一个真相……所有事情的真相。"乔婉杭说道,外面的雨气吹乱了她的头发,和之前对着翟绪纲的狠厉不同,此刻的她如站在悬崖边上的探险者,明明脚下就是深渊,却偏要无惧无畏地往前迈。

这种情绪,或悲情,或豪迈,都超过了颜亿盼的理解范畴,她长叹一口气,看着乔婉杭半天没有说话。

人一旦有了执念,旁人说再多,也无济于事。

乔婉杭转身推门进了屋,颜亿盼站在原地看着那扇门关上才上车离开。

一周后云威董事会,翟绪纲没再出现,翟云孝破天荒地出席了,但是全程都很安静,坐在角落里,神情默默。

"既然有不少股东发起重新探讨处理工厂事故的会议,大家也都收到了这封信吧。"廖森把乔婉杭的信放在桌子上,喝了口茶,抬起头来,扫了一眼众人。

众人点头,并没有反对。

颜亿盼坐在第二排,眼眸低垂。

"问题指向了核心处,谁也别回避了,一句话,如果让工厂赔钱走人,以后云威在这个行业随时可能暴雷。"廖森用更务实的方式翻译了邮件,然后看了一眼各位财大气粗的老板们,说道,"说吧,这次哪位金主愿意承担这22亿?"

众人安静。

"要不要探讨一下,不让他们赔偿这么多?"项总说道。

"不可能，国兴不是冤大头。这次他们错过了欧洲销售季，如果要真正追究起来，远不止22亿。"廖森靠在椅子上说道。

翟云鸿看着廖森和安静的众人，说道："各位不用急躁，等一个人。"

"哦？有救世主？还是冤大头？"董事会里夹杂着嘲讽。

廖森的秘书忙着给各位金主续茶。外面，门被推开了。李笙站在门口，旁边站着的正是乔婉杭。

李笙进来后，包括翟云孝在内的几个股东立刻站了起来。廖森也不情不愿地站了起来，微微一欠身，以示敬意。

李笙坐在廖森对面的空位置上，说道："抱歉，腿脚不灵便，接到通知马上赶来了，但还是耽误了些时间。"

"本来这家公司是翟亦礼先生创建的，公司在他退休时，与他签了一份合同，我想每个进入董事会的人也都清楚，他除了保留5%的股份外，还拥有一个永久席位。当然，这么多年，他没有履行过这个合同。不用我说，原因嘛，他说吃不惯肉了，想吃素了。"李笙笑着说道，大家也跟着笑了。

"现在，他打算把这部分股份转给自己的孙子和孙女。不过，孩子还小，暂时由她妈妈打理。还有，那个永久席位，现在转交给乔婉杭。"

倒没有郑重其事，像说家常一般，只是听众们忽然沉默的半拍说明了此时局面的陡转，说完后，他看了看乔婉杭，乔婉杭站起来向大家点头示意，嘴角含笑，那样子看着很不好惹。

颜亿盼从家乡到北京上大学的时候，发现这个世界上有这样一类人的存在，他们从一开始就占得了先机，拥有睥睨众生的资本，当然这些资本并不见得是传统意义上的家世好、头脑好、长相好、天赋好……很可能只是一项拥有到极致，他们甚至就可以无视社会晋升体制，他们一开始就清楚自己要什么，然后便朝着这个方向心无旁骛地走去。

乔婉杭是这里面极致中的极致。

这世界原本就是不公平的，天下着大雨，有的人没有雨衣也要出门，有的人有雨衣，可以不出门，还有的人，即便不穿雨衣出门，雨也一滴落不到她头上。

颜亿盼看着此刻李笙旁边的乔婉杭，猝然一笑，她一个没雨衣的为一个永远淋不着雨的人操什么心？

乔婉杭的苦，别人尝不到，她的傲，别人也体会不到。别人的纠结、犹豫和彷徨，对她而言都是一层窗户纸，她轻易就能跨过。

她狠厉、果决、无所顾忌，皆因为她清楚自己要到达的终点在哪里。

这是我要的，所以，我要。

"既然又回来了，总得做点事，"乔婉杭抿了抿嘴唇，对董事会正襟危坐的长者们说道，"22亿工厂照赔，由我先行垫付。沈美珍的工厂赔偿额分为六年完成，每年，云威将继续订购沈美珍工厂的代工主板，她将用每年的部分盈利额来偿还这批货物的损失。"

"大家可有意见？"李笙问道。

这样既确保了工厂可以继续运营，也确保了国兴那边的赔偿到位。

这次难得地，包括翟云孝等一众元老都没有提出质疑和反对。

"没有意见。"廖森说道，"我会安排人通知工厂继续开工。"

散会后，李笙和翟云孝最后出来，乘坐了总裁专用电梯。空荡荡的电梯内，翟云孝神色凝重，李笙神色淡定。

"也不知他吃的是哪门子斋，拜的是哪尊佛。"翟云孝说完，冷哼了一声。

"说到底，你儿子动了工厂的货，触到了他的逆鳞，翟家做实业起家，最忌讳在质量上做手脚，这是命门。"李笙手里的拐杖往地上一杵，发出一声闷响，他侧过脸说道，"你应该庆幸，有人替你收了场。"

"那个女人？"翟云孝冷笑道，"够可以的。"

"你管好自己的事吧，她不是老二，没那么多顾念，她让我转告你，一个月内，你退出云威的股份，不然，她会公布云腾的亏空报告，到时候云腾还不一定会到谁手里。"

翟云孝咬了咬后槽牙，闭着眼长吸一口气，睁眼问道："老爷子也是这个意思？"

"老爷子打一开始就是这个意思，要不是老二出事，你们几家的账分得很清楚。"

电梯门打开后，他们已经到了负一层。

翟云孝跟在后面问道："他现在要支持那个女人跟那边对着干？"

"没那么严重，做生意嘛，以和为贵。"李笙说道。

"和？"翟云孝说道，"要能和，还跳什么楼？"

"你要不看好，早点退出吧。"李笙头也没回，说完就往前走去。

出来后，二人上了各自的车，一前一后离开了停车场。

一周后，翟云孝陆续出售云威的股票，因低价退出，亏损四十多亿。翟云孝想到那天在黑水证券时，她问的话：

"翟家都怎么惩罚做错事的人？"

"惩罚力度必须高于造成的损失。"这是他给的答复，现在他以身作则，用行动证明了自己说的话是很可靠的。

93.新格局

工厂很快就开工了，Amy过来向颜亿盼汇报工作："我们准备把这次责任处理事故写成供应链合作伙伴相互扶持的故事，采访的媒体以电视和网络直播为主，化危为机。"

Amy此时已经有四个月的身孕，荷尔蒙的原因，让她的脸有些发肿，穿着孕妇装显得人圆了一圈。

"想法很好，"颜亿盼翻着报告，给了指示，"这件事还是不要宣传了。"

"智慧城市项目我们没有收到邀标函，对我们的口碑有影响。"

"这个案例没必要对公众讲，现在自媒体那么发达，反而会引发我们控制不了的猜测。"颜亿盼把报告退回给了Amy。

"哦，好的。"Amy看她神色凝重，又给了明确的方向，便没再坚持，拿着报告便准备出来了。

"Amy，"颜亿盼叫住她，看着她的肚子问道，"怀孕的感觉怎么样？"

"啊？"Amy一时没反应过来，看颜亿盼笑得温柔，眼神也有她不曾见过的好奇，便也笑了，"现在觉得胃有点顶得慌，之前有点先兆流产，现在稳定了。"

"不要给自己太大压力，方向怎么定是公司的事情，但怎么做就是自己的事情了。比如现在，你就针对性发一些稿就可以，大面积去铺公关稿反而没人看。"颜亿盼说了一点自己工作的经验。

"有什么区别吗？"Amy站在桌子旁边，也有些好奇地探身问道。

"就好比，石头投在大海里，连一个水花都见不着，但如果投在茶杯里，大家就都会看过来，在公司发稿，找平台比写内容更重要。"颜亿盼难得有耐心跟她讲自己的想法。

"领导，您是不是担心我承担不了现在的工作量？不会的，我……"Amy依然处于焦虑状态，怀孕前，她和颜亿盼的关系就不好，怀孕后，她更是担心自己的价值被否定。

"不是，我知道你不会放松自己，"颜亿盼笑道，"你也可以想想转变媒体沟通渠道，试试短视频讲芯片技术什么的，我在研发部找个人，你们可以谈谈。"

"好的，领导。"Amy点头，露出久违的轻松笑容。

颜亿盼看出来现在公司上下在往研发方向调整，未来她的部门也需要跟着调整，那种高调的营销策略并不适合云威。

Amy出去后，颜亿盼给信息联络处的处长去了电话，二人在云威解决黑客攻击时认识，颜亿盼说要亲自上门拜访领导，汇报资宁科技园的工作进展。处长说领导一直很关注这件事。二人随即商量了一个汇报的时间。

一周后的某个早晨，乔婉杭、廖森和颜亿盼一同去拜访了领导。

三个人来到地下车库的时候，乔婉杭和廖森的车并排等着，两辆都是迈巴赫豪华商务车。

"见领导，还是不要分两辆车吧。"颜亿盼低声说了一下自己的建议。

"坐我的吧。"乔婉杭说道，也没等廖森反应，就直接拉开车门上了车。

廖森和乔婉杭坐在宽敞的后座，颜亿盼坐在副驾驶位。

"这次给国兴的赔款，赵正华那边没说什么吧？"乔婉杭问道。

"他听说了工厂复工的消息，说赔款时间以你方便为主。"廖森回复道。

"这件事，辛苦你协调了。"

"应该的。"

乔婉杭说完又摁了前座一个按钮，弹出一个屏幕，上面有歌单，她选了一首颇劲爆的摇滚乐。

这人的品位，蛮独特的，老神在在的廖森坐在旁边脸都震绿了。

"你车上也有这个定制的触屏吗？"乔婉杭翘起食指，在屏幕上边调节声音，问道。

"没有。"廖森答道。

"它集成Nvi显卡和云威Soul-3D声卡，你不知道吧？"

"不知道。"

"你车上做了防弹改装吗？"

"没有。"

"防爆改装呢？"

"也没有。"

"涡轮改装呢？"

"没有。"廖森怕她再问，"原厂是什么样，就什么样。"

"我就说嘛，他跟你的外观看着一样，里面还是有差别。"乔婉杭笑盈盈地说道。

颜亿盼听他们谈话，一脑门子汗，心想，幼不幼稚，乔老板？

"不过，"廖森挤出一个笑来，"我的座椅是按照我的骨骼定制的，因为我腰不太好。"

颜亿盼想把身后的隔音板给他们升起来，二位，你俩加起来过八十岁了，有意思吗？

"哦，那是该调整，我的座位重新加了自热装置，因为我宫寒。"乔婉杭继续说道。

廖森一张老脸绷不住了，连咳了好几声。

乔婉杭赶紧从旁边的皮制箱内拿出一个银制高脚杯，体贴地给他倒了一杯红枣蜂蜜柠檬茶，缓缓递给他，看着他喝了一口，然后怡然自得地坐好。

在欢快的歌声中，车子来到了目的地。

通过哨岗后，他们把车停到了指定的位置，三人进了大楼，在秘书的带领下，来到一处宽敞的办公室，坐定后，领导们都进来了。

颜亿盼和联络人打过几次交道，彼此的印象都还不错，但此刻二人也没表现出来很熟悉，握手点头后，介绍了云威来的三人。

"上次在工程院见过。"领导笑了笑，看着乔婉杭说道。

"是，您对我们的指导，我都记在心里。"乔婉杭微笑道。

"执行好才是真的放在心上。"领导点了点她，乔婉杭歉意地低头，微微一欠身。

领导示意大家都坐下，颜亿盼通过投影PPT和一段视频，汇报了工厂继续开工的情况。

"那个铅超标的原因查清楚了吧？"领导问。

"嗯，是焊接设备调试参数出了问题，现在重新做了调试，而且每个设备都有专人负责维护和检修，不会再出任何问题。"颜亿盼回答。

"如果再出问题呢？"他问道。

乔婉杭作为大股东，笑着说道："我们给领导下个军令状，绝不再出任何质量问题，不然云威退出这个行业。"

事实上，如果再出问题，就算云威不退出，也根本不可能再在这个行业发展了。这一次的事故，无疑给它扒皮拆骨般动了手术。

他说："我们最看重的是你对百姓的态度。"

看起来，这次事件的处理结果，领导还算是满意的。

颜亿盼从头到尾都没提智慧城市项目，她不希望给领导留下功利的印象，虽然事实就是如此。

在整个过程中，廖森的情绪一直不太高，中间有人伸手朝他的方向试图拿什么东西，廖森坐在他对面无动于衷，不知是没明白他的意图，还是不屑做这种讨好行为，颜亿盼倒是立刻站起来，拿着身边的抽纸盒弯腰推到那人面前。从进来开始，颜亿盼注意到他鼻子一直不太舒服。

颜亿盼发现廖森做不了配角，聚光灯如果没有落在他身上，他的状态都很低迷。

当天的拜访还算顺利，走出大楼以后，廖森的车还是来门口接他了，他说有别的应酬。

这天恰是元宵节，乔婉杭想着那天晚上吓到了颜亿盼，于是主动邀请她来自己家吃饭，颜亿盼难以抵御美食的诱惑，决定不计前嫌，跟着去了。

屋前挂着两个大红灯笼，屋里飘着香甜。这段时间的担忧和焦虑，在这一刻，得到了缓解。

两个人抱着一个大瓷盆，认认真真地滚汤圆。

桂花豆沙馅儿、芝麻馅儿，还有奶酪馅儿，一层层裹上了糯米粉。

两个孩子围在旁边，脸上都黏着糖浆和面粉，围着餐桌转，玩得满头大汗。

也不知道是她家老大阿青太厉害，还是老二小松太调皮。两个人玩了一会儿，又因为抢面粉团打了起来，小的那个满地打滚，说姐姐捏坏了他的"小脑斧"。

大的那个还大声喊："你再不起来，我让妈妈给我捏奥特曼了！"

小的听到，嚷得更大声，扑过来争抢面团，举在乔婉杭面前，让她帮他捏。

乔婉杭随便捏了个什么给小儿子，大女儿又来抢。

乔婉杭见怪不怪，也不理会。

"我教你们唱歌吧！"颜亿盼实在被他们闹得脑仁疼，不得不招呼两个孩子过来，教孩子唱了起来。

　　卖汤圆 卖汤圆
　　小二哥的汤圆是圆又圆
　　一碗汤圆满又满
　　三毛钱呀买一碗
　　汤圆汤圆卖汤圆

正唱得欢，乔婉杭问道："你五音不全？"

"啊？这都能听出来？！"颜亿盼拿在手里的汤圆一下子被捏扁了。

"啊……蛮明显的。"乔婉杭很不给面子。

"是吗？嗐，所以我从来不上KTV搞团建……"

孩子倒是跟着她跑调的曲子继续唱着，还自行做了改编：《滚汤圆》《煮汤圆》《吃汤圆》……

屋子里热气腾腾，一家人抓住了年味的尾巴，肆意撒欢。

乔婉杭的饭总是不能白吃的，吃过晚饭后，她们在书房里对着那个白板。

颜亿盼手里捧着热茶，说道："你现在是重新回归坐庄的位置了。"

乔婉杭点了点头，拿起大白板上写有翟云孝名字的磁铁，抬手扔进了垃圾桶。

伴随着一声"出局"，磁铁发出了啪嗒清脆的声音。

乔婉杭重新拿了一个空的人名条，上面写了"变数"，放在了手绘麻将桌的一边，这一套动作行云流水，如同她手里把玩的麻将。

"我不太理解，"颜亿盼说道，"这消息没有官方公布，为什么会从永盛那边传过来？"

"你觉得不可信？"

"我觉得很可信，永盛的投资遍布全球，他们向来以政治嗅觉敏感著称，现在云威的盈利这么高，他们却突然撤资，一定是拿到了确切的消息。"颜亿盼握紧茶杯，蹙眉说道，"我不理解的是，为什么提前告诉我们？真要制裁，杀个措手不及不是更好？"

"是啊，就像在你头顶上悬了索绳，但不告诉你行刑时间……"乔婉杭摇头说道。

芯片研发有一个很重要的基础，就是指令集架构，任何芯片设计首先都是基于某个架构展开，比如桌面平台X86架构和手机平台的ARM架构，如果停止这个授权，那么云威在终端电子消费产品的芯片研发会很受限制，云威现在并没有完全建立起如同W-intel这样坚固的生态圈，用不普及的架构，意味着使用不了传统软件系统，这会让已经养成使用习惯的用户放弃云威的产品。再加上光刻机的售卖限制，从研发到制造，都掐住了你的脖子。

"除非这是他们谈判的砝码，"颜亿盼推测道，"如果你不按照我的意思做，我就制裁你。"

招标网站很快公布了智慧城市讲标日期和参与讲标的五家公司，云威科技股份有限公司赫然在列。

工程院里，颜亿盼在大屏幕上见到了程远，他正在云威硅谷办公室里。

罗洛和厚皮在演练方案的讲解，桌子上是邀标书。

"这次智慧城市里，我们将集成一颗独立DPU，这不同于CPU和GPU，主要在服务器上应用，核心功能在于处理大数据，而且采用的架构也和以往不同……"厚皮用图片展示了DPU处理数据的速度和流程。

"这款DPU我们没有对外发布？"乔婉杭低声问颜亿盼。

"对，打算在这次竞标中，直接面向客户发布。"颜亿盼笑道。

一切仍然有条不紊地进行着，仿佛阴霾没有靠近。

方案演讲完毕。

集成系统组组长对程远说："报价我发您邮箱了。"

"好，我看过以后今晚回复。"程远说完，开始做战前动员，"这一次讲标对我们很关键，智慧城市的盘子很大，我们争取保二争一，我不信Xtone比我们更了解中国用户……我们也要注意演讲的实用性，关键性技术不要讲太多，留一两页就行……记住，我们这次的对手国兴—Xtone组合在传统领域的优势并不能延续到新兴领域……"

可他突然发现，这帮研发人员都在陆续往外撤，但这丝毫不影响他的发挥。他的鼓舞还在继续，话还没说完，就只剩下小尹还有几个开发部的同事了。

"行了，"乔婉杭总算打断了他，"你不在这里，他们也准备得很充分了。"

"正好，"程远说道，"大乔和亿盼留一下。"

剩下的同事又都出来了，小尹低声和旁边的同事说道："感觉院长说了个寂寞。"

本来声音不大，可因为太安静，大家又都听到了。

颜亿盼没忍住笑了一声，这一声笑让程远颇为尴尬。

"小兔崽子，不拿下这个项目，都给我滚蛋。"程远笑骂道。

一众工程师赶紧撤出了办公室。

程远重新调整了一下镜头，说道："大乔，你联系上徐浩然了吗？"

乔婉杭："没有。"

颜亿盼看着程远，他们三个人第一次共同探讨这个敏感话题。

这一次程远什么也没避讳："他找了我，就在昨晚。"

乔婉杭："哦？他说什么了？"

程远："让我去他的机构工作。"

颜亿盼听到自己心脏猛地跳动了一下，乔婉杭脸上也僵了几秒。

乔婉杭："就是那个'THE'？"

程远："就是那个'THE'。"

乔婉杭："你怎么回答的？"

程远："我说，我没有兴趣。"

乔婉杭不自觉地松了一口气。

颜亿盼静静地听二人说话，眼睛虚盯着地面。

"你们不要和徐浩然有更多交集，"程远身体前倾一点，对着屏幕说着，目光移到颜亿盼身上停下了，"这个人的心思很深。"

乔婉杭："什么意思？"

程远："只是凭接触了解，虽然他从云威出来，但是他并不希望云威强大。"

颜亿盼眸色一凝，看到程远向她投来某种无法解读的深沉目光。

摄像头关闭后，她听到身边的乔婉杭低低地说道："我觉得他应该是知道云忠为什么跳楼。"

颜亿盼看了她一眼，垂眸没有说话。

第四部　亡于桎梏

第十五章 成败

94.投标前

投标倒计时二十四小时。

秒钟在不断往前走。

伴随着时间齿轮的运转，是标书的印刷声。

智慧城市的投标方案已经放入了加密硬盘里，正在印刷，将近五万页的标书，一共七份，六份给现场评审专家随时查阅，一份给招标方备案，备案的那份是彩打，里面还有很多极其精妙的模型设计。

印刷和运送由工程院高级工程师罗洛全权负责，他要在封装袋里签上自己的名字，盖上公司写着绝密的签章。

光听印刷、装订的声音，就足以感觉到这次竞标的严肃程度。每完成一份，就放入一个大纸箱，厚重的标书仿佛也压在云威所有项目参与者的心里，心跳不能过快，怕有疏漏，也不能过慢，还要保持澎湃的心潮来虎口夺食。这个项目，决定了他们至少五年的职业发展道路。

当然，实际讲的部分是精炼版本，讲解时间和答疑时间控制在一个半小时，工程院里还在做最后的演练。

而另一边，云威大厦里，报价信封一直没有封上。

技术标会有专业评审的打分，里面涉及的技术参数和系统方案极为复杂，两个团队在技术领域的差距很难预估。技术标的占比达到70%，剩下的是经济标和商务标。

经济标便集中在报价，而大型项目的报价，因为投标者之间情报的刺探，或者对甲方出价的判断，甚至在投标前一刻都有可能变化。

所以，这个报价迟迟没有确认。

工程院的人用了各种算法来预估竞争对手Xtone—国兴联盟的价格，公式洋洋洒洒写了好几个屏幕。

屏幕上，Xtone—国兴被简写成X国，给人的感觉仿佛来自某个神秘国度。

颜亿盼的部门则请了一批外脑来预估智慧城市项目的真实预算。

吴凡压力大到连续几天睡不着觉，最后不知上哪座山拜会了一位隐世高人，跪求高人给个指点，高人淡然一笑，掐指一算，口里念念有词，然后神秘莫测地写了一行字放在一个红色画有符咒的包里。

他双手接过，捂在胸口上，一路低调又激动地回到工程院，众人打开来看，上面写着：子时出价，马到成功。

当时，颜亿盼也在，正好收到程远发来的一条信息，只有一张图片，是他的航班信息。

到达时间是凌晨十二点半。

赶在竞标前一天回来，就是要确认这个最终报价。他这个时间倒正符合高人的推算，吴凡眼睛都放着精光，说道："我要亲自迎接程院长，当场让他给报价。"

"你信不信程总工当场能给你踢飞了，"罗洛说，抬手指了指旁边的实验室，"您知道我们是一家科技公司吧？"

"这叫科学与玄学的结合。"吴凡还挺认真地说道，"您知道世界上有多少科学无法解释的事情吗？"

罗洛翻了个白眼，懒得跟他争辩了。

颜亿盼对这事没有决策权。她仅能负责协调这次云威联盟的关系，好在此事她没有费太多心力，因为无论是常年做政务系统的数码中国，还是互联网大数据分析新秀，配合度都很高，他们知道这次竞标的重要性和难度，几乎给出了自己那部分最有诚意的价格。

合价是由销售部副总裁蒋真和工程院院长程远商量后给出，然后是廖森和乔婉杭签字。说白了，就是如果丢标了，这四个大佬负责。给钱的别嫌干活的不给力，干活的也别以为钱是大风刮来的。

而就在离竞标还有十二小时的时候，给钱的那个却意外收到了一封THE机构给她的邮件。

发给乔婉杭的邮件标题只问了一个问题：你想赢吗？

邮件内容只有THE的海螺标志。

乔婉杭叫来了颜亿盼，两人盯着这封邮件，都没有下一步的动作。

赢？谁不想赢？

颜亿盼问道："THE怎么有你的邮箱？"

"因为我曾经给他们发过邮件，但是被退回来了。"

"看来他们的系统还是看到这封邮件了。"颜亿盼不自觉地摸了摸下巴，回想起程远的提醒，还没来得及思考其中的关联，就看到乔婉杭抬手回了邮件，"想。"

她还没来得及阻止，邮件就飞出去了。

"……"颜亿盼瞳孔震动地看着乔婉杭。

"我只是想弄清楚他到底要干什么，我不喜欢老琢磨一件事。"乔婉杭说道。

不到一秒邮件仿佛是自动回复一般弹了出来："附件里是Xtone—国兴的报价。"

这下轮到乔婉杭惊诧了。

这种公司顶级机密，居然通过境外的一家机构泄露出来。

邮件正文还有提醒：邮件将在一分钟后粉碎。

"别打开了，要么有病毒，要么就是扰乱视听的。"颜亿盼说完，手就把鼠标挪开了。

"咱们公司要是没有数据防盗的能力，也别在这行混了。"乔婉杭说完就直接拉开颜亿盼的手点开了。

她点开了附件，里面显示了Xtone—国兴的报价：8.43亿元。

这是目前为止，他们获得的最确切报价。

"这价格几乎和我们上一版的报价差不多。"乔婉杭说道。

这意味着，THE给的报价是有支撑的。

不到十秒的时间，这封邮件自动粉碎了。

"这个报价不可信吧。"颜亿盼说道，"程远说过，徐浩然并不想云威好。"

"你怎么确认这封邮件是来自徐浩然？上面又没有名字。"乔婉杭看着她问道。

颜亿盼沉默了几秒，"我只是觉得他接触程远和这次给你邮件，应该都是同一个目的。"

"不想要我们好，想要我们输？"乔婉杭思索着其中的关联。

颜亿盼摇头，这封邮件让她很困惑。程远口中的徐浩然对她而言是陌生的，最后有关他被开除的记忆，也确实不太美好。只凭那些久远的接触，她觉得徐浩然不是轻易表达好恶的人。

下午，工程院和销售部几名负责人在讨论这个报价，邮件对他们还是有无形的压力，鲜少有人提出高于8.4亿元的价格。

直到下班前，依然没有结论，大家商量如果程院长没有提出别的异议，就维持上一版报价，至少听起来和Xtone与国兴联盟差距不大，这次竞标的核心还是拼方案。

为了确保第二天讲标顺利，乔婉杭没有让大家加班。

天边最后一抹红霞覆盖在城市边缘，乔婉杭和颜亿盼从工程院出来，两人没有再讨论，都心事重重。

走过绿化带的时候，他们在旁边一个园林休息区内看到了一个熟悉的身影，乔婉杭走了过去，颜亿盼留在原地。

"你来监视我的吗？"乔婉杭上前问道，"刘处长。"

刘江站在一棵榕树下，低着头也不知道在做什么。

刘江立刻回头，笑着看她，说道："不是，特意来找你聊聊。"

刘江的胡子看样子两天没刮了，看着还有些憔悴，他正在剥一颗咖啡糖包装纸，然后放在嘴里，问乔婉杭："你要吗？"

乔婉杭摇了摇头说道："你还是没什么突破吧。"

"有突破的。"刘江咬着咖啡糖说道。

乔婉杭挑了一下唇角，眼神充满了讥消："查了我们云威一年，很挫败吧。"

刘江呵呵一笑，说道："有空跟我聊聊吗？"

"今天没什么空，我得回家看孩子。"乔婉杭说完转身就走。

"你家没个保姆阿姨什么的？"刘江故作轻松地说道。

乔婉杭头也没回地往前走，刘江有些着急了，跟了上去："我查你丈夫跳楼的原因，有了眉目！"

乔婉杭立刻顿住了脚步，回头看着他："眉目？"

"嗯。"刘江肯定地点头。

"什么？"

刘江看到乔婉杭的眼睛里闪耀着光芒，顿了顿，又接着说道："你跟我合作，调查THE机构，我告诉你进展。"

"合作？"乔婉杭和他稍稍拉开了距离，审视地看着他，冷笑了一声，"怎么合作？"

"我有徐浩然的联系方式，你来接触他，查他的意图。"刘江继续说道，"你应该知道之前你先生和他联系了很多次吧？"

乔婉杭不置可否。

"而你丈夫和他联系以后就……那个了。"刘江小心翼翼地引君入瓮，还有意照顾她脆弱心灵一般。

"你怎么知道我和他联系就不是去找死呢？"乔婉杭神色依然冰冷，不似被触动。

"你不是一直想知道翟云忠经历了什么吗？"刘江凝视着她，想让她的心思无处遁逃。

乔婉杭走近他，突然一把将他推向那棵老柳树，刘江没有防备，后背猛地被柳树树干戳到，疼得龇牙咧嘴。

"我没有更多时间跟你周旋，也没有更多时间为他哭天喊地，"乔婉杭神色凛然，语气低沉，"我认真告诉你，不要利用他的死来达到你的目的。"

乔婉杭说完转身就要离开。

"翟云忠曾经在亚马逊采购了两本书，书都被海关扣押了。"刘江跟上前，乔婉杭停下了脚步，看着他，他接着说道，"其中一本是关于特别调查处的，还有一本是关于商务部门的。之后，徐浩然给他寄了这两本书，可惜，还没收到他就自杀了，这两本书现在还在我那里，可以给你。"

乔婉杭顿住脚步，这则新信息显然触动了她。

两个人有些僵持。

"不如我跟你合作吧？"颜亿盼清透的声音传来，朝着刘江缓缓走去，"你之前不是想找我合作吗？"

刘江和乔婉杭看向她，刘江脸上有丝惊喜，而乔婉杭眉头微蹙。

颜亿盼从绿化带边走了过来，身后是渐渐落下的血色余晖，一张脸在树荫下半明半暗，看不清她的表情。

"我和他打过交道，我在云威待的时间比你长，处理这种事情更有经验。"颜亿盼走近了乔婉杭，脸上闪过一丝狡黠的笑意，眼神里隐含着某种靠近深渊的坦然。

"可是程远说……"乔婉杭低声说道，依然有一丝担心。

"所有猜测总是要有个结果，"颜亿盼打断了她的话，语气有些决然，"是我送走的他，这个结果，也应该由我来给。"

乔婉杭见无法说服颜亿盼，转脸质问刘江："你到底要干什么？"

"你应该问，他要干什么？"刘江说完，从口袋里拿出那本随身小册子，翻开了立在颜亿盼的眼前，"这是他的号码，你可以选择用你办公室的电话给他拨过去，这段时间，他好像很急于接触你们云威的人，这次换咱们主动。"

"谁跟你是咱们……"乔婉杭说道，一把抢过了小本子，随手翻动着，"什么时候开始监视我的个人邮箱的？"

刘江尬笑着，他这个时候来找乔婉杭，定是察觉到了两方沟通的动向，解释了一句："我只看到你们两方邮件的活跃程度，无法看到具体内容。"

颜亿盼从乔婉杭手里轻轻把本子抽了过来，翻到刘江给她看的那一页，本子上黑色的水性笔写着：徐浩然，后面跟着一长串的号码。

她看着那一排号码，眸子里闪着不易被人察觉的微光，握着本子的手不自觉地控制不了力道，大拇指指甲盖微微发白。

95.徐浩然

颜亿盼办公室，刘江还带了一个同事过来，他们在颜亿盼的电话上插入了一个极小的装置。

"我打算就问他这次邮件的来历，你看可以吗？"颜亿盼小声地问乔婉杭，两人并排坐在沙发上。

"你来定吧。"乔婉杭轻轻搂了一下她的肩膀，颇为轻松地说道，"就当游戏了，对方可能就是牌桌上虚张声势，爱信不信，不信拉倒。"

颜亿盼垂眸笑了一声。

窗外夜色四合，偶有疾风吹透窗棂的声音，或尖利或低沉，不得停歇。

一切准备就绪，颜亿盼拨了电话，那边是旧金山早上七点，不知道徐浩然会不会接起电话。

铃声响过数声以后，传来一个男性低哑的问候："Hello？"

"您好，我是云威的一名员工，负责对外沟通事务，"颜亿盼喉咙还是有些发紧，"我叫颜亿盼，请问您是徐浩然先生吗？"

"是，"他顿了顿，答道，"我是徐浩然。"

"您对我还有印象吗？"颜亿盼神色幽暗，没等到那边回答，她笑了笑，"是我帮您办理的离职，当时公司给我的时间太短了，又有很多流程必须要走，造成仓促失礼的地方，没来得及跟您道歉，希望您没有怪我。"

语气谨慎又官腔。

"都是公事，无关个人。"徐浩然的回答也很得体，"请问，你找我有什么事吗？"

"是这样，我们收到一封来自THE的邮件，听说您也在里面任职，所以想冒昧咨询您一些关于邮件的问题。"

"我没在THE任职，只是里面的一个会员。不知道你说的是什么邮件？"

"一封关于智慧城市报价的邮件。"

"能具体说说吗？"

"邮件里写了我们竞争对手Xtone—国兴的报价。"

"你是想要我给出建议，这封邮件的可信度吗？"

"如果可以的话……"

"那你怎么判断我的话就是可信的？"

颜亿盼一时不知道如何回答。

423

"发件人是谁？"徐浩然没有纠结这个问题，继续问道。

"没有显示，只是一串代码。"

"据我了解，THE的会员里有Xtone的高层，也有Xtone的竞争者，所以，这封邮件是想让云威输，还是想要云威赢，很难判断。"徐浩然的声音极为平静，这样的分析，也很理性。

"可我怎么觉得这个报价很可信呢。"

"嗯？"

"因为Xtone—国兴非常自信，他们根本没必要来干扰我们。"

"就算可信，离竞标还有十几个小时，也会有变数。"

"我很好奇发件人的动机。"

"嗯，你的思考很有价值。"徐浩然沉吟片刻，说道，"不过，云威有自己的报价体系，不用太被干扰。"

"谢谢您，您的建议也很有价值，"颜亿盼握紧话筒，"祝您在那边一切都好。"

"我很好。"徐浩然语气有些沉缓，说道，"再见，颜小姐。"

颜亿盼看了一眼刘江，他似乎对这次短促的联系意犹未尽，她目光闪动，又多加了一句："我以后如果遇到什么问题，还能再请教您吗？"

那边有片刻的沉默，接着回答道："当然。"

"好，那，再见。"颜亿盼说完，挂了电话，眼目低垂，深吸一口气，抬眼看了看坐在她对面的乔婉杭。

"所以，这封邮件和徐浩然没有关系。"乔婉杭耸了耸肩，得出结论。

"应该是的。"颜亿盼说道。

"好，建立了联系。"刘江倚靠在落地窗边，把手插进皮衣口袋，又看向颜亿盼，"你知道他十年前为什么被开除吗？"

"离职单写的是业务调整。"颜亿盼说道。

"你没听翟云忠提过吗？"

"没有。"颜亿盼回答，"我那时还是总裁办的沟通专员，他不可能跟我说。"

"有机会，替我们打听打听。"刘江态度比之前好了很多，眨着眼说道，"还有，为什么十年后又和原来的雇主有往来了。"

颜亿盼这一次没有推脱，大方地笑道："如果他不屏蔽我电话的话。"

"他不会的。"刘江勾着嘴角笑了笑，"相反，我觉得他比任何时候都重视云威。"

刘江说完，没有久留便离开了。

颜亿盼目送刘江离开后，脸上无可避免地露出了疲惫之态，她低头灌了几口冰凉的茶水。

乔婉杭站起来说道："早点回去吧。今晚程院长回来。"

颜亿盼站起来，从柜子里拿出围巾和外套，低着头，很沉闷的样子。

"我让司机送你回家。"乔婉杭说道。

"不用了，我开车了。"颜亿盼头也没抬，在柜子下面拿出了自己的包和车钥匙。

两人一同走到电梯间，一个下行，一个上行。

等电梯时，两人都沉默着。

"你见过他的离职单，"乔婉杭开口问道，"认识他的字体吗？"

"字体？"颜亿盼看着她，颇有些好奇，"怎么了？"

"我那儿有一张卡片，用隶书写的，很独特，我在想，会不会是他给云忠留下的。"

"写了什么？"

乔婉杭从口袋里拿出手机，翻到那张图片，递给颜亿盼，颜亿盼把照片拉大，看着这个字体，低声念了一遍："吾之所短，吾抗而暴之，使之疑而却；吾之所长，吾阴而养之，使之狎而堕其中。"

"是他的字吗？"乔婉杭打量着颜亿盼盯着屏幕的眼睛，问道。

颜亿盼把手机还给乔婉杭，说道："你可以问问Lisa，看她那里有没有保存徐浩然的离职报告单，顺便请刘江做个笔迹验证什么的。"

"你今晚说话好官方啊。"乔婉杭接过手机调侃道。

"是吗？"颜亿盼侧过脸看着她，抿嘴笑了笑，又问，"那要怎么说啊？"

"无所谓了，其实，那可能也不代表什么。"乔婉杭收了手机，自我安慰了一句。

上行的电梯先到，乔婉杭先上去了，待她离开，颜亿盼站在电梯口，闭上眼睛，深吸一口气。

从听到刘江调查徐浩然，到给徐浩然电话，整个过程，颜亿盼脑袋里每根神经都绷紧了，她一向被外人看作是处变不惊，但没有人知道修炼到这种程度需要熬过多少纠结担忧的日夜。

车一路开到小区门口，进小区前，她发现楼下新开了一家店，灯牌上写着"上酒"，里面没几个人，但外观上看起来很温暖。

她很少喝酒，一来是二十多岁那会儿应酬多，喝酒喝得没什么感觉；二来，她一向自制力比较强，不喜欢任何失控的感觉。可今天，她没有犹豫地就进了这家餐馆。

时间很晚了，只有一桌年轻人在隔间里边闹边笑。

她找了一个吧台，先点了龙舌兰，再点了羊肉、牛肉和蔬菜串串。这家的龙舌兰是小杯子装，边缘抹了一层盐。

她一口喝了下去，冰凉直冲头顶。爽！她内心喊了一句。

喝到最后，她发觉那些烧烤偏日式，索然无味，于是又对老板说：加辣加辣加辣，再来五串鸡心、五串鸡胗、五串掌中宝、五串鸭舌……

待这些上齐了，她拿出掌中宝，放在口里搅了搅，这种味道自从离开家以后，她就再没吃过，现在吃起来居然有些熟悉又陌生的感觉，很是得趣。老板果然把之前省下来的辣椒面都倒在烤串上，辣味冲得她眼圈发红，险些落泪，她又含着一口酒，吞咽下去。

龙舌兰刺激的酒味顺着口腔、鼻腔灌入每一根血管，她冷得一激灵。就这样，一口酒一口肉，她吃得停不下来。

对面那群年轻人不知道什么时候撤了，饭店只剩下收拾碗筷的声音，四面黄澄澄的灯光照着餐具发出诱人的光。

窗外路灯孤寂地立在人行道上，街巷深处，阒无人烟，店里的女人不停地吃着色泽鲜艳的烤串，吃到嘴角边上被热辣的铁签子拉出一道醒目的红痕，仿佛夜行的妖怪突然想尝人间的滋味，忘乎所以。

不知过了多久，她抬头看了店里的时钟，子时，那位她等的贵人要回来了。

她便收拾好东西，晃悠悠地回了家。

她到家时已经很晚了，她本来觉得一切如常，结果刚脱了衣服，就开始抱着马桶吐，把胃里的东西吐得干干净净。

她痛苦不堪，她过去明明不是这样，她怎么变了。

吐完以后，她开始冲刷卫生间，冰凉的水又淋在自己身上，不知淋了多久，她躺在床上，开着落地灯。

她最终坐了起来，歪着头，伸出手，食指挑起书柜里一本发黄的英文书籍 *Verilog HDL*。

她上了高中，只要有时间就会查这本书上的生词，这是一本编程书，不是天书。她曾觉得自己这一辈子都不可能逃出牢笼，但因为一个人，一切都改变了。

那份徐浩然的开除报告单再次掉了下来，她蹲下捡起来，又翻开书籍扉页，夹了进去。

扉页上是漂亮清隽的隶书字体：赠给小颜，愿你学有所成。

最下方只写了一个姓氏：徐。

徐浩然，在颜亿盼心里不是别人口中和翟云忠的死有关的前研发中心高工，也不是那个不希望云威好的THE人员，而是那位给她指了一条出路，并且资助她从初中一直读完大学的教授。

她眼前一片模糊，看着眼前的字迹，脑海如同过期的胶片不断旋转，回溯着有关胶片主角的片段。

徐教授赠了她书，还教会了她从一个横冲直撞的野孩子成了人。

96.徐浩然给她的，无人能比

人的成长往往是从意识到痛苦开始，而徐浩然是给了颜亿盼这种意识的人。

她曾经一直以为一个人脚下只要有一双鞋，便不能再买第二双鞋，哪怕那双鞋夏天捂脚、冬天浸水，这都不影响她脚步飞快地上学、放学、送货。

直到她有一次给炸鸡店送货的时候见到徐浩然，才意识到原来人可以活得那么体面，他的眼神永远冷静，语气总是平和，如果她在作文里写徐浩然的对白，里面不会出现一个感叹号。

徐浩然除了给十五岁的她一张进入大学图书馆的借阅卡，还给了她另一个世界。徐浩然在偶尔请她吃饭时，会笑着告诉她，不用把所有钱都交给父母，他们未必比你更会打理。

于是，她留了一些钱，跑到市区里的一家专卖店给自己买了第一双板鞋，那一天，她才知道，原来下雨天脚趾头泡到水里的滋味是痛苦的，刺骨、僵硬、发麻，她永远不想再体验。

她穿新鞋那天，同桌都惊呆了，还有好多人都过来看她的脚，然后那天，同桌才笑起来说："看谁还敢叫你'飞孩儿'了。"她才知道，背地里同学给她起的那个外号。他们当地鞋和孩不分，灰和飞不分，而她那双白鞋子穿太久，无论怎么洗，都已经变成灰色的。

当她把那双漏水的鞋扔掉以后，她觉得自己要走的路不再是过去千百遍送货的那条土渣铺成的路，她应该走得更远。

可人一旦决定要往某个方向走的时候，具体的障碍才真正涌上来。

先是跟不上英语的进程，新来的老师是一位师专毕业的女学生，总不甘于落后小镇的环境，没多久就找了县长的儿子，时不时请假去城里谈恋爱，上课的时候都不备课，还要问学生上节课讲到哪里了，英语教得七零八落。

那年镇上又发水灾，学校停课两个月，初三模拟考的时候，她的分数离市区里最好的高中还有距离。

大家都不着急，有的说就在本地读也不错，除了本科上线率低点，学校环境还是很宜人的；也有人说，上个中专不更好，还能很快赚钱；更有一部分打算毕业就南下打工。

只有她苦恼，才十五岁，就开始失眠。她不想这样，她也想像徐浩然那样能体面地活着，只是当时年纪太小，根本不知道这些问题，原本都有解决的办法。

寒假来临时，徐浩然送给她一张市区一所重点初中的寒假补习卡，那年春节，她在家待了四天就开始去上课，早上天没亮就出发，骑一个多小时的自行车先送货，再赶到学校，座位在最后一排靠门的位置，冷风飕飕地直往脖子里灌，她给脖子裹了厚厚一层围巾，缩在角落里，用发抖发红的手认真做着笔记。听力不行，她就在二手市场淘了一个随身听，来回路上听。

出分数那天，她挤进市区一百二十名内，超过了市一中的分数线，这意味着她不用额外交借读费。可开心还没几天，禽流感暴发，家里店铺关门，债台高筑，家里每天被催债的人骚扰，别说学习受影响，学费和生活费都成了问题。通常这种情况，她是要放弃学业的，但徐浩然二话不说地给她在银行办了一张助学卡，跟她说里面的钱只能用于交学费。

她曾暗暗发誓，以后一定要加倍地偿还这笔费用。可如果仅是这样，也许还好，而后来她才发现，金钱让人拉开的差距远远比不上意识让人拉开的差距，前者或许可以弥补，后者可能永远无法弥补。

瞧瞧天底下那么多从固有教育体系走出来的人，超群出尘的总是极少数。

徐浩然帮她缩减这种意识上的差距。

从大学选专业，到工作选单位、选职位……徐浩然给她的点拨看似随意，却不可逆转地让她这个街边蹲着啃鸡排的小女孩一步步脱胎换骨。

"老师，我第二专业可以选心理学吗？"

"可以啊。"

"好像不太实用。"

"没关系，养成琢磨人心思的习惯就很好。"

"老师，我需要进学生会吗？"

"没必要，这类团体的生命都不可能长于科学和艺术生命，尽量想办法接触一些人性本质的东西，与其给辅导员打下手，不如多读点书。"

"老师，我实习是去大公司还是小公司？"

"如果可以，去创业公司。"

"为什么，万一拿不到工资呢。"

"没什么大不了的，拿不到就正好看看理想是怎么破灭的。"

是的，她发现，相比看钢铁是怎么练成的，看理想是怎么破灭的更能让人反思和成长，这让她逐渐形成了遇事不慌、尽量想好周全之策的思维习惯。

没关系，没什么大不了的……他经常这样说，伴着淡然的笑，这些都让她在无数患得患失的日夜里得到了安慰，让她在焦灼的野心和残酷的现实之间，找到一个平衡。

这个人，可以说，是她青葱岁月里的信仰。

要成为像老师一样厉害的人！她这样告诉自己。

而徐浩然不同于别人的地方在于，他的自尊和高傲，没有给颜亿盼任何回报的机会。

十年前，徐浩然离开云威那天，颜亿盼把离职证明和竞业限制协议给他，并把他送到了工程院门口。

徐浩然："就到这儿，别送了。"

他的话透着不容拒绝的威严，颜亿盼一步都不敢往前走。

颜亿盼："老师，我还能为您做什么？"

徐浩然："不用，好好走你自己的路。"

颜亿盼："以后还能再见吗？"

徐浩然："只要你留在这里，总能再见。"

徐浩然说完，快速下了工程院前的台阶。

头顶烈日刺眼，照得颜亿盼眼圈通红。

没有人知道他们曾有过怎样的交集，她大学快毕业的时候就按照徐浩然的建议往云威投了简历，并通过层层筛选进了总裁办，她本以为从此要开始帮助老师，她想象了无数可以帮他做的事，只要老师想得到，她就做得到。

可没想到，徐浩然以这种残酷的方式将她带入了云威：由自己培养的人亲手终结自己在云威的职业生涯，并且给了她最后一个往上爬的台阶。

她看着徐浩然的车离开后，一个人窝在角落很没出息地掉眼泪，那眼泪抹不掉一般，顺着她的手指流下来，越来越多，像是在透支她未来十年的泪。

她告诉自己，没关系，没什么大不了的，路总是要继续。

如果她还停留在只会躲在角落哭着等人回来的层面，那么老师前几年的培养也就白费了。

多年以后，她逐渐明白一点，每个人都有自己要走的路，每个人也有自己要回的家。从一开始，她就选了一条只能独自前行的路。

她想成为这条道路上的胜者。

或许在前行的某个岔路口，还能见到他。

只是万万没想到，多年以后，他们是以这种方式再次产生了交集。

太过理性与克制，不得不隐藏随时会爆发出来的情绪。

颜亿盼觉得脑海中有些发晕，她拿出手机，按照记忆里的号码发了一条消息：不知我现在算不算学有所成。

寂静的夜里传来短信的声音，对方只回了一个字：算。

她看着那个字，眼圈发热，感到视线越发模糊。

算。

她倒在床上，嘴角弯了弯，月色清冷，她闭上了眼。

颜亿盼在恍惚中睡去，有一个身影静静地靠了过来，她放在床上的那本发黄的书也被那人收了起来。

"程远？"她呓语般喊了一句。

程远走过来，抚了抚她额前黏着的碎发，说："早点睡吧。"

"报价呢？"她问。

"报价已经定了，别多想了。"程远捏了捏她的下巴，看到她发红的嘴角，用大拇指抚摸了一下，低头亲了亲。

颜亿盼上前搂着程远，他身上的寒气激得她打了个寒战，她口里念叨着："你回来太好了。"

97.竞标现场

乔婉杭从Lisa那里要来了徐浩然的离职复印单。

Lisa非要亲自送来，并反复强调："有关徐浩然的资料非常少，我知道他曾在美国麻省理工留学，然后被翟亦礼老先生挖了过来带队做研发，期间还在大学当客座教授，教集成电路设计。"

上面的字体写得浑圆潦草，并不是隶书。

离职原因也写得很简洁：业务调整。

这几个字根本都不用再去找刘江核验，明显不是出自同一人之手。

Lisa神神秘秘地说："我来这里五年，只听一些老员工提过他，您问他做什么？"

"没什么，就是好奇以前工程院是什么样的。"乔婉杭说道。

"以前工程院不是公司的核心，研发中心也不在这里，在硅谷，程院长来了以后，研发中心才搬到隔壁。"Lisa说了一些她知道的历程。

乔婉杭点了点头，让她出去了，翻看着那张书签，最后还是将它放回了书里。助理此刻手里拿着她的外衣，今天是投标日，她需要出面给上战场的同事出征前的鼓舞。

此刻，云威楼里的空气都染上了一层静默的颜色，橘色的晨光照在整座大楼上，空气中的尘埃粒子似是随心所欲地慢慢漂浮，像在等待被某种东西激活。

一切井然有序，对外沟通部的Amy把报刊的头版头条新闻叠好了送到乔婉杭办公室。

《世界是你们的，也是我们的，但归根结底是你们的》，上面刊登的是来自边远山区孩子们的信件，他们因为云威的远程教育体系而获益，同时也参加了云威数字竞赛，并取得了很不错的成绩。

这份报纸同样也先于云威竞标团队，抵达招标办公室。

颜亿盼依然来得早，她外面穿着浅咖色的小西装，里面是一件带着红色印染的套裙，早晨的光透过云威的玻璃落在她身上，看起来温和大方。

旁边是工程院的几位高工，程远、罗洛和厚皮，三个人都穿了西装，系了领带，厚皮还把自己那一头长不长短不短的头发修成了板寸，从技术怪咖到商业精英，也就那么一夜的时间，销售部的蒋真、吴凡都一身黑西装，庄重而自信。

大家见乔婉杭来了都站起来："乔董。"

"这段时间大家都辛苦了。"

"还行。"吴凡很谦虚地说道，"熬几个大夜算不了什么。"

"昨天抹了罗组长的遮瑕霜，遮住了我的黑眼圈吧？"厚皮揉着眼角，来了一句。

"我什么时候有遮瑕霜？"罗洛拧着眉头问道。

"我看你化妆袋里的。"

"那不是化妆包，那是旅行包。"罗洛大声纠正道。

大家又笑了起来。

"严肃点！"程远无奈地干咳了一声。大家又都安静了。

乔婉杭面向大家，说道："不管结果如何，今天晚上，我都宴请所有参加这次竞标筹备工作的人在旁边的酒店吃饭。"

接着，她给大家鞠了一躬："拜托各位了。"

几人手叠在一起，如同要上战场的战士一般，大声喊道："加油！"

云威这座被晨曦笼罩的大楼折射着多彩的光芒，飘浮着的粒子终于被这句话所激活。

乔婉杭就这样把战队送出了门。

"想想晚上吃什么，澳龙、海参，还是大鲍鱼……大家都放开了讲。"蒋真说道，"别说乔董请你们，我也会请你们，你们随便挑地儿。"

"那就新开业的跳龙门海鲜自助，人均999。"厚皮说道。

"你就不能挑点儿上档次的吗？"罗洛说，"不要自助，要私房菜。"

"我知道一家不错的……"吴凡说道。

一行人都尽量没讨论方案，试图调整状态。程远一路上没怎么说话，颜亿盼小声问他："累吗？"

"累死了。"程远低声说道，头还要往颜亿盼肩膀上靠。太腻歪了，颜亿盼很快把他脑袋推开，轻轻捏了捏他的手掌。

431

到了竞标会议室外，他们和数码中国公司的研发VP以及几家合作公司汇合，他们每家都有自己的展示时间，除了一两个女士没穿黑色，男士清一色的黑西装，氛围变得庄重而严肃。

到了竞标会议室，他们的心又都悬了起来。而颜亿盼越是这种重要场合，她的心跳越平稳。

讲标的地方是在一个独立展示厅，中间是一个玻璃空间，十几位中外评委都坐在外面，每个人面前都有一张评分表，而他们如同展示品一般进入到那个空房间里，透过玻璃来看对面的评委，这让里面讲标的人凭空产生了一种被仔细围观的错觉。大概是为了避免他们跟评委有私下交流。他们进入后，里面两个摄像头齐刷刷对向主讲人，外面的主持人会提示他们几点开始，并在结束前的十分钟再次提醒。

颜亿盼回头看了一眼罗洛和厚皮，暗自担心这种阵仗对技术宅男来说是不是太大了。她坐在一旁，和信息处的处长简单寒暄了几句，轻轻吸了一口气，整个房间的气氛非常压抑。程远简单介绍了今天的主讲内容，罗洛便上来了。

罗洛："这次研发一共八个组，团队总共一百一十人，分为需求组、开发组、架构组、测试组……"

罗洛的讲解也伴随着身后墙上左右两边大屏幕的PPT切换，一版是中文，一版是英文。

"这次体系设计公司都是本土企业，我们把各自企业在中国的服务体验都进行了细化分析，智慧城市的技术更是以本土化为指导方向进行的开发。"

厚皮在下面配合着点开了一个视频。

这一段内容旨在针对国兴联合Xtone、IM等外资企业可能产生的缺陷，他们太习惯于把国际的创新设计简单修改就加以使用，而不是针对本土做定制化设计。

"在服务受众时，能够根据地域特征进行调试，中国是多民族国家，少数民族有另一套精准识别体系，普通工作人员未必能很快区分这些人的细微差别，但我们的芯片可以；另外就是方言识别，中国的方言分为：官话方言、湘方言、客家方言、闽方言、粤方言等；还有……"

坐在外面的负责人员和专家听到这里都点了点头，在本子上记录着。

"这些语言的识别在语音语调上都会有变化，智慧城市里，他们可以选择接近的方言进行需求输入。另外，中国幅员辽阔，气候多变，搭载云威芯片的主板具备耐寒、耐旱、耐潮、耐风沙侵蚀的优势……"

罗洛接着又讲了下加密应用，还补充道："加密方面，我们可以对黑客发起挑战，看他们是否可以破译密码和层层封锁拿到加密数据，这部分实验，云威近几年一直都在实践。"

罗洛讲完后，吴凡上来的时候右手放在一边，掌心朝着他，二人轻轻拍了一下，以示鼓励和赞赏。

吴凡重点讲的是资宁工厂产品出库的时间和效率，主要介绍云威产业链在配合智慧城市上的灵活调整。

此时，颜亿盼的手机忽然亮了，是一串熟悉的来电号码。

这次讲标并没有她的任务，她只负责和投标处的人联络，她弯着腰，出了会议室，一路走向大楼另一侧空无一人的过道。接起了电话。

"小颜，"这个声音让她站直了身子，对方的声音带着优雅温和的声线，"你还好吗？"

"老师。"颜亿盼低低地叫了一声。

"你在投标现场吗？"

"嗯，我在。"

"这次电话只有我们两人听吧？"徐浩然说道。昨天夜里的电话，徐浩然必然能从颜亿盼寒暄的语气里判断，这一通电话是被监听的。

"嗯，是。"颜亿盼回答。

"你昨天问的问题，我不方便直接说，你的猜测是对的，那份报价很可信。"

"哦？不过我们没有参考它。"

"这可能由不得你们了。"

颜亿盼的笑意从脸上消散，她听出徐浩然语气里的威严。

"现在距离云威确认报价应该还有一个小时，这一个小时，需要你协调云威做一个决定。"

"什么决定？"她能感觉到徐浩然循循善诱下，是深不见底的深渊。

"要不要把智慧城市项目让给Xtone。"徐浩然语气极为平静地说道。

"什么？不是，为什么？"颜亿盼对突如其来的提议很诧异，尽量让自己平静下来应对来自恩师的压力，"Xtone怎么知道自己就会输呢？"

"他们不知道，但我知道，我看过Xtone中国区的方案，他们执意要做项目主导，带着与生俱来的自信，认为我们使用的系统需要和国际接轨，而不是深入研究国情，然后把自己的顶级研发配备给它。"

"可还有国兴在。"

"国兴在Xtone面前一直没有话语权，你不知道吗？"

"好，就算他们的方案不行，你怎么知道我们行？"

"在我看来，不管你们行不行，方案上，本土客户也会偏向你们。"徐浩然说这话时，无比笃定。

颜亿盼却没有感到丝毫轻松，沉声问道："您要我做什么？"

"当协调人，谈判。"

"谈判？"

"对，Xtone的条件非常简单，云威要么放弃市场，要么放弃研发。如果云威'不幸'拿下了智慧城市项目，那么Xtone会联合多家芯片研发机构起诉云威专利侵权。"

"那如果我们输了，就不会起诉了？"

"至少不会那么快，据我了解，云威需要的只是时间，是放弃市场赢得时间，还是赢了市场，输了官司，你们要做出选择。"

"他们未必肯相信我的话。"

"我现在给你发他们的起诉书，起诉时间没有定，今年、明年或者后年，还是拖下去，全看这次竞标结果。"

颜亿盼看到手机信箱里发来了一封邮件，里面是英文附件。

"老师，为什么是你？"

"倒计时开始了，小颜，"徐浩然没有回答她的问题，"十一点十五分前，你们必须给出最终报价，我的预判是比THE给你们的报价多出三千万就行。"

"老师，您想看云威输吗？"颜亿盼倒吸一口气，眼圈发红，她有太多问题要问，却不知从何问起。

"我不想，所以才让你们有机会谈判，小颜，你不会不懂，输赢从来不在一时，以后的路还长。"徐浩然劝道。这声音，让颜亿盼产生了错觉，徐浩然不是他们口中的危险人物，依然是她的恩师。

"就像您留给翟云忠的书签写的那样，'吾之所长，阴而养之'？"

"他也没听我的……现在形势不同了，美国半导体协会早就关注了中国芯片行业的发展，明的暗的，他们不可能让云威超越。"徐浩然的语气很难捉摸，有对过去的不甘，也有对未来的笃信。

颜亿盼的手紧握着，大拇指的指甲掐进了食指里，她却感觉不到疼痛："没想到十年以后，和您交流的是这些。"

"之前一直在寻找最合适的协调人，可你们那个程院长很抵触和我沟通，昨天和你通话，我发现，你确实成熟了很多。"

"所以您选择了我来配合您……"颜亿盼语气有些不稳，完全没有昨天那种自持。或许，她意识到，这是她和恩师多年后，第一次私下交流。

"我说过，都是公事，无关个人。"徐浩然说完，挂了电话。

她的手不自觉地有些发抖，挂了电话。愣了几秒，仿佛梦游一般，里面讲标还在继续，这通电话来得就像一场恶作剧。

她最终选择给乔婉杭打去电话："最终报价可能还需要再调整，你能不能过来，还有廖森……"

434

"什么意思？"

"徐浩然说那封邮件报价是准确的，但是如果我们这一次赢了，Xtone会起诉云威，并停止所有专利授权。"

过了好一会儿，乔婉杭才说了一句："太扯了吧。"

但最终她还是答应立刻过来。

程远在竞标场看颜亿盼出来时神色有些不对，没过多久也跟出来了，他听颜亿盼复述了和徐浩然的那通电话，听完后脸色很怪异，说道："那天行业酒会上他就是这样，好像一切都在掌握中，云威活不了多久一样。"

颜亿盼没有说话。

这个改变他命运的人，这个她曾期待见一面，让他看看自己有好好努力的人，此刻却是以这样的方式联系她。

她又失落又害怕，她不知道自己最终会走上怎么一条路，那份恩情要怎么还？十年时间，足以改变一切。徐浩然从未在她面前表现过大喜大悲，此刻的他，到底是以什么立场来逼迫云威选择？

"亿盼，"程远拉了一下她的手腕，把她从沉思中拉了回来，"迟早会有这么一天，从十年前他离开时就注定了。"

"你知道他是谁吗？"颜亿盼回过神来，看着眼前一脸沉静的程远，问道。

"我看过你书架里的那本书，那时候没多想，以为是你的一个老师。直到那天，大乔把一张书签给我看，一模一样的字体，你妈妈以前说让你去看那个资助人，说的就是他吧。"程远到底是逻辑思维能力极强的理工生，几条线索外加老婆流露的情绪，他早已勾画出往事的大致轮廓。

颜亿盼点了点头："是他。"

"看来我的提醒没什么用，"程远轻叹了一口气，低声问道，"这份恩情，你要还吗？"

"怎么还？"颜亿盼红着眼圈，看着程远。程远也一时愣住了。

"他一直都这样吗？"程远突然问道。

"怎样？"

"就是一副救世主的样子，其实用心非常险恶。"程远丝毫不掩饰对徐浩然的反感。

"不，不是……他过去没有。"她看见程远愤懑和忧虑的眼神，一时怔然，口中讷讷地说道，"我希望对面的那个人不是他，也希望站在这里的人不是我。"

"也许他就希望你站在这里呢？"程远幽幽说道，让人无法判断情绪。

颜亿盼心里却猛地一跳，不知该如何回答，她此时看到门口乔婉杭、廖森和Eason下了车过来，也没再说话。

二人沉默着走下楼梯。

现在离报价最终确认环节还有不到二十分钟。

讲标室外面一棵光秃秃的榕树下，廖森、乔婉杭、蒋真、程远，还有律师Eason都聚在这里，坐在冰冷的石凳子上，圆形石桌上还有鸟屎和枯黄的落叶，不远处在这里上班的人行色匆匆。

这种情况极不正常，就和徐浩然那通电话一样，但即便这是一场恶作剧，他们也需要谨慎对待，确认是否临时修改报价，进一步说，确认公司未来的前途。

"这是不是他们使诈？"蒋真不愿相信现在这种局面，所有的一切看起来既荒唐又诡异。

"这份起诉书是真的。"Eason拿着平板电脑翻看PDF起诉书，"有签章，条款也都很明确，应该是准备了一段时间，不过并不完整，没有写具体侵权内容。"

"你们看了起诉金额吗？22.1亿美元，这就是让云威离开这个行业。"廖森看着屏幕，眼睛里全是愤怒的血丝，"让了这一单吧，至少还能活。"

程远坐在树荫下，手握拳放在膝盖上。

"得让到什么时候是个头？"乔婉杭对这笔金额也有些头疼，她手里的钱经不起再折腾了，她又看向程远，"再说，我们侵权了？"

"现在我们还不知道他们要起诉的专利有多少项，是哪几项，问题是Xtone在美国申请的芯片领域的专利达十几万项，云威用过的，都付了高额的专利费用，没付费的，我们开发出了替代方案，我现在无法肯定是不是踩线了，他们也需要时间来确认用了哪项技术，时间不会很快。"程远低头看着那份起诉书。

"徐浩然很肯定地说Xtone会起诉，他们也许早有准备。"颜亿盼说道。

"的确不好说……在这个领域，Xtone是先行者，很多技术都占了坑，不小心掉到他们之前挖的坑是很有可能的。"程远对这种情况并不意外，嘴角勾了勾，说道，"就算没有侵权，Xtone和那些芯片公司停止授权，对云威研发的打击也不小，这是我能告诉各位的现实。"

"他们凭什么发动其他公司一起对付云威？"蒋真问道，"那些公司不都是竞争关系吗？"

"如果没猜错的话，他们背后有一个组织，叫SIA，是关于半导体方面的协会，"乔婉杭想起了翟云孝的话，又转身对Eason说，"你帮我问问黎叔，这个SIA和THE还有那些芯片研发公司的关系……这个计划他们应该很早就有了。"

"真的要让？"蒋真万般不乐意地说道，这笔单子涉及他销售部未来五年源源不断的业绩，"这是逼我们公开放水？！"

"我们过去被Xtone压制得够狠了，现在有实力打败他，为什么还让着他？"程远说道，话说得像是在商量，可细听，语气里透着不屈的决绝。

"因为我们起步晚，"廖森点了一下有鸟屎的石桌，回答道，"你想和整个ICT领域做切割？让云威成为孤岛？别忘了，云威现在还不具备建立全生态的能力，咱们连芯片设计软件EDA都是人家开发的。"

"现在我们对他们的依赖正在逐年减少。"程远神色很冷毅地说道，但依然没有马上给出决定。

"程远，你不能只想着自己那个工程院，现在只是8亿的单子。"廖森露出他一贯的强势。

"8亿只是开端，以后还……"蒋真低声说着，但廖森皱眉看他时，他又低头不语了。

"这一次让了，无非就是云威早死还是晚死的区别，不让，我们还能搏一条生路。"程远说道。

大家又是沉默，冷风从四面吹来，可是每个人的脸都热得很，在这一群人中间，似乎烧了一团无形的火。

颜亿盼没有说话，眼睛看着地面，眼神有些失焦，忽然听到乔婉杭问她："他怎么还有你的私人电话？"

颜亿盼愣了一下，摇头不答，然后说道："他一年前也联系过翟董。"

"应该也给了什么威胁。"程远嗓子里有些难以压抑的愠怒。

"不让。"乔婉杭说道。

听到这里，廖森眼神眯缝了一下，一阵寒光转瞬即逝，他抿了下发干的嘴唇，说道："这个时候，不要感情用事，这个决策事关云威的前途。"

说到这里，颜亿盼和乔婉杭不约而同地看着他，"不要感情用事"这句话，颜亿盼也曾对乔婉杭说过，再次听到时，颜亿盼感到痛苦，乔婉杭的神色更冷了。

"我为什么不能感情用事，是我无能吗？"乔婉杭沉声反问道，接着说，"老规矩，投票表决吧，'不让'的举手。"

乔婉杭说完，一抬手。

程远也抬起手。

蒋真两手交握，拧紧，看了眼廖森，不敢举手。

廖森双手握拳，放在膝盖上。

平票。

门口数码中国和京强的领导站在那里等着这群人，吴凡给他们发来催促信息，时间不多了。

"你呢？亿盼？"乔婉杭忽然看了一眼旁边倚靠在树下的颜亿盼，问道。

"我也算里面？"颜亿盼脸色发白地看着乔婉杭，问道。

"当然。"乔婉杭看向她的眼眸亮晶晶的，说道，"你即便沟通此事，也应该

437

有自己的立场吧。"

程远看了过来，神色幽暗。

廖森也看着她，毫无期待。

颜亿盼曾一直都想参与到公司的最高决策，决定公司的发展方向，可不知为何，这个时候，她突然没有了力气举手，在她的记忆里，徐浩然从来说到做到，这不是牌桌上的虚张声势，是对你下狠手前的谈判。

要么让出市场，要么停止研发，你总得选一样。徐浩然毋庸置疑的说话语气再次出现在她脑海。

"我……弃权。"颜亿盼低低地说了一句。

98.傲慢

吴凡的催促电话打了过来，透过楼房的玻璃，他们能看到云威讲标的人站了起来，马上要进入下一个环节了。

"怎么办？"蒋真有些着急地问道。

"廖森，你说让，之后丢标的责任，你能承担吗？"乔婉杭直直地看着廖森问道。

"开什么玩笑，这不是共同决议吗？"廖森显然不能同意，因为这个责任太大，涉及太多人的利益，身为职业经理人的他，有自己的权衡。

"好，这个责任，既然你不担，就我担，"乔婉杭站了起来，"我说的不让。不就是打官司嘛，我倒要看看，能不能把我也逼得跳楼。"

廖森看着她，与其说是被惊到，不如说是被震撼到，最终没有再坚持。

众人站了起来，一同往里走。

颜亿盼落在后面，情绪无论怎么掩饰似乎都无济于事，乔婉杭忽然停下来，走到她身边问道："你怎么了？"

"没、没什么？"颜亿盼看了她一眼，又看向前面的台阶。

"是怕了吗？"乔婉杭注视着她，看出她现在的状态和早上完全不同。

颜亿盼抿了抿嘴，摇头。

"别怕。"乔婉杭轻轻抚了一下她的背，两人加快脚步往里走去。

乔婉杭、廖森和Eason都留在外面等待，玻璃房的竞标现场，专家进入了提问环节。

只有十分钟答疑时间，专家将会就每个人提到的方面进行提问。

这个环节，对他们每个人来说都是挑战，因为他们预想了很多问题，但并不能完全涵盖所有人的问题。

外国专家询问了厚皮几个芯片设计的问题，包括线程设计和功率、制程以及安全性能测试环境。

厚皮和罗洛交互回答，如两枚配合熟练的双核，无缝衔接。

"说说用在这款服务器上的DPU，我看这是你们方案里的一个卖点。"一位专家提问。

"DPU，Data Processing Unit，核心功能在于高效而安全地处理庞大的数据，并且不占用CPU的内存带宽，采用了开源指令集，更为异构，数据查询、加密解密都更高效，主要应用于服务器……"罗洛很专业地介绍着DPU。

"DPU就是CPU的小秘，高难度的CPU自己来，图形这种长脸的活儿由老婆GPU来，DPU就藏在后台帮他打理各种琐碎庞杂的数据。"厚皮做了通俗的解释。

"而且口风紧，心思单纯，不求上位，不占资源，可谓史上最贴心小秘。"罗洛也来了兴致，开启了讲相声模式。

下面有低低的笑声，程远干咳了一声，两人立刻收起人来疯的表现欲。

"你们这款DPU叫什么？"专家问道。

"玲珑。"程远回答道，"它非常小巧。"

专家在本子上做了笔记，他们落在本子上的笔触声，也微微触动在每个人心上。

项目管理方紧接着从技术问题跳到了管理问题："如何保证你后期供货的质量？智慧城市也是健康城市，在市场要撤回什么产品，损失财力是小，丢失了信用是大。"

这是在隐射去年资宁工厂铅超标的问题。

他们这一周的准备全部集中在技术上，颜亿盼也以为拜访过部委领导，他们就会忽略这个雷。

给他们思考的时间不多，颜亿盼却不在状态，这个问题，本应由她这个深入一线的人来回答，蒋真直接朝她看了过来，可此刻，她居然一时张不了嘴。

现场静默了几秒后，蒋真先回答了："我们对产业链进行了全面改革，把质检部门的合作体系由过去的链条式变成了工作间式，不是产品一个又一个流水线式的检查，不会造成A认为没问题，那么B、C、D就比较容易放松警惕的情况，而是四个人坐在一起，对一个产品多方位检查，才会进入下一个工作间。"

他的答案很偏理工思维，对方却并不甘心："那你们过去出问题，是因为放松警惕吗？"

空气有些凝滞，颜亿盼终于接过话头，答道："事实上，我们现在还在为那次事故买单，资宁工厂每年四亿的赔偿额不会允许它再有任何事故，在这种压力下，他们做的产业链管理和质量管理体系就格外可信了。当然最重要的是，参与竞标的公司，恐怕没有哪家企业经历过这样的反思和蜕变。"

三秒后，头顶上的一盏红灯亮了，他们的时间到了。一行人走了出来。

出来后，他们没有经过专家观察室，而是直接从侧门过道进了一个会议室。这里是商务处的工作人员和公证处的办事员，他们将在现场进行最后十五分钟的报价确认。

信息处处长拿着一枚红色信封，拆开来看，上面有乔婉杭和廖森的签字以及公司财务部的盖章，处长问道："这是你们的最终报价，对吗？"

"对。"程远回答。

"不改了？"

"不改了。"

"好。"处长说完，把报价单递给了旁边的部长，部长点了点头，他们当着第三方公证处的面，在上面盖了章，重新封了起来，看了看手表，在上面写了年月日，几时几分几秒，最后当着所有人的面，放在了公证处的透明箱子里。

对面，黑压压来了一群人，吴凡小声说道："国兴的团队。"

国兴的高管李琢目不斜视，只看着程远，程远看着他，礼貌地笑了笑。

两队擦肩而过。

"他认识你？"颜亿盼侧过头低声对程远问道。

"见过一次，也没怎么说过话。"程远说道。

"嗯，我看他一直对你挺有兴趣。"颜亿盼想到之前国兴试图挖过工程院的人。

"是对工程院有兴趣。"程远说道。

他们径直走到大门口，和乔婉杭等人会合，大家都不自觉地舒了一口气。

数码中国的工程师和他们每个人都握了手，说道："云威名不虚传！希望这次能合作成功！"

京强商量着结果出来后，无论成败与否，他们都要一起庆祝一下，喝酒、唱歌、蹦迪随便挑，互联网公司的年轻人多，以后还可以搞篮球、足球、羽毛球联赛。

只是他们发现云威的人此刻都只是笑着应对，兴致不高，于是分外佩服，觉得他们沉稳而深邃。

之后，几家公司便分别上车离开了。

回到云威，程远依然在办公室里整理这段时间所有智慧城市的资料，在准备下班的时候，却看到乔婉杭一直坐在他门口的沙发上，这层楼的人基本都走了，办公室里只有过道灯亮着，她坐在那里也不上前敲门，像酝酿着什么。

"怎么了，大乔。"程远问道。

"你在竞标室外面说的那些话，'应该也给了什么威胁'……是什么威胁？"

乔婉杭走近他时，问道，"我不想听猜测和推断，我想要确切的答案。"

"我给不了你确切的答案。"程远摇头说道，"因为我也不知道。"

"能把他死前，你所知道的，都告诉我吗？"乔婉杭抬着头，问道。

程远将她迎进了办公室，让她坐在沙发上，给她冲了一杯咖啡，自己坐在对面的椅子上。

"他自杀前一天晚上的确找了我，我们还吵架了。"程远语气淡淡地说道。

"为了什么？"

"不为什么，这种吵架持续了一两年，现在回想起来，只觉得是我不够理解他。"程远拿出烟，慢慢地点上，开了窗，吐出一口后，才开口道，"十年前，我答应他进入云威有个硬性条件，就是脱离现有指令集和生态圈，硬件上打破ARM和X86主导，在软件的开发上基于开源代码。这其实非常冒险，因为没有市场。但我也没有自大到完全不顾ICT领域的研究体系，所以，在工程院一直都是两条线并行。自主研发是我主抓，美国那边的授权研发是老翟主抓，我们偶尔也会交叉管理，总之，出成果是最关键的。"

"所以，他那条路没有走通？"乔婉杭这么说着，想到她刚来不久时，小尹告诉她程远和翟云忠在这个办公室的争执场面，当时翟云忠吼程远，说他一定很得意，他选的路是对的。

"事实上，他那条路不但走通了，还走得挺顺利，至少比我这条路顺利，有些芯片在国际市场甚至达到了惊艳的程度，你看过他在发布会上侃侃而谈的样子吧？"程远目光灼灼，眼底满是欣赏。

乔婉杭低声说道："这几年才开始看的。"

她回国这两年翻阅了有关翟云忠的一切，看过视频里的他，意气风发，自信满满。

"就是太好了吧，才引起了国际上的过度关注。"程远苦笑了一下，继续说道，"硅谷一直都有云威的研发基地，之前是他负责，几年前，他把硅谷的核心人员调到中国来，因为那时候，美方有人开始频繁接触那边的研发中心，打着调查的名义，不知道搞什么名堂，搅得我们这里也不安宁，几条产品线频频受阻。"

"我知道他死之前一直在关注美国那边的政治形势。"乔婉杭说道，刘江也提过翟云忠购买的书籍。

"老翟说，哦，不好意思，私下里管他叫老翟叫惯了……"

"没事，你说。"

"他说，美国那边什么也没查出来，就在前年，据说有人配合他们，搞出来点东西，我无法确定那个配合的人是不是徐浩然，后来，我从你这里知道，徐浩然联系过老翟，而他死之前半年也跟我说，THE有位故人能帮他。"程远的语气变得有

441

些沉郁,"但,你也看到了,帮助的结果……"

"你有没有想过会出现这个结果?"乔婉杭问道。

"我有时候觉得我其实一早就看出来了,有时候又觉得我糊涂得很,"程远说这些话的时候情绪有些波动,语气不太稳,他用力吸了一口烟,缓了一下后,又接着说,"到2019年的时候,他的状态变得很不好,每天都很焦躁,我们俩工作上的争执也多起来,我能感觉到他着急,可是有什么办法,人家研发了近半个世纪的东西,我们想要脱离依赖,全面赶超,哪那么容易?"

"从那年开始,"乔婉杭低声问道,"他拒绝了所有家庭团聚……"

"我应该猜到的……他那年从硅谷回来,约我去喝酒,我们两个人都喝得醉醺醺的,我骂他,说他脑子没在研发这儿,一遇到问题就怪我……我当时觉得很憋屈,很累。后来,他非要跟我签一个协议,说如果有新款产品出来,我可以带队离开,还说这是杯酒释兵权,我以为他是真要放弃研发,跟廖森去搞行政管理,后来才明白,他是怕自己不在了,没人护着工程院,会走不下去……"程远闭了闭眼睛,他感到头顶的灯光有些散,他的声音还在继续,有种强制压下去的沉郁感,他摁灭了烟,"年末,也就是他死前,我能推断的是,THE里有人拿研发授权和他交换什么……就像今天一样。"

"所以,他死了,也没把对方要的给他们。"

"我想是这样,或者,是他的死,让对手们觉得云威没什么反超的潜质了,给我们留了一些时间,才有了后来的千窍、玲珑……你看到的那些新产品。"程远说完,弯腰低着头,用手背拭了拭眼睛,眼角湿润着,他半天说不出话来。

程远说完又站起来,手撑在窗台上,低头等着烟散去,掩饰自己略有些激动的情绪。

两人都沉默了很久,窗外寂静一片。

程远用力吸了一口气,怅然一笑地转过身,看着乔婉杭:"我没想过你能接他的担子,他的离开……对你来说,太残忍了。"

"所以,我第一次去工程院,你连见都不见我,是不想给我这个负担?"

程远苦笑道:"没想到你还是来了。"

乔婉杭笑了笑:"……既然我来了,接下来,我会调用手里所有的资源来成就你的研发,官方说法应该是什么:建立一个以研发为核心的运营机制。"

"多谢,我仍将全力以赴。"

看来,徐浩然这次让他们屈从的谈判反而激起了他们的斗志。

程远说完,站了起来。

"两年前不行,现在一定行,对吧?"乔婉杭忽然笑了起来,眼里还闪着泪光,站起来问他道。

"两年前,只有我和他在坚持;现在,你来了,更多人加入了,你们的坚持,会让云威杀出重围。"

一天后,云威得到通知:智慧城市中标。整个公司都沸腾了。股价当天涨停。

吴凡并不知道其中原委,如同范进中举一般,先是在工程院门口挥舞着双手,让人给他开门,一路冲上顶楼,见到程远的时候,声音都抑制不住地变得沙哑颤抖:"程院长,赢了!我们赢了!"

"找时间约部里谈具体需求。"程远靠在椅子上,看着他。

"不是,程院长,您这反应是不是忒平淡了。"

"吴凡,记得请我手底下的人吃大餐。"这句话,似乎是他表达欣喜的极限了。

"那还用说!"吴凡说完,长长地吁了一口气,"Xtone技术先进是没错,不还是输了吗?他们对中国市场还是缺乏深入研究,后来,我听说了他们方案的一些情况,太不接地气了,就想着把自己那些放之四海而皆准的技术方案改改就卖给本土企业,能行吗?不行啊!无知啊,无知。"

"不是无知,"程远摇了摇头说道,"是傲慢。"

吴凡目不转睛地看着他,没有说话,似被点透,接着仰天长笑大步走出办公室。出来后,他用尽了全身的力气拍在了罗洛、小尹和厚皮的肩膀上,连几位女士也未能幸免于难,几乎每个人都没躲过,不得不转动肩膀缓解这突然袭击带来的震惊和酸麻。吴凡几乎是吼着说:"晚上吃大餐,叫上你们项目组,地儿随便挑!"

待吴凡离开后,组员们欢腾着又去找程远确认这个消息,推门进去时,发现程远居然在沙发上睡着了,睡得那叫一个香啊。

一只手落在地上,一只鞋踢飞到窗台下边。

当天的深夜,颜亿盼还是给徐浩然去了一个电话,阳台上风声四起。

"老师,我无法说服他们。"颜亿盼的声音里莫名透着歉意,她痛恨这种歉意。

"没关系,说服不了就承担接下来的后果。"徐浩然答道。

熟悉的句式和语气,却有着完全不同的感觉,过去是安慰,现在成了威慑。

第十六章 变局

99.赵正华

　　赵正华的办公室阳光明媚，大大的落地窗俯瞰着城市中心，但此刻的他却无心看风景。

　　他办公桌的对面，乔婉杭左手撑着下巴，倚在沙发扶手上，右手做了一个"三"的手势，笑着问赵正华："你三我七，怎么样？现在这个比例是不是听起来很诱人了？"

　　她笑起来的眼睛细长，给人自信洒脱之感，但细看又像蛇蝎美人一般。之前说投入资金，想占股云威工程院70%，后来随着时局的变化，他又打算改成50%，到此刻，变成了30%。

　　赵正华拿着紫砂杯的手不停地发抖，想让她滚出去，却又没有力气，他突然挺直了身体，睁大了眼睛，再低头一看，沙发上是空的，他做了一个梦而已。

　　电脑桌面是新浪科技版头条新闻：云威发布"玲珑"DPU，重新定义云端存储。他关掉了这条新闻。

　　这个时候，乔婉杭恐怕连30%都不会给他了，云威自从拿到智慧城市项目，俨然成为行业翘楚，未来可期。

　　他抚了抚额头，人算不如天算。

　　乔婉杭的那句话又萦绕在他耳边：我原谅一个人的方法只有一个，就是打败他。

　　天真而又残忍。

门被推开了，李琢走进来说道："冥思芯片公司的IPO申请被否了。"

"因为智慧城市项目？"赵正华拿起紫砂杯，放在嘴边刚要喝，又厌烦地放下了，梦里某个场景再次闪现在他脑海。

"这是过会的评估表。"李琢没有回答，而是把评估表递了上去，"也跟这几年的业绩有关。"

"这云威怎么出了一个又一个，咱们这么多年还是撬不开市场。"赵正华把评估表摔在桌子上。

"云威从1988年就开始了自主研发，熬了这么多年，也差不多要出来了。"李琢说道。

赵正华看了他一眼，说道："我们也熬了小二十年了。"

"我们的投入远远不够。"李琢回答。

赵正华点了点评估表："按照批复意见，一条一条改，明年接着申请。"

此时赵正华电话的红色小灯闪动，他接起来后听到秘书说："云威的乔婉杭女士问您这周有没有时间和她共进晚餐。"

赵正华眉头一蹙，说道："她想谈什么？"

"她没说，只说时间和地方都由您来定。"

"好。"赵正华一笑，挂了电话。

"这乔婉杭原来也会屈尊降贵？会是什么事呢？"赵正华挂了电话，问李琢。

"说不好，不过，他们肯定会借着智慧城市扩充版图的。"李琢斟酌着说，"谈合作吧。"

"合作？"赵正华冷笑了一声，声音很低地说道，"她以前提过想买我们的冥思。"

他看向窗外的高楼，眼睛眯了眯，那天在云威年会最后一支舞曲，是他们之间距离最近的一次。

李琢眼神中闪过一丝惊诧，沉默几秒，又恢复平静，说道："人心不足蛇吞象，她想归想，国兴的市值是她二十倍不止，冥思的平台怎么说也比云威大，怎么可能舍大取小。"

"研发这一块还是要跟上啊，不然后劲不足。"赵正华眉间锁成两道深痕。

乔婉杭从办公室出来的时候，已经快五点了，颜亿盼正在门口等她，装束明丽，她穿着一件红色羊绒风衣，里面是驼色的毛衣，温柔又大气。这段时间，她不似之前那般意气风发，她过去心机虽深，但都好好地藏在那温暖宜人的笑容中，此刻笑容虽在，却给人心事重重的感觉。

"徐浩然最近没给你电话？"两人一同上了车后座，乔婉杭问道。

"没有了。"颜亿盼摇着头,眼神微微一黯,"……不知道下次是什么时候。"

"做生意的,都是头顶上悬着各种刀子,资金链断了啊、政策限令啊、劳工纠纷啊、官司啊、网暴啊……可大家都在这些刀子下干活。"

"嗯,我懂。"颜亿盼淡淡地一笑。

"赵正华和Xtone走那么近,会不会知道起诉的事情?"乔婉杭又问了一句。

"我不确定,要跟他说吗?"

"你说呢?"

"他不知道就不说,要说了,接下去还怎么谈?"

"行,他以后要是知道了,你来灭火。"

"灭火不行,灭口可以。"颜亿盼说完,两人笑了起来。

前路朝西走的太阳染红了半边天,春暖花开,车在市区缓缓前行。

车开向了市区最大的森林公园,这一片周边没有高楼,古树倒是不少,绿茵、树影和阳光交错在路上,构成一幅印象派画作。

两人下了车,顺着旁边的红墙小道往里走,来到一个中式牌坊下,上面写着三个字:今朝会。

走进去后,里面一个穿着复古深衣的年轻男人在等着,颜亿盼说了"国兴"二字以后,对方便明了地在前引导。

这里借鉴了苏州园林的设计方式,院落景致随路径或隐或现,隐匿于绿植中的小桥流水把亭台楼阁区隔开来,每个院子和红楼梦里的大观园似的各有千秋,不过不叫潇湘馆、怡红院、稻香村什么的,起的名字也古雅得让人难以记住。他们穿过一条鹅卵石小径,迈过一座小桥,走过两个月洞门,经过的地方分别有:银河落九天、烽火扬州路、桃花笑春风。不同院子的植物也很有讲究,或有小瀑布,或是竹影,或是红枫,或是樱花。据说,里面每个院子一天就接待七桌,至少三个月前就得预定。

他们就这样来到了一扇黑色大门前,引他们过来的男人也不敲门,就直接退了出去,转身便见不着人影了。颜亿盼不知道是应该像古代女子那样叩响铁门环,还是像申冤的人一样去敲挂在外面的一面鼓。

"直接推就行。"乔婉杭在她身后说道。

颜亿盼用力一推,门很沉,但是双扇门被推开后,里面的景象倒是敞亮,一块奇石头刻着篆书"萧瑟处"。据说,这个地方是留给城中少数贵客专用的,旁人即便想订也订不到。

"贵客有请!"一个高亢而又喜庆的声音传来,颜亿盼试图寻找声音的出处,发现对面是个穿着汉服的美丽女子,正纳闷这女人的声音怎么这么尖锐,忽然看到左手边有只黑色的鸟，脸旁是黄色的羽毛，像画了大花脸一般，正歪着头也不知看哪里，动了动脑袋，又发出一声："贵客有请！"

"有请，有请！"另一边一只绿油油的鹦鹉跟着喊道，脚踩在铁架子上，小步朝里头的方向挪动着。

颜亿盼看着这个觉得有趣，忍住了要逗鸟的冲动，跟在乔婉杭身后。旗袍美女走了过来，笑着说："乔女士，您走这边。"

"那黑色的鸟是什么？"颜亿盼低声问旗袍美女。

"鹩哥。"美女小声说道。

"这鸟是什么时候来的？"乔婉杭问道。

"就今年春节，老板调教了一年才放这儿。"旗袍美女说道。

"你来过这里？"颜亿盼小声问乔婉杭。

"几年前来这里过了中秋。"

"家庭聚会啊。"

"嗯，我们家最后一个中秋。"

颜亿盼侧过脸看着她，还没来得及接话，就见乔婉杭淡然一笑，说："晚上来的，除了个大圆月亮，什么也没见着，没有今天漂亮。"

"嗯，这里很美。"颜亿盼说道。

二人弯弯绕绕走过了一个又一个亭台，女人走在前面带路，二人在后面跟着，耳边传来了一些好听的凄凄婉婉的歌声。

前方是一个圆形的木门，两人停下脚步，推开门，里面飘出一股淡淡的丁香花的香味，眼前繁花似锦，天边夺目的火烧云将这个小院落镀了一层金色。

一段唱词飘然而至："梦短梦长俱是梦，年来年去是何年！"

在院子的一侧，两个人都站了起来，一个是赵正华，身后一步左右的是李琢。

赵正华大步走上前，伸出了手。乔婉杭也伸出手，握了上去。

"再次见面，别来无恙啊。"赵正华声如洪钟，不知是不是受这环境影响，问候起来居然也文绉绉的了。

"跨越了整个冬季，你有没有想我啊，大伯。"乔婉杭的笑意从嘴角漾开了。

"哈哈哈，一直在想你啊。"赵正华听到乔婉杭叫他大伯，仰头大笑起来，手一抬，引着她到一个古旧的四方桌前朝着舞台的座位，说道，"请坐。"

四方桌子上有各色茶点，这个时间已经到了饭点，但没有上菜。桌子上带着浅色方碟上的茶点几乎分毫未动。

服务员将茶水撤了下来，换了新的茶壶，正要给赵正华倒茶，他接过茶壶，给乔婉杭倒了一杯茶。

他们二人对面坐着，颜亿盼和李琢也分坐在两面。

447

"这次资宁工厂出的那件事，一直没来得及给你道歉。"乔婉杭说道。

"你们解决得很好，我听说了，工厂还能正常开工，厉害。"赵正华举起了大拇指。

"你没有催我赔款，给了我宽限周期。"乔婉杭笑道。

"那是因为你们给了工厂宽限周期，我很欣赏这种做法，所以，我告诉财务，以你这边方便为主。"

乔婉杭抿嘴一笑，给了他一个抱拳的感谢，接着说道："也是因为这样，我突然觉得你是一个很好的商业伙伴。"

"哦？还有得谈？"赵正华饶有兴致地问道。

"大伯还想怎么谈？"乔婉杭低头喝了一口茶问道，"我都奉陪。"

赵正华眼睛眯了眯，李琢看着乔婉杭的眼中颇有戒备。

台上已经开始唱《闹天宫》了，音色昂扬地打破了这庭院中的黑暗，仿佛是世间唯一的亮光。

四个人谁也没有说话，乔婉杭此刻更是悠哉游哉，看着登台起舞煞是威武的孙大圣，她不自觉地仰着头，跟着哼了几句："前山一战威风浩——花果山声名不小——排雄阵——"

赵正华和李琢的目光同时从台上转向乔婉杭，赵正华说道："你唱得很起范儿啊！"

乔婉杭偏头看着赵正华，笑了笑，说道："我妈是票友，我也跟着票一票。"

说完她吃了一个荷花酥，眼睛一眨不眨地看着台上的表演。

"亿盼，我们从第一次见到现在有一年了吗？"赵正华转移了话题，看着颜亿盼笑道。

"正好一年，资宁工厂就是三月份开工的。"颜亿盼说道。

"这一年还好吗？"赵正华问道。

"您算得很准，我这一年波折不少，但也总算是化险为夷。"颜亿盼说。

"你还会算命？"乔婉杭颇有兴致地回过头看着赵正华说道。

"会一点，要不要我给你看看。"赵正华抬起右手。

乔婉杭拍了一下他的手掌，然后收回手，往椅子上一靠，说道："我不信命呢。"

"哈哈哈哈，我看你这个人，不受命格控制，不受环境左右，也用不着算。"赵正华说得颇为开心。

乔婉杭也笑了笑，却说："我倒没觉得自己这么洒脱。"

台上的打戏换成了一问一答的台词，声音也小了很多。

"你找我到底什么事？"赵正华还是问了，他和市面上的大佬不同，不是一个喜欢和人打太极的人，凡事都是直指目标。

一位服务员在一边廊道上端着酒瓶，另一边入口有人端着冷盘，对方颇有眼力见儿地看向颜亿盼，颜亿盼用眼神制止了他们上前。

"今天，我们讨论一下，七三开、三七开，还是五五开。"乔婉杭眉眼含笑，抬头看着赵正华，这个眼神和那个噩梦般的场景重合了。

"那你说呢？"赵正华凝视着她，问道。

"以工程院现在的估值，三七很诱人是不是？"乔婉杭笑道。

赵正华脸上闪过一丝寒光，诧异、担忧、警觉瞬间涌上来，他一时怀疑自己在梦境里，舞台上的花花绿绿是幻境，咿咿呀呀的声音尽是不真切的呓语。

"我本来计划把工程院单独拿出来上市的，我想，以它的底子，比你的冥思容易过会。"

赵正华的脸僵了僵，问道："你不会是专程过来炫耀的吧？"

"可我的确是赢了啊，"乔婉杭仰头笑了起来，"你之前一直想要五五开，我猜测你是想要工程院的控制权，不过，咱们都要面对现实，这个控制权以你现在的资金是买不来的，即便把你的冥思卖了，也拿不到，何必费心给我作嫁衣呢。"

"你尽调做得不错嘛。"赵正华说道，脸色已然不好了。

"你敢暴露野心，我自然也要做些防备。"乔婉杭低头喝了一口茶，"你想要我的工程院，我也想要你的冥思，但好像我的胜算更大些。"

"那我们试试，最后谁赢谁输！"赵正华说完，站了起来。

李琢也跟着站起来，颜亿盼抬头看着二人，喝着茶，倒是一副很有兴致的样子观看战局。

乔婉杭也站了起来，手掌向上，四指朝着端着红酒的美女勾了勾，美女立刻走了过来，乔婉杭拿过醒酒器，给自己倒上酒，缓缓说道："你差点挖走了工程院，我打败过你，你也帮过我，我不计较你之前的算计，也不再和你论输赢，只想和你从长计议，不知道你愿不愿意？"

乔婉杭说完举起了酒杯。

100. 新的布局

天边的火烧云不知何时换成了一抹暗红，身后的灯笼被衣袂飘飘的女人们点上了。

落日和灯笼的光晕交错在这个女人脸上，有着某种决然不悔的意味。

事实上，他再次见到乔婉杭时，发现她和之前有了差别，虽还是不急不躁，谁也不怯的样子，但曾经的她，给人一种无形的冲击力，那是来自她骨子里某种对抗的力量，现在这种力量藏得极深，她本不太爱笑，加上某种不吝不畏的魄力，言行举止逐渐流露出让人屏住呼吸的风度。

明明身处纷乱，怎会如此从容？赵正华心中暗想。

赵正华犹豫了片刻，乔婉杭给他也倒上了酒，两人一碰。

乔婉杭再次请他坐下，待他坐下后，她也坐下。

乔婉杭说道："这次来，是想告诉你：我可以接受你的资金，也可以接受冥思技术入股，估值比例，由第三方评估，真到了五五开，我没有意见。"

赵正华蓦地瞥见女人耳垂上绿莹莹的宝石，这是魔鬼的引诱吗？他无法拒绝，从之前的猜忌、愤怒，到现在的惊喜，情绪的起伏之间让他有些害怕，他问道："嗯？你想明白了？"

"是，我没你想的那么油盐不进，我知道让工程院强大，缺的不是钱，是资源、人才，还有生态环境。"

"合并在你云威名下？"赵正华问道。

"合并到工程院下面，程远管理。"乔婉杭见赵正华眼神一凝，旁边李琢身子也挺了一下，似乎很多话涌到嘴边想说，她抬手先阻止了他们，笑道，"你听我说完，我懂金融，但不懂技术，当了两年的学徒也只能算刚入了门，所以我知道工程院未来的价值有多高，也知道未来的路有多难走，你不是想要控制权吗？我分给你，除了以上说的，由你委派一人做云威的CEO。"

"CEO？"赵正华和李琢同时说道。

"廖森？……他知道吗？"赵正华问道。

"廖森是个很了不起的CEO，但他不适合云威，我听说你很欣赏他，不知是否可以给他一个好的去处？而过来的CEO必须是技术出身，而且在业内能和工程院一起，带领研发团队突破技术难题。"

赵正华沉思几秒，笑道："你很敢。"

"我还有更敢的。"

"说来听听。"

"公司有一个董事会的席位，我希望能留给你，大伯。"乔婉杭眼神中满是诚意。

"为什么？"赵正华说道。

"因为我看中的不是你的钱，而是你这个人。"乔婉杭目光灼灼地看着他，说道。

"我的好，你发现了？"赵正华神色稍缓，也半开玩笑地说道。

"是啊，和你交手了几次，发现你的手腕很对我的胃口。"

赵正华大笑起来，两人在这笑声中，恩仇都成了云烟。

"你说的条件非常诱人，诱人到我现在就想答应，但你认真告诉我，乔婉杭，

450

你想要什么？"赵正华收起了脸上的笑容，说道。

"我想要云威的研发在世界上立稳脚跟，成为那个不可撼动的强者，不再受制于任何资本，不为任何政治左右。"乔婉杭声量不大，却极为镇定，这句话显然也戳中了赵正华的心。

"好！"赵正华说道。

"别急着答应，"乔婉杭说道，"你有一个月的时间考虑。"

"我们可以下周就签意向协议，为什么要一个月？"赵正华说完看了看李琢，李琢也不解地摇头。

乔婉杭说道："尽调、评估、高层表决，我想您之前已经做过，但我还是想给你有一个月的考虑期，以应对任何变故。一个月以后，智慧城市项目正式启动，无论您答不答应，我们都是朋友。"

"好，与你成为朋友，此生有幸。"赵正华手一挥，让人开了一瓶红酒，四人倒上，碰杯。

台上的节奏激昂，旋律简单，让人心绪跳跃。

酒酣人醉，京剧不知道什么时候停了，台上空无一人。这个庭院寂寥而美丽，春风吹过，让人惬意放松。

一行人散去。

乔婉杭和颜亿盼喝了酒，在森林公园的路上散着酒气，车缓缓跟在她们身后，森林公园里静谧无比，新长出的绿叶在风中摇曳。

"你给他一个月时间？"颜亿盼好奇地问道，"你明明下周就可以定下来，他也等了很久，一旦签了，Xtone再对付我们就会顾忌国兴的全球市场了。"

在她们见面之前，公司内部已经反复论证过，这对双方都是有利的。公司董事会的高级顾问们都说是天时地利人和，宜早不宜迟，他们的考虑主要基于云威现在的股价和市场行情，在谈判中处于绝对有利的位置。

"以后我们会是长期合作的关系，有些事，他知道了也能有个准备。"乔婉杭说道。

"我担心他会反悔，现在还只是我们五个人知道。"

"你以为你不说，他就不会知道？"乔婉杭淡然一笑。

"可这正是他追着我们跑的时候，一切未定，等一切定下来，我们两家的位置就不同了。"颜亿盼不无担忧地说道，"云威和国兴一旦签了合同，先不说Xtone会不会起诉，即便真的起诉，大伯再想撤资，会顾忌业内人对他的看法，我们需要这个后盾。"

"你这心机啊，还好算计的不是我。"乔婉杭笑了起来。

颜亿盼怔了几秒，勾了下嘴角，说道："是谁之前还说要灭口的，你一拖一个月，变数陡增，我怕我灭口都灭不过来。"

"灭不过来就不灭了，我就是想留给他一个反悔的时间，看他是不是个有胆量的人。"乔婉杭说道，"这一个月，我也想知道徐浩然的虚实，你帮我探探。"

颜亿盼轻轻一点头，两人静静地往前走。

"徐浩然和你记忆中的有变化吗？"乔婉杭忽然侧过脸问道。

路灯和大树交错在单行道的两边，投射着张牙舞爪的影子，裹挟着前行的二人，颜亿盼脸上有一抹叫人看不清的忧愁。

"没什么变化吧，他离开那天，我觉得他早有准备，"颜亿盼的声音很低，叹息一般地说道，"现在也是，早有准备，还准备了十年。"

"可现在的云威也不是十年前的云威了。"乔婉杭的语气里透着一股子傲然。

廖森曾经在翟云忠死后，读到过一篇点击过十万的商业报道，内容大致是揭秘云威内部管理层问题，那位记者颇有书生意气地写道：

> 翟云忠心中是理想，是让云威在科技领域登顶的理想；廖森心里永远都是野心，是他自己要登顶的野心。
>
> 二者有什么区别吗？在和平时期，没有区别，但在这个纷繁的局面中，差别就大了。
>
> 理想是对内，野心是对外。前者会不断增强自己团队的力量，而后者会把发力点放在外界。前者更容易处变不惊，不为外界所左右；而后者稍有风吹草动，便岌岌可危。对于企业管理而言，无论哪种，管理者都可以接受，如果互相配合，能让云威所向披靡。但这种矛盾终将无法调和，两人对云威的定位有着本质的差别，在这个危急时刻，这个差别只会造成内耗。
>
> 但理想的力量大，还是野心的力量大？翟云忠的死并非故事最终的结局，云威的走向才是……

在廖森看来，以上都是无稽之谈。他一直认为自己脚踏实地，遇到问题，就解决问题，美国有句谚语是："There is a will, there is a way."。

他认为这句话应该反过来："There is a way, there is a will."。

什么路都是人蹚出来的，而不是做梦梦出来的。

他作为职业经理人，要确保路能走通，然后你的老板才可以到处演讲说，"人还是要有梦想，万一实现了呢？"甚至还可以到处说，"我不喜欢钱，我甚至后悔选了这条路。"

这种话，都是骗鬼的，只有没闻过战场血腥味道的人才说得出口，或者说出来的时候，他们已经洗干净手上岸了。

廖森没有上岸，他没那么幸运，很少向人低头的他，面临了职业生涯中最大的一次挑战，随着智慧城市启动，工程院的核心地位加强，他的影响力在萎缩，董事会主席的位置被乔婉杭那个永久席位挤压，他也被逐渐挤出核心决策层。此刻的他，正在进行休闲活动，但内心却并不清闲，他看着赵正华拿着高尔夫球杆，算着挥杆的角度。

他听说了乔婉杭和赵正华的密会，也从法务、财务那里了解到赵正华的资金要进入的消息，至于细节，他无从知晓。

他从来不会等待，他计划在赵正华进入云威之前，给自己寻找到一个可靠的支撑，他想，赵正华的到来，将是他的下一个春天。

他此刻看着高尔夫球场复杂的地形，低头弯腰紧握着球杆，瞄准了目标的洞。

"人家已经把那几个洞给占上了，我错过了时机，但输赢还没定。"廖森说完，挥了一杆，球进了不远处靠近边线的洞。

他的下一个球在一个小山坡前，中央还种了一棵树，这种状况基本没有进球的可能。

"廖森，你遇到AGC（Abnormal Ground Conditions，异常球场状况）了。"赵正华撑着球杆倚着身体，看着廖森，指了指山坡后的洞，"没办法，那个洞如果你不占上，这一轮，就出局了。"

廖森上前看了看球洞，脸色很冷，低下头，用力挥了一杆，球杆把草地上的土都掀起来了，球飞了出去。

赵正华看着滚进洞里的球，鼓了掌，身边其他球友也跟着鼓掌。

"我就是一个陪玩的，您说要进哪个球，我想办法进就是了。"廖森说道。

赵正华收了手掌，笑道："难得。你是个一心登顶的人，也愿意跟随人后？"

"那也得看跟在谁后面。"廖森看着赵正华说道。

"你用不着跟在任何人后面，这里你也别恋战了，"赵正华说道，"我有另一个果岭，更适合你。"

廖森收起了球杆，脸上的血液瞬间凝固一般，侧过脸看着赵正华。

"去吗？"赵正华拿着毛巾随意地擦着球杆，看着前面的小山丘问道。

101.理想就一定高贵吗？

这一个月里，似乎什么都没变，但什么又都变了。

乔婉杭正常去工程院开会，工程院的小组开始统计智慧城市项目在未来五年将要涉及的研发专利。

颜亿盼开始习惯性地看手机，并且不错过每一个电话。

廖森正常上班，开会，批复文件，但是听说在几次业务会上，他状态不太好，有一次还因为某个业务部主管汇报工作搞错数据大发雷霆，中断了会议，还大骂对方："吃里爬外，觉得我老眼昏花，可以被敷衍了吗？！"

这种局面导致主动去乔婉杭办公室汇报工作的管理层员工增多。

三月底的某天，该来的还是来了。

Xtone的起诉书除了发给云威法务部，还面向媒体发布了一份，Xtone起诉云威芯片设计专利侵权，三项技术集中在基站FPGA专利侵权，起诉金额为22.1亿美元，和徐浩然说的数一样，一分不多，一分不少。

而侵权的起诉书也是那一份，不过是完善了起诉的专利内容。

"这次专利侵权集中在智慧城市应用的技术上，"高层会议上，蒋真翻看着这份起诉书，极为轻蔑地总结道，"真是输不起！亏我们之前一直把他当前辈一样尊重。"

"他"指的是Xtone。Xtone在多个技术领域上确实领先，但是这几年，也在被后辈赶超着。

"他们这是在立威，"Wilson说道，"拿不到智慧城市项目，让你也没法顺利执行这个项目。"

"应诉吧，判定专利侵权也不是凭他们说了算的。"乔婉杭倒没太多紧张。

"客户来函，要求我们不要用有争议的技术。"颜亿盼说道。

"这不是还没有判决吗？"黄西反问道。

"等判决下来不就晚了吗？"汤跃答道。

"这项目还怎么做？"吴凡说道。

"也许国兴的订单可以说动他们，下手不要太狠，给别人留条活路，也给自己留条退路。"Wilson提议道。

"国兴恐怕不会插手此事，至少不会在这个风口上搅和进来，"一直沉默着坐在首席位置的廖森终于开了口，看了一眼乔婉杭说道，"他们到今天也没有说过要和云威合作。"

离他们上一次见面已经过去三周了，现在怎么看都是云威一头热，法务、财务，甚至董事会都准备接纳新的股东，但那边没了声音。

散会以后，大家都从旁边的员工电梯下了楼，乔婉杭从会议室缓缓出来，朝着翟云忠办公室方向的电梯走去，忽然听到身后传来廖森的声音："你等一下。"

乔婉杭回头，看到廖森大步向她走来。

"那天我见了大伯，没想到你动作那么快，"廖森面色不善地笑道，"这么急着让我走？"

"怎么样，他给你的位置满意吗？"乔婉杭嘴角带着笑意，眼眸中看不出情绪。

"当然满意，可惜，我走了，赵正华也不会过来了。你现在卸磨杀驴可不是好时机，看看眼下，这就是个死局，你根本熬不过去。"

"不，不是死局，这恰恰是我们接近胜利才会出现的情况。"乔婉杭依然不为所动，一脸沉静。

"哈，你倒是比翟云忠乐观，"廖森冷笑了一声，"不过，我也看出来了，你尝到权力的滋味了，我在这里碍着你发号施令了。"

"你说的也没错，"乔婉杭低头沉思了几秒，然后抬头看着廖森，语气十分真诚地说道，"或者我更想看看，翟云忠之前想走，却没走完的路是什么样的。"

廖森怔了一下，乔婉杭也不想多争辩，便转身朝前面走了。

二人站在顶楼的中心位置，这也是他们第一次见面的地方，左边是翟云忠的办公室，右边是廖森的办公室，头顶的天窗投下一抹黯淡的天光。

廖森抬头看了一下头顶的这片天，光落在脸上，他却觉得十分灼人，真的是这个结局吗？他内心不断问自己。

忽然间，廖森不管不顾地冲着乔婉杭大声说道："别以为他的理想就有多高尚，而我追求眼前的利润就有多低贱。做企业，不是殉道，凭什么你们天天抬头做梦，我却要低头抠着每个项目，算收入支出？我也受够了！"

乔婉杭闭了闭眼睛，深吸了一口气。

廖森火气还没消退，在她身后愤恨不平地说道："乔婉杭，我告诉你，你现在正拉着整个云威给翟云忠陪葬！"

乔婉杭转过身去，走向廖森，她眼睛里布满血丝，抬眼看着廖森，沉声问道："知道之前我为什么不动你吗？"

迎面而来的压迫感冲淡了廖森脸上的愤懑，他意识到，这个女人不是两年前初次站在这里那个无所适从的家庭妇女了。

廖森低头看着她，强自镇定道："那是你没有实力动我。"

"不，"乔婉杭摇了摇头，说道，"我知道你是个不服输的人，不然你不会在前董事长离开的时候，还一直苦守坚持，云威的股份你可以留着，也可以趁着现在行情好卖了，这是感谢你的坚持，我替云忠，替云威的每个员工谢谢你，没有你，云威熬不过那段时间，那个过渡期，你做出了一个职业经理人最好的业绩：让云威活了下来。"

她的语气温和而诚恳，有一股不容置疑的力量。

廖森眼圈一下子红了，冷声说道："不要说这些冠冕堂皇的话……"

"让你离开，不是你做得不好，是因为这家公司不需要第二套战略。"乔婉杭语气坚定地说道。

"第二套战略？"廖森眯缝了一下眼，不客气地说道，"你想走的路，恐怕现实不允许。"

乔婉杭朝他笑了笑，云淡风轻地说了一句："走走试试吧。"

说完她转身朝着过道尽头的电梯走去。

留下廖森一人在长长的过道里，无法释怀。

乔婉杭走到电梯口，发现颜亿盼正站在过道窗台边等着她，她反手支着窗台，脸上挂着温和的笑容。

乔婉杭走上前问道："你是不是在想，如果之前和国兴签了合约，赵正华可能会出面帮Xtone和云威做协调。"

"开会的时候是这么想的，"颜亿盼也没避讳，"不过，做生意都是利益优先，他现在的态度转变，我能理解。"

"我有时候想，我可能不适合做生意。"乔婉杭怅然一笑。

"没有人比你更适合。"颜亿盼笑道，"有自己的节奏，不被旁人左右。"

乔婉杭听到这个夸奖，有点受用，笑道："应诉的事情，你来协调吧，主要是工程院那边，Eason下午过来，他去了趟美国，打听到一些情况，应该会有帮助。"

工程院的办公室，技术专家们开始讨论起诉书上那三项技术是不是抄袭了Xtone的技术。

"他们起诉的这些专利内容，我们都做了论证，现在给大家做个简单总结，"罗洛在投影上显示了Xtone起诉的专利项，介绍道，"提起诉讼的所有专利是在十年前启用的，十年后我们有了数不清的迭代和创新，但芯片技术早期都有同源性，包括指令集、布线、算法等，换句话说，我们很难证明这是不是模仿了Xtone，因为Xtone也在进化，难免会有交集，但是他率先使用了，专利就是他的。"

"也就是说，徐浩然十年前应用了这些技术，所以，他通过Xtone来起诉自己在云威的技术应用？"乔婉杭说道。

"对，虽然无耻，但有效。"程远评价道，"我们很难在法庭上说清楚是不是来自Xtone。"

"他到底要干什么？"乔婉杭有些不耐烦地说道，"帮Xtone把自己的老东家干掉？他哪来那么大怨恨？"

"也许不是出自怨恨，而是某种认知，甚至是信念……"颜亿盼说完，发现程远神色冷峻地看向她。

乔婉杭不解地说道："什么认知，什么信念？"

颜亿盼摇头，垂眸说道："我只是不相信一个人的怨恨持续了十年，还能如此冷静地布局。"

事实上，她觉得怨恨这个词和徐浩然很不搭，他这个人通读古书，极懂兵法，在做任何决策时都不会被情绪左右。

"他大概就是觉得云威没有他活不久吧。"程远冷笑道。

乔婉杭转头问Eason道："那个THE到底是做什么的？"

"THE是替半导体协会做事的，协调各个企业的合作与竞争。"Eason把最新调研情况说了。

"我们搞芯片研发，怎么又会扯上他国协会？"厚皮很不解地问道。

没有人能完全解释这个问题。

"你看看新闻。"厚皮旁边的赵工小声说道，"这是全球战略制高点的争夺。"

"那关我们什么事？"厚皮却不打算把声音压下去，说道，"我们的核心是民用，又不是军用。"

"先解决这次诉讼吧。"Eason把问题拉了回来，"我们美国的律所在联系Xtone的高层，看有没有别的方式来和解，Xtone这么做，也会影响它在这边的市场。"

会议回归到每一项专利的验证上，确认云威有没有与之相关的专利在中国提前认证过。

一项一项追本溯源地寻找极其费事，一直持续到凌晨才结束，程远和颜亿盼才一起下楼回家。

102.二心

"徐浩然要回国了，美国的那个研究组都传开了。"程远开车的时候说道。

"是吗？"颜亿盼坐在副驾驶，看着窗外，倒没多少惊讶。

"你听说了吧？"

"……嗯。"

"他跟你说的？"

"我也在这个圈子待了十年了，他不说，我也能知道。"颜亿盼笑了一下。

"他会来找你吗？"程远看似无意地问道，但那颗心不受控地吊了起来。

"我不知道。"颜亿盼的回答没有那么肯定。

程远沉默了几秒，继续问道："他跟没跟你说这十年他在做什么？"

"他怎么可能跟我说？"颜亿盼回答的时候有些烦闷，但也察觉到程远沉默中的某种情绪，她补充解释道，"他算是我的长辈，很多事情，我没办法去打听。"

"大乔调查了他，"程远知道问不出更多东西，无法判断是颜亿盼真不了解，

457

还是故意隐瞒,他轻叹一口气,说道,"他离开云威以后,去了德尔塔公司,这是一家Xtone和航天局的合资企业,他带队负责航天局的FPGA芯片研发,后来经过一位政府议员的介绍,成了THE的资深顾问,他也是幕后智囊团成员之一。"

"经历这么复杂?"颜亿盼眉头蹙了蹙。

"不复杂,他一直都是做战略层面的芯片研发。"

"在商界取得成绩是不是都得往政界发展啊?"颜亿盼问了一句,又闭上眼睛,头朝着窗外,像要睡着了。

"有些人总是喜欢往更高的平台跳。"车内静谧无比,程远说道。

"你不是吗?"颜亿盼侧过脸说道。

"我自己就是这个平台,"程远笑了一声,说道,"我要跳了,就是地震。"

"不是每个人都有条件做自己的平台。"颜亿盼靠在车座椅上,疲惫地闭上了眼睛。

"亿盼……"程远犹豫片刻说道,"不管他找你做什么,都不要答应。"

"你要记得,"她睁开眼,幽幽说道,"不管我以后做什么,都不会牵涉到你。"

程远无法判断这句话里的体贴和凉薄各占几分,他握方向盘的手收紧了,一时说不出话来,他抿了抿唇,眼睛幽暗地看着前面的黑夜。

两人下车以后都没有说话,程远觉得颜亿盼是生气了,正在反思自己不应该总介意妻子和徐浩然之间的关系,妻子的过去他很少去问,因为她也不爱提及。他一直记得两个人结婚时定的规矩,就是工作上互不干涉,回家以后不讨论工作,怕的就是出现这种情况。

他在亿盼洗澡的时候,把她放在篓子里的衣服塞进洗衣机,也把自己身上的衣服换了下来,然后考虑着一会儿怎么跟她解释一下现在的情况,是说压力太大,还是聊聊周末去哪里放松一下,就听到妻子那边的手机铃声响起,她半天也不接,后来水声停了,她接了电话。

主卧浴室的门是磨砂玻璃的,他不好凑过去听,但是能隐约听到那边提及类似"他回国有他的安排吧……你下一步计划我没办法配合,你不是不知道云威的情况……有消息我再和你沟通,刘处长,你那边的压力没必要跟我说吧……"的话。

颜亿盼挂了电话,便换上浴袍出来了,看了一眼正窝在床上刷手机的程远。

程远故作无意地站起来,拿起旁边的衣服准备洗澡,却被颜亿盼从一旁搂住了腰。程远侧过脸看着她滴着水的发尾,一时居然把之前想好好解释的设想都抛开了。

颜亿盼就这样亲了亲他的脖子,柔软、湿润而微凉的触感。

"痒……"程远无措般躲了躲,又垂眸看着她。她又踮脚亲了亲他的耳朵,搂着的手捏了捏他的腰。

"我去洗澡。"程远觉得嗓子发紧,准备要离开。

"我不嫌你。"颜亿盼把脸埋在他颈侧,轻轻吸了口气,鼻尖蹭着喉结的位置。

程远意识到,自己之前想多了,夫妻嘛,哪有那么多事情要计较,他放下手里的衣服,扯开颜亿盼浴袍的腰带。

那天夜里,颜亿盼格外主动热情,最后伏在他身上时,整个人绵软而脆弱。程远就着卧室那一点廊灯看她时,不太真切,只想紧紧搂着她,紧紧贴在身上的炽热触感让他觉得他们之间的距离,不应有哪怕一点空隙。

程远早上是被关门声吵醒的,一看外面,天还没完全亮,看了看手机,还是早上六点,他还一阵迷糊,开了灯才确认,颜亿盼已经离开了。

他莫名觉得心空落落的,摸索着找到手机给她打电话,那边接了起来。

"醒了?"颜亿盼说道,声音清晰,四周安静,像是在车上。

"你去哪儿了?"程远说道,嗓子里还是睡意。

"今天公司里有点事,我先来上班了。"

"哦。"

"我给你熬了粥,锅里还热了豆沙包。冰箱里还有一些榨菜。"

"你怎么这么贤惠?"

颜亿盼笑出了声,说道:"好好享受你老婆难得的贤惠吧!"

颜亿盼挂了电话,开车驶入机场的停车场,她停下车,一路往前走着,到了出口,一眼就看到那个穿着米色羊绒开衫的男人,他里面穿着深蓝色棉麻衬衫,黑色西裤,气质儒雅,仿佛一直没离开大学校园那样,唯一的变化是,他已经两鬓斑白,戴的眼镜由黑框变成了无框。

他拖着行李箱,步履稳健地往外走,走出玻璃门时,颜亿盼走上前去,他停下了脚步,打量着她,忽然笑道:"小颜,你变化很大呀。"

"老师,您倒是没什么变化。"颜亿盼说完,上前一步,犹豫了一下,轻轻抱了下徐浩然。

徐浩然笑了起来,拍了拍她的背,说道:"我以为你不会来见我呢。"

"怎么会呢。"她松开了手,接过徐浩然的箱子,带着他往车门走去。

在车上的时候,徐浩然四处看着周边的变化。

"这十年您都没回来过?"颜亿盼问道。

"嗯,偶尔出过短差。"

"您在那边还顺利吗?"

"还可以吧。"

"我在网上搜过您的论文,我发现您的研究领域更精深了。"

"这个领域，从来都是不进则退的。有成果的只会越做越大，没成果的就在最下面挣扎，直至消失。"

"是的。"

"我在美国见过程远，工程院在他的带领下，已经做得很不错了。"

"他们这十年很拼，所以才拿下智慧城市项目。"颜亿盼看着前面说道。

"那些成绩又怎么会只是这十年的努力，"徐浩然沉默片刻，说道，"是三十年的积累。"

"哦，老师，我又说错话了。"

"你不用那么小心，我不会像过去对待学生一样对你了。"

"没有，您一直是我的老师。"

两人都对上次竞标避而不谈，这件事已成定局，没必要再去纠结，颜亿盼知道师生之间早已不复从前，但她和人周旋惯了，既然决定来接老师，接下去的所有事情，她都有心理准备。

颜亿盼一路把徐浩然送到了希尔顿酒店。

"您在这边一直住在这里吗？"

"嗯，这里比较方便。"

徐浩然登记入住的时候，颜亿盼和他有一搭没一搭地聊着。

"您吃了早饭没？"

"还没有，一会儿我们在自助餐厅吃点。"

徐浩然上去放行李，没过多久就下来了，换了一件棕色呢大衣，还戴了围巾，颜亿盼在大堂沙发上等待的时候回想着徐浩然在她过去生活中的种种，忽然觉得那些都很遥远。

过去都是他说，她听。她问，他答。

远没有眼前这么鲜活，现在两个人交流的内容都经过了精心过滤，尽量让关系维持着往日的纯粹。

只这不到一小时的时间，颜亿盼发现她没有办法把十年前的胶卷和现在的胶卷连接起来。

中间那十年，被空洞的履历和冷漠的调查填充。

徐浩然和她在窗边吃早餐的时候，她开始聊一些家常话。

"程远是我先生，您知道吧。"颜亿盼说道。

"嗯，美国很多公司要挖他，都做过背调，我没想到你最后会嫁给他。"

"是吧，他的确是那里面最优秀的，"颜亿盼喝了一口果汁，又问道，"连我也被调查？"

"查你又不难，网上那么多发言照片。"徐浩然笑道。

"是吗，您看到了？"颜亿盼侧过脸看着徐浩然，眼睛亮晶晶地追问道，"怎么样？我做得还行吧。"

"你做得比我想象得要好。"徐浩然笑了笑。

颜亿盼对这句表扬有些开心，但他说"比我想象得要好"，内心不禁又有些介怀，觉得自己努力了十年，其实在他眼里，并没有那么多期待。

"您在美国过得怎么样？"颜亿盼挖了一勺芝士蛋糕，问道，"我记得您还有个女儿。"

"大了，现在上了耶鲁，学的法律，小时候我们还想把她培养成科学家，后来发现完全没这个天赋，坐不住，从小就爱跟人抬杠。"徐浩然说到这里，露出了慈祥的笑容，两个人之间的气氛变得好了一些。

"您过来，她们也会来吗？"

"暂时没考虑这么多。"

两人吃饭的过程中，徐浩然出去接了一个电话。过了一会儿，颜亿盼就看到一个黄头发、蓝眼睛的男人和一个中国女孩站在餐厅门口，看着他们这一桌，应该是在等徐浩然。

颜亿盼不好问他的行程。

"老师，Xtone的起诉完全没有缓和的办法吗？"

"我应该说得很清楚了，这一次，Xtone不可能还给云威机会。"徐浩然的语气变得有些严厉。

"也是，云威已经错失了机会。"颜亿盼闷声说道，低头吃着蛋糕。

徐浩然察觉到她语气沉沉，抬眼看了她一下，问道："我知道你也想云威赢，但是不要忽略现实，蚂蚁仰望天空，就是走上死亡的开始，那是老鹰的地盘。"

"是，蚂蚁怎么能仰望天空，"颜亿盼自嘲道，"那我呢？您觉得我还是以前的小蚂蚁吗？"

"当然不是，"徐浩然放下餐具，擦拭了唇角，说道，"我在电话里跟你说过的事情，你考虑了吗？"

"老师，我一直希望替您做事，现在机会来了，我不会放过的。"

徐浩然点了点头，从包里拿出一沓资料给颜亿盼："这是我能为你争取到的最好条件。"

颜亿盼拿着资料，翻开一角，右上角是Xtone的Logo，她又合上了，低头放进了自己包里。

"你还是要跟程远商量吧。"徐浩然问道。

"我们从来不干涉对方的工作，"颜亿盼喝了最后一口果汁，放下杯子，态度坚决地说道，"只要能上更高的平台，我在所不惜。"

"你还是没有变。"徐浩然笑了，两人站起来走向酒店门口。

酒店外车来车往，宽阔的道路延伸至市区最昂贵的地带，这里是东岸一带金融和科技中心。

路边的花坛春花盛开，掩映着城市的奢华和繁忙。

一辆黑色轿车停在希尔顿酒店的花坛边。

"颜总，你给了我好大的惊喜啊。"刘江在这辆车里，看着颜亿盼从酒店出来上车离开，喃喃说道。

"头儿，您不是一直说她有问题吗？真是神准。"身边的办案人员边说边翻看相机，小屏幕上切换着这一上午的可视化成果，从徐浩然下飞机一直到颜亿盼接机，然后两人拥抱，再到眼前的离别场景，密闭的空间里，照片的光泽忽明忽暗。

办案人员侧头又问道："用派人跟颜亿盼吗？"

"不用，你负责跟徐浩然，"刘江看着徐浩然稍后上了一辆黑色商务车，眼眸暗了下来，沉声说道，"颜亿盼这边……我来。"

103.新的时代

颜亿盼回到公司，正赶上廖森的送行，程远居然也出现在顶楼，看到她迟来，眼里还有些诧异，颜亿盼主动上前，解释说有一个合作商过来，见了一面。

程远用力捏了一下她的手掌，没有多说什么。

廖森的送行很体面，是乔婉杭亲自安排的。

顶楼中央的空地，廖森站在中间，乔婉杭亲自给他送了一束花，还有一支派克钢笔。

大家让廖森说几句，廖森没那个心情，只是笑着说道："谢谢大家来送行，我以后会进入国兴终端服务领域，大家还能见面。"

蒋真说道："咱们唱一首老板每次K歌时的必点曲目吧。"

蒋真起了个头：

　　滚滚长江东逝水，浪花淘尽英雄……

大家站在他面前用低沉的嗓音跟着唱了起来：

　　是非成败转头空。青山依旧在，几度夕阳红。白发渔樵江渚上，惯看秋月春风。一壶浊酒喜相逢。古今多少事，都付笑谈中。

廖森脸上有很深的两道法令纹，平时不苟言笑，显得冷傲精干，此刻听到这首歌时,眼睛泪光闪现,嘴角笑意隐然。

最后他对大家说:"我会一直关注云威,希望它越来越好。"

廖森离开的当天下午,某知名杂志的一篇文章就冲上了热搜,标题为:一个人的退场和一个时代的开启。

文中除了谈廖森在云威这几年经历的一些改革,包括他推行的极端销售法,让云威的业绩一冲到顶,还提及他对翟云忠老部下的大肆裁撤,毁誉参半。

其中有些评价很有趣:

> 他到底是有超前意识的职业经理人,希望资本能站在管理之后?还是有着超强权力欲望的商人,只要碍着赚钱的人他都要赶走?这个问题恐怕连他自己都回答不上来。

但有一点,他的离开,意味着云威将告别研发服务外贸的模式,以研发为核心的企业管理体制在逐步形成,而此刻云威正面临Xtone的诉讼,还有美国不断释放的遏制信号,廖森的离开意味着云威的不妥协。

Xtone的起诉依然悬在云威大厦之上,乔婉杭还是会定期安排会议,确认研发中心核对专利的最新情况。

会议就安排在乔婉杭的办公室,研发部、商务部,还有法务部负责人都参与了会议,有的就从外面搬了椅子过来,虽然拥挤一点,但并不影响沟通效果,反而多出一些隐秘又团结的意味。

程远汇报最新情况:"现在看来,我们确定没有侵权的只有一项,那是云威在中国提前申请了专利,剩下的两项争议还是很大。我的想法是,这场官司一定会打很久,对我们也未必是坏事,至少资金压力不是一下子压过来,不过,这个过程很难熬,大家要做好准备。"

"我有个问题想请教程院长,"Eason谦逊地说道,"技术上我是外行啊。"

"您说。"

"Xtone这次为什么那么精准地找到这些'侵权'的专利数据,而且还集中在智慧城市项目,那个徐浩然毕竟已经离开十年了,怎么掐得这么准?"

"有一种可能是,他们一直死盯着云威,每一款上市产品都会研究,并且推断出云威的下一步研发方向和计划。"程远解释道,"另一种可能就是云威的编程源代码有泄露。"

"会吗?"Eason面露惊讶。

气氛突然变得有些诡异,大家都盯着程远,颜亿盼握着的笔一下子掉到了地上,她弯腰捡起来,重新直起身。

"你是说从我们工程院泄露？"程远被他这一问，也笑了。

"就是问问，毕竟如果一直被他们这么死磕，那真是要命了。"Eason说道。

"芯片研发数据是公司的顶级商业机密，上市前，连拍照传播都要判刑的，尹律师不会不懂吧？"程远收起了笑容，认真解释了这个问题。

"是，没必要铤而走险。"Eason被突然质疑了专业能力，额头直冒汗，低头翻阅起手头资料来。

"不是没必要，是根本不可能。云威的信息安全体系很变态，你有空可以体验一下。"厚皮说道。

Eason赶紧摆手摇头。

"其实这对Xtone也是消耗，"Wilson将话题又拉了回来，"我约了Xtone专利组负责人，他还在请示领导，看能不能和谈，毕竟下半年我们还是需要他们的专利授权。"

"我有个想法，与其证明我们没有侵权，为什么不能证明他们侵权了？专利这种东西还是有地域性，Xtone也未必就是先行者。"颜亿盼说道。

"这是个路子，我之前也一直在考虑，法律上称之为：专利无效。"Eason说道，"不过，对咱们而言，实操性不强，我们不可能在全球发布这些内容，让所有做芯片的研发机构都来论证这个问题。"

"我听出三个解决方向，"乔婉杭总结了一下，"一是继续寻找我们没有侵权的证据，但时间会拖得很久，也会影响智慧城市项目；二是寻找Xtone判定专利无效的方法，但实操困难；最后是谈判和解，说我们以后多花钱买它的专利，但对方未必同意。"

"简而言之，要么证明我们自身没问题，要么证明是你有问题，都不行的话就跪下叫爸爸。"厚皮非要用大白话解释一句。

大家无奈地笑了起来，严肃的氛围得以缓解。

"都有难度，但也好过毫无机会，"乔婉杭揉了揉额头说道，"那就三驾马车一起来吧。"

散会后，大家陆续出来，乔婉杭露出了疲惫之态，伸手从抽屉里拿出一盒药，走在最后的颜亿盼回头看了她一眼，她的手又顿在抽屉外。

颜亿盼停下脚步，待人都走了以后，虚掩着门，走向她问道："赵正华之后联系你了吗？"

"没有，这种事，全凭自愿。"

"这不像他的做事风格，他完全可以从容地拒绝，而不是避而不见。"

"不知道了。"乔婉杭深吸一口气。

"你怎么了？"颜亿盼注意到她不自觉地用手摁胸口的动作。

"帮我倒杯水。"

颜亿盼立刻给她倒了一杯水,放在她面前,说道:"有药就吃吧,你吃个药,股价不会下跌的。"

乔婉杭笑了一声,打开抽屉拿出了药,倒了几粒黑漆漆的药丸来。

颜亿盼拿过瓶子一看,是复方丹参滴丸,蹙眉问道:"你心脏有问题?"

"没什么大事,医生说不熬夜就能好。"乔婉杭咽下药说道。

颜亿盼正要说话,门口传来敲门声。

助理把Lisa带了进来,Lisa一看颜亿盼在,正犹豫要不要等等再进来。

"你们聊吧,我出去了。"颜亿盼便站了起来。

乔婉杭很快把药又放回了抽屉。

"是CEO候选人吧,"乔婉杭说着,接过Lisa递来的简历,"亿盼,你也看看。"

Lisa有些纳罕地看了一眼颜亿盼。

"可以吗?"颜亿盼朝Lisa礼貌地问了一句。

"可以啊,"Lisa赶紧说道,"乔董说可以就可以。"

两人翻阅着CEO的候选人,Lisa挨个介绍着:"这位是AND的全球研发副总裁……这位是联泰科的CTO……"

颜亿盼摇了摇头:"这个人在科技领域的能力必须对整个工程院都有说服力,而且在这个行业里也是顶尖的,我们未来面对的是Xtone这种大公司的围堵。"

"Xtone前半年一直在招聘CEO,但上周撤了需求,不知道是不是招聘到了。"

颜亿盼拿资料的手顿了一下,沉声说道:"不管怎么样,这个人非常关键,绝不能弱于Xtone的CEO,他必须要有能力抗衡外界的挑战,甚至能突破程远的研发局限,还能和大乔配合管理。"

说到这里,Lisa放下了手里的简历,看了眼颜亿盼,意识到她在人员定位上走到了自己前头,扯着嘴角笑道:"那我让猎头再找吧。"

这几天,云威的股价持续下滑,皆因为这个位置还没有合适的人选,现在各项业务都报批到乔婉杭这里,她也在进一步适应。

颜亿盼回到办公室的时候,发现门没关,部门里几个年轻人都探头探脑的,她进门一看,老朋友刘江正坐在沙发上喝茶等她。

颜亿盼进去后直接走到办公椅上坐了下来。

刘江这次没有兜圈子,直接放出了几天前拍摄的她和徐浩然见面的照片。

颜亿盼看着办公桌上铺开的四张照片,神色微动,问道:"你是跟踪我,还是跟踪他?"

"自然是他了。"

465

颜亿盼看着照片，无奈地笑了笑。

刘江走上前，坐在她办公桌前的椅子上，打量着颜亿盼看照片时的神情。

"你知道他见完你后去了哪儿？"刘江问道。

"Xtone？"颜亿盼说道。

"看来你们有交流。"

"是啊，照片不都拍得很清楚吗？很亲切友好的交流。"

"颜亿盼，我劝你不要玩火自焚。"刘江点了点照片里的徐浩然，"你知不知道他是为谁做事的？"

"我知道啊，但这和我有什么关系。"

"好，既然你说没关系，那继续我们的合作。"刘江从口袋里拿出一个极小的芯片。

"让我监听他？"

"只是你俩谈话的部分。"

"你怀疑我们有什么见不得人的勾当吗？"

"不，我是怀疑他，保护你。"

"你这是让我替你当免费卧底。"

"你同意吗？"

"我不同意。"

"那这些照片，我只能选择公布。"

"你威胁我？"

"这不是威胁，是对云威高层的善意提醒，徐浩然是个危险人物，站在云威的对立面，而你……谁又知道在盘算什么？"

"你不怕我告诉他？"颜亿盼看了一眼那个监听设备。

"当然不怕，他说不定早就知道我们在调查他，你来说，他可能还会防备你，"刘江说到这里笑了起来，"而且，你不会。"

"你怎么知道我不会？"

"因为你在乎这家公司，而且，你也想知道翟云忠的死因。"

"那可未必。"

"更重要的是，你在乎自己在这家公司的发展前途，颜总，你的分寸感，是我见过最好的。"

"给我几天时间考虑，可以吗？"

"几天？"

"难说……"

刘江冷笑了一声，眼光利刃一般看着颜亿盼，颜亿盼脸上露出柔和又坦然的笑容。短暂的僵持后，刘江打破了沉默："那我等你消息……"

他知道颜亿盼在乎这个工作，不会轻易让照片流出来，他没有再去纠缠，站了起来。

刘江离开后，颜亿盼转身把照片插到身后的碎纸机，脸色冰凉，瞳孔凝于碎纸机上，一动不动地看着照片碾成渣渣一点一点落下。

104.选择

颜亿盼给赵正华的秘书去了电话，问他的日程。对方很客气地告知，这一周排得很满。

颜亿盼不喜欢没计划的行事，但此刻她顾不了太多了，下午直接开车到了赵正华的公司楼下。

国兴群楼林立，她不是第一次来，却是第一次没有预约就要见这里的大BOSS。她在楼下给李琢打了电话，觉得李琢大概会派个秘书过来接她，然后礼貌地敷衍她一番，没想到李琢亲自下来了，而且直接把她带到了赵正华的办公室里等候。

"赵总在旁边开会，你先坐一会儿。"李琢让她坐在办公室的沙发上。

"李总，你能不能跟我稍微说一下情况，我好有个准备。"颜亿盼内心还是有些忐忑，她在考虑，如果赵正华不同意合作，她要用激将法还是苦肉计来打动他。

"国兴有一个八人决策组，加上赵总是九人，对于入股云威工程院这件事，之前几乎全票通过，但这次，只有四个人坚持，剩下的人都不同意，我想你知道，不单单是Xtone的起诉，还有连带的美国形势所迫。"李琢坐在另一侧沙发上，很诚恳地说了一下他们的难处。

"那您为什么不和乔董说这个决定？"

"颜总您再等一下，我觉得赵总亲自和您说比较好。"李琢说完，便出去了。

紧接着，赵正华的助理过来给颜亿盼倒了茶水。

颜亿盼无心喝茶，抬眼看着宽大落地窗外的风景，身在高处，风景格外不同。

国兴的群楼在市区的东南角，因为它的到来，带动了一批合作企业入驻，这一带被誉为华东区的硅谷，而这里正好能看到市中心的云威大厦，两座大厦都很气派，三十多层的高度，两楼之间恰是这座城市最繁茂的地带。

若是强强联合，对整个ICT行业的格局都会有影响。

身后传来开门声。

"亿盼，没等太久吧？"赵正华洪亮的声音传来。

颜亿盼立刻转身迎上，两人笑着用力握了握手，又坐下了，助理也跟着把赵正华的水杯拿了进来。

颜亿盼看赵正华的态度，隐隐有些放心，他并没有对她避而不见，看来合作仍有希望。

赵正华也没有和她兜圈子，简单说了一下形势："我们国兴和Xtone合作快二十年了，不为别的，我清楚国兴脱离不了它的芯片，包括智慧城市项目也是如此。但这一次，你们两家对立，要是我投入云威研发，这也是一个对立的信号。"

"所以，您是不打算投入了？"

"不是啊，我为什么不投入？但是相比金钱的投入，我也需要重新思考国兴的布局，我们是不是真的有底气能和Xtone对立。"

"您是害怕和它对立，因为您对他的芯片有依赖。"

"客观情况是这样，但我觉得这个行业总是会出现洗牌的情况，我依赖它，它也牵制我，不过，我还是相信，以斗争求和平，和平才能持久，我现在要确保的是我的注资加入，能帮助云威躲过这一劫，甚至还能防守反击。"赵正华非常直接，"所以，乔婉杭女士给我一个月时间是明智的，我的确需要时间布局。"

"可现在已经过了一个月。您是遇到什么问题了吗？"颜亿盼问道。此时，她的态度很谦逊，也为之前对赵正华的猜忌感到一丝歉疚。

"是。"赵正华低头喝了一大口茶，"你知道Xtone新上任的CEO是谁吗？"

"徐浩然。"颜亿盼说道。徐浩然的过去，她正在试图了解，而在中国的安排，她更是亦步亦趋地跟进。

"看来颜总的消息很灵通，确实是他，所以，云威的CEO如果没有能力和他对抗，甚至是和他背后的势力过招，那我认为，我是有愧于乔婉杭的信任。"

"您没找到这个人？"

"我找到了，可他还是没有松口。"

"谁？"

"梁木颂。"

"英微的CTO？"

"是，他也是程远在斯坦福读研时的导师。如果他能加入云威，必将是如虎添翼。英微最近也在换将调整，他待得也不开心，可现在还是没给我准信……"

"他为什么犹豫？如果是薪资的话，我和乔董再聊。"

"他这个级别的人，对钱早就不看重了，我估计还是看重团队吧。你不来，我也想找你还有程远聊一聊。"

"让程远出面请？"颜亿盼本就善读人心，也实在不想慢吞吞搞薛宝钗装聋作哑那一套了。

"是，他对自己昔日的得意门生应该能敞开心扉。"

"嗯，我可以试试。"颜亿盼点了点头。这一次，程远应该不会坐视不管。

两人也没再多客套，赵正华起身送颜亿盼，往电梯走的时候，颜亿盼问了一句:"听说您公司的八大金刚不同意您注资?"

"李琢这个大嘴巴。"赵正华笑了起来,像一个早已看透一切的长辈,眯了一下眼睛,低声笑道,"真理是掌握在少数人手中,民主过头,就是糊涂了。"

"您这点和乔婉杭女士还挺像的。"颜亿盼说完,笑了起来。

"是吧,我一看就知道她没那么听话,"赵正华无奈笑道,"听不听董事会表决,全看个人心情,以后的日子里,我们估计有的是架要打了。"

颜亿盼低头笑了一下,那笑容却有着一丝落寞。

颜亿盼没再回公司,而是回到家,按照在网上搜到的菜谱买了菜,在家乒乒乓乓捣鼓起来,认真做了几道菜,但实在水平有限,只有一道口蘑尚可入口。红烧排骨烧煳了几块,变成了黑烧排骨,她把烧黑的几块先挑出来切掉焦黑部分吃掉了,剩下的摆了盘,看起来还像那么回事,榨菜肉丝汤的味道极为古怪,又酸又咸,不得已倒掉了。看了看时间,她又匆匆跑到楼下点了几个菜拿回家装在盘子里,为了佯装是自己做的,还特意在上面加了几颗切好的小米辣。

程远回来,看到一桌子菜,有些惊诧,不过也没多问,拿起筷子就吃了起来。

他也是个奇人,主要就吃她亲手做的那道排骨和炒口蘑,其他几道菜没怎么吃,说油太大了,蒜放多了,这实在是让颜亿盼信心倍增,心情大好,连碗都没让他洗,就让他先去洗澡,自己边洗碗,边盘算一会儿怎么说服他,让他协助赵正华说服梁木颂来云威。

程远洗完澡后就坐在床上看书,颜亿盼洗漱完毕,坐在梳妆台涂抹晚霜的时候,问他:"咱们公司的CEO一直没招上来,你有什么想法吗。"

"什么想法?我对那个位置没什么兴趣啊,你可别当说客。"

"不会找你,知道你只想做研发,我听说他们在找梁木颂。"

"梁博士?"程远听到这里坐直了身子,放下手里的书。

"你不想要他来吗?"

"他能来吗?他要能来那最好了。"

"可赵正华还没能说动他。听说他是你的导师?"颜亿盼说完站了起来,坐在他身边。

"是,亲导师。"

"你能游说他来吗?"

"当初我没听他的跟着他去英微,现在我要他来这里,有点难……"

"啊?"

"我可以准备一份工程院的研发成果和计划书给他,能不能打动他,真的不好说。"

"好的,你肯做这些,我就很高兴了。"颜亿盼没想到他这么快就答应,一下子扑到他怀里，抬头看他说道。

"怎么？你还担心我拿乔啊。"程远弹了一下她的鼻子，说道。

"也不是……"颜亿盼把脸埋在他胸口，一时不知道怎么解释，自己每次和他交流工作，其实都百般小心。

"亿盼，你认真想一想，你说的事，我有几次拒绝？"

"……"

"所以，你不用那么小心。"

"我没有小心，就是怕你为难，"颜亿盼坐在他身边，"他是个什么样的人，你跟我说说？"

"梁博士这个人很好，能力强，脾气好，我在美国的时候，给了我很多照顾，有时候还会给我买零食吃，平时还爱给我们讲冷笑话，类似什么有一根火柴走在大街上，觉得头痒痒，就挠啊挠啊挠，结果就着了……"程远兀自说着，就笑了起来，"那个时候我们都看着他，不笑，就他一个人笑得腰都直不起来，现在想起来蛮好笑的。"

"感觉是个很单纯的人啊。"

"搞研发的，没几个像你们这样复杂的。"程远摸了摸颜亿盼的脸颊。

颜亿盼觉得痒，推开他的手指："别挠，要着了。"

程远继续说道："有件事，我还有点印象，就是他家里有他母亲的一个灵位，逢年过节他都会烧香祭拜。"

"他母亲的墓地不在美国？"

"没有，我听师母说，梁博士的母亲早些年很受了些罪，病了还不能医治，最后在牢里过世，尸体也不知道有没有好好收殓掩埋。梁博士那时候年纪还小，没有见到妈妈最后一面……有一年中秋，他叫我们几个学生去他家里吃饭，他还拿了我们做的月饼放在灵位前，弯着腰对着照片念叨了好几句家乡话，我们看了都有些心酸。"

"你说他不肯来云威会不会是这个原因？"

"也不是，我印象中他每年都会回安徽老家扫墓。"

"扫墓？人不是都没看到吗？"

"说是衣冠冢，人总是要有个念想。"

"快清明节了。"

"他应该会回来，我记得他说过，他妈妈是个很了不起的人，生物学家，清华大学的教授……是那个年代为数不多在英国著名杂志《自然》发表过文章的人。"程远很认真地说道，他对科研领域的人都有一种天生的关注和崇拜。

"如果活下来，肯定能有更多贡献。"颜亿盼说道，"我也想为这个世界做贡献。"

"颜总这么有格局？"程远挑眉说道。

"程院长不要小看人。"颜亿盼坐直了身子，佯做生气。

程远将她搂在怀里，抬头亲了亲她，笑道："别人不知道你，我是知道你的……"

颜亿盼跪在他腰间，歪着头眼眸凝视着他，仿佛要将他浸在自己的一弯秋水中，她直起身子，程远的手揉了揉她的腰，丝质上衣在她纤细的腰上晃了晃，她缓缓解开自己的上衣扣子。

105.一个女人的一生

夜那么长，总有人不想将这光阴韶华虚度。

黑夜里，颜亿盼把梁木颂母亲的照片给程远看："是不是她？黄淮心教授？"

照片里的女人剪着齐耳的短发，眉眼笑得弯弯的，很清秀，颜亿盼从社交平台搜到问答平台，再翻墙，生生翻出了她的照片，其中还有她和时年五岁的梁木颂的合影。

程远睡在旁边，迷迷糊糊地接过手机盯着看了几秒，说："是。"转手把她的手机放在自己这边的床头柜，另一手挡住前来抢手机的颜亿盼。

"手机先还我。"颜亿盼探着身子试图够着。

"你这样我都怀疑你手机里有什么秘密了。"程远就是不给。

"那你检查。"

"没工夫，睡觉。"

颜亿盼还要抢，程远侧过身，手脚并用地把人搂着固定在床上，颜亿盼一个劲地挣扎。

"我跟你说，你要精力这么充沛就再来一次。"程远说完，颜亿盼立刻老实了，两个人又笑作一团，胡乱扯着被子睡了过去。

一大清早，程远就发现自己真的低估了颜亿盼的精力，厚厚的窗帘还没透入什么光的时候，他就听到颜亿盼在客厅里跟人打电话。

"必须今天上午出发，下午到，还要办卡，现在又是考研季，咱们抢不过那些大学生，三个人吧，Amy就算了，我看她最近脑子反应不过来，找部门两个手速快的，从北京的广告公司调一个做短视频拍摄的……"

这边挂了电话，又拨通另外一个电话。

"张老师，这件事麻烦你了，我们两天时间……"

挂完电话，她准备拨通另一个电话时，想了想，又改成了发邮件：Amy，请在线上申请一笔预算，用于公关……

471

这个时候，颜亿盼还是想到要照顾孕妇的休息时间，暗想自己其实也挺厚道的。

程远出来，正看到颜亿盼合上了电脑，手里拿着咖啡跟灌药一样，直接就倒进嘴里，她衣服都已经穿戴整齐了，门边还放着个行李箱，程远还没琢磨过来颜亿盼这是要干什么。

"八宝粥的水放少了，有点稠，我加了点热水，还在煮。"颜亿盼一边说，一边往外走，"锅里热了饺子，你再睡会儿。"

程远揉了揉眼睛，看了看时间，六点半，还没来得及和她说话，她就已经关门出去了。

程远作息和她不同，习惯晚睡晚起，这会儿又迷迷瞪瞪趴到床上，睡了过去。过了几分钟才反应过来，立刻给她拨电话，才知道颜亿盼已经到了去高铁的路上。

"就你这样，哪天跑了我都追不上。"程远鼻音很重地说道。

"不会跑的。"颜亿盼笑道。

颜亿盼一早把袁州还有几个部门里专门负责文案和短视频的人揪了起来，让他们定了高铁票，硬是赶在中午前到了清华大学门口集合，然后直奔学校的资料室。

之前做项目认识的张老师给他们每个人申请了一张临时借阅卡，把他们带了进去。一大清早，资料室已经有人在了，晨光落在他们身上，静谧而美好。

几个人还没来得及感慨，就被颜亿盼拉进了充满古旧气息的书籍和资料里。

接下来连续五天，他们泡在首都图书馆、资料库、影音室，不断搜寻所有关于黄淮心的资料，同时还用相机记录了一些手稿和研究成果的演绎过程。

颜亿盼难得做这种实操性的工作，但她确实对黄淮心有很强的崇敬之心，那天夜里，她还是偷偷从程远的旁边拿过手机，搜寻有关黄淮心的所有信息，像是一个死忠粉一般，追随她留下的每个足迹。

在首都图书馆的手稿储存室内，她让广告公司的人记录了手稿内容后，自己还拓印了一份。

周末的时候，颜亿盼还找到电视台纪录片的制片主任，拜托他寻找一些封存已久的视频资料，那里或许还留存着黄淮心在各地科考的宝贵影像。

团队分工协作，每个人负责的板块都不一样。她让两个人跟电视台的剪辑师工作，自己又带着摄像去大学里找黄淮心昔日的同事和学生。

跑了一天，她又提着一袋蛋糕和奶茶去验收成果，刚到门口，就听到组里几个同事和剪辑室的人在议论她。

"和这样的领导共事痛苦吧？"台里一位负责找资料的男孩说道，"挑视频的要求比我们台里的制片人都高。"

"嘿嘿，还行。"回答的是Amy下面新招的一个负责写稿件的女孩。

"这叫还行？周末出差，还让你们大清早过来，晚上加班，反人类啊。"剪辑师笑道。

"哎，我们公司是一家科技公司，女领导到这个位置基本都是反人类。"袁州下面一个负责对政府汇报工作的男孩说道。

"你们工资高吧。"

"还行。"

"这强度都赶上电视台了。"

"也不总是这样加班。"

"哎，同是天涯打工人。"

颜亿盼没有听下去，在走廊里喝完了一杯奶茶，等他们发泄了一通连续加班的怨气后，再进去若无其事地放下吃的，然后问道："领导对你们好不好？"

"好！"大家齐声说道。

"那要说什么？"颜亿盼的眼睛笑得弯成一轮新月，接着问道。

"领导真好，领导万岁！"

颜亿盼心里给大家的演技点了个赞，陪着他们到晚上，又带着他们去旁边一家老北京菜馆大吃了一顿。

熬了一周，他们终于在大学的影音室里做出一份像模像样的东西。一行人返回杭州，正赶上清明假期，颜亿盼索性给他们延了四天假，几个人得以连休一周，简直要给颜亿盼行五体投地大礼，说："领导心疼我们，领导是世界上最好的领导。"

她好不好，她自己也说不上，但她并没多心疼这些年轻人，只是担心他们把怨念带回来，影响部门干活效率。

傍晚，颜亿盼拿着U盘，来到乔婉杭家门口。自她申请出差以来，乔婉杭没联系过她，大概也是忙着应对公司各种事务。

按了门铃以后，乔婉杭从视讯屏幕看到颜亿盼，直接出来开门了。颜亿盼在门外，就已经闻到沁鼻的花香。不过一个月没来，院子里的花就全开了，从幽蓝的鸢尾到明艳的月季，还有一树的碧桃花，满园春色令晚霞都黯然失色。

乔婉杭见到她，脸上的高兴无法掩饰，可引着她往屋里走的时候，却怪罪道："你这几天怎么回事啊，不见人影，到底在忙些什么？"

"忙着给你准备礼物。"

"啊？"乔婉杭说道，"什么礼物？"

"一段视频，"颜亿盼摊开手掌展示出一枚小U盘，眼里闪着愉快的光芒，"电脑、电视、投影都行。"

乔婉杭看她风尘仆仆的样子又问道："吃了饭没？"

"没吃呢。"

"那吃了饭再看。"

乔婉杭每次见颜亿盼过来,都格外想显摆自己的厨艺,她们都已经吃过了,乔婉杭又重新准备了一些菜。

等着四道色泽鲜艳的菜上来以后,颜亿盼也没客气,就动了筷子。

吃饭的时候,两人简单聊了聊专利侵权案。

"我看过很多案例,很多公司就是从一起案子开始走下坡路的。"乔婉杭说道,一改往日意气风发的样子。

"没有一家公司在壮大的道路上没被起诉的,就跟新手上路总有剐蹭一样。"颜亿盼笑道。

"偷偷告诉你,我也挺怕的。"乔婉杭低声说道。

颜亿盼的筷子顿了顿,问道:"怕什么?"

"手里权力太大,怕不小心毁了一切,每次决定完了,我才会想翟云忠如果活着会不会跟我一样这么决定,我和他性格很不同,可以说南辕北辙,我怕我的决定不是他的想法。"

颜亿盼低头抿了抿嘴,笑了笑,不置可否:"但也不代表你的选择就是错的。"

"难说。"乔婉杭的声音有些低沉,她的刘海轻轻滑落下来,那样子不似公司里的女霸总,而是回归到一个柔情女子。

颜亿盼看着她,一时不知道如何回答。

这时,家里电话忽然响了,阿姨过去接了,说了几句又匆匆过来小声问乔婉杭:"孩子三叔问,清明你去扫墓吗?"

"让他带两个孩子去吧。"乔婉杭语气平淡。

阿姨点了点头,去客厅回复。

"你这两年,都没去过?"颜亿盼低声问了一句。

乔婉杭摇了摇头,低头喝了一口酒。自从两年前送翟云忠上山以后,她便再没去过墓地。说不清具体理由,或许是怕自己去了以后,会失去面对现实的勇气;又或许是觉得无法坦然面对他。

颜亿盼没再多说,安静地吃完了饭。

吃过饭后,乔婉杭从房间里拿出投影仪问道:"你要给我看什么?"

"先看吧。"颜亿盼打算卖个关子。

乔婉杭把观看的场地放在了院子里,把院子的一面白墙当作幕布,投影仪的蓝光打在了墙上——一个在实验室的女人身影出现,画面有一点模糊,但是透着岁月的质感。

夜空星星闪烁，院子里春风拂面，两个人坐在院子里的长条凳上，两个孩子各自搬着凳子坐在旁边，像以前看露天电影一样。

黄淮心留下的资料分为两部分，国外部分主要是她参与研究的项目，内容涉及生物学体系的搭建，国内部分包括已有的成果展示。影片在介绍时，穿插了她在全国各地的科考路线，通过那个瘦小身影的足迹来追溯她辉煌而颠沛的一生。

这些影像资料以黑白为主，只有一小部分是彩色胶卷记录，因为那个时候黄淮心的研究团队有海外合作项目，外媒拍摄了彩色视频资料，国内也留了备份。她们在院子里静静地观看，看着一个女人在原始森林穿梭，低头在地面插上实验样本标签，在显微镜前埋头实验，做着细密的笔记，无数寂寞的日夜，她和团队把推理变为现实。

其中还有一些对她的采访，身为生物学家的她，说话清晰而从容，尤其说到自己的研究领域，眼神格外明亮。

黄淮心读博的时候研究的是兰花，她在各地采集兰花，记录着它们的品种、特性、香气和触感。

空谷幽兰，不采而佩，于兰何伤……

很迷人，很细腻。

片子节奏平淡，画面的色调很柔和。

乔婉杭第一次看，目不转睛，颜亿盼侧过脸去看她，闪烁的影像勾勒着她的面庞，她的眼睛熠熠生辉。

画面最后是黄淮心和梁木颂的合影。

"黄教授手里抱着的孩子就是赵正华想搞定没搞定的人，梁木颂。"颜亿盼介绍道。

"你这是借花献佛啊，明明是给梁木颂的礼物，还说是给我的。"乔婉杭佯装不满地说道。

"你知道自己是佛就行。"颜亿盼笑道。

"后来她怎么样了，影片里没说，而里面那位学生说她的时候很伤心。"乔婉杭问道。

颜亿盼向乔婉杭大略说了说黄淮心的结局。周围虫鸣时不时传来，衬托得院子更加安宁静谧。

"结局不是一个人的定论，她做自己喜欢的事情，并且能得到众人的认可，这是极有尊严的一生。"乔婉杭说道。

"嗯，这个社会对女人的限制很多，但她没有自我限制，无论是在研究领域，还是她思想的高度，都是常人难以企及的，我很羡慕她这样的人生。"颜亿盼捧着手中的果茶茶盏说道。

"你也可以啊，"乔婉杭侧过身子看着她，挑眉问道，"什么相夫教子，洗衣做饭，男人的后方，那堆屁话能限制你？"

"之前你就是那样，现在怎么说是屁话了？"颜亿盼被逗笑道。

"我愿意这么做，是因为我觉得自己是被爱的。当你被忽视的时候，还天天洗手做汤羹，还有处理不完的琐事，没完没了地等待……"乔婉杭说到这里摇了摇头，"你恐怕没尝过这种滋味，无处可逃，眼睁睁看着生命被损耗，是的，就是损耗……"

"有的女人喜欢陪伴和照顾家人，只要喜欢，就做，不喜欢，就离开，自己觉得好，才是真的好。每个女人都应该有选择的自由，不用听外人定义甚至干涉。"

"但你过不了那样的日子。"

"那些事，我全不在意，"颜亿盼嘴角勾了一下，喝了口茶，低头沉吟片刻，又说，"我羡慕她是因为她做了自己喜欢且擅长的事情，抛开结局，她活得很自在。"

"你说这话有些伤感啊。"

"我想说的是，大多数人其实对于自己的命运是无法逃避的，好比明明就是一个平凡的人，偏偏生出了野心，注定要摔得粉身碎骨；又好比明明有很多性格缺陷，自己却毫无知觉，还义无反顾去追随一个人，拿出了所有，做了自认为最大的妥协，却不知道对方其实根本看不上，而就算知道他看不上，你却依然无法停下来。"

"你说这话……我倒是能理解……"乔婉杭看着地上的鲜花，它们在屏幕荧光下，在晚风中摇曳闪烁，"换作以前，我或许不能理解，但现在应该可以，就像我非要留下来一样，我知道，我也许永远也不可能走出这种愧疚感，也许永远也达不到他想要的高度，可我还是走不开，你说的自由，我从来都没有。"

颜亿盼侧过脸看着她，没再说话。乔婉杭微黯的瞳仁中映着银幕幽蓝的光。

这一片院子里如同静静燃烧的星火，两人坐在那里，远离了城市的喧嚣，也远离了周遭无边的黑暗。

阿姨走过来把伏在乔婉杭腿上睡着的小松抱走。阿青不知什么时候早就回了房间，一个人在那里玩乐高。

"太晚了，下周我约了赵正华，他会带梁木颂来云威。"颜亿盼放下了茶杯，说道。

"你是不是去催他了？"

"我没必要催他，我只想知道他为什么没声音了。"

"他不说拒绝，就是等着咱们去找他，"乔婉杭无奈笑道，"这只老鹰在云威头顶上盘旋了那么久，什么都看得清清楚楚，他肯定是要先确保云威这场仗能赢才注资,梁木颂他未必搞不定,但推给我们,无非是想让梁木颂亲自判断云威的前景,如果梁木颂肯来,那云威的胜算就比较大了。"

"你既然知道他这样的筹谋,不担心以后合作起来费神吗?"

"不管合不合作都是要费神的,他如果是个莽夫,会更费神。"乔婉杭摇头笑道。

"哦?"

"他一直投入资金搞研发,后来见到工程院的成绩,想拿下工程院,肯定是早早就算到美国方面的意图,担心断供,只是那时候咱们死活没给他这个机会,处心积虑那么久,越是送到嘴边来,他越是谨慎,这样的人才能做火中取栗的事情。"

"你居然能和赵正华互相掐算,也算是势均力敌了。"颜亿盼笑叹道。

"估计以后这架有得打了。"乔婉杭说道。

颜亿盼听到这熟悉的话,笑了一声。

"你笑我?"乔婉杭拧眉,侧过脸问道。

"不敢,只是没想到你和赵正华的联手会这么多波折,"颜亿盼说到这里,笑容渐渐消隐,"也实在很想看看你以后会怎样,你可能都不知道,你比自己想象的要做得好。"

"过去,总有人来我家给父亲汇报工作,等他们走了,父亲就会和母亲分析他们都是怎么想的,"乔婉杭怅然地轻叹一口气,"我那时候烦得很,没想到现在居然身在其中了。"

颜亿盼听完,忽然觉得自己对赵正华的判断还是草率了一些,赵正华给人的印象是大开大合,如商界老大哥一样,是让人放心交往的伙伴,但纵横商场这么多年,他也经历了无数次失败,用他自己的话说,也曾在楼顶边上徘徊过,后来还是坚持下来了,除了有必胜的信念,还有深邃的筹谋。

相比一味地听从或是一味地对抗,他这样的人,更适合与乔婉杭共事。

106.新格局

周三,清明节过后第一天上班,赵正华如约将梁木颂带进云威,没有大张旗鼓,公司内部也没有出现任何欢迎谁谁谁莅临的字样,一切如常。

梁木颂个子不高,身材圆润,脑门鼓鼓的,留着短短的花白头发,面色红润,笑起来眉眼弯弯,有一种魏晋名士的闲散气质,在人群中,没人能看出这是芯片设计领域的大佬,不过,他听别人说话时,神色很专注,眼睛亮亮地看着对方,让人感觉这样的人绝不能敷衍。

赵正华全程跟着他,跟他说话时还会弯腰。梁木颂本人没有什么架子,进入工程院的时候在门口停留了很久,看云威研发的芯片展品,一群高管又陪同他上楼。

477

大会议室里，程远像个学生一样，手微微握拳放在膝盖上耐心等他过来，门推开时，程远立刻带头站了起来给他鞠了一躬。

梁木颂看到桌子上堆满的零食，会心一笑，十几年前，他经常给自己学生买零食，现在反过来了。

梁木颂没有客气，拿起一包薯片，双手用力一拍，开包后，两人都大笑起来，各自拿了一片放在嘴里，便坐了下来。

程远先是汇报了工程院这几年的发展历程，也丝毫不避讳即将遇到的一些瓶颈。聊天内容从芯片设计图到硅谷的八卦，哪个学生创业了，哪个学生离婚了，哪个大佬前年去世了……沟通全程天马行空，别的人都插不进去嘴。

送梁博士下楼时，程远还非常不识时务地指着芯片展品，低声提醒道："Dr. Liang，您可别被他们诓骗了，我就是被他们骗过来的，想走都走不了。"

梁木颂脸色变得很严肃，面无表情地说道："从前有个雪球在路上走，遇到另外一个雪球，他们都说，好冷啊，好冷，其中一个就说，我们和人一样，抱在一起就不冷了。于是两个雪球抱在了一起，他们就成了冻死的雪人。"

程远摇着头，笑了起来。

众人听完，面面相觑，艰难地笑着，只有厚皮是发自内心的笑，捂着肚子都站不起来："哈哈哈哈，冻死的雪人，以后叫您Dr. Cold（凉）吧！"

他刚说完就被罗洛拍了一下后脑勺，低声吼道："怎么什么梗，你都能接。"

没想到梁木颂这才笑了起来："不错，Dr. Cold。"

这真是，人还没来，外号先传出来了。

最后，一行人陪着梁木颂到了云威的多媒体室，这是最后一站。

大家坐在小礼堂里安静地看着黄淮心的影片。

闪动的光影，打在每个人的脸上，梁木颂的眼睛里闪闪的，一直没有说话。

影片结束，伴随着空灵而清透的音乐，梁木颂坐在那里半天没有起来，众人也不敢动，后来还是颜亿盼打开了一盏柔和的顶灯，乔婉杭上前给他黄淮心的手稿册和碟片。

他眼圈通红地说道："这是我这么多年来，收到过的最好的礼物。"

梁木颂离开后，也并没有给确切的答复，有人解析他那个冷笑话，两个雪球抱在一起，是死的雪人，梁博士这个根本不是冷笑话，而是婉拒，意思是他不想跟着云威抱团等死。

上层也没有人出来解释这个局面，有关CEO的聘用暂时告一段落。

一周后，李筮在董事会提议，由乔婉杭担任公司总裁，暂代公司行政管理职务。公司现在管理体系比较稳定，董事会没有反对的声音。

四月初，公司楼下碧桃盛开之时，乔婉杭担任云威公司总裁。顶层翟云忠的办公室在撤走封条和警戒线后，就一直没动过，对面CEO的办公室也没有新人到来，整层楼除了东侧的财务部有人员走动，另一边显得空空荡荡。

大家私下里也经常议论，镇守云威最重要的两个角色什么时候到来。

"你不搬过去吗？"颜亿盼问乔婉杭，当时她刚汇报完工作。

"形式有那么重要吗？"乔婉杭还有些迟疑。

"挺重要的，稳定人心。"颜亿盼劝道。

"我真的可以？"乔婉杭歪着头，狡黠地看着她问道。

"你真的可以。"颜亿盼扯着嘴角笑了笑，知道她自己有答案，不过是等一个来自她肯定，颜亿盼继续说道，"我给你选个良辰吉日？"

"行，对了，我让Lisa准备一份你的升职报告，VP，不过，时间上要延后一些。"

"为什么？"

"我刚上来，想等这次诉讼的压力小了再提。"

"我就知道，老板都是这样。"

"倒也未必，主要是廖森刚走，我这提拔自己人的速度，会让其他同事担心公司里又是过去站队那一套。"

"哦？你现在倒是开始在乎别人的看法了。"

"高处不胜寒，你是自己人，我要求必然是高些，不过，你在我心里永远是第一位。"

"这句话听着很渣。"颜亿盼笑了起来。

两周后，梁木颂到任，他回英微做了交割。他的到来，伴随着赵正华的高额注资，那天的庆典搞得低调而不失格调，云威全员高管站在顶层迎接。

梁木颂过来的同时，带来了两位VP，其中一位是李琢，主要是协助程远完成云威工程院和国兴冥思的业务合并，另一位是梁木颂在英微的下属钱凯，他将跟随梁木颂，分管公司营销。

汤跃、蒋真等廖森旧部依然留在云威，此刻都很识趣地迎接新领导。

这次人事变化的震动极小，但公司内部管理发生了结构性的变化，研发的地位得到了巩固和加强。

颜亿盼看着乔婉杭亲自把梁木颂领进他的办公室，自己退在了高管外围，前方核心圈不知谁说了句什么，爆发出一阵欢笑，她不明所以。

那天的天气太好了，顶层的天窗上散出太阳的光辉，预示着一个新的开端，阳光似有燎原之势，覆盖在每个人的头顶，把大理石地板都照得透亮。颜亿盼只觉得有些刺目，眯了眯眼，神色惘然地看着离她有段距离的热烈气息。

梁木颂进入云威的第二天，各大媒体开始报道两家芯片公司的CEO变动，Xtone迎来了史上背景最硬的徐浩然，云威迎来了研发领域教父级别的梁木颂。

二人的家事、往事、身边事被不停挖掘，主持人在电视上强势发问：这是一场商业竞争，还是一家科技企业面对重重封锁的突围？

整个科技板块都为之震动。

云威的股价逆势上扬，连续五天涨停。

乔婉杭也跟随梁木颂一同搬进了对面的办公室。

颜亿盼没来得及去看乔婉杭的新办公室，便给刘江去了电话："刘处长，我想好了。"

"嗯，想好了就好。"

"答案是：不能。"

"你……耍我呢？"

"不是，这段时间，我每天都在认真考虑这件事。"

"为什么？你不也想证明翟云忠的无辜吗？"

"可相比死去的翟云忠，活着的徐浩然对我更重要。"

"他到底是你什么人？"

"恩人、老师、朋友。"

"好，很有意思，颜亿盼，这次，你是真的入了我的眼了。"

"荣幸。"

"上一个入我眼的人，现在还在监狱里。"

"……"

乔婉杭把翟云忠的少量物品放在里面的休息室，把自己一些日常衣物和他的衬衫挂在了一排。近年来，她的衣服集中在黑白色，纹样也极为低调，和翟云忠的蓝色系衬衣很是搭配。

正对大门的地方，她让人挂了一幅当代艺术画，橙色、黄色、粉色、青色交织的线条，如春季花色，给人以新的希望。

颜亿盼之前送的苗绣也依旧放在玻璃书柜里，让屋子里多了些生气。

不过，她怎么也不会想到，自己搬进总裁办公室收到的第一封邮件不是道贺邮件，而是一封来自外网的私人邮件，图片一张一张地打开，全是颜亿盼和徐浩然的照片。

无论放大、缩小，无论正面还是侧面，都可以看出，两人的关系亲近而自然，想必相识已久。

她合上电脑，低着头，手支着额头，这些照片与其说让她震惊，不如说让她迷惑，心脏不受控地紧缩着，找不到来由的张皇无措。

一切突然发生，又像是早有预谋。

从一开始颜亿盼说不认识徐浩然，再到说和徐浩然不熟，然后巧妙回避所有与之相关的问题，这个一直在自己身边的女人，远比想象得要复杂。

乔婉杭只觉得脑袋轰隆隆如同行驶了一艘巨轮，翻滚着惊涛骇浪，两年来的很多事情走马观花一般在脑海里闪过。

温柔的笑容，狡诈的手段，一次次跨越障碍领略的风景……

不，不，不……那些都不是真的画面，是随行的同伴描绘给她听的，外面从没有春暖花开，可能只是萧索荒芜的黄土，她像一个逃票上船的流浪者，依然缩在船舱某个黑暗的角落里，如同当年第一次踏入这里，对外界的一切都一无所知。

这艘巨轮闯入她的心口，开了一个巨大的口子，灌满了冷风，颜亿盼的心如同与她擦肩而过的冰山，那沉入海底的阴暗面，她知道多少，又能接受多少？

第十七章 对决

107.后悔

精挑细选的几张高清合影图片同样也放在了公司的论坛上，公司里喜欢看颜亿盼笑话的人永远都存在。

当天的讨论就冲上了最热帖。

上传图片的人还颇为体贴，留了一张颜亿盼在酒店大堂等待，徐浩然拉着行李上楼的图片，像是有意规避桃色之争。

同时还放了徐浩然给她文件的图片。

这更引发遐想，像是某种接头。以至于评论直指程远和颜亿盼的关系。

点击最高的评论是：请警方介入调查，Xtone起诉云威的几项专利是不是在人家夫妻床上泄露出去的？

对这条评论的评论里，也有反对的：建议说这话的人，看一下徐浩然的简历，他本人是从云威研发中心出来的。

但马上又有人反驳，只是贴出一张图片，美国参议院智囊团的名单，Danial Xu的名字被圈出来。

应对Xtone起诉的备战依旧如火如荼地进行着，这个时候，公司里出现了这么一个和对手有瓜葛的人，必然会引起担忧甚至恐慌。

如同一条缠绕树枝的毒蛇，没有人知道她要攻击的是什么。

当事人颜亿盼没有辩解，直接向高层提交了辞职信就离开了公司，这样做更像是逃避追查。

没人能开口保她，身为大股东的乔婉杭甚至还没从震惊中走出来，更不可能找到理由留她。

不，她要问清楚。

"颜亿盼和徐浩然到底是什么关系？"乔婉杭直接冲到程远的办公室询问。

"颜亿盼从十四岁到二十一岁上学期间，都是徐浩然帮她出的学费，她们家那个时候欠了一屁股债。而且，颜亿盼进云威也是徐浩然的意思。"程远语气闲散，像是在说公司里别的同事。

"Xtone起诉云威这件事，她之前有没有……"乔婉杭话到嘴边，又说不出口，这些网络猜测不应在他这里有回应。

"有没有什么？"程远抬起头，语气冰冷得可怕。

"有没有联系。"

"你看不出那照片是久别重逢吗？"程远说道。他反反复复看过照片，他的妻子肢体动作礼貌而僵硬，但是表情还是某种再次相遇后的欣喜，他用力按了一下额头，"以后她的事情都别问我，和我没有关系。"

程远脸色阴郁地盯着照片上面的日期，黄色的印刻时间标记，精确到秒。那一天，颜亿盼对他格外好，他也决定放下所有的猜测和芥蒂，却没想到，她第二天大清早离开，却是去见了徐浩然。

他对颜亿盼的所有提醒，都被她置之脑后。

乔婉杭很少看到程远如此低气压，几乎让人感到窒息。她看出程远随时可能会炸裂的克制，没再追问，转身出了办公室。

她不是一个让疑问在内心反复折磨自己的人，她给颜亿盼打电话，那头直接拒绝接听。

乔婉杭没法在办公室坐等真相，她要去质问颜亿盼：怎么能一而再再而三地欺骗她，太伤人了！

乔婉杭带着满满的战斗力，车子一路从公司地下室飙到颜亿盼家楼下，关上车门后，乔婉杭一直上到她家的楼层，可到了门口却突然犹豫了，没有立刻按下门铃。

她又开始在心里为颜亿盼开脱，颜亿盼一定是有自己的苦衷，她不想让颜亿盼辞职，事情没有弄清楚以前，怎么能轻易否定她呢？

不管怎么说，她需要一个解释，两年来，她们并肩作战那么多次，难道不比十年前这种单纯的金钱资助关系更可靠？

可越这么想，她心里越没有底。

她反复回想那天晚上两人在院落中的谈话，当时的颜亿盼，有几分真意？是不是早已做好了背弃她的准备？

如果背弃，又为什么要花费那么多心力来打动梁木颂，又为什么非要把她送到现在这个位置？

说不通啊。

门内很安静，她告诉自己，要公事公办，大度地问自己下属的打算，如果颜亿盼给出的理由充分，她就再和董事会解释，无论如何先留人再说。

她还没摁门铃，就听到里面的开门声，她一下子有些不知所措，她没意识到，自己原来这么在乎颜亿盼的去留。

颜亿盼站在门口，一手提着垃圾袋，一手拿着皮包，看到乔婉杭，也是一愣。

乔婉杭的手不自觉地握紧了车钥匙，打量着颜亿盼。

颜亿盼的状态太好了，那样子完全不像被冤枉，被迫辞职的样子，妆容精致，衣着精致，头发丝儿都精致，之前的头发她是很自然地散在耳后，现在扎了起来，露出尖尖的下巴和光洁的额头，看起来年轻不少，没有惯常的笑容，这样子忽然让人有些陌生。

"你要去哪？"乔婉杭问道，眼里的关切不受控地流露出来。

"我……出去一趟。"颜亿盼的样子居然有点局促，这让乔婉杭心里好受了一些。

"你不打算跟我说一下情况吗？"乔婉杭问道。

"乔，很抱歉之前……"颜亿盼没打算长谈，手里还拎着垃圾袋。

"不用跟我说抱歉，程远跟我说了，你不告诉我，是不是担心我会因为这层关系防着你啊？"乔婉杭这次是真的想好好谈谈，"这两年的共事难道不能说明问题？"

"你没必要因为我也被怀疑。"

"哦，所以你离开是顾虑到我？"乔婉杭莫名松了口气，觉得颜亿盼又亲切起来，还是那个向着她的人。

颜亿盼没有回答，她把垃圾袋放在门口，包放在旁边的储物柜上，弯腰在鞋柜里给乔婉杭拿了一双布拖鞋，摆在她面前。

就在颜亿盼弯腰的那一刹那，乔婉杭看到她包里的一份文件露了出来，上面是Xtone的Logo，她想都没想就直接把文件抽了出来。

颜亿盼听到声音，脊背僵了一下，缓缓站直，她看到乔婉杭眼里透着可怕的愠怒，就那么几秒，之前流露的关切消失殆尽。

她手里紧紧拽着的那份文件正是Xtone的雇佣合同。

颜亿盼站在那里，门前的过道空荡荡，她有一种想逃跑的冲动，她们都让对方猝不及防。

这场变故，都没有给对方足够的准备时间。

"你还想骗我！我看他能给你开多少钱？"乔婉杭打破了僵局，用力翻阅文件，颜亿盼上前想要把合同夺过来。

两人几乎在门口就撕扯起来，颜亿盼精致的装扮变得不再精致，梳在耳后的长刘海落在眼前，丝巾扎的花也散开了；乔婉杭个子比颜亿盼稍矮，但不知道哪来那么大力气，死揪着合同不放，颜亿盼扯她的胳膊时，乔婉杭猛地把那份文件往客厅地上一摔，她手上也被文件上的订书针割破，食指流出了血。

两个人俱是一怔，看着掉落在地上的合同，谁都没再动。

"工资也不高嘛，"乔婉杭冷笑一声，问道，"为什么去Xtone？"

"Xtone前景更好。"

"那你为什么不早去？"

"现在正好报恩。"

"你明明说跟定了我，你报什么恩！"

"你派了李琢、钱凯这两个空降兵，我不满。"

"行！这个位置我给你空出来。"

"……晚了。"

乔婉杭听到这个词，张了张嘴，刚刚的气势被一下浇灭了，她拉着颜亿盼的手，耐着性子说道："该抱歉的是我，我不该拖延，VP的职位答应过你，这周我签发。"

颜亿盼看她忽然低头认错的样子，脸上僵住了，抽回了手："不必了。"

乔婉杭站在原地，一时不知怎么办，凝视着她，颜亿盼显然也没想好怎么应对这个情况。

"你考虑程远了吗？"乔婉杭像一个蹩脚的垂钓人，拿着手边现有的诱饵急切地往下抛。

"我留在云威，程远更加尴尬。"

"你别找借口。"

"大乔，抱歉不能陪你走下去了。"

"我不想听了！滚！"乔婉杭用力推了她一把，颜亿盼身体猛地撞到墙上，头发一下散了下来，发箍掉落在地上。

乔婉杭意识到这是颜亿盼家，又指着她说了一句："颜亿盼，我告诉你，别以为我没你不行！"

颜亿盼眼圈发红，忽然笑了一声，吁了一口气，说道："我也想看看，你是不是没我不行。"

"我，我一定会让你后悔的！"乔婉杭愤恨地说完，转身摔门而出。

乔婉杭走到电梯门口，才意识到自己穿着拖鞋就出来了。

可她也不可能再回去换鞋了，在空荡荡的电梯里，她反手撑着电梯里的把手，低头看着鞋上的花朵图案，眼泪就这么掉了下来。

她不应如此脆弱，但各种被欺骗、不甘、委屈的情绪却一股脑地涌了上来，那泪水抹不断一样，脸上还留着恐怖的血痕。看着电梯里自己狼狈的样子，没想到这次分别如此不体面，她更加气了，用力砸了下电梯箱，因胸闷气短，整个人喘不上气一般抽泣。

等颜亿盼反应过来，提着乔婉杭的高跟鞋追出去时，电梯已经下行了，等她追到小区门口，正看到乔婉杭开着车蹿向了马路，跑车的声音像是要把马路掀翻，在街角处猛地急转弯，车子便消失在她的视线内。

颜亿盼茫然无措地站在那里，头发散乱，发尾刺着眼睑，直把人眼睛刺红了。楼下的桃花开得正盛，被风吹散，直往人身上扑，让她无处可逃。

路人纷纷回头看她提着一双高跟鞋木然地站在那里。

这时，她口袋里的电话响了。

是徐浩然，她面色转冷地把电话掐断，缓缓转身，返回了小区。

颜亿盼只觉得脚步很沉，浑身力气都在撕扯中消失殆尽，她回到家中，弯腰捡起地上乱作一团的合同，又一张一张捋平，她眼圈酸涩，口中喃喃道："你一定要好好走下去，让我后悔……"

她枯坐在沙发上，电话响了好几次，有刘江的，也有徐浩然的。

她任凭电话响着，直到整个房间彻底安静下来，不知过了多久，她才站起来去卫生间洗了脸，补了妆。

出来后，给徐浩然回拨了过去，语气平静得反常："老师，我要晚点到。"

"没事，你到公司楼下就给我电话。"

"好。"

颜亿盼把头发重新梳好，再次出了门。

108.恩情，亲情

程远对颜亿盼这次突发事件反应很冷淡，冷淡到不闻不问不回家。

这样也好，免去了解释的烦恼，两个人以后的话题会更少了。这两年好不容易焐热的婚姻再次无可避免地回到冰点。

他们曾经有很短暂的一段平常夫妻生活，那时，他们中一方至少有一个人回家的时候会喊一声："我回来了！"

后来，这四个字就很少说出了。

她点了外卖，一人坐在餐桌边吃着，怎么都比不上记忆中的美味。

她都无须强迫自己从过去的环境抽离，那些曾经亲近的人都在离她远去。

颜亿盼和Xtone签完合同后，休息了一天就去上班了。

Xtone的工作环境和云威不一样，他们的行政管理岗也有很多外籍员工，处理问题都是按照流程，加班也不多。高层对于云威的态度千差万别：有闭目塞听，一直认为云威没有自主研发的；也有同情云威的，觉得他们努力赶路还是掉坑里了。但相较于云威的全民防守状态，作为进攻者，他们并没有特别重视这次起诉。负责起诉事件的只有国际商务部和法务部，其他部门都是按部就班地完成既定任务。

颜亿盼每天都按时上下班，熟悉业务，继续击剑训练。

那天，从击剑场回来以后，她收拾了一下换洗的衣服去街角那家干洗店。

她看到兴子正在店里趴在凳子上写作业，那样子专注极了。

等她出来以后，兴子手里提着一个篮子追了出来，直接把一筐东西塞在她手里，喘着气地说："我奶奶说，人要感恩。"

颜亿盼揭开了篮子上的布，下面满满的都是青团和粽子。看来，老人没有瞒着孩子，说出了颜亿盼对他的资助。

"这是我们包的，您这段时间一直都没来，就留在冰箱里冻着了。"兴子继续说着，他似乎演练过很多次，但说起来还是很紧张，"阿姨，等我长大以后一定报答您！"

兴子说完转身就跑，这孩子脚步极快，像是担心被人抓住。

"兴子，等等！"颜亿盼赶紧追了几步，叫住了他。

兴子回过头，颜亿盼摆摆手让他走近，然后弯腰对他说："这个端午节阿姨没有地方去，能不能陪阿姨过个端午节？"

兴子愣了一下，然后用力点了点头说道："那您来我们家吃饭吧。"

颜亿盼有些犹豫，担心杨老太会太辛苦，说道："我请你下馆子？"

兴子摇头，然后说："阿姨，我们家的菜很好吃的，我奶奶会做桂花糕。"

"好吧。"

"明天晚上好不好？"兴子又说，"您来店里找我们。"

"好。"颜亿盼点了点头。

……

颜亿盼还真就没客气，第二天下班后就直接开车到了干洗店门口。兴子奶奶一见她来，立刻就从店里跑了出来，老人家的头发不多，但脸色还很红润，见到她，嘴巴笑得合不拢。

颜亿盼就这样很不见外地去了他们家吃饭。

兴子家住在一栋六层家属楼的半地下室里，门口堆着纸箱，做饭都是在过道上。老人家大概连夜准备了食物，去的时候，发现锅里已经蒸好了桂花糕和米粉鸭。

她接着又红烧了一条鱼，煎了豆腐，炒了青菜，菜非常朴实，但是闻着很香。

487

地下室的屋顶很矮，面积大概十来平方米，屋里很多不同的鞋盒、牛奶箱叠放在一起当成柜子靠在墙边，唯一能看到的墙上贴了几张奖状，还有一张视力表，屋里只有一张床，床上有两套不那么新却洗得很干净的被褥，餐具摆在一个大概高六十厘米的小桌子上，桌子的一角被磨破了，露出里面的压缩板。

他们在桌子上铺了几张报纸。

门外有一户人家在吵架，然后传来了孩子的大哭声。

兴子奶奶咧着嘴笑道："这家人还被社区发了个'五好家庭'奖状，在外面对谁都和和气气，回到家就吵死了。"

兴子奶奶还酿了桂花酒，在这个狭小昏暗的空间里，陈旧的木头气味、人身上的浊气，还混合着油烟味和酒味，却让颜亿盼有种久违的熟悉感。

这个味道，她过去想逃离，现在却觉得安心。

吃饭的时候，兴子奶奶没怎么动筷子，嘴里一直念叨着："本来不打算告诉他，但是这孩子总是去外面找活儿，我怕影响他学习，就告诉他了，我也不想他成为一个不懂感恩的人，所以，对不起啊，闺女，还是打搅到你了。我跟兴子说，别人对你的恩要记着加倍还，对你的不好，就别记着了，我们这个样子，被人看不起是正常的。"

"哪里，您别这么说。"

兴子奶奶给颜亿盼倒了一杯桂花酒，自己先大喝了一口，颜亿盼也陪着喝了一杯。

"您看面相，就知道是富贵人，和我们不同。不过，您大可以放心，我们身体都好着呢，以后一定能报答您。"

"随缘吧。"颜亿盼无奈笑道，她在工作中常常八面玲珑地应对各种人情世故，可到了这里，她反而没什么技巧。

兴子奶奶给颜亿盼夹着菜，开始慢慢地絮叨自己是怎么在这里找到工作，怎么找到这个房子，怎么找到菜市场，怎么给孩子老师送礼的。她瞪着混沌的眼睛，喋喋不休地说着，语气里充满了自豪。

酒越喝越多，语速也越来越快，有时候还夹杂着家乡话，颜亿盼只能勉强听懂。

兴子在旁边大口吃着饭，还被老人教训着让给颜亿盼敬酒。

吓得颜亿盼赶紧让兴子坐下，可十二岁的孩子真的就站起来举杯一口喝下。

颜亿盼菜吃得并不多，酒倒是喝了不少。老人自己把自己喝得迷迷瞪瞪，最后突然搂着颜亿盼哭了起来，说道："好人有好报，我前半辈子就是对人太厉害了，几块钱都要算计，老了老了让人到处使唤，我知道，兴子以后也没法给我养老了，等他大了，让他给你养老送终……"

颜亿盼听到这里，哭笑不得，觉得自己好像确实不该来。

最终，老人把自己喝趴下了，干脆直接趴在旁边的床上打呼噜了。

兴子见他奶奶睡了，咧嘴露出尴尬的笑容，挠着后脑勺说道："她就这样，阿姨，您吃菜。"

颜亿盼把夹在她碗里的菜吃完了，就放下筷子。

"阿姨，我给您倒些热水吧！"兴子说完就要站起来拿热水瓶。

颜亿盼一把将他拉下坐在了凳子上："兴子，阿姨有几句话跟你说。"

兴子一听，立刻就老老实实坐在小矮凳上，抱着膝盖，两颗黑珍珠似的眼睛一动不动地看着颜亿盼。

颜亿盼缓缓说道："不是所有孩子生来都应有尽有，你别觉得自己不如人，天生就该被人看不起，在那些看起来最狼狈，最没有前途的日子里，能挺就挺，不能挺就求人，这不丢人，要有人帮忙，不要拒绝，也不要把这些当作负担。

"我帮你是因为之前有人帮了我，那个恩情我还不了，就转送给你，你长大以后如果出息了，能帮助别人，就当还我了。

"总想着偿还别人的恩情，是一件很累很累的事情。小小年纪不要牵扯太多要报答别人的心思，好好学习，好好生活就好了，如果让你因为我的帮助而有负担，我帮你就没有意义了。"

不高的屋顶上一盏发黄的灯边上绕了一只小虫，飞来飞去，颜亿盼看着小虫，觉得眼睛发酸。

"阿姨也是个自私的人，知道你想报恩也会牵扯我的精力，我只想没有负担地做自己喜欢的事情，保护我想保护的人……"

颜亿盼说到这里时，意识到自己其实有点醉了，兴子微微张着嘴，就这样看着她，也不知道听懂几分。

"每年你给我寄一份成绩单就行，别的事，都不要去想。"颜亿盼拍了拍他的肩膀。

兴子一语不发地听着颜亿盼把所有的话说完，重重地点了点头，说道："阿姨，我知道了。"

颜亿盼笑了笑，摸了摸他的头，就站了起来，兴子还要出来送，颜亿盼跟他说："照顾你奶奶吧。"

就这样，颜亿盼从那间破旧的杂房里走了出来，头有些晕，便坐在路边的台阶上休息了一会儿，头顶星空闪烁，夜风微凉，她突然觉得轻松不少，看着车流来来回回，坐了十来分钟才往家走。

路上，她回头时，发现兴子躲在后面，笨拙而又小心地跟着她，她进了小区的门，他还扒在栏杆边看着她，之后，颜亿盼便再看不到他了。

颜亿盼回到家，房间里空无一人。这段时间，她真的太累了，程远不回家也好，她不用应付他。

她就这样躺在沙发上睡得昏昏沉沉，不知睡了多久，她觉得嗓子干得不行，咳了几声，抬手在茶几上摸了半天，就感到有一只温热的手扶着她的手摸到一个保温杯，送到嘴边，里面是煮过的红糖姜水。

"你这是喝了多少，一屋子酒气……"程远闷声说道。

颜亿盼喝了几口，放下杯子，脑子里还是嗡嗡作响，杨老太自家酿的桂花酒后劲真是太大了，她倒在沙发上，头枕着靠垫，身上不知什么时候多了一条被子。

客厅里只有一盏廊灯，程远的侧脸离她不远，可抬手时，又觉得很远，他的身影融在月光和灯光中，直叫人想靠过去，和他融在一起。她抬着的手被程远放进了被子里，她嗓子疼得很，说不出话来，她想和他说很多话，可是都没想好怎么说。

她感到沙发陷下去一点，程远靠在她身边坐下来了，手把她贴在额头上的碎发往后捋了捋，很轻的声音传入她的耳边："我不知道你有什么计划，你总是这样，一个人，一声不吭地往前走……这次不比从前，徐浩然的段位比你高，你别打着报恩的名义把自己给埋了。"

颜亿盼听出了他声音里含着怪罪和担忧，此时的手还被他捏在手心里，他手心汗津津的，捏得她生疼，她抽不出来，只觉得心口闷着想哭，她闭着眼，感到眼角湿润，却没有泪，一个很轻柔的吻落在她紧皱的眉心。

"亿盼，我在意你，那么在意你，你有那么一点点在意我吗？"

那声音压抑而温柔，从耳际一直传入脑海，再传到心脏，她忽然感到手被松开了，沙发再次起伏，她温热的手一下子变凉了，身子涌上一股寒意。

别走好吗？她想说，却没说出口。

109.恩情，友情

早上颜亿盼起来的时候，已经十点了，阳光铺满了整个房间，她坐起来，看着茶几上的保温杯，又喝了几口，发现屋里还是空无一人，程远的房间完全没有人来过的痕迹。

晚上他好像絮絮叨叨说了些话，她一时又想不起来了，只记得自己当时很想哭，现在胸口里的闷气被昨晚的酒一扫而光。她让自己身体强制重启，起床洗澡化妆，就开车往公司赶，也真是见了鬼了，她都快开到云威大厦的那条路口了，才反应过来，自己不在这里上班。于是又辗转开去了Xtone。

Xtone的管理没有云威严格，她这个级别，完全看团队成绩，晚到也没人询问。来了一周，徐浩然从没和她谈过起诉案件，只是让她负责全国的营销计划。Xtone的业务拓展压力不大，更多的是基础维护，不过自从丢了智慧城市项目，他们在各个区域的销售额都有下降的趋势，尤其以西南区为主。

而这时候，西南区最大的集成公司南通的老板白总居然千里送订单来了。

"颜总，我说过，我跟着你走，你在哪儿，我去哪儿。"白总在视频电话里笑眯眯地说道，他又晒黑了一些，但还是喜欢穿白西装，"Xtone也是我的供应商，不过就是价格高，出货时间都是他们说了算，所以这几年我们用云威的产品更多些，不过，这都过去了。"

"白总，我真是怕了你了，你以前是做扫雷游戏开发的吧，系统埋雷都没你埋得好，你想想，你给我找的那些事儿，哪次不是把我炸得遍体鳞伤。"颜亿盼对他送订单一事，悬着一百颗防炸的心。

"颜总说笑了。"白总嘴上这么说，脸上却毫无歉疚，反而洋溢着无比骄傲的笑容。

"不好笑吗？"颜亿盼跟着笑了一声，然后收起了笑容，说道，"你想选谁，都行，可别说是因为我。"

"颜总，你还是怪我。"

"怪你什么？"颜亿盼斜乜了他一眼，继续手里的工作。

"我老实跟你交代，那次出问题的主板，我收到以后就投诉啦。后来，翟绪纲找我，跟我解释主板问题，说会彻查，我当时就怀疑，拆穿了他，他也没否认，但是他说可以通过主板问题赶走廖淼，我就配合了，你应该知道，我不喜欢廖淼，他的所有策略都偏向华东区，他还是大伯的跟屁虫，这不，云威一出事……"白总在那边没完没了地求谅解。

"行了，别解释了，你现在突然用Xtone到底什么原因？"颜亿盼正色看着他。

"什么原因？颜总，你最明智了，云威没前途了，还跟赵大伯搞到一起，现在这个形势，肯定要断供的，我不马上在这里排队挂号，等着以后饿死啊？"

"也是，人各有志啊，你有你的选择。"

"颜总啊，我这是相信你嘛，你站队的功夫，我是见识过的，领先我们这些边远山区人民一大截，跟着你，不会错！"

颜亿盼懒得跟他纠缠，就挂了电话。白总做事雷厉风行，很快，就把下半年70%的芯片订单压给了Xtone，这还不算，西南区他那帮小弟经销商也都闻风而来。

所以，颜亿盼在Xtone不到一个月，Xtone在西南区又重振雄风了。

这个消息，实在是让人……五味杂陈。

无论是行业口口相传的消息，还是财经新闻，这个变化都被报道了出来，为此，徐浩然在会上公开表扬了颜亿盼，让她这个空降兵以极短的时间在Xtone立稳了脚跟。

而云威内部骂颜亿盼的热情却空前高涨，远远超过了她离职前，毕竟这是真金白银的流失。

内网BBS颜亿盼是进不去，可这并不影响有人把内容发在微博里供人围观。她的离职和背叛甚至上了热搜。

事情的大致脉络被梳理成：曾经在云威台上风光的发言人，私底下和Xtone有交易，最终事情败露被开除。现在和原东家反目，她走以后，把自己打开的西南市场客户也带走了。

白总的个人微博也被围观，里面有他和颜亿盼带老王翻车的合影，还有前两天转发了一条商业鸡汤文：格局大小主要看识人高低。

所有这些都被编入了一条长微博，讲述方式很有技巧，纪实风和狗血风齐飞。

文末还煞有介事地写了一句传播性很强的文案："在颜总眼里，男人都是跳板！"

颜亿盼突然觉得，没有她在的云威，在言论自由的道路上一去不复返。她很想给Amy去个电话，叨叨她，别一怀孕了，就什么都不管了。

而更棘手的还在后面，她接下来要处理的就是对云威的专利起诉案，她知道那些不想见她的人，将不得不面对她。

她担忧之余，又暗暗有些期待，她很想知道云威内部怎么样了，此种矛盾心理让她怀疑自己最近有点精神焦虑导致内分泌失调。

云威那边的应诉倒是很积极，很快给Xtone发来了信函，商讨庭外和解的可能性，尽管云威的当家人乔婉杭是个狠角儿，不过公司形象还是以和为贵，这也是颜亿盼十年来耕耘的结果。

无论对政府、媒体、还是公众，云威都有一股浓浓的温良恭俭让之风，毕竟他们从一开始就是长在悬崖峭壁上的一棵青松，能活着已然不易，犯不着到处招风树敌。

两个多月后，颜亿盼再次见到乔婉杭，才意识到过去在她身边，对她的成长和变化看得不够仔细，也忽略了她其实还有另一面。

那天，他们约见的地方是两年前和永盛谈判的商务会馆，正好在两家公司连线的中间位置，谁也不将就谁。

乔婉杭从那辆豪华商务车下来的时候，映入颜亿盼眼帘的是那双穿着闪着低调光泽的深蓝高跟鞋的细长小腿。乔婉杭穿着一件黑色短款斗篷外套和一条黑白几何图及膝短裙，戴着一对腊绿玉耳坠，有女性的美，也有压人一等的气度。颜亿盼看到她时，感觉她过去与人相处还挺低调的，现在的她才展现了本色，本来嘛，这个女人没人惹得起。

乔婉杭下车的时候，抬头看了一眼这个二层小楼，眼睛微微眯了眯，一瞬的怅然过后，神色变得冷寂。她旁边跟着Eason还有法务部的同事，工程院来的有罗洛、李琢。

Xtone这边徐浩然带着颜亿盼，还有法务部、国际商务部的人，早已经在大堂等候,明明是占优势的一方,表现得却更为谦和。

徐浩然第一次见乔婉杭,商务礼仪很到位,礼貌地微笑,主动伸手握手,主动让她先走。乔婉杭看徐浩然的眼神很深,嘴角那一抹笑容叫人看不透。不过,她全程都没看颜亿盼一眼,也是,在这个层面上的会晤,她们确实不是一个级别。

大家上了二楼最靠里的会议室,两家公司分坐会议桌两边。

徐浩然似乎对这种谈判没什么兴致,让颜亿盼坐在正中间,他坐她旁边;对面李琢坐在中间,乔婉杭坐在他旁边。

"这个案子我们不想牵扯两方太多时间和人力,"徐浩然先说话了,"我们这边的对接人是颜亿盼,公司的对外事务部副总裁,也许各位都认识。"

"我们这边对接的是营销副总裁李琢,和你们这位颜副总见过几面,"乔婉杭介绍着,扫了一眼对面,目光总算停在了颜亿盼身上,"李琢的决定代表我本人,你们以后可以和他沟通。"

颜亿盼冲李琢点头礼貌地笑了笑,没有说话。

Eason拿起几份文件,推了过去,恭恭敬敬地说道:"这是我们计划对Xtone的起诉书。"

Xtone的法务拿着起诉书认真翻阅,房间里安静得能听到每个人的呼吸声。

李琢说道:"Xtone的起诉,我们打算分为两部分应诉,一方面,云威会证明没有侵权,时间拖得会久一点;另一方面,我们打算联合国兴采购Xtone的新款芯片,额度不会低于20亿美元,希望以这种方式,让双方保持过去的合作关系,商人以和为贵,没必要打来打去,很难看。"

颜亿盼翻着文件,直接翻到最后几页,抿嘴笑了一下,说道:"官司是官司,生意是生意,起诉书的整体额度往最高估值也过不了10亿,对我们的影响不大,只是,你们要想清楚,一旦你们起诉Xtone,Xtone将会终止对云威FPGA芯片的授权,到时候,你们连基站都建不了,更别提智慧城市了。"

此话一说,谈判桌两边都安静了,说到底,现在是卖方市场,Xtone有几项核心技术,云威现在暂无替代方案,这便是云威的死穴。

徐浩然带着一丝欣赏看了一眼颜亿盼。

乔婉杭低头握着茶杯,指尖通红,闭眼喝了一口,深吸了一口气,问道:"不妨直说,你们绝不撤诉,绝不和解?"

徐浩然语气沉稳地说道:"和解也不是不可以,只是你们提出的方案,没有打动我们。"

"你想要什么?"乔婉杭说道。

"不是我,是公司。"徐浩然笑了笑。

"我记得我说过,Xtone联合行业协会还有更多限制措施,之所以没有把绞绳收

493

紧，是因为还有谈判的空间，"颜亿盼接过话头，看了一眼乔婉杭，这话的确是她们还在同一战线时聊过，这话说得……毫不避讳二人曾经熟识的关系，但接下来，她的话就变味了，"Xtone是一家公司，只是做生意，起诉金额不会变，但是你们可以用别的东西抵。"

"什么？"乔婉杭总算正视颜亿盼了，眼里藏着厚厚的防备。

"比如，千窍芯的专利共享。"颜亿盼话说得淡漠冷静，毫无波澜。

乔婉杭把茶杯重重往桌子上一放，瞳眸里藏着锋利的寒冰，一动不动地看着颜亿盼，千窍芯给云威带来的利润又岂止20亿美金，这个提议不但毫无诚意，简直就是羞辱。更重要的是，这句话怎么能从她嘴里说出来？！是她见证且保护了千窍芯的诞生，此刻无异于杀鸡取卵。

颜亿盼在她的注视下，心神一颤，但常年在谈判桌上练就的平稳姿态，让她冷静地回视着她。

乔婉杭静默几秒，站了起来："今天不必谈下去了。"

众人也跟着站了起来，往门口走。

徐浩然缓缓起身，颜亿盼跟着走了过去，拿着一份文件抬手递到乔婉杭面前："这是我们的提议，您可以拿回去讨论。"

乔婉杭看着颜亿盼，不接。Eason从法律专业角度出发，抬手准备接过文件。

乔婉杭侧目眉头一皱，Eason手一抖，文件掉在了地上。

乔婉杭转身一脚把文件踢到了角落，空气凝固成无人打破的死寂。

"颜亿盼，"乔婉杭开口说道，"啃老东家的骨头，滋味好吗？"

"你好歹也是云威的董事长了……怎么还这样？"颜亿盼在她耳边低声说道，那声音大概只有她俩能听清。

乔婉杭手微微握拳，不自觉摁了摁胸口，颜亿盼一眼瞥见，脸上的笑容倏地消失了。

乔婉杭放下手，带着众人往旋转楼梯走去。

颜亿盼站在原地，地上的文件被Xtone的同事捡起来拍了拍，徐浩然也从里面出来了，笑道："这不是求和的姿态，亿盼，和你料想的一样，看来，你在那里果然学到了不少东西。"

"老师，您是真的想要云威千窍芯的专利共享吗？"

"他们会给吗？"徐浩然没有直接回答她的问题。

"不会。"

"大家都喜欢折中，你这屋子太暗，需要在这里开一个窗，她不会同意，但你说要拆屋顶，他们就同意了，"徐浩然说道，"他们不愿意开窗，是因为我们加的砝码不够。"

"那接下来我们要做什么？"

徐浩然侧过脸看着她，眼神有她不敢直视的穿透力，接着他语气无比温和地说："慢慢来，不急。"

颜亿盼扯出个笑来，看着空荡荡的过道，没再多问。

110.打击

深夜，乔婉杭家中的书房。

乔婉杭手边是翟云忠临死前留下的书，其中有关FPGA的那段标注，再次被她翻出来：

> FPGA对其编程可以实现在线重构，能进一步缩短设计周期，市场相应速度将以小时计算，技术难点在于数据加密、数据保护和数据压缩，但重构的内核设计必须摒弃原有规则，否则路断！！！

她的平板电脑开着视频聊天，对面是坐在办公室的程远。

"老翟说的是我们未来信息领域的出路，"程远的声音传来，"我们意识到这个问题的时候不算晚，但很遗憾，现在的FPGA芯片……主要用于航天航空领域。民用上，一是需要投入更多的资金和时间，更重要的是人才稀缺，除了基础学科的人才，还有实用领域……大乔，有时候意识到自己的局限和平凡是一件很痛苦的事情。"

程远这番话让乔婉杭想到那天夜晚在院子里，颜亿盼说过类似的话，"好比明明就是一个平凡的人，偏偏生出了野心，注定要摔得粉身碎骨……"

乔婉杭胸中涌出强烈的对抗情绪，说道："意识到平凡却依然奋力追赶，是一件值得欣赏的事情，哪怕它看起来很悲情。"

"也许吧，这个局面，老翟三四年前就预料到了，现在依然没有突围。"程远语气低沉。他一贯如此，言语上逼迫别人直面现实，行为上，却丝毫不向现实低头。

"这次谈判破裂，我们没有别的出路，只能硬刚到底。"乔婉杭有些疲乏地摁了摁额头。

"我觉得，即便有别的出路，我们也只能硬刚到底。"程远那边的声音很笃定。

乔婉杭笑了起来，点了点头。两人结束了对话。

乔婉杭闭目思考着，翟云忠自杀和现在的局面是否有关联，如果有，关联在哪里？

此刻，那面白板上的格局被她重新调整了。

麻将图被全部抹去，改成一条细长的黑色谈判桌，横亘在乔婉杭和颜亿盼中间，如楚河汉界，两人对立，颜亿盼身后是徐浩然，乔婉杭身后是翟云忠，还有程远、赵正华一众人。

乔婉杭盯着这张图，眼底闪着一点微光，在这周遭寂静的暗夜内，仿若破碎的玻璃坠入深湖。

那一夜，她反而睡得很安宁。

乔婉杭清早来到公司的时候，Lisa已经在门口等了，她汇报了今年公司的人事结构调整，上半年为建构以研发为核心的管理体系，公司一直在平缓地进行人事改革。

乔婉杭给了几点意见后，问道：“上次我让你找的协议你找了吗？”

"这是颜亿盼的竞业限制协议，"Lisa说完拿出一份资料，"不过……"

"不过什么？"

"Xtone旗下有很多公司，还有一种类似创新工作室，以及劳务代理公司，他们在全球挖高级人才很有一套，只要把她签在别的合作公司，就能规避竞业限制，我们就算找到漏洞起诉，颜亿盼属于董高监范畴，按照我们和她签的竞业限制合同，只涉及金额赔偿。"

"你到底要说什么？"

"Xtone肯定有准备的，打起官司来拖的时间长不说，即便赢了，我们最多就是要一笔赔偿，她还是可以在那里上班，"Lisa目光灼灼地看着乔婉杭，低声问道，"您的目的是想让她离开Xtone吧？"

但凡涉及老板心思的解读，Lisa通常可以拿满分。

乔婉杭轻轻一点头，思绪却飘到了那天她抢颜亿盼Xtone雇佣合同的场景，不由心下一阵烦闷。

Lisa立刻从文件夹最下面拿出几份单据："这是亿盼在云威期间的违规操作，从IT那里调取的邮件记录，还有袁州提供的一些证据。"

"袁州？我记得他对颜亿盼挺忠心的。"乔婉杭有些诧异，手上翻阅着颜亿盼曾经手签字的文件，还有十几张邮件截图。

"颜亿盼这不是走了吗，他们部门现在是钱凯代管，总经理的位置还空着……"

"袁州说了什么？"

"说有一次竞标的时候，颜亿盼曾授意手底下的人，拿着A的方案，偷偷给B公司去磕某个协会的领导。"Lisa翻到两页单据，指着文件说道，"这是三家公司的竞标评分表，这是颜亿盼签字审核通过的B公司服务协议。"

"她收了B公司的贿赂？"

"这还没查出来，我问Amy当时为什么选B公司，Amy说其他几家公司都搞不定领导，B公司关系硬，虽然方案弱了点，但不影响后续和协会合作。"

"哦。"乔婉杭点了点头，抿着嘴忍住了笑。

"她在云威十年，倒没听说有收贿赂的事情。"Lisa看乔婉杭脸色稍缓，又补充了一句，"她工资已经是同级别最高的了。"

乔婉杭想到颜亿盼不按套路出牌的作风，忽然又有些感慨，那时颜亿盼就因为剑走偏锋，帮她扫平了很多障碍，可越是这样，她心里就更放不下，更不甘心，手里拽着调查资料，迟迟下不了决心。

"她这人吧，只要把事情做成了，真是不守规矩，踩线的情况时有发生，现在投靠了竞争对手公司，知道太多云威的商业机密，对我们来说挺危险的。"Lisa看着乔婉杭神色的变化，小心询问道，"她这把操作往小了说是资源整合，往大了说是内部串标，涉及金额不低，我们不出面，可以支持A公司起诉她徇私舞弊。"

乔婉杭看着Lisa眼睛里透出来的精光，手不自觉微微握拳，问道："把握大吗？"

"说实话，亿盼做事很小心，难有漏洞，但只要A公司报案查她，即便没结果，商业违规在美企是很忌讳的，Xtone应该不敢留她了。"

乔婉杭眯缝了一下眼睛："我先看看。"

"那，总经理的位置？"

"等等，我和钱凯商量商量。"

"好的，我等您安排。"Lisa说完便出了乔婉杭办公室。

乔婉杭待门关上后，又逐张翻看手里的资料，看着看着，忽然笑了一声，想了想，她把资料放在身后的机密文件柜内，文件柜的旁边还挂着颜亿盼送的苗绣。

她看着眼前这细腻多变的图案，注意到那黑色绸缎里有几缕鲜红的绣线，藏在银色图腾中，明艳耀眼，熠熠生辉，她伸手触碰它细腻的纹路，不知为何，这缕妖娆的红色如烈焰般灼手，她收起了手指，摩挲着，思索着与颜亿盼共事这两年，不禁有些沮丧，她还是忽略了这个有着怡人笑靥的女人，心里藏着怎样尖利伤人的锐器。

云威和Xtone的拉锯战还在继续，外部的商业环境没有好转。

颜亿盼在Xtone可以接触到他们在全球的进出口数据，其商业规模依然是云威的好几倍，从收益到研发投入都不是云威短期能够达到的。

更让人侧目的是这家公司还在扩张，每年都会在全球收购芯片设计公司，不断扩充自己的研发实力。

颜亿盼开始理解赵正华为什么会说"Xtone是一艘航母"，也理解徐浩然说的"天空是雄鹰的地盘"。

因为这一块地方，他们占据了太久，产生了自己就是天空的错觉。

只是，天空高远，雄鹰的翱翔空间是有限的，而未知的世界是无限的，在对未知的探索中，众生皆渴望，众生皆平等。

当颜亿盼跳出云威来看整个环境的时候，她才真正意识到云威了不起的地方，持续近三十年的研发投入从未因任何理由而中断，而乔婉杭接手以来，形势格外严峻，可她的研发费用投入不降反升，这就像夸父追日一般，追逐心中那浓烈的光，不惧前路艰险，也不惧时光摧残。

正思索时，颜亿盼接到了赵正华的一通电话，只字未提两家官司的事情，而是邀请Xtone的CEO过来参加一个神秘活动。

时间就在三天后的下午七点，颜亿盼判断这应该是一次调停活动。

Xtone和国兴是战略合作伙伴，这种大老板亲自出面邀请的活动，他们一定会给予足够的重视。

活动地址是国兴的多媒体教室。

徐浩然带着颜亿盼出席时，却发现教室里坐满了ICT领域的大佬，这种下班时间，大佬们通常都有自己的应酬和夜生活，在这么短的时间就都过来了，可见赵正华的号召力。

云威也是其中一分子，来的人是乔婉杭和程远。

引导员把他们二人引到最后一排课桌前，正好在程远和乔婉杭身后。

往里走的时候，四人眼神一碰，电光火石之间，又恢复平静，徐浩然点头以示问候，程远看到两人眼神一黯，乔婉杭斜乜了一眼，选择忽视，低头翻阅着桌上的资料。

颜亿盼记得这是她在云威开展全球编程比赛时，国兴公司设置的培训点，在座的各大企业都有社会责任部门，他们或捐赠了学校，或为学校提供计算机培训课程。

国兴的教室布置得很"校园"，背后还用粉笔画了黑板报，因端午刚过，板报里有龙舟和粽子等元素。一面墙上也贴满了来这里上课的孩子们的合影。

教室正前方的黑板上挂着标语：好好学习，天天向上。

课桌是嵌入式电脑桌，被打扫得一尘不染，但角落里依然留有一些孩子的笔迹，类似：Java好难，不困不困。还有些火柴人简笔画。

课桌抽屉里还有一些没用完的铅笔，来到这里，让人有一种重返学校的错觉。

来之前，徐浩然和颜亿盼聊过赵正华，知道赵正华虽被称为大伯，但在行业内却为人低调，在去年某知名媒体办的信息企业颁奖礼上，赵正华获得杰出领导人奖项，他本人都没出席领奖。

所以，他这次突然邀请大家过来，又恰逢行业低迷期，大家猜测这是一次共同探讨行业发展前景的"华山论剑"。

就在大家都跃跃欲试时，赵正华却只给了这次见面的一个议题："请大家帮忙给国兴新捐赠的小学起名，并设计校徽。"

　　国兴在全国分批次捐赠的小学多达百所，他们捐赠的学校有一个硬性要求，就是设备水平不能低于该小学所在省份省会城市的重点小学水平，资金投入相对于普通慈善小学大，更重要的是对山区老师和学生都是挑战，那里资源有限，教学水平无法与城市小学比，因此国兴会设置这样的教室定期给老师和学生做免费培训。

　　云威也同样有这样的教室，程远会带领工程院的工程师给学员培训。

　　当商业大佬们听到这个议题时，疑惑、讥诮与佩服在不同的人脸上显现，他们每个人身上都扛着上亿的价值，面对这么一道题目，显得大材小用。

　　徐浩然看着赵正华，低声对颜亿盼说道："这个人很不简单。"

　　颜亿盼抿了抿嘴唇，轻轻点了一下头，每次和赵正华见面，都会让自己对他的看法刷新。

　　"我只是想告诉这些小学生，他们要有理想，不要局限在自己看到的世界里，"赵正华站在讲台上，很认真地说道，"家里的贫穷不能限制他们的发展，他们可以通过网络、书籍，接触到更广阔的天地，教学不是就教一两种编程语言，这些语言终有一天会过时，重要的是能开拓他们的眼界，能有一点勇气走出去，但越是想赋予更多意义，就越不知道怎么来跟孩子解释这种想法。"

　　赵正华说这些话的时候额头上皱起了一条条沟壑，看得出来，他对这件事真的很上心。

　　下面传来了一阵低语。

　　"叫'爱理想'，我抛砖引玉啊。"其中一位说道。

　　"叫'爱华'呢？带着爱国心，建设新中华。"又有一位女企业家说。

　　"你这是表白大伯呀。"一人调侃道。

　　"这要是表白，我接受。"赵正华大笑着说道，"这样吧，用最流行的方式，分组讨论，然后投票表决，可以吧？我们四人一组，一个小时完成。"

　　"行！"

　　"这次起名活动汇聚了这个领域最顶尖的头脑，对这帮孩子来说意义非凡。"赵正华笑着说道。

　　"开始吧！"众人对这个活动产生了兴趣，也都表现得很积极。这个活动，相比他们平时参加的高端酒会，显得清爽质朴，别有一番趣味。

　　活动的引导员给每组分了马克笔和大白纸，并且提醒各成员组队。

　　当漂亮的女引导员走到颜亿盼这一桌的时候，她便知道，有些人避无可避。

　　"您二位能转过去吗？"引导员弯腰笑着对程远和乔婉杭说道。

　　程远点了点头。乔婉杭笑了笑，声音似乎从后槽牙传出来说："行啊。"

　　"又见面了，Danial。"程远转过身后，对徐浩然礼貌地说道。

"是啊，程院长。"徐浩然大方地伸手，两人轻轻一握。

颜亿盼和乔婉杭互看了一眼，都没说话。

颜亿盼没有办法判断，这个活动是赵正华自作主张，还是和乔婉杭商量过，眼下几人都不动声色，她也就见机行事了。

在众人开始讨论的时候，教室里响起了悠扬的爵士乐之父路易斯·阿姆斯特朗的 *What a Wonderful World*，把整个气氛烘托得融洽而温暖。

"我们从最年长的人开始发言吧。"乔婉杭开口说道，看向徐浩然，抬抬手做了个请的姿势。

徐浩然笑了一下，说道："我建议就叫'真理'吧，我们都是在探寻真理的路上，不管是几岁的孩童，还是像我这样将近半百的人。"

"'真理'……听起来更偏向理科。"程远说道。

"'理想'呢？"乔婉杭看着徐浩然说道，"全国有很多希望小学，那是给学生希望，国兴叫'理想'，是让孩子心怀理想，很简单明了。"

"翟太很相信理想？"徐浩然温和地问道。

"是啊，徐总不信？"乔婉杭说道。

"亿盼，你信吗？"徐浩然回避了这个问题，转而问颜亿盼。

"我不敢谈理想，我更害怕现实。"颜亿盼随口说道，说完笑了起来。

乔婉杭脸色不虞地看着她。

颜亿盼这才收起笑容，语气温和地解释道："那种环境的孩子，每天面对的可能是饭都吃不饱，想得更多的是要解决眼前的问题。"

"那你小时候从来都没有理想吗？"程远突然很好奇地问道，"哪怕让日子更好的理想。"

"那算不上是理想吧。"

"那还是有了？"程远显然不打算放过她。

"嗯，有的……我每天早上起来倒是会默默祈祷：柴火是干的。"颜亿盼兀自笑了笑，看到对面二人投来的不解目光，她继续说道，"我们老家天气很潮湿，父母天没亮就会去乡民那里收鸡蛋，我起床后要生火煮粥，这样，他们回来就有口热粥喝，如果柴火带有晚上的潮气，烧火的时候就冒黑烟，熏眼睛。"

颜亿盼说得云淡风轻，省去了一些细节，比如每天被烟熏得眼睛直流泪，还必须眯着眼继续往里添柴火，那时候每次走到柴火堆前那一点的小期待，现在想起来倒觉得没什么了。她遇见徐浩然以后，有段时间曾认为人应该为贫穷而羞愧，所以她羞于回忆过去，而此刻面对桌边这三个和自己有着各种牵绊的人，忽然卸下了防备。

程远凝视着颜亿盼，没有说话。

"是吧，对他们而言，理想很空洞，"徐浩然说完，摇了摇头，"我甚至怀疑，这个编程教室有几个孩子能真正听进去，因为距离他们太远了。"

说到这里，颜亿盼侧过脸看了一眼徐浩然，心中发闷，却没有反驳。

"您是不相信这种差距能缩短？"程远问道。

"差距？那不是差距，是鸿沟，是意识、家族，还有社会环境造成的难以跨越的鸿沟。"徐浩然手里摩挲着纸张，脸上染着一层不易察觉的悲悯，这种悲悯带有俯视的高度。

"那您觉得云威和全球最顶尖芯片设计的差距呢？"乔婉杭定定地看着徐浩然，"能反超吗？"

话题突然转到了两家争端上，徐浩然的目光落在了乔婉杭脸上。

"你们程总工不是已经在做这件事了吗？"

"有希望吗？"乔婉杭眼睛弯弯，笑着问道。

"恕我直言，从算法、架构，再到设计软件和封测技术，你们的水平和最顶尖的差了不是一代两代，这个差距恐怕比贫困山区的小学和城市重点小学的差距还要大。"徐浩然说这话的时候，声线平稳，脸上挂着优雅的笑容，"游戏规则是它定的，赛道是它建的，起跑的第一枪都是它开的，和你同在赛道的都是听它话的小弟，你靠什么赢它？靠爱和勇气吗？"

优美舒缓的音乐还在继续，路易斯陶醉的嗓音唱着：

I hear babies cry, I watch them grow.

They'll learn much more than I'll never know.

And I think to myself what a wonderful world.

颜亿盼看了一眼程远，他对这个论断似乎见惯不怪，反而眉眼含笑，饶有兴致地看着徐浩然，而乔婉杭脸色就没有那么好看了，她眼睛里似是燃烧着某种灼灼之焰，捏紧了之前手里把玩的笔，颜亿盼有些担心乔老板会不会掀桌子走人，但乔婉杭只是把笔盖拔开，将笔递给了徐浩然，说道："就叫'真理'，听最年长的，徐总，能不能试着画个校徽？"

徐浩然接过笔，还真就画了一个简笔画的太阳，螺旋形，散发烈焰一般的光环，接着，他用很漂亮的隶书在太阳旁边写了两个字：真理。

"我没什么想象力，只知道真理之神也是太阳神阿波罗，那是唯一指引人向前走的光。"画完以后，他放下了笔。

这个字体，对颜亿盼而言并不陌生，但对乔婉杭而言，是第一次看书签原主当面书写，她把校徽旋转了一下，凝视着"真理"两个字，良久，缓缓抬头一笑：

"徐总，好字。"

111. 服个软

"近些年，写中文的机会太少了，有些生疏，乔董谬赞了。"徐浩然笑道。

"都来中国了，就多练练吧，以后肯定用得多。"乔婉杭说道。

"一会儿亿盼负责上台讲解。"徐浩然看了一眼颜亿盼说道。

"好的，老师。"颜亿盼点了点头，语气乖顺地答道。

听到这个称呼，乔婉杭扫了一眼她和徐浩然，那样子有一丝说不明道不清的情绪。

另一边的程远脸色蓦地有些阴沉，一副大家都别跟我说话的样子。

上台讲解的人情绪都很饱满，有的还颇为幽默，其中一位数码中国的老板给小学起了一个名字为：向前进小学。在设计校徽的同时，还顺便把校歌、校训也一起设计了。

教室里的气氛热烈又活泼。

接下来，拿了个超高票数的是"国心"小学，从国兴作为资助者的谐音，到爱国情怀和中国芯……讲述者都阐述得很充分，阐述者是一家坚持完全自主研发芯片的公司总裁，但因为搭载的是Linux系统，市场一直无法打开，他最后自我解嘲了一下，说道："我们现在就是小米加步枪，绕开了所有的围剿和捷径，跟搞长征一样，业绩嘛，和各位在座的没法比，不过，我始终相信，就算前面看不到光，我的赤子之心就是那唯一的光。"

不过这种赤子之心也不能感化所有人，其中一位商业规模位居全球第八，本人每到线上热销季，就会找到国内非知名财富评估机构排名，连续两年在销售旺季中被评为首富的某季节限定首富说道："跟你没法比，我们公司是股东出资的，我就跟下面的人说，别跟我说自主研发，所有研发，我只给一年的耐心，一年后没有盈利就关停，公司不养不出成果的部门。"

"你这也太苛刻了吧！"国心组的人说道。

"我也是大股东，我都知道，创新需要时间和耐心，"另一位也反驳道，"不信问问云威，人家花了多少年，才做到现在的位置。"

众人的目光投向了乔婉杭和程远，可两人都想把这个高调的机会给对方，互相递眼神递了半天，最后还是老板乔婉杭先说话了："我投入，是因为我相信能做出来，也没什么。"

"我们能做出来，是因为我们没别的路可以走了。"程远补充了一句，语气很淡漠。

众人笑着鼓掌，说道："听听，如何用最无所谓的语气说出最霸气的话。"

502

"我没那么自信,也没那么大度,我给一年是我能接受的极限,"季节限定首富很不以为然,"很多老板连一年都不给,直接抄别人的。"

"说谁呢?"一个不怀好意的声音传出来。

"别跟我说M家那款游戏是你自己开发的。"季节限定首富常年被众人追捧,自认为很有资格做针砭时弊的人生导师。

"得了吧,你要不是抄别人的网站,能有今天?当然,还是花了一年时间改良。"游戏公司的老板骂道。

气氛变得不甚融洽。

听到这里,徐浩然笑着轻轻摇了摇头。

"徐总有什么高见?"赵正华昂了昂头,问徐浩然。

"各家情况不一样,也无须强求。"徐浩然没什么兴趣加入讨论。

"行吧,我们看看你们这组的成果吧。"赵正华把颜亿盼请了上去。

颜亿盼基本就照着徐浩然说的内容复述了一遍,都没怎么加工。

"真理"落选了。

赵正华调侃一下这个结果:"'真理'不被人待见,是因为真理赤裸裸,很刺眼。要我说啊,这世界上,谁也别妄谈真理,这些孩子没必要被咱们大人,甚至那些个伟人的条条框框束缚,哪怕异想天开都是好的,就算没有结果,也可以慰藉那段赤贫的岁月,大家不都是这么过来的嘛。"

在赵正华的下课声中,活动很高效地结束了,此刻已经是晚上八点了,赵正华告诉大家他定了旁边酒店的包间,如果有时间,可以一起吃个饭。去的人不少,都浩浩荡荡跟着赵正华坐那台董事长专用电梯。

徐浩然和乔婉杭都无此意,往旁边空荡荡的人少的电梯间走去,四人好巧不巧,都坐上同一部电梯,一同下到一楼,只是离开教室以后,大家都无意再多说一句话。如果赵正华这次活动有缓和两家关系的意图,那肯定是白费功夫了。

电梯里,程远和颜亿盼站在靠里的位置,徐浩然和乔婉杭站在靠门口的位置,电梯门的金属质感透着冰凉的光,徐浩然低头看手机,抬起头时,正看到镜子里乔婉杭毫不避讳地注视他的目光。

他给了一个礼貌的微笑,乔婉杭却直接从包里拿出墨镜戴上了。

电梯下行的声音带着无底洞般下坠的风声。

"你是跟我回家呢,还是跟他回公司?"程远的声音打破了寂静,他侧倚着电梯墙面,抱着胳膊,目光灼灼地看着颜亿盼,问了这么一句。

颜亿盼愣了一下,还没想好怎么回答,旁边的徐浩然回头对程远说了一句:"程总工,说起来,我是你和亿盼的介绍人。"

"哦?"程远颇有些诧异地看着徐浩然的侧脸。

"是我告诉她,在云威,最有潜力的是你。"徐浩然身体微微侧了过来,对他笑道,"你应该看得出来,我一直都很欣赏你。"
　　乔婉杭一声嗤笑传来。
　　"哦,是嘛。"程远此刻脸色却并不好,眉毛一挑,看了一眼颜亿盼,"能被您二位看中,真是跟中彩票一样幸运。"
　　颜亿盼脸色也僵了,看了一眼程远,却没有说话。
　　此刻电梯门开了,乔婉杭头也不回地出了电梯。
　　徐浩然往前走,颜亿盼正犹犹豫豫地跟着往前走,突然被程远一把拉了回来,还没等她反应过来,程远就把她搂在怀里,往后带,另一只手按了电梯关门键和地下一层。
　　徐浩然愣在原处,一时没想明白这到底算是绑架还是秀恩爱,他看着没什么人的大堂,抬脚往前走去,刚出旋转门,就看到站在商务车旁边的乔婉杭,眼神直白而锋利地打量他,全没有之前在教室里的礼貌克制。
　　他意识到,这个活动眼前这个人知情,甚至是有意安排的。
　　"翟太,等人?"
　　"等你。"
　　"继续讨论理想,还是别的什么?"
　　"讨论翟云忠,我的丈夫。"
　　"……"徐浩然背部僵了一下。
　　"我发现你这个人说什么话,都像是早有预谋,而我吧,特别不喜欢兜圈子。"乔婉杭说完,从手提包里拿出那张绘有青松的书签,放在他面前,"你的吧?"
　　徐浩然看着卡片,有一丝惊讶,瞳孔仿佛钻入悠长的时光隧道,搜寻有关这张书签的零星记忆,喃喃自语般问道:"有多少年了?"
　　"十几年吧。"乔婉杭说道。
　　"是啊。"徐浩然眼中闪过一丝晦暗的情绪。
　　"从他保存这张书签十年,我猜你们交情匪浅。"
　　"我自认为是最理解他的人。"徐浩然本想将书签递还给乔婉杭,乔婉杭却没有收。
　　"可你们两个人的信仰完全相悖。"
　　"是,那又怎样呢?"
　　"他亲手开除了你,你十年后怎么还联系他?"
　　"是他联系的我。"
　　"好,那他和你联系以后,怎么就自杀了呢?"
　　"他自杀和我无关,你如果那么想知道原因,我可以把他发给我的信件,发给你看看。"徐浩然看着乔婉杭,眼神很是坦然。

乔婉杭对徐浩然这么快答应感到一丝诧异。

"不过,翟太,"徐浩然冷冷一笑,"在他最绝望的时候,他找的人是我,你想过自己的原因吗?"

乔婉杭听到这里,瞳孔一凝,神色极为难看。

"书签是我送给他的,既然他留着,就是他的遗物,你好好保存。"徐浩然说完,把书签放到了乔婉杭手里,转身上了早已开过来等在一边的车上。

时间回到几分钟前,程远刚挟制了自己的妻子。

电梯下到地下一层,开门后,二人出了电梯,四周又冷又静。

程远紧籀在她肩膀的手放了下来,并且和她拉开了一步距离,侧过脸打量着她:"咱们几天没见了?都没话跟我说?"

"程远,最近事情比较多,你也忙,我……"

"一声不响地来报恩,不跟我说,怕我阻止你啊?"

颜亿盼一时不知道怎么回答,在这个空间里,她第一次感到程远身上某种压人的气势。

"我说怎么你一来工程院,就让我当你的技术老师,"程远眯缝了一下眼睛,看着颜亿盼,说道,"原来早有预谋啊。"

"那都多久的事了,谁还记得。"颜亿盼沉声说道,看程远此刻的样子,心中还是有些发怵,即便结婚八年,她在这桩婚姻里还是谈不上多自信,从婆家的不认可,到和程远不时陷入冷战的局面,她擅长处理各种公司事务,但家庭事务上,她始终是个生手。

"我记得啊,"程远看着颜亿盼,凉凉一笑,说道,"那多有意思啊,我从来不知道你这么听话。"

"你拉我下来跟你吵架的?"颜亿盼蹙眉问道。

"不肯跟我回家是吧?"

"我今天有点事……"

"好,"程远无奈地点了点头,收起了笑容,抬眼看了一下角落的摄像头,往前走去,"过来。"

两人走到电梯间到停车场之间的一个极小的拐角过道,程远停下了脚步,这里前后各有一扇铁门,上面都有一块约20厘米乘以10厘米的方形玻璃,停车场透过来的白光和电梯里透过来的黄光在墙上一左一右交汇,周遭散发着潮气和寒气。

"你这个人呢,不进棺材不掉泪,不对,是进了棺材也不掉泪。"程远和她距离很近,低头在她旁边压着声音说道,"我问你,你是不是在查Xtone的进出口单据？"

"你，你怎么知道？"颜亿盼侧过脸，颇为震惊。

"别忘了，咱俩住一个家，也睡一张床。"程远嗤笑了一声。

"……你看我电脑了，"颜亿盼反应过来，"你怎么会有密码？"

"密码，你跟我说密码？"

"……我错了，你是研究这块的，看来我以后也要和你一样弄个保险柜。"

程远笑了一声："行，我哪天给你选一个，保证防火防盗防老公。"

"你什么时候看的？"

"你喝醉那天。"

颜亿盼气得无语，转身准备要走，又被程远拦住了，说道："既然你不肯说，那我说，你看我猜得对不对。"

"程远，咱们不是说过不干预对方工作吗？"

"现在我反悔了。"

"我们俩现在这个立场，不适合讨论这些问题吧。"

"你少来！"程远和她拉开一点距离，借着外面那点光打量着她，"你不会是怕连累到我吧。"

"反正跟你没关系。"

颜亿盼说完这话，两个人都沉默了几秒，程远的目光黯了黯。

"亿盼，别看我们俩在一起的时间不多，我琢磨过你，自认为比你自己都了解你，"程远先开了口，轻叹了一声，不似之前丈夫那种语气，倒真像是两个同事在平心静气地讨论问题，"那天你跟Eason说，查Xtone的专利不是独有的，这是个很大胆的假设，但不是没有道理，这个领域现在全球都有做研发，谁先谁后真的说不好，可Eason说不可能放在全球范围去验证，我后来发现他这个思路有漏洞，虽然不能放在全球范围验证，但是可以用排除法，缩小范围，比如，看全球信息化发展靠前的国家里，有谁没用硅谷的FPGA芯片。而你，只要拿到Xtone的进出口单据，就能看到这些国家里，哪些公司甚至反向给Xtone提供芯片。"

颜亿盼抬着头凝视着他，程远的推理很清晰。

"你是不是已经查到了？"程远有些担忧地看着她，手捏着她的肩膀不自觉用了些力。

"还没有，这些单据，也是他们的机密，我看不到全部，尤其是近十年的。"

程远松了一口气，放下手，忽然又愤怒地说道："你既然知道是机密，等你看到了，然后泄露给我们，那就是犯罪！"

"我问过，也有巧合，比如你们恰巧在那个国家出差，恰巧认识一个同行，找到了那家被Xtone抄袭的公司……"

"只要你查看了机密信息,并且有泄露的嫌疑,就很危险。"

"手段不重要,结果才……"颜亿盼还要解释,被程远抬手打断。

"没有这个必要,"程远说道,"我跟你说一下我们的调查进度,Xtone并没有徐浩然宣扬的那么神乎其神,他们在FPGA的起步就很晚,这一次如果不是要掐断我们的智慧城市项目,他们不会选择在这个领域发起专利攻击。他们之前一直在做电脑端芯片研发,四年前才用150亿美元收购硅谷的Altan,这家公司核心是做FPGA芯片,之后,包括Xtone在内的四家顶尖FPGA芯片设计公司,占据全球份额的94%,还有6%分散给了17家非美国公司,其中1家在韩国,1家在新加坡,3家在中国,其中包括云威,剩下的12家全都在以色列,这都是国际论文库里能看到的数据。"

"所以,云威可以一家一家排除。"颜亿盼面露欣喜。

"新加坡那个,梁博士找人去查了,不存在侵权;韩国那家我也让同学去核对,结果还没出来;以色列那边的12家公司,有8家历史比Altan还要久,只是规模没那么大,所以意味着,即便现在技术未必优于Altan,但只要先占了坑,他就有专利优先权,后来的就很容易掉坑里。"

"8家?"颜亿盼又问道,"他们愿意配合吗?"

"李琢和Eason已经去调查了,估计会花费些时间,但安全合法,总之,你不用插手了。"

颜亿盼没有说话,她看着程远,有些犹豫是不是还要坚持自己的方法。

"你看,"程远眼底仿佛蕴着微光,突然抬手用大拇指滑了一下她的眼角,颜亿盼躲了躲,"你只有和我讨论工作的时候,才会露出这种表情。"

"什么表情?"颜亿盼听出程远语气里的不甘,她很诧异于这样的光线下,自己到底流露出多少心事。

"就是,我很重要的表情,"程远说到这里,怅然一笑,"亿盼,可能你不知道,如果你真的是去帮徐浩然,我即便怪你,也不至于担心你。大不了,还完了他资助你的恩情就回来,到时候咱们再商量,这家还要不要。"

"你……什么意思?"

"你问问你自己,你所有做这些事情的理由,其中有没有一条,是因为我程远而做的?"

颜亿盼看着程远,在这个冰冷的环境里,他的目光里闪着微光。

"从头至尾,有那么一条理由吗?"程远又追问了一句,"为了我的?"

颜亿盼犹豫了一下,反问道:"我说有,你信吗?"

"那你离开Xtone,只要你离开那儿,我就信。"程远眼神凌厉地看着颜亿盼,"我不知道徐浩然回来会做什么,但有一点,你我都很清楚,他一心想阻断云威的研发道路,他等了十年,无非是想证明,翟云忠选了我这条路,没有选他那条路,是错的。"

颜亿盼看着程远，没有否认，语气讷讷："可我做不到……"

程远一动不动地看着颜亿盼，语气很决然："我不是神，也有私心，我的爱人站在对手那一边，我会怎么想？你如果还有那么一丁点儿在意我的感受，就不要在他身边。"

"你……不要管我。"

"亿盼，你在外面对别人都温言软语的，对我，就不能服个软吗？"

"我有自己的打算。"

"好……你有你的打算，"程远的脸色越来越冷，"既然这样，我这段时间不会回家，两家公司闹那么凶，咱俩，都避避嫌吧。"

说完，他头也不回，就从转角的地方走楼梯上去了。

程远离开时的关门声响起，颜亿盼的心跟着震了一下，她留在原地，看着岑寂的停车场，有些茫然无措。幽暗的灯光下，她在那个角落俯身蹲了下来，周边黑压压的影子一并笼罩着她。

112.你后悔娶她吗？

知乎上曾经有一个提问：你后悔娶现在的老婆吗？

这个问题有很多人回答，后悔的还是多数。有的说结婚以后，发现妻子的天真最后转变成蛮不讲理，有的说妻子出轨，有的说妻子把家败光，还有在日常生活中将爱情磨灭的，答案千奇百怪，很现实，也很残酷。

程远也曾给了答案：

后悔啊，被套牢了。

第一次见到她时，才知道这是我喜欢的类型，过去在宿舍里和兄弟们讨论另一半的假设都不成立了，和过敏一样，不遇到，不知道哪个会让你脸红心跳。

我还记得那天，她跟着老板来我们部门，看到我们时，是那种很认真的眼神。她不是技术出身，却需要和我们打交道，完成一个难度很高的项目。

老板说，让她找一个程序员当老师，可以随时请教。

她低声在老板旁边说了一句话。

老板笑了起来，指着我说，那就xxx吧。

她看着我低头笑了一下。她笑起来的时候，感觉她身边所有一切都被点亮，包括我。

就这样，我成了她的老师，我只比她大一岁，她对我很尊重，相处很有分寸，每次都会确定我的时间，提前整理好问题。我的工作排得很满，有时候还因为会议拖到很晚，原本约好的时间都会往后延。她也不催，很耐心地等，多晚都等。

后来，那个项目做得很成功，我才发现这个看起来很乖顺的女孩子其实内心很坚定。

因为这场舒适的交流，我想和她进一步发展。我还问她，那天跟老板说了什么，让老板点名我来做辅导。

她说，我就问啊，最厉害的那个是谁？

听到这里，我的虚荣心得到了极大的满足。

之后也没什么浪漫的地方了，用她拒绝不了的方式求婚，然后不顾家人反对，拉着她跑到国外注册结婚。

刚开始住在一起，她每天都会回来做菜，很用心，可惜她做的菜不好吃，我又不好打击她，就自己学着做，没想到我这方面蛮有天赋。

不到一个月，她就放弃做煮妇了，居然还给我发菜单，点菜，让我做。我干脆加入菜品研究院算了！好气！手都粗糙了！

热门评论：

明明是颜控，说得那么好听（对不起，我嫉妒了）！

求楼主做个人吧！在别人的痛苦之上秀恩爱。

怀疑楼主未成年，在这里装！

家人反对，呵呵了。

很尊重，很有分寸……你以为自己是霸总吗？！

程远回到家后，收拾了几件衣服放进行李箱，再次打开了知乎，看着这条答案。

回答时间距离今天已经过去六年了，这六年里他们都忙于工作，在一起说话的机会都少了，更别说坐下来吃饭，现在看这个答案，他心中泛起一阵酸涩，一丝悲凉。

后悔吗？

他抬手想删除这个答案，犹豫了一下，又点了"编辑"，在答案下面增加了一段话。

后来一路走得很颠簸，我们都是那种不会为对方做任何停留的人。

因为结局不好，我怀疑开始就是错的。

第十八章 逼迫

113.亿盼的打算

颜亿盼那天夜里也没再回Xtone,她往家赶的时候,暗自希望程远能在家里,这次的分居和上次不同,上次是闹情绪,这一次他似乎下定了决心,坚持让她离开Xtone,有些出乎她的意料。她脑海里还不停闪着程远的目光,担忧、愠怒、不解,逼得她险些丢盔弃甲。

她回到家后,来到程远的卧室,看到他的行李箱又搬走了,她更加难受了,怎么也缓解不了。

外面下起了毛毛细雨,路灯下幻化成莹白的细线,落在地上无声无息,落在玻璃窗上,像要扭曲整个世界。她翻看程远的衣柜,发现他没有带走毛衣,这倒春寒来势汹汹,他这段时间压力又那么大,身体扛得住吗?可想这些又有什么用。

跟着徐浩然说报恩是真的,担心他对云威下手太狠也是真的。

她把徐浩然当神明一样信仰了那么多年,徐浩然只要轻轻说一句"过来帮我吧",她便无法拒绝。

徐浩然对所有事情都是想十步,走一步,没有足够的把握,他不会回到这里,过去那样从容淡定的一个人,此刻却让她不寒而栗。他冷静地如同一个刽子手,一步一步靠近他要斩杀的人,这种恐惧和担忧也让她受虐一般想要靠近徐浩然。可即便她亦步亦趋地跟着他,也无法看清他的步调,无法判断他将如何给云威施压,更无法知道藏在他身上的秘密。

乔婉杭知道了书签的主人,也必然不会放弃追查他和翟云忠之前发生的事情。

程远也是一反常态，不加掩饰地对徐浩然保持备战状态。

今夜，那张课桌边，他们每个人的眼神、动作像刀片一样切割着她的神经。情绪的撕扯，开始不停地折磨她。

她不得不回到自己房间，在床头柜最深的角落里找出两片安定吞了下去，那药有两年多没吃了，想起来大概都过期了，也顾不得了。

在清醒的最后几秒，她想起了年少时在日记里誊抄的一句话：人总是要往前走，不能停留在一瞬间，我会长成一棵大树，根深、枝繁、叶茂。

在那些痛苦的间隙中，她偶尔会默念这句话。

此刻，她反复默念着这句话，在与程远温存过的床上，睡了过去。

外面的雨淅淅沥沥下了大半夜。

颜亿盼醒来的时候，已经快中午了，雨早已没了踪影，房间里阳光满满，像是一场没醒来的梦，她坐起时竟猛地打了一个寒战，嗓子还有些疼，看来昨天晚上受了凉。

她翻出药箱，吃了一片药，匆匆洗漱过后，便出了门。

下午是业绩会，Xtone的业绩会和云威的不太一样，每个部门都有固定的格式，英文版面，英文讲解，没有多余的分析和调侃，按部就班。

他们的研发中心不在中国，所以营销的内容多数来自翻译，她也无须和研发打交道，都是被动接受美国硅谷对全球发布的产品性能报告。这对她而言并没有太多难度，只要找准了宣传重点和营销渠道，基本就能过关。

业绩会结束以后，徐浩然让她留下来，把她叫到了办公室。

徐浩然的办公室以白色和银灰色为主，装饰极为简单，没有一丝多余的物件，连他的家庭照片也没有，看不出喜好，也看不出一丝生活轨迹。

没有茶杯，全是玻璃杯，只有一款盐味苏打水，这是他多年的习惯，这种习惯也影响了颜亿盼。

这是一种极度克制，不可能失控的状态。

"我想跟云威的人通个电话，你在旁边帮我做一下记录。"徐浩然说道。

"谁？"

"程远。"

"行。"颜亿盼莫名地紧张，徐浩然用眼神示意她用办公桌的那台电话，颜亿盼拿起后，给程远拨了办公室电话。

"喂，你好。"

"程总工，我是Danial。"

程远那边沉默了一下，说道："你有什么事吗？"

"亿盼也在，我们一起商量一下专利案。"

"不是说好走法律程序吗？你还有别的打算？"

"我听说你们派人去了以色列？"

徐浩然话音刚落，颜亿盼脸色铁青，而电话那头完全安静了。

这件事，他怎么这么快就知道了？

监听？不可能，她的手机是国兴的，最强的就是安全性。

而颜亿盼更担心的是程远会怎么想，昨天刚跟她说了进度，今天徐浩然就打了电话过来。

"这件事是法务负责。"程远说道，语气沉沉。

"程总工，我不如直接告诉你结果，这几家公司和Xtone没有技术纠纷，Xtone在以色列的芯片合作比云威要深，即便有，他们也不会和你合作。"

"Danial，不如直说，你想做什么。"

"没有，我只是想告诉你，不用浪费时间去联系那边的公司，最有效的司法程序就是把两家产品研发代码放在台面上比较，如果有不明白的，我们可以坐下来探讨，只做技术层面的探讨，我比你先入行二十年，对全球形势，对技术判断总是会有你愿意听的地方。"

"你这么好为人师，你的员工不烦吗？"程远揶揄了一句。

"程总工，我们以后还会合作的……"

嘟嘟嘟嘟——

徐浩然话没说完，程远那边的电话就已经挂了。

徐浩然也见怪不怪，挂断了电话，笑着问颜亿盼："亿盼，你知道吗？"

"知道什么？"颜亿盼让自己的语气尽量平静。

"他们去了以色列。"

"啊？我不知道。"颜亿盼抿了抿嘴唇。

"不，你刚刚的表情出卖了你。放心，我监听不了你们的谈话，是Xtone在以色列那边的法务打电话问的。云威派了一位律师过去，那些公司都很谨慎，不想参与这种纠纷，最主要的是，Xtone本来也不存在侵权。"

"您信息真灵通。"颜亿盼嘴角扯出个笑来。

"你忘了，我教过你的，掌握了信息，就掌握了一切，要不怎么叫信息时代呢？"

"我没有忘，所以我进入的是云威信息流通最关键的沟通部。"

"嗯。"徐浩然笑了笑，"本来以为你在，他情绪能好些，他这样的性格，可不像工程院院长。"

"他对待研发不是这样。"颜亿盼突然很想逃离这个地方，"我回去跟他说说。"

"以后如果我们两家还能有一些项目合作,你要做好这个缓冲功能。"徐浩然说道,"不管怎么说,可以协调,但不能没立场,你既然来了Xtone,我相信你是想好了的。"

"是,老师。"

颜亿盼回到自己办公室,迅速给程远拨了电话,响了一声,程远直接挂断了。

她又给Xtone的法务部负责人电话,询问侵权案的进展情况,问云威是不是在以色列那边取得了进展。

对方的回答非常贴心:"不用担心,颜总,Xtone和他们接触的那几家以色列企业没有业务冲突。"

颜亿盼静下心回忆徐浩然的对话,很显然,让颜亿盼在身边听这个电话,也是逼迫颜亿盼和程远那边做工作上的切割,是给他们双方一个提醒。

这一次,她和程远的关系别说缓冲了,简直是直坠谷底,摔个鲜血淋漓。

她打电话给房屋租赁中介,询问公司附近的房源,很快对方给她发来几套公寓图片,可以直接入住那种,离公司走路距离不到十五分钟。

要避嫌是吧,那就避到底。

她不想再等他的指责,临近下班十分钟,就开车回了家。

她刚进门,就看到程远已经站在客厅,抱臂好整以暇地看着她,也不说话。

廊道灯是暖黄色的,可两人的气氛却并不暖。

"以色列那边的情况怎么样?"颜亿盼边低头换鞋边问。

"你觉得我还敢跟你说吗?"

"程远,我们八年婚姻,你居然不相信我。"颜亿盼抬头看着他。

"亿盼,别忘了,他也资助了你八年。"

"行,我不跟你争。"颜亿盼越过他往自己屋里走,打开柜子收拾衣服。

"你干什么?"

"你不是说避嫌吗?"

"我没让你离家出走。"

"不是你先离家出走的吗!"

程远僵在原地,很无措,他们两个人都是这样,一个技术咖,一个心术咖,都没把心思用在经营家庭上。

开心了,就你好我也好;不开心了,都浑身竖起尖刺。

"亿盼,知道我为什么让你离开那儿吗?就是知道会有今天,你根本不可能全身而退!这个人太会玩心术了,要不然不可能把翟云忠玩死。他现在是给你一个警告,看看你现在,就被他牵着鼻子走。"

颜亿盼手发抖地继续收拾衣服,程远气得开始抢夺,手上力气一大,颜亿盼整

513

个被拉扯地摔在地上。

狼狈不堪。

程远看她摔倒，也吓了一跳，又弯腰抓着她胳膊想把她拉起来，被她一把甩开。程远靠在衣柜上，长长地叹口气，闭上眼，抿唇不语，试图平复情绪。

"等官司结束，按你的意思，我会回来和你商量，要不要彻底分开。"颜亿盼头顶在膝盖上，带着鼻音说道。

程远猛地睁开眼，低头看着她的头顶，脸上的表情格外可怕，他俯身拿起身床头柜上的一个水晶杯就往对面落地窗狠狠地砸去。

砰的一声，整个房间似乎都跟着颤抖了一下，玻璃出现一道裂纹，颜亿盼听到声音侧过脸，半张着嘴，眼睛通红地看着满地碎杯子和那面玻璃墙。

程远转身冲出了房间。

玻璃内层忽然由那个中心点扩散龟裂，一瞬间，整面玻璃墙裂成了碎片，却没有掉落，依然留在原地，像是一面刺目的光墙，将外面的阳光扭曲着投射进来。

几分钟以后，传来重重的关门声，一行泪从颜亿盼的眼睛里无声地滑落下来。

114.耶路撒冷的哭墙

颜亿盼从来都不是一个对未来充满信心的人，她那天在国兴数字教室里随口说的不敢妄谈理想，因为她惧怕现实，那是她真实的内心写照。

当拉着箱子离开家的时候，她注意到自己右手上那枚设计简单的铂金婚戒，转动着想摘下来，手又不争气地发着抖，失了力气，最终也没摘下来。唯独这件事，从两年前婆婆说让她离开程远以来，她就没有做好心理准备，尽管她从一开始就不相信他们二人能有好的结局。

她搬进商务公寓以后，就开始提前适应关系的决裂，以免程远真的决定离开时，她完全没有准备。

她在Xtone上班的状态并不好，即便再专业，再会掩饰，眼尖的同事也能看出她和之前媒体报道里的照片有差距。

她近期负责公司官网改版，这段时间，每天听提案，讲方案的公司都结合了自身的优势，并试图揣摩颜亿盼的喜好，激情澎湃地演说着，事实上，落到实处的发挥空间很小，只要和全球的VI形象统一，适当结合一些本土风格就行。

她一边听人讲方案，一边点开全球官网，看各个国家的不同版面设计。亚洲、美洲、欧洲不同语言的官网很多，但在整个中东和非洲，只有以色列一个国家设立有官网，看来Xtone在那边的合作颇深。她点开了以色列的网站，看到首页有一张以色列餐桌上的食物，色彩很丰富，好像是在描述某个节日。

她看了一下日期，是6月2日，在网上查阅，得知是当地的耶路撒冷日，民众将会来到耶路撒冷的哭墙举行一些宗教活动。

哭墙是由大石块铸成的一面墙。

她曾看过一个报道，很多人会千里迢迢从各地来到耶路撒冷的哭墙，他们在哭墙前或站或跪，低头默默祈祷，或者留下手写字条插进石块的缝隙中，倾诉自己的苦闷和心事。

这些字条大多书写的都是令人心酸的生活，包括亲人的离世、贫困的折磨、身体的病痛、对爱人的思念……

那是用泪书写的文字。

她如果在那里，会写什么塞进哭墙里呢？

她也想写进自己的心事，那些无处宣泄的情绪，那些欲哭无泪的伤情。

如果小时候，她会写：希望家里每天烧的柴火是干的。

后来徐浩然离开，她会写：站在更高的地方等老师来。

现在呢？

她不知道现在她会写什么，她像是陷入某种分裂状态，像戴着面具的妖怪，谁也不知道摘下面具的她是怎样一个人。

离开以后，她脑海里总是浮现那些熟悉的声音。

"亿盼，你知道吗，我就是希望有一天Yunwei Inside遍布全球。"程远和她在一起后，有一天在工程院楼下散步的时候说道。那时的他，满是书生意气，希望自己团队设计的芯片所向披靡。

"你走的路，一定是鲜花满地，众人追随。"在那条花瓣飘飞的道路上，颜亿盼这样对乔婉杭说。

"我也挺怕的。"在那个香气扑鼻的春夜里，乔婉杭在她对面，黯然说道。

这些话明明就在她耳边，怎么说这些话的人离她那么远。

"您还有什么问题吗，颜总？"广告公司的项目经理问颜亿盼，他此刻坐在会议室对面，期待地看着颜亿盼，"有需要改进的地方，您尽管提。"

颜亿盼看他的时候，目光有短暂的失焦，然后笑着说道："可不可以帮我统计一下其他国家的Xtone官网的一些特点，我做一个参考。"

"好的，没问题。"对方很快答应。

下一个团队进来接着讲方案的时候，颜亿盼的视线依然停留在以色列官网的页面上。

里面的字，她一个也看不懂，她在看着的时候突然有种错觉，觉得这是云威的官网，她曾听说投资部门正在计划在以色列建工厂，不知道现在进展怎么样了。

Eason和李琢拿到了证据吗？

……

515

滚滚向前的时间车轮不会给颜亿盼任何疗伤机会，那个浑身是伤的布偶被遗忘在角落里。

开庭。

早上八点半，市人民法院。

白色的大理石板上，映着早上的日光。过道里松松散散地站着等待开庭的人。

原告和被告两方正在接受安检，本案因为涉及很多机密信息，没有公开审理，但门口还是围了不少记者在等待结果。

两个安检通道。

代表Xtone的颜亿盼、法务部和研发部的同事在入口处的左边接受了安检，乔婉杭、程远和Eason在右边接受安检。

两方也没有什么交流，颜亿盼在进审判庭的时候，收到了徐浩然的信息。

只有一句话：告诉乔婉杭，她丈夫在THE的账号修复了，现在可以登录，因账号敏感，登陆时间只有三十分钟。

颜亿盼看到这则消息有很不祥的预感，和上次招投标一样，像是深渊的引诱，她握紧手机，不想发出消息。

颜亿盼清楚自己无权干预，她甚至都不能拖延时间。

这是乔婉杭要看的，她拒绝不了这样的引诱。

庭审现场肃穆安静，审判长、审判员和人民陪审员相继就位。

颜亿盼看到乔婉杭和程远坐在第一排，乔婉杭在低头看手机，旁边的助理帮她把外套放好，程远会作为证人出庭，他正和Eason在低声沟通什么。

时间一分一秒过去，进来的速记员在前面架上了速记机，她滴滴答答敲击着键盘，写着这次庭审时间和出席人员。

审判长此刻宣读了审判纪律："……全程手机静音。"

一声"开庭"，大家都正襟危坐。

"本案原告为Xtone（中国）科技有限公司，被告为云威科技有限公司……Xtone诉云威三项科技专利侵权，专利号为……"审判员在叙述双方纠纷，两家公司的工作人员都认真聆听。

颜亿盼把徐浩然发来的信息做了截图，给乔婉杭发了过去。

一秒钟不到，乔婉杭明显背部僵直，她把手机给程远看了一眼，程远这才回头瞟了一眼颜亿盼，很快又收回了目光，像看一个陌生人。

乔婉杭很快从包里拿出了小型平板电脑，简单操作了一下。

至此，乔婉杭一直低着头，眼睛注视着平板电脑一动不动。

"被告在法庭上享有以下诉讼权力：一、申请回避权，可以申请合议庭组成人

516

员、公诉人、书记员回避……被告对以上权力都听清楚了吗？"审判长的声音清晰有力。

审判庭是一个梯形构造，所有人的目光都聚焦于前方。

颜亿盼和乔婉杭至少有五米远，但依然能感到她此刻状态的不正常，像是出离了现实，陡然和肃穆的氛围脱离开来，游离在一种无法言喻的情绪中，这种情绪如同一双巨大的手，紧紧扼住了她的喉咙，她仿佛没了呼吸，那样子让人感到害怕，程远发现了她的变化，想把平板电脑从她手里拿出来，她却拽得很紧，助理在旁边的桌子上给她拧开水，她麻木地接过喝了一口，然后突然哇的一声，吐了出来。

这一小小的突发状况，让整个庭审现场陡然安静下来，目光全都投了过来。

助理赶紧扶着乔婉杭往外走，颜亿盼看着她从身边过去，轻飘飘地仿佛没有重量。

乔婉杭反应过来什么一般，侧过脸看了一眼颜亿盼，那眼神空洞而脆弱，让人想到高山雪地上正在凋零的花。

一封遥远的信正在摧残着那朵孤零零的花。

庭审大门再次关闭。两方律师开始了并不激烈的辩论，专利纠纷都是提前收集了信息，摆事实和数据，没有感情色彩和互相推脱的空间。

Eason和Xtone的律师，神色严肃，口一张一合，肢体动作克制。

颜亿盼听进去了每个字，却不知道他们在说什么，犹豫片刻，她转身走出了大门。

旁边不远处的过道角落，她看到的那一幕，让她产生了巨大的罪恶感，整个脚步跟不上心脏狂跳的节奏，有些不稳地往那边走去。

冰冷的阳光下，乔婉杭跪坐在地上，上身趴在长条椅上，头埋在左手臂弯，右手紧紧握着平板电脑，背部因为大口呼吸起伏着，助理无措地跪在她旁边，眼睛通红地给她拍背。

她从未如此失仪，哪怕在葬礼上，身体的力气已然被抽干一样。

地上落了几颗白色药丸和洒出来的水。旁边有人看过来，但也都没靠近，以为是在庭审现场受不了打击的人。

"要不要去医院？"颜亿盼弯腰单膝跪在她右边，手碰了碰她起伏的颈部，又缩了回来，她觉得是自己把一根杀气十足的绳索缚在了她的颈部。

乔婉杭以摇头回答了她的问题。

"对不起，对不起……"颜亿盼低下头，在她耳边一字一句低声说道，"徐浩然极善操控人心，他选在这个时候，就是想看你这样，你不要上当，千万不要上当。"

最后那两句说得极为温和恳切。

乔婉杭听到这里，绷紧的右手放松了一些，颜亿盼想也没想就从她手里拿过了平板电脑。那封邮件印入瞳孔，邮件完全失去了商务邮件的得体，像是一堆英文乱码。

那是翟云忠发给徐浩然的信：

无法坚持……

为什么？！！！

怎么继续？如果所有架构停止授权？还有什么？你说？EDA有效期……流片设备……

放弃？云威投入了三十年，我从十六岁就搞这个，现在要我放弃从零开始？！

落后就要挨打，领先就要挨整。

我没有回头路了，工厂已经在建了，别人能建产业链，我凭什么不能？

你知道全身心投入了一件事，然后被迫中止的痛苦吗？是，你清楚！我让你尝过这个滋味。

梦想属于强者……你现在想让我去死！

去死吧！

还有一些技术名字，后面画着红叉。

紧接着，邮件一点一点消失。

最后消失的是发邮件的日期：2019年11月24日。

他死前一个月。这封邮件透露着他的绝望，他的无助，他的混乱，他的不甘。

"这篇邮件也许是断章取义……"颜亿盼语气尽量不在意地说道，转手把平板电脑给助理。

"是他，有些话，我听他说过，只是我，只是我当时无法理解，只觉得厌烦，想逃开……"乔婉杭抬起了头，侧过脸看着颜亿盼，语气无比艰难，额头上都是汗，贴着几根发丝，眼睛浸过血一般发红，眼周不知是汗还是泪痕，泛着水光。

颜亿盼看看，心中一颤，张了张嘴，安慰的话却怎么也说不出口，乔婉杭无论在外面如何坚强，翟云忠的死是她唯一的软肋，他去世对她的打击远比外人看到的要大得多。

正在这个时候，不远处传来急促的脚步声，颜亿盼回头看到云威法务部的一个同事过来，对方以极其防备和厌恶的眼神看着她，她赶紧站了起来。

乔婉杭也撑着椅子站了起来，她的黑裙子上粘了灰，颜亿盼不自觉想要弯腰给她拍拍，助理先她一步蹲下帮乔婉杭整理。

乔婉杭恢复了些许清醒，坐在凳子上，低着头看着地面，呼吸逐渐平缓，她不知道在想什么，一手撑在膝盖上，另一手朝着颜亿盼轻轻一摆，示意她离远一点。

简单一个动作，让颜亿盼心头一紧，她一时怔在原地，侧门处Xtone的法务也出来了，她顿了几秒，转身朝着庭审现场走去。

115.心理攻击

庭审现场没有想象中的激烈，这种专业领域纠纷，更多的是物证和数据比较，这在开庭前两家的法务就已经面对面核对过。此刻，庭审现场主要是确认两方在中国申请专利的记录，这次辩论中没有提及以色列那几家公司的专利。

是没有结果吗？颜亿盼回想着这段时间徐浩然的言行，他从不说一句废话，也不做一点无用功。

如果完全没有结果，徐浩然不会费精力给程远打电话，除了给她警告，更多也许是威慑程远，甚至误导他。

这个方向也许是对的，但究竟哪里出了问题？

肃穆的法庭里，程远上台讲了三项专利的研发过程、参与人员、研发时间，回答得冷静而专注。

尤其说到几次关键转型和创新上，他不自觉流露出了自豪的神情。这是她熟悉的程远，心中有一团熊熊燃烧的火，隐忍又热烈。

颜亿盼脑海里再次出现翟云忠绝望的邮件片段，那是孤立无助的呐喊，是走投无路的不甘。

如果你所有的念想和希望被不断浇灭，你还能一次次站起来，继续前行吗？

庭审不知不觉过了一个小时。

两方律师又开始了不算激烈的辩论。

Xtone紧紧抓住自己优先申请专利的那几个点，只要是基于这个点产生的线条、平面图形直至立体图形，都是源于它最早的那个点，用律师的话说就是：“我们是从0到1，你就是从1走到100、1000、10000，那也是从我们这个起点来的。”

时间流逝，结果逐渐明朗。

"一审判决如下，"审判长宣读了结果，"……此次原告方Xtone诉被告方云威共计三项专利侵权，其中第35271号专利判定被告方云威侵权，赔偿Xtone10.5亿美元的专利侵权费用。"

这笔费用是Xtone起诉赔偿金额的一半，座席上的所有人都屏住呼吸。

审判长接着说道："按照专利合作条约，证明Xtone起诉中有另外涉及11亿美元金额的专利，第35294号和35275号两项专利与云威2011年在中国申请的9789号和

519

9899号专利内容基本重合，经国家知识产权局专利复审委员会于近日对上述两项专利分别作出第35294号和35275号无效宣告请求审查决定，宣告上述两项专利权无效。"

这笔费用之前谈判的时候，Eason就提及了，这也说明云威之后在以色列没有拿到任何证据。

只要不能全部驳回Xtone的起诉，那就意味着，存在侵权。

就是……败诉。

乔婉杭从法庭出来的时候，被记者团团围住，她不得不收拾所有心情，再次面对刺骨的寒风。

记者们接二连三大声问道：

"云威年年研发投入巨大，资金链是否撑得住？"

"云威以后会不会靠国外技术输入活下来？"

"翟云忠几年前是不是已经看到了这个结果？"

风声和他们的质问声，声声入耳。

乔婉杭本已在团队的保护下甩开了记者，听到这句话，突然停下来，说道："你们除了关心资金，关心企业存亡，还关注过我们的人吗，他们经历了什么，你们想过吗？你们体会过吗？"

程远听到这里，脚步顿了一下。记者又追上来，举着话筒大声问道："经历了什么？"

Eason赶紧留给记者一句话："我们将会上诉。"

所有人护着情绪一度失控的乔婉杭离开了现场。

公众的解读没那么书面严谨，得知结果以后，有人用不大的声音说："看来还是抄了。"

Xtone以胜利者的姿态走出法院，公司高层和律师互相握手，以示庆祝，颜亿盼跟他们握手的时候，感到冷冽的目光朝着她这边投来，回头时只看到程远走下楼梯的背影，她感到心被揪了起来：程远一生骄傲，最不齿抄袭，此时，却被人设下了陷阱，背上了骂名。

很快记者拥了上来，颜亿盼不想回答任何记者的提问，急匆匆地往公司商务车方向走去，此时却接到徐浩然的电话。

"别急着走，跟记者说几句话。"徐浩然在电话里说道。

她停下脚步，媒体就立刻朝着她围了过来。

"老师，我觉得没必要，判决结果已经说明问题了，我们再去表态，会让民众觉得Xtone太……"

"太什么？"

"太咄咄逼人。"颜亿盼低声说道。

"照着我说的,一字不差地跟记者讲。"手机里传来徐浩然的声音,透着不容置疑的威严。

"抄袭就是抄袭,抄袭没有出路,如果做不出来,Xtone愿意授权,但我们没有看到云威的诚意。"徐浩然在电话里毫无感情地说道。

颜亿盼却怎么也张不开嘴。

此刻记者已经围了过来,话筒都怼在了她嘴边:"颜总,老东家和新东家的官司,您说几句?"

每一次新的开始,都意味着要付出巨大的代价,云威没有抄袭,没有侵权,这是一场预谋已久的绞杀,旨在毁掉云威的研发。这些话在她脑海里不停地徘徊,她注意到不远处程远和乔婉杭的车就停在法院门口。黑色的玻璃隔着,她明明看不清他们的面容,却感受到了他们的目光。

"小颜?"电话里,徐浩然的声音又变得熟悉起来,一如十几年前,他温和地告诉她,接下来她要怎么做。

颜亿盼张了张嘴,最终一句话也没有说,她挂断了电话,推开了记者的话筒,匆匆上了公司的商务车。

有些话不是颜亿盼不说,就传播不出去。

Xtone在全球的媒体传播力远大于云威,那是多年来建立的全球传播网络,他们强势地证明着自己的科技实力和媒体话语权,大肆炒作这次一审判决。

"小偷!"那些人大肆地叫嚣着,"这是一家靠抄袭起家的公司。"

知乎上有人问:为什么连专利数全球第三的云威也抄袭。

不少技术大V在知乎上解释这个问题,大致内容如下:芯片研发不是艺术创作,靠凭空想象就能行的,都是基于相同的逻辑开始。如果两家有同源性,那重合的可能性很大,这个时候需要看谁先申请了专利,云威在这个芯片类别领域起步比Xtone早,但申请PCT专利却未必早。这么骂他们,不公平。

当然,下面很多跟帖回复:

"你云威的吧?你怎么不说自己做不出来,就拿来主义。"

"抄,是互联网领域的通病!"

"楼上的菜鸟,这不是互联网,这是半导体领域。"

不明所以的"吃瓜群众"和不求甚解的媒体跟着骂云威,亏自己过去那么相信他们,相信复兴科技靠这帮高科技人才。国家重金培养你们就是来抄的吗?接着他们甚至骂整个科研环境,好像骂够了,自己就爽了。

骂人的那么肆无忌惮,可没人怪他们,他们是永远无法登顶的平庸之辈。

他们没有过在黑暗中向着一点微光奔跑的冲动，也没有过被对手一次一次打倒后，又一次一次站起来的血性。

这些鲜血淋漓的现实，不是所有人都有勇气面对。

也不是所有人被推下深渊以后，还能有向上爬的力气。

没有绝对的领先实力，就注定在对手的压制中，痛苦地挣扎和成长。

除此以外，有诋毁和羞辱，还有轻视和嘲笑。

如果有安逸的生活，谁愿意选择这样一条荆棘丛生的路。

就连颜亿盼，最初踏上这条路，也并没有带上什么了不起的宏愿。

她过去只想站得高一点，看得远一点。

可现在，她想问心无愧地面对所有人，这怎么可能？这本身就是一种妄想。

现在那些人恐怕恨不得当面把刀刺穿她的身体。

她没有听从徐浩然的指挥，向媒体发布Xtone的强势态度，事后，她也没有去解释。当然，这并不代表徐浩然就放过了她。

"亿盼，过去你总是向往更高的地方，但是十年了，我发现你也在变，你有了爱的人，也有了自己想要守护的事物，那些过去能吸引你的平台，现在可能对你不名一文。"那天，她回到公司后，就被徐浩然叫进办公室。

他一早清楚她心里所想。

颜亿盼看着面前的那杯盐味苏打水，里面的气泡声弹压在了她的耳膜上。

"我不介意你在我身边，甚至不担心你身在曹营心在汉，"徐浩然看着颜亿盼，继续说道，"因为我相信，云威走不远，你会看到它的结局，看到理想是怎么破灭的。"

那声音仿佛某种高高在上的宣判。

116.以色列的员工

颜亿盼强行让自己和那些纷争做切割，没有人看得出来她心里有怎样的波动，只有她自己清楚，这场纷争还没有结束。

在职场混久了的人，都有一定段位，除了知道躲避出剑的时机，更重要知道如何调节心理，身上中了一剑，不能下场疗伤，哪怕血肉模糊，也只能用力睁大眼睛，除了防止再被刺伤，还要寻找反击的机会。

她在Xtone属于空降兵，本来就年轻，又是女性，做到了VP的位置，看她不顺眼的人很多，她不能出格，凡事放低身段，让大多数人闭嘴。

她借用重建Xtone官网的机会，尽可能接触更多层面的人，更多层面的事情。她选择了一家创意一般但做事很扎实的本土广告公司作为Xtone官网的设计者，新项目组更多的是帮助他们将网站上的英文产品介绍和软件驱动下载页面翻译成中文。

但因为新手上路，很多内容翻译得很生涩，尤其是设计芯片介绍的部分，颜亿盼极有耐心，先是请了公司里一些技术人员解答，遇到更为专业的，她直接给Xtone在硅谷的技术专家电话，询问那边是否可以派出一位专家通过视频来给广告公司的四位翻译简单介绍一下产品，并且答疑解惑。

好巧不巧，对方派出的两位专家，一位是以色列裔，一位是华裔。二人各自用英文和中文解答来自翻译和策划的问题，配合得很好。

沟通会结束以后，颜亿盼笑着问了他们一个问题：在Xtone的研发中心里，以色列裔多，还是华裔多？

二人都笑了，华裔用中文回答："从以色列来的架构师比较多一些，但是做逻辑运算的科学家里华裔偏多，不好说。"

"那你们在工作上有什么差别吗？"颜亿盼好奇地问道。

"我们的架构师喜欢团队协作，协作性很好；华裔的开发能力很强，喜欢单打独斗。"以色列的工程师用英文回答道。

和他们在屏幕上告别以后，时间已经很晚了，这是她在Xtone的第一次加班。

当天晚上，她还是没睡着，不得不又吃了安定，沉沉睡去，大脑中陷入混沌，仿佛在不同的场景里穿插，在雪地里和乔婉杭说话，在家里和程远吵架。

梦里，她又回到了那个庭审现场，这一次，她不受控制地按照徐浩然说的，一字一句对着媒体重复。

"抄袭就是抄袭，抄袭没有出路，如果做不出来，Xtone愿意授权，但我们没有看到云威的诚意。"她仿佛看见自己昂着头，那样的高傲，不可一世。

她看到乔婉杭回头看她时的愤怒，程远脸上对她的嘲讽。

她正要冲上去跟他们解释，不是的，她没这么想，然后旁边的记者全部都消失了，她独自一人站在楼梯口，一脚踩空。

她猛地从床上坐了起来，坐在床边大声喘气，拿起床边的水杯喝了一口。

现实比梦境更残酷，他们会比她更勇敢吗？

外面依然灯火零星，她站在窗边，这里是高新技术区，旁边是几家国内外的大型信息科技公司，有一些楼层还亮着。

硅谷现在是上班时间，这个世界里此刻有多少人投身于此，谁最终会走到最前列，成为众人仰慕的胜者？

在她心里，不是没有理想，只是，各种困境应接不暇，她必须严阵以待，可她不是没有心，她从来就知道自己的内心所向。

"亿盼，你知道吗，我就是希望有一天Yunwei Inside遍布全球。"

"你走的路，一定是鲜花满地，众人追随。"

"我也挺怕的。"

这些瞬间，她如今不敢多想，更多时候，她需要保护色，她需要处心积虑地做个坏人。

"嫂子，我最多拿出8个亿，人民币啊，再多真的没了。"翟云鸿在赛马场，手里拿着马鞭，油光水滑的脸皱成一个白嫩的大包子，"你要不卖了老爸的股份，凑点是点？"

跑马场的马发出一声嘶鸣。

一辆黑色的商务车嗖地开进了马场过道，停在了围栏外面，乔婉杭下来了。

她穿着皮靴和黑色的赛马服，一副整装待发的样子，脸上丝毫没有败诉的落寞。

春暖花开艳阳天，偏偏遇到借钱人。

翟云鸿把马鞭往旁边的驯马师身上一塞，就朝着围栏外走去。

"嫂子，您说一声，我凑了钱给您送过去啊。"翟云鸿苦笑道。

"我怕一时半会儿等不来了，"乔婉杭说道，"今天先借你这个地方野炊。"

"野炊？"翟云鸿还没反应过来，就看到后面还跟了一辆车，家政阿姨把阿青和小松带了下来。

"哦，那行。"翟云鸿莫名松了一口气，但紧接着，商务车里又下来了几个活在新浪科技板块的人物：梁木颂、程远、李琢，另外还有几个在工程院里看过的顶着养鸟头的科技怪咖。

他的脸立刻又绷紧了，这是组团借钱来了？

但他毕竟以善于社交为名，倒不至于发怵，不过上次乔婉杭在这里收拾翟绪纲的余威还在，他还是打起十二分的精神应对。

"欢迎欢迎，贵客降临，你们骑马、射箭，还是野营啊？"翟云鸿一说完，就感觉自己像是古时候的店小二。

"听老板安排吧。"梁博士笑道。

"你这儿不是有烧烤箱吗，一起拿过来，我们带了新鲜的食材，你也来点？"乔婉杭说道。

"您是知道的，我最不喜欢烧烤了，那些都是我老婆准备的，我让她来？"翟云鸿边说边往旁边的厨房走去。

"哦，那不必了，他们也会做。"乔婉杭看着他小心避难的样子，笑了起来，然后转身对后面几个科技怪咖说道："厚皮、罗洛去帮忙吧！"

程远也过来了，乔婉杭对翟云鸿说："你有剃须刀吗？让他刮个胡子？"

程远摸了摸下巴，这段时间他太不修边幅了。梁木颂笑了起来，上前摸了摸他的头，程远还弯腰配合了一下，说道："老大，我心里苦哇。"

梁木颂说道："你现在的脸真的像个苦瓜，从前有个苦瓜……"

"罗洛，我来帮忙了。"程远没等梁木颂讲完冷笑话，就跟着跑了。

翟云鸿看大家还真忙起来了，不禁放心了，可一想又觉得很不甘心，他一个堂堂娱乐圈大佬，怎么在嫂子这里，混成了一个场地赞助商。

火炉架了起来，食材也都铺上了。程远一言不发地叼着烟，刷着酱，梁木颂和李琢在旁边聊着天，时不时传来厚皮的大笑声，乔婉杭看着远处在操场行走的马，也不知道在想什么。

这个活动是她邀请大家过来的，也是希望他们能从那些纷扰中抽离出来，后来发现最难抽离的是自己。

身在一团迷雾里，奋力向前走，却一跤比一跤跌得惨，有时候她也想卖了股票，赔了款回美国打麻将去。可越是行至险境，就越想体会翟云忠所经历的炼狱，只是，她不知道自己还能硬撑多久，比失败更可怕的是无法面对失败。

翟云鸿坐在她身边说道："嫂子，您手下都是精兵强将啊。官司输了就输了，有他们在，迟早会出头的。"

乔婉杭笑了笑，看着两个孩子在草地上跑来跑去，跑累了就来到火炉边拿些吃的，完全没有大人的烦恼。过了一会儿才开口说道："你二哥临死前给一个人发了一封邮件，你要看看吗？"

翟云鸿有些惊讶，然后拿着旁边的湿纸巾擦了擦手，说："行。"

乔婉杭把她的手机截图给翟云鸿，翟云鸿盯着屏幕，放大了一点，看了一会儿，然后叹了口气，把手机还给乔婉杭。

他的反应并没有太大，看完后脸色有些沉郁，良久才说道："他就是这样的人，什么事情，非要做到最好才放手，劳心劳力……嫂子，我劝您一句，别学他，真的。"

乔婉杭无奈地摇了摇头，没有说话，她看着远处，现在给她坚持的勇气的是身边这些人，就像程远说的，过去坚持的只有他和翟云忠，现在来了更多人，他们的坚持，会让云威杀出重围。

围坐在一起喝啤酒吃烤串的时候，还是有人提起了那个伤神的话题。

"云威已经减免了一半费用，ICT业内的人都在议论咱们骨头硬，打不倒……"梁木颂说道。

"您别安慰我，没这个必要。"程远摆了摆手，说道，"我能坚持走研发这条路，就有准备会跟人起来，谁赢谁输，都不会影响我继续走这条路。只是有些事情，我真的没想明白。"

"你不是想不明白，你是不服气，Xtone在FPGA的起步比云威还晚，怎么还反过来可以告云威侵权。"梁木颂很了解自己的亲传弟子。

"判定我们侵权的那项专利,是他们2013年申请的,可在此之前,这条研发线在国际各大论文网站上,相关的技术,他们连个影儿都没有。"程远把刷子给罗洛,擦了擦手,拉着椅子靠近梁木颂,认真地探讨起这个心结来。

"科研不是艺术创作,它有清晰的研发路径和发展规律。任何研发成果哪怕出现爆棚式增长,也是先有一个突破性的理论基础,比如爱因斯坦相对论、牛顿的重力学……这个领域里,只有快慢的区别,绝没有断层的可能性。"梁木颂说道。

"Xtone靠收购,实现了FPGA领域的飞跃。"李琢也加入进来。

"可收购明明发生在2015年。"程远皱着眉头说道。

"的确是不合逻辑。"梁木颂说道。

"我们接触的那几家以色列公司,虽说不想和Xtone为敌,但也没有多认可Xtone。"李琢解释道,"他们认为这家公司除了早年在消费电子领域还可以,之后所有的扩展都是靠收购,而且收购以后反倒没什么成绩,现在就是规模效应,店大欺客,无论从价格上,还是技术输出上,都表现得格外霸道。"

"还有另外一个可能性,"梁木颂揉了揉自己的双下巴,说道,"就是如果收购不成,就搞毁灭性打击,让对方形不成威胁。"

"怎么打击?"李琢问道。其他几个人坐在折叠椅上,也都身体前倾凑了过来。

"挖人,致使公司无力维持、破产、解散,或者终止这方面的业务……"梁木颂说道。

"如果破产了,我们就不能联合他们申请专利权了。"李琢皱眉说道。

"也不一定,通常这家公司的人被挖走,但专利技术还是属于这家公司,可以卖了,也可以留着。"梁木颂接过乔婉杭给他递过来的汽水。

"所以,他们是把人挖过去了,在美国以Xtone的名义申请了专利……几年后利用国际专利法,来中国控告云威。"程远说道。

"那我让Eason找猎头查一下Xtone是不是有挖国外团队的情况,从哪儿挖的。"乔婉杭说道。

"距离提起上诉还有十天的时间,能查出来吗?"李琢问道。

"Xtone在硅谷的研发人员有一万多,FPGA业务怎么也有几百人,他们的简历未必能拿到。"梁木颂拧紧了瓶盖说道。

"先排除2015年兼并的Altan,剩下的员工有多少,即便时间不够,只要方向是对的,总能查到。"程远说道。

"我有个问题,云威最早用的这个专利来自哪里?"翟云鸿一边给大家分发盘子,一边问道。

"早年的时候,除了芯片设计架构,里面很多设计点的界限都很模糊,就好比这次Xtone控告云威的三项专利，起点都是从一组代码衍生而来，我们只申请了一部分，后面的交叉使用，变化又很快，所以没有一直申请专利……"程远解释了一遍，但看出来翟云鸿还是一脸蒙。

"就是都是同一个妈生的，但是我们以为所有权归属妈，给妈交了钱办了身份证，孩子生下来以后，身份证没办齐。"厚皮用大众语言来解释，"但现在，我们发现，Xtone根本没有生育过程，怀疑它不是亲妈。"

"太乱了，反正现在就在找亲妈。"罗洛终结了这次谈话。

一行人吃着烧烤，一直忙活到傍晚。

日落西山，众人搬着厨具放回库房，只剩下翟云鸿和乔婉杭，二人一起把防尘布盖在那些厨具上。

"二哥那封信，是谁给你的？"翟云鸿突然问道，看来他一直在琢磨这事。

"颜亿盼。"

翟云鸿有些诧异，皱着眉说道："……我记得之前就说过，她不可信，这种女人，为了往上爬，手段多着呢。"

"是吗？我怎么不记得了？"乔婉杭低头抖着布料。

"嫂子，你是不相信我。"

"说起来，共事这么久，她也没害过我。"

"这些官司的事儿，她会不会从程远那获得什么信息，得防着呀。"

乔婉杭神色忧虑，叹息般低声说道："她不会，程远也不会……"

这个时候他们听到几个碟子轻轻碰撞的声音，发现程远手里拿着几个银碟子从门口进来。

"外面草地上落了几个碟子。"程远说道，翟云鸿赶紧接过来。

程远出门前，脚步顿了顿，本想说什么，三人都点了穴一般立在那里，最后他什么也没说便出去了。

乔婉杭瞪了一眼翟云鸿，他尴尬地站在原地不再多嘴了。

117.分开

程远和乔婉杭一众人在草地上的合影，被李琢分享到了朋友圈。辽阔的草场，远处奔腾的骏马，前面是那些在一线奋斗的精英们。

这张照片被颜亿盼反复拿来看，每个人的表情都用心研究了一下，妄图通过一张静态图片看出各自的心事。

看了一会儿，她又放下了手机，心里百转千回，不是滋味，说挺为他们团队和谐感到高兴的，有点虚伪，说希望他们偶尔会想起自己，又有些矫情。

官司结束了，按照约定，她还是要和程远商量一下以后二人的关系，逃避不是

527

办法,她给程远去了一个电话。

"今晚我回家,上次我说咱俩这样,对谁都不好,现在官司结束了……"

"今晚没时间。"

"见一面的时间都没有?"

"急什么?我们不是还要准备上诉吗?"

"如果官司打一年,我们就这样拖一年?"

"你就这么想离开这家?"

"我们聊聊吧,我保证不谈公事,绝不会影响你,你不放心的话,可以录音。"

"……"

"就今晚,十点前,我在家里等你。"说完,她就挂了电话。

只想见一面,至于结果怎么样,她没有底,但她真的很想见程远。她不得不承认,在各种没着没落的工作氛围中,她总是希望身边能有这么一个人。

她开车回家后,发现房间里那面碎裂的落地玻璃窗已经修好了,只是这个家还是一如既往的冷清寂寥。她站在窗前眺望远方,第一次希望,他们的关系能和这块玻璃一样,毫无破碎的痕迹。

她在冰箱里找了点汤圆煮上,吃了以后,就一直老老实实等程远回家,后来实在等累了,就上床睡觉了。这一觉睡到天亮,人也没回来。

在冷战领域,没有人能战胜程院长。

她洗漱过后,心里越来越凉,摘了结婚戒指放在梳妆台上,既然都不想好好聊,索性给个结局吧。颜亿盼在工作场合,总是有折中的办法,唯独对待婚姻,却跟有洁癖似的,一点都不想委曲求全。

她换了衣服准备出门的时候,门开了,程远一脸疲惫地站在门口。

"以为你已经走了……连夜改一组代码。"程远头发湿湿的,颜亿盼看了看窗外,外面起了大雾。

"你要不要洗个澡?"颜亿盼轻声问道。

"不用,什么事,你说吧。"程远脱了外套,一股寒气扑面而来,他换了拖鞋就进来了。

颜亿盼从卫生间拿了一块毛巾,盖在他头上,他就低着头擦了起来。她又给他倒了一杯热水,他接过来的时候发现她手上的戒指摘了,他手顿住了,猝然冷笑了一声,把毛巾扔在一边,坐在沙发上。

"你想好了是吗?"程远问道。

"我只是觉得,我们这种工作情况,维系这桩婚姻确实挺难的。"颜亿盼在思考措辞,觉得有些想法要当面说,她居然开不了口。现在这样,还能挽回吗?她的心好像没有跟上她的嘴。

"是挺难的,"程远靠在沙发上,"让我说,你觉得难应该比我早吧?"

"什么意思?"

"从八年前双方父母见面,你妈给我妈夹菜,我妈把菜夹出碗里那天开始,你其实就没打算跟我结婚了……"

"那事我早忘了。"颜亿盼说这句话的时候,眼神有些发虚。不,这件事就像根毒刺一样扎在她心里,就这么一个小动作,每次和程远回他们家的时候,她都会在脑海里演一遍,以至于她根本无法融入那个家庭。

"别装了,亿盼,在外面你装得再好,在我面前就不必了,这些旧账不翻出来,迟早在你心里发霉发烂变成毒药。从我连哄带骗拉你去登记,到后来所有事,你都像要跟我这儿争这口气一样,铆足了劲往上爬,这样其实我也不反对,可我发现我无论怎么做,你都没有安全感。"

"也许吧。"颜亿盼轻吸一口气,程远这话直指她的痛处。

"也许?后来我发现连这,我也想错了,那个徐浩然对你影响很深吧,不然,不会他一来,你就跟着去了。"

"跟他没有关系。"

"呵,是没什么关系。"

"你说你理解我,你真的理解我吗?你说不干涉我的工作,你现在不就是在干涉吗?"

"那是因为我们首先是夫妻!然后才是同事!亿盼,我问你,这桩婚姻对你来说是什么?说啊!"

颜亿盼语塞,是什么?是港湾吗?可这个家明明被他们冷落太久了。

"答不上来是吧?"程远显然比她更失望,脾气一时上来,无法克制,继续说道,"我有时候甚至希望你和其他女生一样,把婚姻当作第二次投胎,改善生活,改变命运,都行!你要什么,我都能给,至少情况都会比现在好。可婚姻对你而言,是可有可无的,甚至都是鸡肋!是累赘!"

这几个词彻底把颜亿盼的心给撕碎了,她也怒了:"你呢?你想过怎么来维系婚姻吗,你想过除了经营好你那个工程院,也需要时间来经营这桩婚姻吗?"

"说真的,亿盼,你觉得你有资格指责我吗?"

"是,我们能为对方做的事情都很有限,各取所需做不到,也不用勉强了。"颜亿盼其实没有做好准备,她没想到程远会说得如此直白不留余地,结果自己的嘴巴也跟着往前赶死一般,无法停下来,"你妈拿的那张离婚协议书,你收在哪儿了?"

"我不扯徐浩然,你也别再扯她了,你要愿意,自己写一张,你平时文案不是挺厉害的吗？"程远说完就站了起来，往自己房里走去，用力扯开衬衫，摔在地上，冲进了浴室，然后传来哗哗的水声。

颜亿盼只觉胸口像是灌满了冰，又冷又痛。她早该猜到，程远不可能上演苦情戏挽留她，他的耐心有限，精力也有限。

是她的自尊和骄傲，让二人的关系越来越远。

颜亿盼不断告诉自己，这是她咎由自取，她就这样离开了家，出门的时候，才发现雾气那么大，没有风，一团一团裹着人，像是要把人吞进肚子里嚼碎了一般。雾气扑在人脸上，麻麻的，这种细密而又沉闷的感觉一直填满了她的胸腔，她茫然而麻木地往前走着。

离上次判决已经过去一周了，云威还没提交上诉申请，颜亿盼这几天全力投入工作来遗忘感情的挫败。她把自己看成一个年久失修的机器，大脑在强行运转，但是心已经锈死了，她根本不想去思考之前谁动过自己的心，以及之后将要面临什么，她只知道眼前的指令。

她在Xtone工作这段时间以来，也学到一点东西，这个公司的流程管理非常严格，给到人情的空间很小。无论是研发还是行政管理，整个过程都能做到有迹可循，所以效率也很高，天才会得到充分的尊重，低效的会立刻在线上报表中体现出来，赏罚分明。

她自然不可能获得任何与研发相关的机密数据，但是可以从Xtone的全球表彰中看出哪些团队备受瞩目。她翻看了近十年来Xtone的团队或个人受表彰名录，从2013年至今，涉及FPGA研发的共有三次表彰，一次个人，两次团队。能把Xtone的劣势变优势的人，那必然是大功臣，都是实名制，连奖金的金额都写得很清楚，以激励他人。

一共四十三人，几乎每个人都有社交账号，里面有简单履历，包括毕业院校、上一家公司，便于找到属于自己的圈子。互联网确实是个好东西。

颜亿盼对信息的筛选能力简直无人能及，从人心，从习惯，再从公司制度分析，没有关键信息能逃脱她的眼睛。

Xtone为了发展某个业务，真的敢下狠手，都是天价薪水，然后整个团队的人连根挖起。被挖墙脚的公司多半是凶多吉少。

颜亿盼要看看，到底是哪家公司这么倒霉被Xtone盯上了。

是这家吗？还是这家？

她感到时而昏昏沉沉，时而清醒无比。那些失意和无力感，在她的脑海里无处遁形，这种自虐式的工作模式，或许是最好的缓解疼痛的麻醉药。

咖啡最终没有敌过安定的药力，她在快天亮的时候，睡着了。

到了周末，颜亿盼独自驱车来到乔婉杭住的胡同外，这地方车子不好走，过去她还小心翼翼，现在轻车熟路地穿梭到了她家门口。

副驾驶上还放着乔婉杭那双价值不菲的高跟鞋，想着自己从家里拿行李还不忘把鞋拿出来，也是暗自佩服了一下自己的人品。

颜亿盼提着鞋子，去摁了门铃，没过一会儿家政阿姨就出来开门了。阿姨请她进来，她抬眼见到院子里乔婉杭手里正拿着一个水壶，站在那里看着她，脚下盛开了一片蓝色的鸢尾。

颜亿盼担心她会把水壶里的水往她脸上喷，赶紧举起了袋子："你的鞋。"

"放门口吧。"这人站着不动，瞧瞧，多没礼貌。

"行。"颜亿盼就把鞋子放在了门口，转身就要走。

乔婉杭又跟上来，拿起鞋袋，说道："等等，我检查一下你调包没有。"

"你……行，检查吧。"

"谁叫你这个人信誉那么差，说的话一点不算数，我可不会轻易信你。"她还真就拎着鞋子反复看。

颜亿盼站在门边，看她跟看宝贝一样地看鞋，觉得有种无聊的趣味。

里面阿青带着弟弟跑出来，对着她脆生生喊道："颜阿姨。"

弟弟小松对着颜亿盼咧着嘴笑，走到她身边搂着她的腿，抬头看她。

"诶，乖，俩孩子真懂事。"颜亿盼笑着，摸着小松的头。

乔婉杭把小松拉了回来，拍了拍他的背，示意他到旁边玩。

"你在那边还好吧？涨没涨工资？"乔婉杭把鞋子扔至一边，聊家常一般。

"还行吧，云威已经让我攒了足够的钱，倒没那么缺钱。"

"你们赢了官司很得意吧？"

"还行吧。"

"你到底来干什么？"

"还鞋。"

"你那个徐总是不是又有话要带给我？"

"就那些呗，打击你自信，让你放弃抵抗的话，你还想听吗？"

乔婉杭黯然一笑："你说吧，也许能提高我的免疫力。"

颜亿盼愣了几秒，想到那天她看到翟云忠信的反应。

"怎么了？太刺激了说不出口？"乔婉杭问道。

颜亿盼正色说道："以色列那边有家公司叫Voyce Tech，就是声音的Voice，i换成y，你们查一下，那家公司是不是还在，如果还在，就联系他们，如果不在，你们就好好准备赔付金额吧。"

颜亿盼说完，就转身往前走去。

531

乔婉杭愣住了，这和他们的思路是一样的，只是颜亿盼给的结果更明确。

"亿盼，"乔婉杭叫住了她，"你那天在这里说的话，算数吧？"

颜亿盼脚步顿住了，嘴角一弯，转身说道："我记得我答应过你的事从没有食言吧。"

"刘江一直在盯徐浩然，你为什么一定要留在他身边？你不怕受牵连吗？他资助你的钱，我十倍、二十倍替你还了，怎么样？"

"不是那样算账的。"

"那要怎么算？"

颜亿盼看了她一眼，眼底发酸，却没有多说什么，又往前走去。留着乔婉杭站在门口，一时心绞痛。

颜亿盼忽然又转身，赶紧叫了阿姨给她拿药，这一次阿姨拿的药比之前还要多，白的红的铺满一个瓶盖，让人害怕。

三人来到院子里的桌椅边坐下，乔婉杭吃了两三种药，喝了一大口热水，用力喘了喘气。

"你这不是心律不齐吧。"颜亿盼皱着眉，拿着写满英文字的药瓶。

乔婉杭抢过药瓶，递给阿姨，舒了口气，忽然又拉住了颜亿盼的手腕，缓声说道："亿盼，不知道为什么，我好像慢慢理解了翟云忠的选择……"

"你别这么说，"颜亿盼立刻打断了她，"那封信是他去世前一个月发的，未必是真相。"

"什么是真相？我突然没那么想知道了，真的，亿盼，你回来吧，你要是不愿意，离开也可以。这家公司是我在扛，能扛成什么样，都和你无关。"

见她整个人佝着背极为难受，颜亿盼有些担忧地问阿姨："她这是什么病？"

阿姨被乔婉杭低头斜过来的眼神喝止。

"就是没怎么休息好。"乔婉杭说道，"你……到底怎么想的？"

"我不知道，"颜亿盼眼里闪过一丝迷茫，这段时间，她跟走失了一般，只记得有些事情必须要做，她长叹一声说道，"走一步算一步吧，我不知道接下来徐浩然还会做什么。"

乔婉杭一时也不知说什么好，她看不透徐浩然和颜亿盼的关系。

颜亿盼站了起来，待在这里，让她感到一丝留恋，如果只是单纯的工作，没有那么多亏欠，那么多牵绊，该有多好。她说道："我先走了，别说我来过，对谁也别说。"

乔婉杭送她到门口，想了想，又拉了她一把："何必呢？"

颜亿盼站在原地，身子僵了一下，回头疑惑地看着她。

乔婉杭沉吟片刻，倚在墙边，叹息一声，浅浅一笑，看着她说道："你放松一点，我也放松一点，真的，最坏又能怎样，你说呢？"

118.女人心

  颜亿盼突然觉得有些委屈，她怅然一笑，心想，还能有多坏呢，她的爱人离开了她，她在风雨飘摇中行进着，沿途看不到岸，每一天都不好过。
  她和乔婉杭在这一点上殊途同归，她们都踏上了一场看不到岸的远航中。
  或许，乔婉杭比她背负得更多，可这艘船的舵，还在她手里。
  "我请你吃了好几顿饭了，你也得请我吃顿饭。"乔婉杭又说。她这个人说话和别的人不太一样，总是无端带有祈使语气，让人很难拒绝。
  "走吧。"颜亿盼只能答应。
  乔婉杭像怕她跑了一般，直接换上她带过来的鞋就出门了。
  巷子里两端的护栏垂下了一束束鲜艳的月季，雾气混着花气，一时恍然如梦。
  这条路，她们来来回回走了很多次，这一次最沉重，也最令人想摆脱。
  乔婉杭以为颜亿盼会带她去个符合她平时高端人设的地方，不想车却开到了一个喧嚣的民巷，那里周遭都是低矮的拆迁户，路面也不平整，一路五颜六色的灯牌歪歪扭扭，一股鲜香的味道和烟味混杂在一起，高高低低的桌子和凳子都泛着油光，衬着天边的廖寥星空，连着地上的雾气和烟火气，这是一个烟火味十足的小吃巷。
  "我小时候经常来这种地方送货，这里是从短视频里看到的，没想到现在居然成了网红打卡地了。"颜亿盼拉着乔婉杭的胳膊，带着她往里走。
  两边的商铺门面都不大，人却不少，路人都在逼仄的湿漉漉的街道上小心往里走着。无论是谁，来了这里，也掩映成了平凡的为生计打拼的普通人。
  乔婉杭又稍稍有些不一样，她穿着高跟鞋走在这种坑坑洼洼的地方，居然也怡然自得，没被石头绊倒，也没被凌乱的椅子磕着。她这放松闲适的样子和那身一看就不便宜的搭配，在这夜市里居然别有一番风情。她们身边时不时会有一些看似不经意投来的目光。
  颜亿盼找到中央最喧闹的地方，旁边还有个小电视，配合着二十世纪八九十年代那种老式街边卡拉OK机，五块钱唱一首，此刻一个胳膊上有文身的大哥正在吼着《红日》，可怎么也跟不上调子，但下面那帮兄弟们却大呼好听，还不停地拍手助兴。
  这般吵闹，颜亿盼却仿佛丝毫不受影响，她看了一眼旁边那桌的食物，对旁边的帅哥服务员说："照着那一桌，给我们也上一桌。"
  这里的菜品并不多，好吃的也就那几样，厨师反反复复炒，就炒成了深巷里绝美的味道。

"要酒吗？"服务员又问。

"你喝酒吗？"颜亿盼问乔婉杭。

"行啊。"

"那就先来两瓶啤酒吧。"颜亿盼说道。

东西陆陆续续上来，花蛤、辣炒田螺、烤馒头片、烤羊肉、烤羊腰子……上来以后，不知为何，颜亿盼忽然很开心，她拿着一串烤羊腰子放在乔婉杭面前，似乎想看她难堪的模样，毕竟她自己餐桌上那些菜都太讲究了。

乔婉杭看到以后，眼睛瞪了瞪，拿起钎子，大口咬了下去，沁了满嘴的油，然后仰着头大笑，笑得眼睛都弯了。

"告诉你，亿盼，别小瞧人，我高中的时候来过这里，"乔婉杭举着钎子感慨道，"没想到，二十多年了，这里居然还在。"

"嗯？"颜亿盼来了兴趣，"千金小姐会来这里？"

"我可不是什么千金小姐，顶多是亿万富婆。"

"你挺不谦虚。"

"我初中和高中都是在前边读的。"乔婉杭指了指前面那条街。

"是吗？"颜亿盼有些诧异，乔婉杭实在不像是被校园管束过而茁壮成长的祖国花朵。

"是啊，我爸没什么时间管我，那时候我就在旁边的南大街那儿上的初中和高中，现在都迁址了。"

"啊！那个中学很有名吧，学海中学，每年都往清华北大送一批人，都是学霸。"

"我不是，特别渣那种，老逃课。"

她这么一说，颜亿盼点了点头，理解了她身上时不时流露出的那种浑不凛的气质，随口问道："后来怎么好了？"

"你调查过我吧？"乔婉杭眯缝着眼睛，说道。

"也不是，我看你做饭那样，感觉很居家。"颜亿盼赶紧解释。

"你这个人最大的毛病就是不坦诚。"乔婉杭拿签子点了点她，又继续说道，"我呀，其实一直也没学好，就是我妈在我高二的时候去世了，我爸脾气不太稳定，我实在不想看他为我的事气得手发抖，就收敛了一些，想着老老实实读书毕业，以后就平平稳稳地过日子。"

不知道为什么，说到这里，她情绪又低落了一些，夹了粒花生米在嘴里嚼着。

"我从来就没想过平平稳稳过一辈子。"颜亿盼拿起啤酒很自然地往旁边的桌角一嗑，瓶盖就掉了，看到乔婉杭略有些诧异的表情，解释说，"小时候打工要给客人开瓶子……在我那个环境，说要平平稳稳过一辈子，那就是每天为菜市场几毛钱一斤的黄叶子菜算半天，为孩子交补课费吵架，搞不好钱不够，还得跑出去借，借不到，就赌，再往后，就是为父母看病捉襟见肘坐在医院门口哭……不一样。"

颜亿盼边说，边拿着她面前的塑料杯，斜着倒了一杯啤酒，然后放在乔婉杭面前。

"你别以为我多难受，我对现在的生活很知足，哪怕有些颠簸，也是好的。"颜亿盼说完，惆怅地笑了笑，举起了杯子。

"那，敬我们颠簸的一生吧。"乔婉杭举起了塑料杯，两人碰了一下。

两人就这样有一搭没一搭地聊着。

"你上次为什么说让我别上当？"乔婉杭谈到在法庭外颜亿盼说的话。

"发信的时机太微妙了，选在你最忧心的时候，然后紧接着就败诉，像是有意引导。"颜亿盼喝了一口酒，低头说道。

乔婉杭倚靠在座椅上，眼眸微微闪动："上次小尹帮我短暂地进入了翟云忠的邮箱，我看到他给徐浩然总共发了三封邮件，这只是第一封。"

邮箱信件里有五个"Re"，也就是说，他和徐浩然有三个来回的邮件，第一封是11月25日，最后一封是12月25日早上八点，他去世当天，确切地说是跳楼后四十四分钟。

"嗯，我也觉得那封邮件虽然是发泄情绪，但并没有完全放弃的意思，事实上，翟董最后见我的时候，很平静。"颜亿盼分析道。

乔婉杭怅然叹息了一声，缓缓说道："中间有一个月的时间，让某些事情走向无可挽回。"

"有预谋、有策略的诛心……"颜亿盼有些愤懑地说道。

"对云忠的诛心？"

颜亿盼深深看了一眼乔婉杭，摇了摇头，说道："不管过去他经历了什么，这一次是针对你的。"

颜亿盼说完，拿着一根尖锐的签子，插在一个馒头片上。

"我？"乔婉杭陷入沉思。

"你一定要看他剩下的邮件，对吗？"

"对。"

"你能确保自己不受影响吗？"

"……不能。"

颜亿盼听到这里，没再说话，这是一个深渊，乔婉杭选择走近它，这就是她的宿命。颜亿盼太过悲观，她仿佛看到最可怕的结局。哪怕她想尽一切办法，也无法避免。

不知过了多久，旁边人来人往，还有划拳和大声的喊叫。她们两人暂别了那些动辄上亿的厮杀角逐，有了几分闲散放肆的人间趣味。

唱卡拉OK的人换了一个，这人明显比上一个社会大哥要靠谱，戴着一副文绉绉的眼镜，穿着皮衣，上来就点了郑钧版的《花儿为什么这样红》。他唱得非常用心，还抬着头，配合了一些新疆舞扭头的动作。

不知为何，这人嘶哑的嗓子问天一般唱：花儿为什么这样红？为什么这样红？

这几句，混着酒劲，让颜亿盼的心似乎活了过来，对，是跳跃的感觉，不似之前那般死气。

钝钝的痛感慢慢变得清晰起来，那颗生锈的心脏，仿佛流出了汩汩的血，鲜红色，完全止不住，她一手支在摇摇晃晃的木桌子上，酒的寒气灌入胸腔，眼泪就这么不受控地流了下来。

也没有来由，好像想把这十年来攒的泪，都统统流出来。

边流，还边往口里灌酒。

乔婉杭也不安慰她，就在旁边坐着，一手搭在她后背上，一手拿着钎子吃串，眼睛老神在在地看着屏幕上发花的字幕。

那位大哥显然注意到这位美女，觉得是自己的歌声太动听，下来后，非要邀请颜亿盼跳舞，颜亿盼抬手推开他，大哥很受伤，还挺不甘心要去拉她。

乔婉杭右手摆弄着空的铁钎，左手搭在颜亿盼肩膀上，侧过脸用口型无声地对那位社会大哥说了句："滚。"

大哥看她那眼神，不禁打了个寒战，酒醒了一半，再看她的穿着仪态，确认是自己惹不起的人，呆立在原处也不动弹，接着被他几个清醒的朋友赶紧拉开了。

然后，这里又归于某种让人心安的嘈杂。

一直到深夜，人渐渐离去，大排档也不剩什么人了。

"Celine女士，最有潜力的歌手，要不要来一首？"颜亿盼也有些晕晕沉沉，看着小电视上放着过时的MV，带着鼻音问了一句。

乔婉杭看了她那发红的眼睛，于是低头喝完杯中的啤酒，缓缓站了起来，款款走到露天卡拉OK前，对着大排档稀稀拉拉的桌子和三三两两的顾客们，笑道："最后，国际巨星Celine，就是我本人，为大家献上一曲吧。"

这里的人已经很少了，但还是有人看了过来，给了一些掌声。

她粤语说得标准，一首《女人心》，让大排档里的喧闹变成了背景。

> 看着眼前的人渐散
> 而在那喧哗过后
> 只有忽然倦透的
> 是我的一对手

努力向前谁没有
谁料歇息的借口
是要把抑郁眼泪再流
谁自愿独立于天地
痛了也让人看
你我却须要
在人前被仰望
连造梦亦未敢想象
我会这样硬朗

她唱歌时，四周都莫名安静下来，有正要离开的行人也驻足倾听，声音宛若在这夜色蒙上了一层雾面，也不甚哀伤，还多出几分摇滚气质，似在追问……Celine女士年少时认为自己可以唱歌出道，还是有些依据的。

曾经的她，逃课出来疯玩，想过当万人追捧的歌星，也准备过享受富贵的家庭生活，无奈世事无常，她怎么也不会想到，有一天自己会扛着这么大一家公司的生死，被万众瞩目，被众人仰望。

民巷深处，不知谁的风筝挂在了树上，路灯的光透过它的身躯，发着幽暗斑斓的光，夜风不停地吹着，发出呲啦呲啦的呼号一般的声音，它旋转着，一直晃，一直晃，怎么也无法挣脱细绳的拉扯。

119.过去的事

颜亿盼大脑是清醒的，几瓶啤酒不至于醉，只是不知道为什么，被乔婉杭扶着上车的时候，她浑身的力气似乎都耗尽了，整个人仿若飘进了虚空，毫无着力点。

司机开车把二人送回家，家政阿姨匆忙开门，两人扶着她躺在床上，阿姨出去给颜亿盼冲了一杯蜂蜜水，乔婉杭帮她脱了外衣，她刚要躺下又看到旁边床头柜上的书签。

也不知当时心情如何，颜亿盼拿过书签，盯着看了几秒，忽然三两下就撕碎了，乔婉杭完全来不及阻止，就看着碎片全部掉在木地板上，七零八落，她一时愕然地看着满地碎片，就听颜亿盼幽幽喊了一句：

"会长啊。"

乔婉杭一听，眉毛一挑，这个称呼可不就是那帮海外牌友给她的称呼，原来自己在她眼里没有变啊。她心中是又好气又好笑，用力捏着她的脸颊，咬牙说道："还说没有调查我？"

颜亿盼坏笑了一声，抓着她的手，抬头说道："过去的事，放下才能解

537

脱啊。"

她说这话时，目光盈满了屋内的光，亮闪闪的，很是真诚。

乔婉杭深吸一口气，浅浅一笑，说："我试试。"

颜亿盼对这个回答很满意一般，嘴角一弯，闭上眼睛，倒在了床上。

窗外月光皎洁，夜风轻拂，颜亿盼莫名的心安，昏沉睡去。

清早的时候，她看着屋子里熹微晨光，才想起自己在乔婉杭家里睡了一夜。房间很大，床单被罩极为柔软，她记得昨天夜里睡前说了些话，扔了些东西，看着地面干干净净，她又想不起来，记忆像这昏暗的屋子，变得模模糊糊。今天还是工作日，她坐了起来，口里说了一句："热水呢？"她依稀记得昨晚有人送了一杯热水进来，只是自己当时不想动。

话音刚落，一声极轻的"嘀"从身后传来，她回头看，发现那杯水正在旁边，桌上有个嵌入式杯垫，亮了小小一点红灯。屋内的智能设备听到她的话，自动把水温上了。

颜亿盼感到很惊喜，举起右手往天花板一指："要有光。"

窗帘闻声立刻朝着两边缓缓拉开，外面还有一层淡紫色的透明纱质窗帘，晨光透过来，照在她仰起来的脸上，照进这间温馨的屋子里，旁边造型典雅的梳妆台和衣柜也在微光中。颜亿盼笑了起来，转身走向一侧的卫生间。

她进了卫生间，看到镜子上内嵌了显示器，显示了今天的气温、日期，她手动点击新闻按钮，翻到乔婉杭订阅的关键词新闻，有云威、Xtone，还有芯片、外交……里面赫然出现"颜亿盼"三个字，她颇为好奇地点开浏览记录，上面居然是有关她的微博，就是说她如何背叛云威，又如何把客户拉到Xtone的小道消息。甚至还有一篇港风报道：颜亿盼身边的亿万富豪……

其实比这过分的颜亿盼也看过，见怪不怪，只是想到乔婉杭看这些八卦会抱有何种心情……相信？怀疑？嘲讽？玩味？

她没脸再看下去了，赶紧关闭了按钮，用凉水冲了把涨红的脸，抬头说了一句："牙刷。"

旁边一个小抽屉出来，是一个浅粉色的电动牙刷，看样子是乔婉杭的。

她又小声说了一句："有新的牙刷吗？"

壁柜里的一个小抽屉打开了，里面出现了两支包装良好的新牙刷。

看不出来，这个外观充满中国风的房里还配备了完整的智慧程序，这应该是翟云忠对这个屋子进行的改造，还真是个直男，难道他不知道妻子一个人住在这里，没有心情欣赏他的杰作吗？

她想着自己回家也要改造一番，可才想起来，自己暂时没有家，心情又沉了沉。洗漱过后，也没再久留，套了外衣，就开门出来了。

阿姨正往桌子上摆餐具，见她出来指了指旁边的书房，大意是乔婉杭昨天晚上在书房睡的。

她看了看时间，才六点半，觉得自己真是太粗鲁放肆了，跑人家里蹭吃蹭喝蹭床，害得主人都没地儿睡了。她轻手轻脚地推开书房门，本想看能不能打个招呼，却看到乔婉杭躺在那张火车卧铺似的床上，面朝里地睡着了，头发像溪水一般从床边垂落到床下，呼吸声极为轻缓，她不好把人弄醒，正要关门，又看到白板上的那张麻将桌换了黑白棋图，她和乔婉杭分据两端，乔婉杭身后贴着翟云忠的标签，颜亿盼身后贴着徐浩然的标签。咳，这才是现实啊，她眼圈红了，看着乔婉杭的背影，无奈地垂眸一笑，便又退了出来。

她出来后小声关照阿姨，乔婉杭醒来后跟她说一声，自己先走了。阿姨连忙往她手里塞了一份三明治和一盒牛奶。

颜亿盼突然想起什么，问阿姨："她心脏是什么问题？"

"具体我不太知道……"阿姨有些犹豫。

"您放心，我谁也不会说。"颜亿盼看着阿姨，一副你不说出来，我便不走的样子。

"我只是听他们家的医生说是心脏瓣膜出了问题，血流不太正常，说是和遗传有关，她妈妈就是死于心脏病，她本来要做手术，也一直拖着……"

颜亿盼想到，乔婉杭皮肤白得醒目，昨夜吃大排档的时候，她手里握着的一次性竹筷几乎和她的手背一个色号，原来是心脏不太好，可怎么平时还这么大大咧咧。

阿姨看了看书房，眼圈有些红地说："颜小姐，你别看太太有时候挺随性的，其实压力很大，这两年没怎么睡过囫囵觉，总是一个人待在书房，一待就是整夜，这样对她的情绪并不好。"

颜亿盼眉头皱了皱，看了看紧闭的书房木门，眼神黯然，转身出了客厅。

待颜亿盼离开后，那扇书房的门缓缓打开，乔婉杭半睁着眼，整理了一下头发，白皙的肤色映出昨夜的疲惫。

"阿姨，我不知道你还会跟人打煽情牌。"乔婉杭出来接过阿姨递过来的水杯和药，语气有些玩味。

"不是，不是，我是希望她能照顾照顾你。"阿姨紧张地一个劲地摆手。

"她要照顾的人太多了……我不在其中。"乔婉杭冷淡地说道，说完将药吞服下去。

"我觉得你对她很好，但颜小姐看起来总是隔了几层……"阿姨说到这里，看到乔婉杭投过来不悦的目光，不禁身子一颤，说道，"我、我多嘴了。"

"不是所有人都被保护着长大，很多人即便有父母，也是独自长大的，过早地面对各种问题，不能声张，只能默默解决，所以，自我保护意识会很强，笑容、分寸、距离都是自保。"乔婉杭放下杯子，语气变得柔和，"这不代表她的心就很冷很硬，更不代表她不好。"

120.行至水穷处

一周后，李琢和Eason在以色列见到了Voyce科技公司的老板，这位犹太老板年过六十，头基本秃了，仅存的头发也都白了，他戴着无框眼镜，相比淡泊的科研气质，商业气质更浓一些。

他将李琢和Eason引进了办公室，告诉他们："Xtone通过在以色列芯片设计公司挖人来打开研发领域的方式并不是什么新鲜招数，我的公司因此流失了三分之二的人才，好几年都缓不过来，现在只是勉强维持的状态。"

"这在我们中国叫仗势欺人，"李琢重重点头，说道，"我能理解您的难处。"

双方都是用英文交流，但为了避免非母语沟通时信息的缺失，也找了当地的希伯来语和中文翻译。

"这项专利Voyce早在2011年就在以色列专利局申请了专利，因地域限制，并未在中国申请专利。"Voyce老板说完，让秘书拿出了专利申请书。

看到这里，李琢和Eason目光灼灼，都不自觉松了口气，看了一眼对方，露出了笑意。

"您能补上国际专利权吗？"Eason迫切地希望Voyce的老板能做这项工作，这样，最早拥有这项专利权的是Voyce，而不是Xtone，Xtone起诉云威的专利将被判无效。

"一旦做了国际专利申请，您在全球都是这项专利的所有者。"李琢也补充了一句。

但出人意料的是，Voyce的老板摇头拒绝了。

"为什么？"李琢紧张地问道。

这位老板拿出了一份Xtone和Voyce半年前签订的一项合作协议，说道："这项专利我既没有转让给Xtone，也不打算申请国际专利，为的是和Xtone接下来的合作能占据一个有利的位置，我们将开展十年的研发合作，你们来晚了一步。我想，Xtone针对云威的动作，不是临时起意……"

Voyce老板点到为止地讲了自己的考虑，摆在他面前的选择很现实，即便心有不甘，但在利益面前，他没必要给予云威道义上的协助。

事已至此，云威彻底失去了翻盘机会。

李琢和Eason这段时间在美国、以色列两边跑，最终还是回到了公司，梁木颂、乔婉杭和程远等人共同商讨了眼下的局面。

"向前看吧，"梁木颂说道，"这都是'发展税'，发展快了，总是会有这种摩擦，更何况人家蓄谋已久。"

"真的是太不甘心了！我们就这么被他们追着打吗？"李琢怒道。

"没必要为这种事情赋予宏大的意义，"程远怅然一笑，淡然说道，"这样的交手，以后还会越来越多。未必是他们起诉我们，也可能是我们起诉他们。"

"是这样的。"梁木颂说道，"不能只看一时。"

这些话听起来怎么都像是自我安慰，乔婉杭难掩失落，幸运之神不会永远站在她这一边，太多时候，明明已经用尽了全力，还是躲不过失败的厄运。

接下来，她需要筹钱交付赔偿金，这笔费用从云威的市值来看，不算什么，但是从现有流动资金来看，真的到了临界值，云威再有几轮攻击，就可能陷入资金亏空的状态，而前方，还将继续出现无休止地缠斗。

翟云忠当时的绝望心情，她感同身受。

而另一边，徐浩然只是很平静地把这个案件的相关文件放入了过期文件夹内，他给THE机构去了电话，说道："准备下一轮计划实施。"

这话刚说完，就听到敲门声，秘书身后是颜亿盼。

他看着颜亿盼，露出颇有深意的笑容，让她坐下后，说道："亿盼，你很超出我的想象，以色列的信息是你传给他们的吧？"

颜亿盼不动声色地说道："他们有自己的方式。"

事实上，颜亿盼感到无力的是，即便她找到了突破口，徐浩然已经提前在那里准备好了应对她的进攻。

徐浩然谆谆教诲："如果想要帮他们，你可以有更好的方式，不应该只是停留这种层面。"

颜亿盼小心试探："老师，您叫我来Xtone，不会只是给他们施压吧？"

"不是，你既然跟着我，我自然不会让你原地踏步，云威有更好的出路，而你要做的就是引导他们做出正确的选择。"

"我担心我能力有限。"

"这和能力无关，和理解力有关。"

"理解什么？"

"首先从理解翟云忠的处境开始……"

"他绝望的处境？"

"那封信你看过了？"

"瞄了一眼。"颜亿盼不打算瞒他，她知道一切都在他的算计中。

"看来乔婉杭信任你，这才是她给你的最昂贵的报酬，她也会因此享受到极高的回报。"

颜亿盼心里猛地一跳，放在扶手上的手不自觉收紧了。

"一个人一辈子就一个信念，创造世界最顶尖的技术，然后改变世界。这是翟云忠的信念，也是我和翟云忠之间互相理解的纽带，我认为程远也是如此，每一个把科研推至极致的人，必然怀揣着这样的信念。"徐浩然说这话时，透着隐隐的悲悯，这种悲悯不是来自平视，而是俯视，"可芯片这个领域很特殊，它关系到人民的生活，国家的发展，甚至是全球的和平。领先者会千方百计维护自己的地位。"

"就比如专利侵权官司？"

"不，那只是热身赛，教你游戏规则，引你入场，接下来才是动真格的。"

"动真格？停止专利授权？"

"远不止如此，是要逼得你无路可走。这对那些有信念的科研者来说，是打击，是摧残，可现实就是这样，全球资源有限，各国历史不同，注定了不平等，发展是硬道理，可落后者要发展从来都不容易。"

"您、您要让我做什么？"颜亿盼强作镇定地问道。

"别急，你现在什么都不用做，只需要去理解，理解翟云忠，理解云威，理解Xtone，甚至理解这个世界。"

徐浩然的语气是那么平和，如同场外的观察者，一切都在他的眼底，一切都在他的掌控中。此刻，颜亿盼是真的有些害怕了，她害怕自己以后的思想、行为会走向她自己都无法掌控的范畴。

徐浩然的思想影响了她，也钳制了她。她怕自己用尽浑身力气，也走不出他给她画的圈。

第十九章　枷锁

121.小尹的职业生涯

　　高级架构工程师小尹那天加班到很晚回家，从空荡荡的地铁站走到小区西门的时候已经十一点半了。西门被锁了，他又绕到了南门。到门口才想起自己晚饭没吃，他走到旁边一家二十四小时营业的面馆，点了一碗牛肉面，坐在仅开的一盏灯下吃，吸溜的吃面声倒是让自己有几分活气。刚吃了几口，他发现面前的窗台上爬过一只巨大的黑色老鼠。他感到嘴里的牛肉突然很不是滋味，艰难地咽了一口后站起来结账，发现手机没电了，翻找背包和口袋，都没有看到现金。

　　店员看他的眼神并不友好："要不你把手机押这里，取了钱来结？"

　　"我的手机可比你的面贵多了，划不来。"他从口袋里掏半天掏出一张工卡，"这上面有我的公司、姓名，没这卡我明天上不了班，押你这儿，我马上回家拿钱给你送过来。"

　　店员接过工卡，看了看照片又抬眼看了看他，云威工卡上的照片年轻白净，眼前的男人眼袋很深，脸上还有些雀斑，但看得出来是同一个人，于是收下了。

　　小尹又急匆匆回家，到家以后，在客厅里翻半天没翻出充电器，好不容易才在角落里看到一个充电线，一扯出来，旁边一罐子多维片掉了下来，发出细碎清脆的声响。他听到房里室友发出一声不满的长叹，抱怨道："天天这么晚，还让不让人睡了！"

　　"抱歉，抱歉。"小尹缩着脖子，压低声音说道。

　　他又在自己房间的抽屉里翻出一个红包，是过年的时候奶奶给他的，给他时还不忘提醒他，记得找个女朋友带回家，他给手机充上电，接着又放轻脚步出了门。

　　黑夜中他一个人行走，路上偶尔有喝醉酒的人被朋友送出来。整条街都很冷清。他赎回工卡，把工卡套在脖子上，一路跑了起来。

　　想大喊，又怕吵着邻居，就张着嘴大口喘气。

　　再回来的时候已经快一点了。他迅速冲了个澡，躺在床上，可大脑却依然很活跃，想着白天没有解决的几个线控问题。

　　他翻来覆去，还是睡不着，觉得这样下去不是办法，又翻出手机，翻看某短视频上一只叫老四的狗，那是一只眼角和耳朵都耷拉着的拉布拉多，看人总喜欢乜着眼睛，躲躲闪闪，这狗以呆傻著称，经常把狗主人气得团团转，他戴着耳机听狗主人喊："老四、老四，是不是你干的，你傻呀！老四！"

　　他不敢笑得太大声，却笑得浑身发抖。

　　看得正开心，手机顶部的时事新闻弹出来：某国商务部工业与安全局对云威施以最严厉的制裁，云威被列入实体名单。

　　他实在不想点开看这个新闻，黑夜里，他似乎消耗完了一天的快乐，放下手机睡着了。

　　室友清早起来，关门的声音还是把他吵醒了。出租屋的位置在市中心，房子老旧，所以价格虽高，隔音效果并不好。云威的弹性工作制，让他可以慢吞吞地起床，继续翻看新闻：各大科技公司停止了对云威芯片X86、ARM架构的授权，禁止ASML芯片光刻机销售给云威，集成云威的产品将被禁入市场。

　　这条新闻看起来格局很大，离他很远，但是他知道，这个远在天边的决定，将改变他近在眼前的手头工作。

　　云威大厦地下一层食堂，小尹和组员一起围坐在长方形的餐桌前吃饭。

　　厚皮笑道："这个星球真实发生的事其实比电影里的星球大战更有趣，也远比村头老汉在泥地里撒泼打滚更有看头。"

　　在筷子和盘子的碰撞声中，他们格外起劲地讨论着，把对未来的担忧转换成调侃，舒缓着内心的焦虑。

　　"你信上帝吗？"Tim边用叉子吃着拌面，边问对面吃着麻辣烫的厚皮。

　　"我信如来佛祖。"厚皮头也不抬地说道。

　　"God bless you。"Tim说完，在胸前画了个十字。

　　"阿弥陀佛。"厚皮说完，双手合十。

　　旁边的人看他们这么煞有介事忍俊不禁。

　　"其实信仰是需要互相理解的，比如你信上帝，我信菩萨，他信美国队长，我信孙悟空。"罗洛边说，边拿着叉子卷着江西炒粉吃着，"大家都按照自己的信仰行事就行了。"

"文化上也有相通的地方,本质上都是人的生命过程,有的含蓄,有的张扬。"集成项目组组长概括道。

"可我看厚皮就挺张扬的。"赵工笑道。

"我看Kay还挺含蓄呢。"厚皮反驳道。

Kay是从美国来的工程师,此刻就坐在他们旁边大口吃着羊肉泡馍,听他们说的话也半懂不懂:"I have no interests in the world, I just care about CPU.(我对世界没有兴趣,我只关心CPU。)"

"Me too! 说这些有什么用啊?以后怎么办?"技术怪咖小尹也说道,他只关心自己以后还能不能继续研发。

罗洛和组长管理级别,二人听了不说话,都拿着筷子低头吃饭。

小尹还想问,罗洛赶紧说:"新上了烤鸭,你不去试试?"

吃过饭以后,大家又回到研发中心继续工作。

小尹修改了几个Bug,又和同事讨论了布线的修改,摸鱼的时间翻看相关新闻。

一篇文章被业内大佬们转发,文章名为《千窍死了》:如果千窍改用开源架构,意味着性能下降、兼容性弱、市场流失。

下班前,小尹打开邮件,记录了今天的工作内容,最后,他进入了员工后台,调出了个人休假申请系统。

他查看了这几年来积累的年假,累计超过三十天,他点了全部勾选。

弹出对话框:超过十天,需要向P8级以上领导审批。

他关闭了对话框。

在审批栏里一路勾选,从经理、总经理,再到程远、梁木颂,最后一路勾到乔婉杭。

请假备注一栏,他填写了一段话,写完以后,这隐藏的黑客高手,还给做了个图层和代码,植入到后台系统。

一顿操作……

他点击了申请提交,接着安静地站了起来,穿上自己的黑色鸣人外套,给在座的同事们留下一个潇洒的背影。

他一路下楼,刚走到楼下,身后传来了组长的怒吼:你叫谁小爷呢!!!

这声音,足可以让整个研发楼的玻璃都颤三颤。

一堆开发书籍从他头顶飞过,他立马加快速度,奔向了烈日炎炎的世界。

研发楼内,好几个人站起来,嬉笑议论着。

一周内,云威工程院掀起了一场史无前例的抗议活动,之后被人记载进入了云威编年史,历史上称之为:616休假运动。

它的导火索是一个叫尹小键的员工的休假申请。

它的影响力从小小的研发办公桌，扩散到整层楼，然后是整个研发中心，直至传递到云威整个高层，之后，还带动了行业内一批饱受加班折磨的脱发程序员加入了反抗的队伍。

这一事件标志着程序员的觉醒。

大家都以各自的方式，把手里攒的假期一股脑给休了，很多人直接复制了小尹的文案和代码。这些文案自带爆炸效果，让每个人进入员工后台系统申请或审批时，对话框都能震三震。

小尹的文案在震动中弹出：

小爷累了，要休息！！

我从十六岁被破格录用，经历了九年干到了架构师。我的目标是：让世界因我而更好！

好难，真的好难。我才知道，我是个普通人，我想休息，想找个萌妹子结婚，想买个大房子，养条傻狗。

世界怎么样，关我啥事？！

以后芯片无法使用X86、ARM架构，我将面临转型，我不知道整个CPU开发组会不会解散。

各位老板，请在我休假回来时，给我明确答复！

我们理工生，凡事就讲个逻辑，看不到路径的开发，小爷不干！

这邮件还配了爆炸声效：

轰！

轰！！

轰！！！

122.第二封信

"混账东西！"程远骂道，揉了揉充血的眼睛，瞳孔里映着一个个金灿灿的炸弹，眼睛都快炸瞎了，但没办法，自己惯出来的程序员，含着泪也得给他们把假批了。

相对于开发人员的迷茫，高层此刻的决策方向极为重要，他们正在梁木颂的办公室讨论对应方案。

梁木颂让李琢准备材料，提交云威产品只限于民用领域的证明，他作为研发出身的管理者，清楚这个限制对开发人员有着怎样的影响。

"既然他们对外宣传是法治社会,我们也可以起诉BIS。"李琢提了建议。

"可以准备,但我觉得胜诉的难度很大,这个制裁准备了很久,不过是看准时机出手,流程违规的可能性不大。"梁木颂忧心忡忡地说道。

乔婉杭点点头,说道:"准备着吧,当作我们进入全球市场要积累的经验。"

"程远,你那边怎么样?"梁木颂问坐在一边一语不发的程远。

"重新调整了,千窍芯不能采用ARM了,转用RISC-V。"

"那些程序员怎么安排?"乔婉杭问道。

"愿意留就留,不留就补偿,他们在云威做研发,就注定有这一劫。"程远语气平淡,也不知道是幽默,还是习惯了泰山崩于前而面不改色,"千窍芯从前几年就开始放弃ARM架构,有备胎方案,只是性能和兼容性上会有损耗,哦,不对,不能再叫千窍芯了。千窍死了,埋在历史的尘埃里了。"

几位老板都沉默了。

乔婉杭回到办公室后,翻看着翟云忠那封绝望的信,还有小尹等一众员工在请假申请表里的情绪发泄。

三年前,她无法支持翟云忠;三年后,她也无法保护这群年轻人。

常年的加班……拼尽全力取得的短暂优势……晦暗不明的前程……被质疑的研发能力……还有改变世界的梦想……被打乱的生活……

这对他们的身心都是极大的考验,甚至折磨。

网上很多人把目光从大国崛起,放在了这群年轻人的身上。

大多数人会选择舒适地度过一生,少数人拥有傲人的天赋和意志,能够成为某个领域的顶尖者。最难的是云威这批研发人员,他们有能力和天赋,但运气稍微差了一点,被围追堵截,在这条路上走得跌跌撞撞。

谁也不愿意面对一个悲壮的现实:千窍芯将是他们这两年来最高的研发成果,这款芯片的性能曾击败了顶尖芯片设计公司Xtone的同期芯片,风靡全球。

那天,乔婉杭很晚才从办公室出来,看着大楼的灯渐次熄灭,只有大堂里还是一片明亮。路灯照过来一束光,让大楼远处的黑暗显得更加微妙,光粒子在空气中跳动,光和影形成了一个十字架,这座大楼葬送了她的丈夫,这场游戏让她战栗,她才意识到自己的心理远没有她想象的强大。

乔婉杭车快开到家的时候,发现后面跟着一辆车,电话响起来,她接了,是颜亿盼。

"车继续开,别停。"颜亿盼的声音传来,"明天十点,还是那家竹林会馆,徐浩然说要见你。"

"见我,做什么?"

"第二封信。"

乔婉杭倒吸一口气。

电话那头沉默片刻说道："记得我说过的话吧？"

"嗯。"乔婉杭脑海里浮现出颜亿盼对她说的话，徐浩然极善操控人心，不要上当……

颜亿盼的电话挂了。

两辆车在一个丁字路口，分别开往不同的两个方向。

颜亿盼回到公寓，拿出徐浩然最早送她的那本书，里面有他留下的清隽的字，有他给自己的祝福，这本书成了她最初进入云威的动力。

十八年，转眼即逝，物是人非。

颜亿盼一直都试图让自己站在信息最集中的位置，那些质疑和担忧，她都看在眼里，也验证了徐浩然的说法——要逼你无路可走，她也理解当年翟云忠邮件里所说的困境："落后就要挨打，领先就要挨整。"

除非你遥遥领先，无人能及。

而正处于围追堵截中，又谈何容易？！

徐浩然让她安排了这次会面，她觉得自己一直等待的时刻来临了，但她没看过第二封信，也不知道徐浩然和乔婉杭会谈些什么。

第二天一早，她按照徐浩然的指示，来到竹林会馆二层的户外阳台，这里空无一人，等到将近十点，乔婉杭才出现。

徐浩然迟迟没有现身。

两人沐浴在阳光中，等待着那封信的到来。

乔婉杭问了她一个问题："如果你知道会是现在这种情况，穿越回十四岁，你还会接受徐浩然的资助吗？"

"我会，因为当时我没有选择。"颜亿盼抬头看着屋顶的梧桐树，树叶的缝隙中落下细碎的光，"不过，我不会去见翟云忠最后一面。"

"为什么？"

"因为翟云忠有别的选择，如果不选我，现在我不会坐在这里，面对你。"

"你不是说过这是宿命吗？即便他不选你，我还是会选你。"

颜亿盼听到这里，看着乔婉杭，万语千言，最后化作一个心领神会的微笑。

十点整，徐浩然没有出现，给她们送来果汁的女孩说道："刚刚有一个电话打进来，让我转告一位叫乔婉杭的女士：Danial在THE的邮箱密码是他离开云威的日期，八位数字。"

这是非常小心的做法，不想留下任何痕迹。颜亿盼不由心中警觉，登录这个邮箱，还需要她们二人的配合，而徐浩然却藏在身后，操纵着一切。

"看来他不会来了。"乔婉杭看着短信说道,拿着平板电脑,登上THE的官网邮箱入口界面。

乔婉杭输入徐浩然的邮箱地址,这是之前小尹和她曾确认成功的地址。

然后把平板电脑调转过来给颜亿盼。

颜亿盼深深看了一眼乔婉杭,接着输入:20100420。

页面在短暂的缓冲后,出现了邮箱界面,里面只有一封信,发件人是:Felix_Zhai,发件时间是:2019年11月30日。

邮件只有一句话:我要进入这个赛道里,我将站在世界之巅。

接下来是一行长长的代码,由英文字母、数字还有符号构成。没有任何规律,看起来像是邮箱自带乱码。

邮箱突然发来红色警告:异地登陆预警!异地登陆预警!异地登陆预警!

乔婉杭迅速截了图,几秒钟后,邮件自动登出,她们无法再登录。

两人对视了一眼,颜亿盼说道:"去找程远,他一定知道这是什么意思。"

"你呢?"

"你别管我了。"颜亿盼站了起来。

两人在楼下分开了。

颜亿盼回到公司后,第一次没有分寸地冲进了徐浩然的办公室,当时还有人在汇报工作,她站在那里问道:"老师,到底是什么意思?"

徐浩然示意汇报工作的人出去,待门关上后,让颜亿盼坐下,颜亿盼也不坐,整个人身体在发抖。

"别担心,你这是在帮她。"徐浩然语气依然很平和。

"帮她?"

"亿盼,那封信,你应该看得很清楚,就是信息的共享,只是技术层面的交换。"

"所以,翟云忠最后开放了云威的信息库?不,不可能!"

"怎么不可能?一旦停止技术授权,他什么也没有了,所有开发都会终止,他是公司的决策者,你无法理解他,只是因为你没站在他的位置考虑。"

"不,不对,您现在回国,就是因为还是没有拿到信息,所以,那次开放还是受阻了。"

"我也很想知道到底哪个环节出了问题。"徐浩然眉间一皱,眼神幽深。

"因为程远不同意?"颜亿盼想到很多事情,程远不愿她接触那些资料,在家里安装防盗系统,从不过多谈及工作……对于这件事,他到底知道多少?

"亿盼,你不要轻易给人下结论,这家公司的前途只掌握在乔婉杭手里,"徐浩然脸上那种长者的温和逐渐消隐,转而呈现出让人害怕的威严和压迫力,"你告诉乔婉杭，她可以选择照办，这样云威不但不需要赔偿那笔费用，未来必将重新成为ICT技术领域的佼佼者，也可以选择不照办，让云威陷入无休止的制裁，同时，我将公布这封邮件，到时候，大家会怎么看云威？市场还能容得下云威吗？"

"你就是这样逼死翟云忠的吗？"

"不，翟云忠的死，是因为他自己，过刚易折，他低估了制裁手段，他的实力无法承载他的野心。"不知为何，徐浩然说到翟云忠的时候，愠怒大于惋惜。

"老师，为什么要这样？您是为了报复翟云忠十年前对您团队的驱逐吗？"颜亿盼探寻的目光看着徐浩然，继续说道，"因为云威的早期技术架构是您建立的，最后您却被驱逐出局。"

"是，"徐浩然瞳孔微微一黯，停顿几秒，说道，"但这次与报复无关。我和他的信仰从来就不同，他信仰一个纯粹的技术乌托邦，没有折中主义，而我知道攀爬技术的顶峰，从来都有代价。"

"你想证明他选择自主研发道路是错的。"

"还需要我来证明吗？"徐浩然脸上露出一丝不屑，"他以为自己可以逐渐脱离早已建构起来的研发体系，自成一套体系，孤身作战？可十年过去了，只能证明他在走弯路。"

"他明明是做出了成绩的……为什么？"

"亿盼，有些话，我从来不需要和你说第二遍，因为你和我有一点很像，就是我们都是悲观主义者，因为对未来的悲观，会更清楚地看到不利因素，反而能立于不败之地，你很清楚，以云威现在的实力，不足以抗衡外界的绞杀。"徐浩然似乎在压制着某种情绪，接着说道，"记住，乔婉杭只有一个选择，就是跟着我求一条活路，否则就是自寻死路。"

是的，徐浩然说得很清楚，合作，意味着低头；不合作，除了接受制裁，他还会公布邮件，到时候，众口铄金，一个在信息安全上有污点的公司，将难以在中国存活。

无论哪条路，乔婉杭都逃不开。不单乔婉杭逃不开，颜亿盼也逃不开，这是徐浩然给她画的牢笼，她脖子上的绳索被徐浩然捆在一个木桩上，十多年来，她都不曾走出来。

她一直自认未能找到万全的办法，却不知道，绕来绕去，都在徐浩然的算计之中。

另一边，乔婉杭回到工程院，把两封邮件都给了程远，程远看着这行乱码，神色陡然变得可怕起来。

接着他打开电脑，进入到一个只有黑屏绿码的程序里，他直接输入了那组代码。

"咦，你都记住了，这么长？"乔婉杭拿着平板，又看他整行输入连续20多个字符。

"嗯，就干这个的，还能记不住。"程远头也不抬，很快，屏幕上跳出一组英文对话框，对话框里显示为：Wrong input, the system can't recognize it.（错误输入，系统无法识别）。

程远关闭了对话框，绿色编码程序又恢复到初始状态。

程远合上电脑，看着乔婉杭，问道："如果Xtone告诉你：可以撤销起诉，撤销制裁，所有研发都可以继续，所有产业链也不受影响，进出口产品也解禁，但需要云威配合他们做点事，你会同意吗？"

"嗯？"乔婉杭嗓子发紧，一种要马上解脱，又要濒临死亡的刺痛感涌上心头，"做什么？"

程远看着她，突然有些犹豫。

"说呀！是卖掉工程院吗？"乔婉杭有些着急。

程远摇了摇头，缓缓说道："不用花钱。"

"做什么，你们可以做到，对吗？"乔婉杭睫毛微微颤动，目光微微闪烁。

"我们什么也不用做，是他们做。"

"什么意思？这么简单吗？"

"他们要做什么？"

程远喉结滚动，长长吸了一口气，说道："攻破云威设立的安全系统，拿到云威芯片可以接触到的所有信息。"

"啊！"乔婉杭，愣了几秒，缓缓坐在沙发上，"我懂了……我记得云忠和我聊过，一个叫斯诺登的人，曝光了美国国家安全局2007年实施的监听计划，个人数据和隐私都可以被获取，是这样吗？"

"差不多，但是对芯片研发来说会更隐秘，"程远把平板电脑还给了乔婉杭，"只要减少数据加密层，或者说，不要把安全性能做得那么好，他们就可以不被跟踪地进入后台。"

"云忠信里那组代码是？"乔婉杭手里捏着平板电脑，感到口中一股浓重的血腥味。

"你还好吗？"程远看着她，赶紧站起来，给她倒了一杯水。

"我没事，你继续说。"乔婉杭有些急切。

"他邮件里的是防火墙内一组不太成熟的代码，修改或者不修改，并不影响使用，但对方如果知道这组数据，可以进入芯片存储空间，随意查看数据。"程远简单解释了一下，低头说道，"不过，在他去世前已经修改了。"

"是你修改的？"

551

"不是，他和我分管不同的研发版块。这种顶层设计，也要得到他的授权才行。"

"所以，云忠被发现了？"乔婉杭感觉一口气有些接不过来，长长地吸了一口气，曲着手指摁着胸口，半天没有说话。

"我不确定，"程远点了点头，"不过，刘江要走了两年来我们修改防护数据的代码，逻辑上，他要调查的就是那次数据泄露。"

"难道，他真的是因为被调查才、才自杀的？"乔婉杭完全无法接受这个结果，她已经走了这么远了，为什么看到的是这个结果。

"他只给你看了这一封邮件？"

"是。"乔婉杭说得很沮丧。

"老翟最后那段时间的状态确实很糟糕。"

"为什么要走这一步？"乔婉杭问道。

"也许是他太执着了……他临死前，让我保存好公司所有的加密程序，可能是担心我也有此选择？"

"加密程序？"

"是，这是云威所有芯片必须要达到的安全水准。"程远说到这里，眼睛通红，他一个劲地摇头，脸色极为苍白，"这些资料，我还都在家里保险柜留了档。"

"也许他担心的是检察院对云威的调查……"乔婉杭弯着腰，手撑着额头，深吸一口气。

"我不知道，这和我之前想的不一样，"他的语气有些飘忽，像是自言自语，"是不是就像演员投入一个角色演到一半被叫停，而自己无法出戏；画家投入绘画，突然被告知无法向世人展出，然后有一个方法让他的画可以重新面世，但最后又发现这样也不行，这是一个被动接受炼狱的折磨，走向崩溃的过程……"

乔婉杭半天说不出话来。

心疼他？

埋怨他？

都不是。

突然间她很想他，想那个在黑夜里辗转反侧的翟云忠，那个被执念折磨得不成人形的翟云忠，回到三年前，她会抱抱他，可要怎么安慰他，她还是不知道。

他说那句话：我要进入这个赛道里，我将站在世界之巅。

所以，他做了那个决定？

可，怎么会呢？她丈夫的离去怎么会是这样的理由。

她感到整个心都碎了，她更害怕的是，此刻，她理解了他的脆弱和无助，她正在走向那个万劫不复的深渊。

所有情绪交织在一起，她感到头晕目眩，忽然，整个人前倾，从沙发上摔了下来。

黑暗中，她失去了意识。

123.枷锁

手术室外的灯光惨白。

翟云鸿和妻子，还有程远、梁木颂、李琢、汤跃等人都在外面等着，手术持续了一个多小时还没结束。

颜亿盼本来想回家和程远聊一下情况，得知乔婉杭被送入抢救室，又匆忙赶到医院，她刚走到手术室外，就被翟云鸿迎面拦住。

"是你，对吧？"翟云鸿说道。

颜亿盼错愕地看着翟云鸿。

"是你想着法子刺激她对吧。我劝你离她远一点，阿姨说你还去她家了，是要她的命才满意吗？"

"她怎么样了？"颜亿盼问道。

"不是，你都去竞争对手公司了，还过来干什么？"

"不用你管。"颜亿盼继续往里走。

翟云鸿抬手拦住她："你别在她身上打主意，她就是因为信任你，才中了你们的圈套。"

颜亿盼听到这里，神色一凝，这句话戳中了她心里某个点，是的，这是徐浩然明知她有二心还用她的原因，乔婉杭信她，只有信任这个人，她说的话才能产生影响力。

颜亿盼推开他的手，脱口而出："你这种花花公子，除了泡妞，能帮她什么？"

"你……"两人剑拔弩张之时，程远走了过来，拉着颜亿盼的手腕把她带到医院外面的阳台。

明月皎皎，夜色沉沉。

程远点了根烟，颜亿盼站在一边，问道："你跟她说了什么？"

"就是那封信。"程远脸上也很烦闷。

"是不是和刘江的调查有关。"

"是。"程远吐出一口烟，青色的烟雾融入月色，他整个人看起来很颓丧。

"那不是最后一封信，"颜亿盼有些犹豫，"未必是定论。"

"你们这节奏够紧的，"程远冷嘲道，"不知道你们是想要搞垮云威，还是想要了乔婉杭的命。"

颜亿盼低头看着楼下，也不争辩，手撑在阳台围栏上，问道："那封信后来研

553

发中心执行了吗？"

"你不知道？"

"我推测是没有执行，因为徐浩然说，如果你们愿意继续照着翟云忠的意思做，BIS会解除禁令。"

"是吧，"程远吸了一口烟，"用我们接触到的信息做交换，自然技术、市场和产品就都对我们开放。"

颜亿盼轻轻地握拳，也不看程远，声音不自觉有些发紧："你们是什么打算？"

"你想要我们怎么打算？"程远冰冷的声音让夏夜的温度都骤降了。

"你什么意思？"颜亿盼偏过头看着程远。

"问你自己，我什么意思，"程远用力摁灭了烟头，"你了解我吗？"

"研发第一，在全球普及'Yunwei inside'，做最顶尖的技术，挑战科技的极限。"明明是没有感情的概括，她的语气却莫名柔和。

可程远的脸色却越发难看，问道："你想让我开放数据？"

"我不知道。不过，你不配合的话，徐浩然会对外公布那封邮件。"

"混蛋！"程远咬牙骂道。

颜亿盼抿了抿嘴唇，担忧地看着程远，她突然不知道该怎么办了，怎么选？怎么做？那些砸过来的诱惑、陷阱和恐吓，她无法消化。

"行，"程远本来想和她好好谈，不知为何，又怒火攻心，"约你的恩公见面，我们坐下来谈谈，我要看看他的能量是不是有他说的那么大。"

"你想清楚了？"

"我想得很清楚。"程远把烟头弹进旁边的垃圾桶，想到旁边一群人守在手术室门口，他又停下脚步，侧过脸对颜亿盼说，"你的话带到了，赶紧走吧，万一大乔有什么事，你在这里……会遭殃。"

颜亿盼停在阳台边，看着程远离开的背影心如刀绞，她一直等到手术室的灯由红转绿，便远远地跟在那群人后面。

她看着乔婉杭从手术室被推入了ICU病房，隔着那么多人，其实离她也不过十米左右的距离，可看起来却很远，好像在世界的两端，那边焦灼却温暖，自己站在这里孤寂而寒冷。

颜亿盼突然想到乔婉杭书房里的那盘棋，她们分据黑白两端，此刻，她是被推到乔婉杭身边的那个卒子。

"Checkmate（将军）！"她这枚和皇后阵营不同的棋子，被徐浩然落在了皇后身边，可以随时将她击杀。

她定定地站了一会儿，那些等候的人也没进去，就在那安静地等着，翟云鸿和他妻子上前询问，医生交代了几句话也就走了。翟云鸿稍稍松了一口气，手术是成功的，不过麻醉还没醒，翟云鸿让其他人先回家休息。还有几个人，包括程远在内，依然留在医院，大概希望看她清醒后的状况。

颜亿盼看着几人向她这边走来，立刻转身走向楼梯间，一直出了医院大门，头也不回地走到停车场，启动车离开，车经过乔婉杭所在的病楼，不知为何，她又停了下来，乔婉杭应该还没醒，还在ICU接受观察，颜亿盼不知道该去哪儿，她坐在驾驶位，一动不动，看着前方，一时怔然。

明月当空，夜深人憔悴。

楼下有三三两两的人，有抱着X光片坐在台阶上发呆的，也有在门口蹲着啃馒头的，还有打扫卫生的，他们可能都比乔婉杭可怜，她又何必担心？况且，现在为乔婉杭担心的人有很多，已然轮不上她了。

可她就是没有办法离开。

明明可以做个冷眼旁观者，怎么就入了局？

不知呆坐了多久，恍惚间，她睡着了，一些凌乱的片段扭曲地出现在她梦里，一会儿是徐浩然给她递来盐味苏打水，一会儿是程远冲她笑，一会儿是翟云忠和她谈工作，好像一切都很和谐。最后她在乔婉杭突然倒下的画面中惊醒。

醒来时，才听到自己手机一直在响，她拿起手机，来电显示是：乔老板。

她赶紧接通，听到那边乔婉杭的声音很轻地说："亿盼，有些事，还是要跟你说一下……"

"你等等，我就在医院楼下，马上上来。"

"……好。"

电话挂了以后，颜亿盼往病房走去，迎面正遇到翟云鸿、程远等一行人，他们诧异地看着颜亿盼逆行，翟云鸿刚开口："诶，你怎么还在……"

话没说完，旁边的护士长就站在门口看着颜亿盼说道："你是颜亿盼？"

颜亿盼点了点头。

护士长公事公办地说道："麻醉过后，病人很难受，别说太多。"

于是程远等人不得不给颜亿盼让开了路，翟云鸿皱着眉头看着她进去，却也不好再阻止。

颜亿盼进去后，闻到一股很淡的药水味道，屋里的温度不低，她看到乔婉杭苍白的脸，额间的长发铺在枕头上，眼底发青，被子很薄，乔婉杭的身形在被子下显得清瘦无比。

颜亿盼走上前，蹲了下来。

"经历了这么多事，我还是信你。"乔婉杭缓缓说道，她侧过脸看着颜亿盼，鼻子上插了一个氧气管，眼瞳中仿佛有着夜的黑暗，她语气有些艰难，"你说，我是不是真的要照着他走的路往下走？"

"不是，"颜亿盼这次肯定地说道，"你是你，他是他。"

"我还是怕走错了。"此刻，乔婉杭的脆弱无处遁形。

"你选择任何一条路，我都会让它成为对的路。"颜亿盼语气很轻，但笃定无比。

乔婉杭看着颜亿盼，眼角的泪就这么滑下来，抿了抿嘴唇笑道："到今天，我才知道，一个人要不负众望，很难，很难，就好像，十年前云忠选择了程远，就负了徐浩然，我选择你，就必然要负其他人，怎么选，都不可能两全……"

"你想怎么选？"颜亿盼凑近了，低声问道。

"我无法原谅徐浩然，更不可能向他屈服，这是我自己的感情，不是从大局出发，和公司经营更没有关系，你会不会，又要说我感情用事了？"

"不会，永远不会。"

"嗯……"乔婉杭轻轻吸了一口气，淡然一笑，"这次，如果我不低头，云威会面临什么，工程院会面临什么，工程师们会面临什么……也不知道我自己还能不能承受，即便如此，我也依然做不到跪地求饶。如果他们要问我的决定，我还是那句话，我要云威在世界上立稳脚跟，成为那个不可撼动的强者，不再受制于任何资本，不被任何人算计。"

"好，我知道了。"颜亿盼用力捏紧了乔婉杭的手，那双细白的手，明明那么柔软，却藏着无坚不摧的傲骨。

"那张麻将桌你还记得吧？"乔婉杭神色放松下来。

"记得。"

"这最后一局，你替我上桌打吧，牌桌上有徐浩然，有程远，还有翟云忠。他们怎么做，我们无法左右了。如果这局输了，咱俩就永远退场了。"乔婉杭说完，露出了难得的轻松神情。

颜亿盼点了点头，柔声问道："还有别的指示吗，我的老板？"

乔婉杭摇了摇头，颜亿盼松开手，站了起来，给她掖好被子，把她额前的碎发往后捋了捋。

"哦，还有，"乔婉杭的声音有些低沉，抬眼看着她说道，"最后一封信。"

颜亿盼神色沉郁地看着她，没再说话，出来后，发现程远倚在过道墙上，定定地看着她。

她缓缓走近他。

"你把徐浩然的条件跟她说了？"程远眼睛眯了眯，凝视着她，眼里的担忧一览无余。

"没有。"颜亿盼神色沉沉地看着他。

"她打算怎么做？"程远问道。

"你打算怎么做？"几乎同时，颜亿盼也问道。

两人的目光都充满了审视，都试图从对方眼里看出点什么来。到底是不信任，还是心照不宣，总之，在医院这干净白亮的灯光下，都照不进对方的心里。

程远是否会开放数据，颜亿盼是否心属徐浩然，二人都不敢往深了试探。

"她想要看最后一封信。"颜亿盼打破了沉默，这一点，就和麻将桌打出的牌一样，放在桌面上可以供大家看，至于各自手里的底牌，还是不要亮出来得好，因为这是最后一局，任何人任何动作都可能是绝杀。

"好。"程远点头答应了。

124.开门迎狼

程远和徐浩然约见的地方是一个叫"梧桐"的茶餐厅，位于使馆区，是徐浩然选的，由两层别墅改装而成，楼上楼下都以玻璃装饰为主，两棵高大的梧桐树把餐厅映衬得阴凉而静谧。

颜亿盼陪着徐浩然来这里，下车后，两人穿过栅栏，走过一层的室外咖啡区，那里有几个老外在聊天。室内环境很西化，四周张贴着好莱坞电影海报，头顶上生锈的铁质吊灯发出暖黄的光，咖啡的香味飘了过来。上班时间，这里的人还不少。

颜亿盼往吧台走去的时候，一个穿着小丑女装的服务员迎了过来，说道："颜小姐吗？"

"是。"

"二楼给您预留出来了，这边请。"

徐浩然和颜亿盼跟着服务员上了二楼。

二楼的光线比一楼好，非常安静，里面有一个个小的房间，他们跟着服务员一直往里走，穿过过道，进了一个阳光很充足的房间，入口处的桌子上有一尊半米高的金属小丑雕像，被光照得亮闪闪的。

中间是一个椭圆形的木桌，徐浩然坐在椭圆的顶端，靠窗背光的位置，正对着门口，颜亿盼坐在他右手边。服务员送过来一个大玻璃罐，两个杯子，里面的苏打水冒着细碎的气泡，中间泡了一个切成链条状的黄瓜和两片柠檬，颜亿盼给徐浩然倒上。

"程远说在路上了，有点堵车。"颜亿盼说道。

徐浩然嗯了一声，看了看表，说道："不急。"

"嗯，不急。"颜亿盼木然重复道，然后偷偷地吸了一口气，扭身从包里拿出一张卡，递给徐浩然，"老师，这是我父母在五年前准备的一张卡，说无论如何要交给您，感谢您那段时间给我出的学费。"

徐浩然看着卡，显然没有准备，顿了顿，说道："当初帮你，就没打算要他们还。"

"他们心里一直记挂这件事，每年过年都会说，让我不要忘记您的恩情。"颜亿盼左手轻轻抓着徐浩然放在桌子上的衣袖，右手捏着卡，一定要给到徐浩然手里，"您拿着吧，里面还有我这十年的积蓄，密码是您曾资助我时用的密码……"

徐浩然看着颜亿盼愣了一下，颜亿盼有些哽咽："虽然我知道，这些钱根本不足以还您的恩情，但这至少证明您当初没选错人，我没辜负您的期望，对吗？"

"是的，小颜，我从一开始就知道你可以，但真的没想到你可以这么好。"徐浩然接过卡，放在水杯边，也没有收起来，手指摩挲着卡片上凸起的数字，神色变得难以琢磨，他审视般看着颜亿盼，抬眼问道，"你不是有很多问题要问我吗？"

"没什么问题了，过去很多，越到后来就越少了。"颜亿盼神色黯然，浅浅一笑。

徐浩然听出了颜亿盼话语中的一丝感伤，他深深地看了她一眼，说道："看来你是真的不一样了。"

"老师，您不知道您带给了我多大的改变吗？"颜亿盼看着徐浩然，半边脸被百叶窗透过的光照着，眼睫毛的阴影落在她幽深的眼眸上，"这世界上很多人是在糟糕的家庭里长大，熬过苦闷的求学路，然后不得不做自己并不喜欢的工作，知道无法收获两情相悦的爱情，就找个差不多的人结婚，过着无趣的生活。我本来已经准备接受这样的设定，可是你改变了我，让我的求学路不再苦闷，工作也很喜欢，我有喜欢的人，也想一辈子和他幸福地走下去。"

徐浩然打量着颜亿盼，没有说话，低头拿了放在旁边的手机，在上面输入着什么。

"不过，这些终究都要被拿走。"颜亿盼往后仰了仰，叹息般长长地舒了一口气。

"小颜，有些事，我没跟你说过，就是希望你的工作和生活没有负担。"

"是的，就是这句话，我每每想到这句话，都……"颜亿盼停顿了几秒，被涌上来的情绪堵住了嗓子，眼眸闪烁着泪光，但终究还是忍住了，平复后，她继续说道，"可您知道吗？还有句话叫作大恩成仇……"

"嗯？"徐浩然深深地看着颜亿盼。

"不要给别人还不起的恩，她会在还不起的内疚煎熬中，恨你的施舍。"

"你现在恨我了？"徐浩然对这样的说法，似乎并不吃惊。

"对，我现在就恨你。"颜亿盼说出这句话。这是这么久以来，她第一次敢于直面自己的内心。

"亿盼，这件事结束以后，"徐浩然看着眼前这个长大的女孩，流露出些许的慈爱和不忍，"你可以跟我去美国，你获得的，会比现在多得多。"

颜亿盼摇了摇头："我看懂了您，所以没有办法跟着您了。"

"是吗？那我很欣慰啊，说说，怎么看懂了我？"

"您就像一个顶尖的猎手，一直把猎枪对着猎物，但是不开枪。这种无法逃离的痛苦，几个人能承受？而这不仅仅是范围上的无法逃离，更是心理上的无法逃离。"

徐浩然看着颜亿盼，神色间隐隐多了一些重视。

"通常，这个人会下跪，对吗？"颜亿盼继续说道，眼睛一动不动看着门口的通道，"你在等它下跪，等它屈从，而且一定不是伪装的，是从理智到情感对这个人至高无上地位的认可，是发自肺腑地仰视这位猎人。"

徐浩然沉默着，良久，才露出一丝欣慰又无奈的笑意："没想到，等了那么多年，你离我最近的时候是现在。"

此刻，门外传来缓缓上楼的声音，那声音如此熟悉，每一步都像踏在二人之间。

颜亿盼收回目光，站了起来，给面前的杯子倒满了水，放在徐浩然对面的座位前，然后，对着徐浩然鞠了一躬。

"我不会再等您，永远不会。"颜亿盼说道。

徐浩然自认为像神一样平衡一切，不喜欢被质疑，认为想要实现一种天下为公的状态，就必须建立一种层级分明的秩序，个人可以往上跳，但层级不能打破，拥有最先进技术的在最顶端，它必然拥有世人膜拜的文明，而后来者，只能追随。他相信自己给每个人指的路都是最好的。

颜亿盼开门出来，迎面见到程远，他没有那天夜里的疲惫，神色冷静地看着眼圈通红的颜亿盼。

二人注视着对方，脚步越近，心却越来越远。

程远往前走去，突然脚步一顿，一只冰凉的手抓住了他的手，他看着自己掌心里颜亿盼那因为用力而发红的手指，呼吸一滞。

颜亿盼看着他，眼神里的忧虑一览无余，眼泪就这么流了下来，很多话，她不知道该怎么说。

程远看着她，手不自觉紧握了她冰凉的手。

"程远来了？"徐浩然的声音传来。

程远看着前面那扇门，松开了颜亿盼的手。

两人最终朝着不同的方向走去，颜亿盼从过道下了楼，她听到程远开门的声音，便加快了脚步离去。

程远推门的时候，首先看到的是桌子上的那张黑卡，然后才抬眼看到脸上带着笑意的徐浩然。

相比程远拒人千里的隔阂感，徐浩然整个人看起来很亲切，他手一抬，示意程远坐下。

程远坐到椭圆桌子的另一端，靠门的位置，两人互看了一眼对方，沉默几秒后，徐浩然徐徐道来："这世界上从来没有你干你的，我干我的，资源就那么多，小白兔为了避开大灰狼，只得吃窝边草，那样就不会被咬死了吗？怎么可能？"

"Danial，你知道吗？爱讲大道理的人都很虚伪。"程远一手搭在桌子上，身子往后靠，很散漫的样子。

徐浩然不以为意地大笑了起来，不为所动，继续说道："有时候，低一低头，也许小白兔能变成大灰狼。但不低头，就永远都没有机会。"

程远笑了笑，说道："你能确定，我低头，他就不会扑过来？"

"我能确定，只要你愿意开门，大灰狼反而不会扑过来。"徐浩然说完，给他看了一份文件。

"这是他们支持的，只要你参与到一个叫984N的计划里。"

"类似棱镜？"

"那套早就过时了……"

"过时？未必吧，你十年前被开，就是因为打算交出数据吧？但翟云忠坚决反对，怕你私下参与，所以一次性开掉了你们整个团队。"

"他还是太天真了，不愿意委曲求全，而在我看来，那是养精蓄锐，个人信仰算什么，技术信仰才是永恒。"徐浩然说到这里，笑着摇了摇头，一副不愿多提的样子，他喝了口水，笑看程远道，"不过他那么做，不是给了你机会吗，这十几年，没有我之前打下的基础，你能做得这么好？"

"没有你打的基础，也一样可以，只要有人。"

"是，有人，云威还和跨国公司的高级人才有技术合作，而现在你一旦成了研发的孤岛，可就不行了。"

程远神色一沉，手里摸着面前的杯沿，说道："为什么还是选择云威？你是爱它想要它好，还是恨它要它亡？"

"无关个人，"徐浩然嘴角轻轻一扬，淡然说道，"还记得六月那次黑客攻击吗？"

徐浩然指的是那次电信网络遭受攻击，包括几家快递公司。

"是你们弄的？"程远手指轻轻弹了一下杯身，问道，"我听说是'方程式'啊？"

徐浩然摇摇头，笑道："类似'方程式'的组织多了，你只要知道，很多顶尖的黑客也听命于THE，那次攻击，让我们有了合作的基石。"

"因为你们攻不破我们铸造的城墙，就选择这种方式？"程远无奈一笑，那一次，的确证明了云威建构的安全体系如铜墙铁壁。

"你要知道，全球没几家公司可以直接和THE谈合作，"徐浩然看着程远，接着颇有些欣赏地强调了一遍，"你们的表现好到可以和我们谈合作。"

程远看着杯中的气泡水，眼底在克制着某种说不清的情绪。

徐浩然见他沉默，把资料给他推了过去："这是战略安全联盟，目标是世界和平，不会损害云威的任何利益。"

"别说这些，我不感兴趣。"程远抬手打断了他的话，"我技术出身，听不懂大道理。"

"你只对技术感兴趣。"徐浩然一副善解人意的样子说道。

"嗯，说得没错。"程远昂了昂头，眼里流露出坦然。

"这是你、我，还有翟云忠唯一的共同点。"徐浩然满意地说道。

"但我们的坚持方式不太一样。"程远看着徐浩然，目光幽暗。

"的确不一样，他过于理想化，对自己、对别人要求都过于严苛，一旦和自己的想象不符，就难以面对。"

"你呢？"

"我？"徐浩然笑了一声，"我的理念特别简单，科技发展才是永恒的，只有站在科技制高点，才是文明的制高点，其他都是浮云。"

"那你看我呢？"

"你比我们都有研发天赋，而且更务实。"

"承蒙夸奖。"程远点头致意，表达了认可，撇嘴笑道，"技术上的每一次突破，从来都有高昂的代价。"

"不是代价，是公平交易，你开放信息平台，它的技术平台自然也对你开放。"徐浩然手一摊笑道。

"哦，对了，"程远扯了扯嘴角，"乔女士有一个附加条件。"

"什么附加条件？"

"她想看翟云忠发给你的最后一封邮件。"

"可以，不过我要先验证你们数据的有效性。"

程远拿着手机，登陆了THE的邮箱，他的邮箱是去美国的时候，徐浩然帮他申请的，说以后一定用得着，只是他从没想过是这个用途。

"第一次发邮件，你查收一下。"程远发完后，就把手机放下了。

徐浩然点开一看，看看代码，脸上露出审视的神色，问道："不会改了？"

"放心，我不是翟云忠，给你的绝对不会改。"

"所以，最后让云威研发走得更远的只能是你。"徐浩然转发了代码，喝了一口水。

　　"你可以慢慢检验真伪。"程远眉毛一挑，笑道，"我等你消息。"

　　徐浩然难得失去了耐心，也不想再讲大道理了，收起了程远面前的资料，站了起来："咱们后会有期。"

　　"这张卡，别忘了。"程远身体前倾，拿起那张卡，用力掐着徐浩然的手腕，塞进他手里，"不然，你想看她一辈子不安心？"

　　徐浩然接过卡，笑了笑，说道："你们俩挺般配的。"

　　徐浩然说完出了门，一路下楼，程远坐在原来的地方，把颜亿盼倒给他的那杯水一饮而尽。

　　楼下突然响起了引擎急加速的声音，他深吸一口气，好奇地走到窗前。

　　一辆黑色的车突然偏离了方向往咖啡厅的草坪冲了进来，后面两三辆车围了过来，这辆黑色轿车一个打轮，利用前面两辆车的空隙，直接轧过一排灌木，冲出院子，在马路上狂奔，三辆车紧追其后。

　　黑色轿车不是徐浩然的车，是临时过来接应他的。

　　程远抓着百叶窗，眉头一皱，眼睛眯了眯，诧异地看着几辆车消失在街尾。

　　这时一个警察过来，他进门后拿起门边那个银色小丑，在小丑脚下拿出一个小型芯片装置，对程远说道："程远先生，麻烦你跟我们走一趟，配合调查。"

　　街道上，两辆车都围上了前面的黑色轿车，那车不管不顾地别开了旁边追逐的公务车。

　　最终，还是一辆公务车逼停了那辆黑色轿车。

　　后面的指挥车停了下来，刘江从里面走了出来，他摘掉挂在耳边的蓝牙耳机，目光冷厉地看着那辆黑色轿车，车牌号是"使"开头，是一辆使馆车。使馆车开门，徐浩然迅速钻进了使馆车内，两方僵持住了。

　　两边公务车里的警察也冲了出来，围在黑色轿车旁边。

　　使馆周围人并不多，但是这一幕吸引了很多人的注意。

　　现在四辆车都一动不动地停在十字路口中央，警笛四起，所有车都不敢靠近。

　　刘江给顶头上司曹文新打了电话，曹文新让他等等，不要轻易行动，过了三分钟才回过来："想办法让他出来，不然，逮捕令不行，得红色通缉令才行。"

　　还没等刘江想好对策，那辆使馆车突然一个倒车，撞了旁边的护栏，夺命一般地冲向后面的那条街，那个街口就是大使馆。

　　大使馆的门打开了，使馆车冲了进去，刘江的车停在外面，他用力敲了一下车顶，怒不可遏。

125.调查

程远被带到检察院的审讯室,灰白的墙壁,惨白的灯,他的脸色铁青。

调查员首先问他的就是:"给徐浩然的邮件里是什么?"

程远却问:"是谁给了你们消息?"

"这不是你该问的。"

程远不想被审讯,只得配合,当着他们的面,打开THE的后台邮件系统,把那封邮件调取了出来,点开了邮件里的链接。

但很快,THE的官网突然变成了黑屏,上面飘着一句"World Peace",然后一群和平鸽飞了出来。

办案人员看着这一幕直皱眉,技术出身的侦查员低声说道:"这是一组植入病毒的代码。"

"不好意思,"程远无奈地笑了笑,"我们的程序员太调皮了。"

原来程远并没有给徐浩然有效代码,而在这组代码里植入了病毒,成功侵入了THE的邮箱信息。

成千上万的邮件里,他们只需要一封,就是翟云忠最后发出的那封邮件,这是乔婉杭在手术麻醉过后,短暂的清醒阶段时提出的唯一要求。

"那你们看到了吗?"调查员问道,"最后一封邮件。"

"没有,解密以后都是乱码。"程远说完叹息了一声,"他们的安全系统太强了。"

僵持了半个小时,检察院的网络技术专家验证了程远的说法。

过了一会儿,一位调查员拿出手机,调出一条微博新闻,举到程远面前:"可是你们的安全系统好像不太强哦!云威信息泄密,上热搜了。"

徐浩然意识到程远没有给他提供有效代码后,立刻对外公布了翟云忠去世前发给他的第二封邮件。

程远看着这个并不意外的新闻,闭上眼睛,没再说话。

与此同时,颜亿盼从"梧桐"出来后,回了一趟家,可刚到门口,就看到楼下停了公安局和检察院的车,旁边还有一些围观的人。

那天的天气灰蒙蒙的,她仔细看了一眼这个自己出入八年的小区,接着穿过一行人等,上了楼。

她在电梯里,听到邻居议论着。

"大案要案。"

"刚刚有人拍照都被警告了。"

电梯门打开以后,她走过自家门前的过道,就见到门已经被打开,负责搜查的人正是刘江。

有人要拦住颜亿盼，刘江让他们放行。

程远的书房里围了几个人，其中一人正在通电话，询问保险柜的密码。

颜亿盼看到满地的脚印，只觉得这些脚印都踩在她心口，碾碎了那颗跳动的心。接电话的工作人员开始念数字："12，12，12。"

"就这么简单？"里面有人嘀咕了一句。

听到这几个数字，颜亿盼深吸一口气，闭上了眼睛，然后听到保险柜安全锁解除的声音。

他们从里面拿出了一叠文件和一个硬盘，这就是程远一直保护的资料，到底是什么呢？如果换作以前，她一定会马上冲过去翻看，此时，她却希望它们突然消失。他们二人之间的关系如此疏离，就是因为各自都藏了太多对方所不知的隐衷。

事到如今，走到这一步，怕是再也回不到从前了。

一行人也没有和颜亿盼说什么，拿到资料后，就陆续离开了。

家里纱质窗帘的一个角掉下来，灰色的光透着窗帘落在布满脚印的木地板上，她搬离这里以后，房间里没有任何变化，只是每个角落看起来都更寥落了。

这间屋子太缺少生活气息了，以至于心里的空洞无法被填补。

颜亿盼倚在书房门口，看着里面凌乱的一切，脚绊到门口的金属条，扭了一下，差点跌倒。

这时，她听到门口传来刘江的声音："你们家有没有什么喝的？"

颜亿盼回头，看到刘江正摘下自己的白手套，目不转睛地看着她，门口的办案人员已经撤走了。

"冰箱里有。"颜亿盼说着，往客厅沙发走去。

刘江真就走到双开门冰箱旁边，拿出两罐盐味苏打水，走向沙发。他把一罐汽水放在颜亿盼面前，一罐自己打开就往口里倒，那味道有些冲，他皱了皱鼻子。

颜亿盼目不转睛地看着那罐盐味苏打水，愣怔了几秒问道："你抓到徐浩然了吗？"

"你希望我抓到他，还是抓不到？"刘江也走上前，坐下后，问道。

"这对我而言不重要，是你的事。"

"我很好奇，他是什么时候通知大使馆来接他的。"刘江坐下后问道，那眼神恢复到初见她时的凌厉。

"我猜是我给他卡的时候吧……"颜亿盼惨然一笑，"我提出要还他恩情的时候，他多半是警觉了。"

"可是，他为什么没有马上跑？"

"他这个人，认为自己一切都算得很清楚，认定我不会那么绝，更不会这么傻。"

"傻？"

"他开的条件挺不错的，从大局考虑，是让云威跪着活，还是站在死亡边缘线徘徊，有翟云忠的前车之鉴，又有专利赔偿金的压力，他不信所有人都这么傻，尤其是我，我跟着他那么多年，价值观基本是他培养出来的，理性总是大于感性，对事情的判断不会基于外界的评价。"

"难怪我第一次见你，就觉得你不太一样。"刘江说这话倒是带有一点欣赏。

"也没什么不一样的，跟你说实话，我也犹豫过。"

"因为他是你的恩人、老师、朋友？"

"与这无关，"颜亿盼摇头说道，"你没上过云威的一线，没法想象那种难，云威经不起太多折腾了。"

"那最后为什么还是……"

"我也讲感情的。"说完，她自己都笑了，明明是放下了戒备坦诚相待，却像是在讲笑话。

刘江看着她，也像是听到笑话一样，笑了起来，看了一眼被搜查的屋子，说道："我真没看出来。"

"徐浩然肯定是看出来了，所以，于情于理，他认为我不会出卖他，更不会把程远送进监狱，"颜亿盼冷哼了一声，"他相信程远会给他开放代码。"

"程远不会吗？"

"他不会。"颜亿盼说得肯定，眼圈忽然有些发红。"他总说他了解我，我不了解他，可我怎么会不了解他？"她的声音有些哽咽，勉强平复下来，"最重要的是，翟云忠也相信他不会，不然他不可能撒手离开。"

"这恐怕不是你说了算。"

"你查下去就知道了。"

刘江的手机来了电话，应该是催他回单位。他挂断后，站了起来，说道："行，你居然不再拒绝我们调查云威。"

"这家公司怎么样，我比你清楚。"

"可现在，外面骂云威的声音可太大了。"

"从来如此，场外人闻不到场内人厮杀的血腥味，只知道聒噪……"颜亿盼说到这里，淡然一笑，"与其被你长期追着不放，不如索性摊开了让你查个清楚。"

刘江低头看着颜亿盼那释然和疲惫的笑容，说了一句："不管怎么说，多谢你的配合。"

"我还没说完，"颜亿盼抬头看着刘江，语气郑重，"如果什么都没查出来，麻烦刘处长出一份调查通告，还云威一份清白。"

刘江冷哼了一声，说道："你这人，还真是……什么时候都不忘提要求。"

说完，他便从门口离开了，走之前，还不忘帮她把门轻轻地关上。

颜亿盼手肘撑着膝盖，将脸埋在掌心，半天缓不过劲儿来，正在这时，一通手机铃音打破了寂静，看着一个陌生电话号码，她眼睛眯了眯，接了起来。

"小颜，"徐浩然的声音传了过来，"我伤害过你吗？"

"没有。"

"我资助你说过要你回报吗？"

"没有。"

"你现在心安吗？"

颜亿盼沉默。

"回答我，你心安吗？！"徐浩然说道，这是颜亿盼第一次从他话语里听到感叹号，如同色泽温润的布帛被撕裂。

"我会将你给我的一切都还回去。"颜亿盼的手紧紧抓着沙发扶手，决然说道。

"这样你就心安了？"那边的声音恢复了一贯的沉缓温和。

"我一辈子都不会心安。"

"好，"徐浩然听到这个回答，停顿了几秒，疲惫的声音里依然残留着威仪，"我们总算上到最后一课了……不要试图挣脱枷锁，那会让你掉入万劫不复的深渊。"

"有些枷锁，"颜亿盼决然说道，"只有挣脱了，才能知道自己过去的世界有多小。"

电话那头有几不可闻的呼吸声，紧接着，长久的静默和忙音传了过来。颜亿盼缩在沙发的角落，紧捏着电话的手从微微发抖到平静。

她最终站了起来，抬眼看着这个生活了八年的房间，屋里明明没有太多生活气息，此时此刻，她身在其中，却无比怀念。

她换上拖鞋，沉默不语地把屋子里里外外收拾了一下，剩下的苏打水她全部扔了，地好好拖了一遍。

接着她又走进程远的房间，深深看了一眼，被子也没有叠，微微有些颓丧的气息，她捡起掉落的睡衣放在床上，又把被子叠好。

最后，她缓缓往旁边主卧走去。

她进了卧室，看到桌子上那枚钻戒，孤零零地，折射的光投在木桌上，绽放出一朵冰冷而耀眼的透明花，她从抽屉里找出原来装这枚戒指的蓝丝绒盒，她打开盒子，里面已经有一枚戒指，那是一枚造型很独特的戒指，中间不是钻石，而是闪着银灰色泽的硅质芯片材质，和钻戒比起来显得无比黯淡。

这是程远求婚时给她的戒指，据说是他亲手打造的。

求婚那天是2012年12月12日，要爱，要爱，要爱。就是程远保险柜密码，这么简单，哪像个高级工程师设定的密码，难怪她猜不到……

哦，那天还不是个好天气，外面下着雨，四周的灯光在雨幕中幻化成缤纷的光晕，地方挺没创意的，在本市最高的旋转餐厅里，她跟着他坐电梯上了68层时，感到眩晕，她其实猜到那天他要做什么，在接近最高层的时候，她想逃离。

后来还是留下来了。

他说："这是我的心，此生将交由你，全凭你处置。"

他说完，就把戒指戴在了她手上，纯粹、精致和朴拙微妙地交织在这颗"心"上，她已经忘了当时的心情，只是觉得这个年轻人有着和年龄不相称的单纯，她并没有戴几天就收了起来，无非担心别人笑话她。

那个时候，她总怕别人看出自己的寒酸，小心维护着那自以为比天大的自尊。

而此刻，她把这枚银灰色的戒指久久地捂在胸前，闭着眼，只觉得心里开了一个口子，不知什么时候被人从中抽走了灵魂，怎么也无法填满。她把钻戒放进盒子里，把芯戒指放在一个简易的绣花荷包里，紧紧抓在手心里。

程远从检察院出来以后，天色已经黑了，他开车奔向家中，脑海里一直回荡着妻子今天牵自己手那一下，他当时想搂着她告诉她，他心疼她，想跟她和好。

推门进去，看到卧室里的灯还亮着，他一步一步走向那温暖的光。

靠近了，却发现里面空荡荡的，他蓦地坐在床边，摸了摸叠好的被子，看到旁边的抽屉没关上，他拉开抽屉，看到里面一个精巧的金丝绒首饰盒，他拿出来，打开首饰盒，里面是颜亿盼的结婚钻戒。

他脸上露出一丝苦涩的笑容。

他给颜亿盼打电话，听到枕头下电话铃声响起，他掀开枕头看到了手机，翻看她的通话记录，最近的两通电话，一通是刘江的，最后一通电话来自徐浩然。

他又下楼，跑到车库，车没有开走。他开着车出了小区，在路边漫无目的地寻找，仍然一无所获。他看到颜亿盼落在驾驶位脚下的红色丝巾，捡了起来，捧在鼻子边，闻到了熟悉的香味，过了一会儿，他伏在方向盘上哭了起来。

126.离开

乔婉杭一个人颤颤巍巍地在黑夜里行走，光不知从哪里来的，很微弱，她能见到一个人的背影，穿的是她最后给他买的那件淡蓝色衬衫，是翟云忠，她追上去，不知走了多远，人又不见了，好像从没来过。

她脚步一晃，猛地摔了一跤，前面又是一片漆黑，她什么都看不见，胸口像压了什么东西。

地面冰冷，她想站起来又没有力气。

不远处，一团红色的火焰在跳跃，她撑着地艰难地站了起来，顺着那个方向走去，那团火焰越来越亮，她伸手去触碰，火苗突然从她手心蹿了起来，炙热感从手心一直传到心脏。

乔婉杭吸了一口气，猛地睁开了眼睛，看到空荡荡的病房，额头上起了一层细汗。

她已经转入了普通病房，因为药物的作用，这段时间一直在昏睡，整个人瘦了一圈。

她看到旁边的桌子上摆放了一束鲜红的花，灰白报纸简易的包装，衬托得花朵更艳，她用手触碰了花瓣，上面一滴水珠滴落，仔细看，这花和她办公室那幅苗绣上的花很像。

她忽然用力起身，光着脚往外走。

出了门，她看到外面有几个护士，她恍惚看到一个红色身影，但转眼就不见了。护士赶紧过来，扶着她让她回去。

她呆呆地看着过道，怅然若失。

回到病房后，护士看到那束鲜红的花问道："这是什么花啊？真美。"

乔婉杭垂眸看着那束花，没有回答，看了良久，才把旁边即将枯萎的白百合从花瓶里拿了出来，默然地将这株没有叶子的花束放进了花瓶中。

那天夜里，颜亿盼从家里出来，打车来到最近住的公寓门口，找到门卫，把自己寄存在那里的行李拿了出来，上了车。车开向高速公路，经过收费站的时候，她看到一个老头坐在路边卖花，大篓子里装的只有一种红色的花，这花和城市里那些玫瑰百合等大众款不同，长得很特别，也没片叶子陪衬，大概是在山上采摘的。

红色花瓣如火焰一般璀璨燃烧。

过高速路口前，她让司机停了车，她下车走到老头面前问他那束红色的花是什么花。

老头说这是彼岸花。

她曾听人说过这种花，渡人渡己，指引人穿过生命里那条看不见的河流，抵达彼岸，那是生命的另一层境界。

她用身上剩下的零钱买了两束，老人送给她一个大可乐瓶剪成的简易花瓶，她把一束放进可乐瓶，拿在手上。另一束用报纸包扎起来，抱在怀里，上车后，她让司机调转车头,她说想给一个人送完花再走。

三天后的一个深夜,徐浩然在机场被逮捕,罪名是危害国家安全罪,从此,再也没有人听到过有关他的消息。

和徐浩然一同消失在人们视线的还有颜亿盼。

没有人能联系到她,程远回了一趟她的老家,颜亿盼的父母甚至完全不知道她离开了家。

程远动用了自己可以用的所有跟踪手段,邮箱、手机、微信、银行卡……但奇怪的是,她过去用的所有个人账号都被弃用了。

偌大的城市,一个人如果不想被找到,那么没有人能发现她的踪影。

第二十章 寒冬

127.最后一封信

乔婉杭身体恢复后，来公司上班，夏发赶来汇报说国内有家公司在做光刻机的替代品，乔婉杭让李琢去考察。从研发到出货，说不受影响是自欺欺人，媒体保持一种表面鼓励、实则唱衰的基调，继续跟踪着云威的发展。

两周后，有关云威泄露信息安全的调查结果出来，检察院出具了调查公告，证实云威从未出现任何信息泄露的情况。

这份官方证明，当天被各大网站刊登。

报纸也发表评论文章：守住底线才是企业壮大的基石。

即便如此，网上持怀疑态度的也大有人在，毕竟这封邮件来自云威前董事长，又涉及神秘机构，知乎上有关信息泄露的技术贴在业内掀起了讨论热潮。云威的加密技术工程师不得不亲自下场解释要突破云威的加密系统，有多难。

微博上还发起了有关云威信息泄露与否的投票。

没泄露：21000人。理由：看BIS的"实体清单"就知道，肯定没泄露。

泄露了：4900人。理由：至少当时泄露了。

云威没过分纠结于此，反而在此热点情况下，新推出一款名为"寒鸦"的芯片，作为试水之作，采用了新的架构，优势在于散热好，体积小，但性能不尽如人意，销量远比不上过去的"千窍"，不过借着国兴的渠道，还是卖出了不少。

云威关闭了部分研发线，自"寒鸦"发布到出货，历经三个月，国外权威机构在各大芯片公司的排名中，云威的名次从全球第三跌落到十一名，被挤出全球十大芯片厂商。

世界经济一盘棋，牵一发而动全身，开放是发展的前提，除了云威受影响，其他国家也陷入了缺芯的境地。

几大科技公司都在发力，更多芯片制造厂商也频频突破芯片厚度的极限，7纳米的芯片即将问世。

赵正华的国兴在全球的订单没有减少，云威只要有产品，就有市场，因为多年的积累，活着不成问题，但是能活多久，众说纷纭，有说五年的，有说十年的，也有说百年的。

一个午后，程远来到了乔婉杭的办公室。

"你身体最近还好吧？"程远进来后，问道。

他难得表现出关心人的样子，乔婉杭神色微动，手撑着椅子扶手，抬头问道："怎么了？亿盼有消息了？"

"没有。"程远的语气蓦然有些低落。

"哦，那有什么事？"乔婉杭问道，并抬手示意程远坐下。

"你还没回答我的问题。"程远坐下后，继续追问。

"没事了，都停药了。"

"检察院开始对徐浩然的公诉，有几封信是关键证据。"

"他发给你的？"

"他和……翟云忠的通信。"程远斟酌着说道。

"你不是说都是乱码吗？"

"嗯，那个时候，主要是你的身体状况不太好，也怕牵涉云威，不过这么久了，以云威现在的情况，也没有什么能让人起疑的。"程远顿了顿说道，"最后那封信，你还看吗？"

"……还值得看吗？"乔婉杭神色黯然。手术室出来那天，她有短暂的清醒，说想看翟云忠死后发出的信，她没有办法从徐浩然给她的那两封信里走出来，已经快被折磨死了，可还想要个结果。

可过了这么久，大病初愈后，她感到自己心境的变化，那点执念在一次次打击中逐渐褪去。

何苦呢？

住院那段时间，她躺在病床上，想了很多，翟云忠既然没有给她留临终遗言，就是对她无话可说，她又何必苦苦追寻，最后自己看到的，除了让她伤心失望，不知道还有没有其他的意义。

程远从口袋里拿出一个信封，放在桌上，说道："你自己决定吧。"

程远说完站起身，离开了。

乔婉杭看着面前雪白的信封，打开信封，把叠好的信纸抽了出来，站了起来，沉思良久，转身将信纸插入身侧的碎纸机，她听着碎纸的声音闭上了眼睛。

是的，她痛恨那种情绪被无限攫取的无力感。

从那天开始，她对公司里很多事都表现得漠然，业绩增长、业绩下滑、战略联盟、线上流片系统……这些过去她努力试图感知的词汇，此刻又变得陌生起来。

她仿佛回到了三年前，她和翟云忠距离最远的时候，她守着自己的家，百无聊赖，那时候她也不认识颜亿盼，没有人告诉她，这是一份很重要的事业。仿佛这三年她做了一个很长的梦，梦醒了以后，她心里空了。

她下午没待在办公室，来到公司旁边的一个美容院，她感觉这几年自己憔悴得厉害，于是办了一张最昂贵的会员卡。趴在美容床上，小姑娘按她的背，问她力道怎么样，说她最近肝火旺，又问她是不是在附近上班，说这附近最大的公司就是云威，她是不是里面的白领。

她迷迷糊糊地答了几句，闭着眼睛像是睡着了，但脑袋里却像是装了什么东西，沉甸甸的。

美容院见到大财主一样，一个下午给她安排了三个项目，做完了以后，她只觉得自己比美容师还累，出来时迎面又见到一个故人：杨柳的夫人，就是那个不打不相识的麻友。

杨夫人看到她颇为惊喜，像是见到了故人，一定要约她再打麻将，说自己这三年来技艺精进，很想和她切磋。

"翟太，来吧，就在对面。"杨夫人拉着她的胳膊，朝着门口指了指。对面是座古风装潢的茶楼。

"好吧。"乔婉杭就这样莫名其妙地答应了，然后又莫名其妙地加了她的微信。

出来的时候，她甚至怀疑自己的记忆出了问题，从那次闹事以后，她并没有随着颜亿盼一同踏上征途，而是和杨夫人打了三年麻将，这更像她会做的事情。

她回到家后，把那个书房锁上了，她在里面度过了太多孤寂的时光，那里存放着她的所有念想，她曾在里面修复自己的伤痛，给自己穿上了盔甲，踏足黑夜，举刀向天。可现在，她不想再踏进这里，医生也说，对她情绪不好的地方，尽量不要待太久。

和孩子们吃完晚饭以后，她在女儿房间里辅导她的数学，她给女儿写解题步骤的时候，依稀听到门铃响了，然后听到阿姨出去开门，她拿笔的手一动不动，身体僵直地坐在那里，似乎在等外面的回应，直到阿姨过来敲门，她怔了一下，才站起来缓缓走过去，轻声问道："谁啊？"才意识到自己的嗓子有些干涩。

原来是助理，拿了几份要签的文件。她坐在会客室，把文件一一签完，助理离开后，她再回房间时，神色黯然，没什么精神，坐在那里，愣愣地看着女儿写公式。

书桌上有一个玻璃罐子,是她之前做玫瑰花酱留下来的,里面放着那天夜里收到的红色花朵,虽然已经干枯,但色泽却更红了。

阿青注意到她的眼神,问道:"妈妈,这是什么花?"

乔婉杭看着瓶子,眼睛里印着一抹鲜红:"彼岸花。"

"彼岸花?我从来都没见过。"

"这花一般生长在长江流域的山里,渡江的人远远地看到这花,红艳艳地开在对岸,所以就叫彼岸花。"

"哦,原来是这样。"阿青的手摩挲着玻璃罐,仔细看着这些花瓣。

颜亿盼已经到对岸了吗?

对岸是哪里呢?

为什么她却留在了原地,她等的船一直都没有来……

乔婉杭这段时间去公司的时间越来越少,因为有梁木颂把关,她操心的事情很少,基本上午过去处理一些文件,下午如约去和杨夫人打麻将。

那茶楼据说是民国时的戏园改建的,装修古朴,还收藏了民国时期的旗袍、翠玉耳环和戒指、香膏盒子什么的,只是不知道一百年前,这里是不是就有女人打麻将。

她和几个全职太太玩了几圈,偶尔从二楼的窗户看出去,能看到对面楼里上班的女性,她们在办公室里行色匆匆,或者下楼买咖啡,或是坐在咖啡店里和人谈论着什么。打麻将的人里除了她,大家都玩得格外用心。

但无奈姐纵横麻将桌多年,即便不走心,也能轻松赢了她们,即便连赢了几把大的,居然都没有一点快感。

旁边的三位女士却陷入了焦灼,有一位头发都要被自己抓爆了。

轮到乔婉杭抛骰子的时候,她们盯着骰子的眼睛像要喷出火来。

乔婉杭的状态很奇怪,她手里揉了揉两颗骰子,像是觉得那个被她扔在火堆里的骰子又回到手里,摸起来的时候烫手。她猛地松手,两个骰子着火了一般胡乱地在绿色丝绒桌布上滚动着,几位漂亮的太太看她那个动作,还开玩笑说:"您在给骰子施咒语?"

乔婉杭把自己拿来的所有赌注,往桌上一推,大家以为要赌大的,都紧张地坐直了身子。乔婉杭突然说道:"请你们喝茶。"

"你不玩了吗?"杨夫人问道。

"不玩了。"乔婉杭说完站了起来,从旁边桌上拿起热毛巾擦了擦手,就往门口走了。

杨夫人扬着头,一脸斗志地问:"那我什么时候能再约你?"

"哦,想起来了,还有样东西要给你。"乔婉杭停下来,招手让杨夫人过去。

杨夫人看她一脸神秘，赶紧起身走了过去，乔婉杭从包里拿出一本古旧发黄的书，散发着陈年味道，交到杨夫人手里，沉声说道："以后，中国麻将桌上的江湖，就靠你统一了。"

杨夫人低头一看，是一本出版于1929年的旧书，名为《雀神》，还是繁体字。这是乔婉杭在美国唐人街集市淘来的。

杨夫人双手微微颤抖，郑重而感动，目光灼灼，紧紧握着她的手说道："交给我了，你放心去吧。"

乔婉杭说完便转身离开，出门的时候，她的笑意完全散去，看着对面匆匆而行的人群，轻轻蹙了眉。

这里的街景明明近在眼前，却好像远在天边，她像是不小心进入了一个广角镜头里的路人甲，一时不知道该怎么走位。

她无奈地发现了一件事，就是自己已经上了那艘船，只是带她上船的人到了一个岸口，先下去了，把她继续留在船上。可船既回不去，也无法抵达彼岸。她待在船上，心下一片茫然。

她没回自己的办公室，而是来到研发中心，感觉待在那里比待在其他地方更安心些。

她每天按部就班地工作，公司里并没有大事发生，偶尔会有领导或合作伙伴来参观，都是由她来接待。沟通部的人都组织得很好，袁州接替了颜亿盼的位置，成了总经理，笑容倒没有颜亿盼那么动人，但总是给人欢欢喜喜过大年的感觉。Amy还在休产假，杨阳调到销售支持部做了经理。她的部门一直朝着良性方向发展。

时间过得很快，转眼又到了圣诞，今年没有下雪，寒气和潮气夹杂着向行人涌来，公司楼下又出现了圣诞树装饰和为即将跨年准备的红灯笼，看着满眼的欢愉喜庆，她已经谈不上伤春悲秋，更多的是一种疏离，仿佛一切都与她无关。她想就这样停留在自己那艘顺水漂流的船上，隔离外界的一切，哪儿也不去，什么也不想。

圣诞那天，她照常来上班，看到楼下花坛站着一个人，手里拿着一束花，他放下花，然后一动不动地站在那里，像是在默哀。她认出了那是刘江，一年不见，刘江变化不大，头发更短了，还是那件发旧的皮衣，裹着宽阔的肩膀。

她对这个举动有些好奇，让司机停了车，坐在车里注视着刘江，只见他对着花坛鞠了一躬，那是翟云忠坠落的地方。

128. 宣判

冬日白光落在花坛周围，刘江拢了拢衣领，从花坛边的台阶下来时，乔婉杭喊了他："刘江！"

刘江停下脚步，朝她看过来，然后挥了挥手，样子很是轻松。

"案子结了吗?"乔婉杭问道。

"还没有,两周后开庭审理。"刘江说道。

"还得多谢你给我们出的澄清公告,改天请你喝茶。"

"这么一家大公司的老板请一杯茶得多贵啊!"刘江说完抬头眯缝着眼睛凝视着云威大厦四个字,眼里有某种难以解读的情绪。

"你这么客气,我都有点不适应。"乔婉杭说道,她过来是想问他为什么送花,但不知怎么回事,就是开不了口,她似乎害怕听到刘江对翟云忠的评价。

刘江收回目光,看着她笑道:"我愿意押我一年的奖金赌云威十年内成为世界最顶尖的科技公司。"

"真的吗?"乔婉杭虽然听过很多人盛赞云威,但是从刘江口里说出来,她还是很惊讶,毕竟刘江在过去三年里都是以审视和怀疑的态度对待云威。

"真的,也许这话你不愿意听……"刘江说着回头看了一眼花坛,"从翟云忠的死开始,就注定了你们未来的辉煌,他值得所有人的尊重。"

乔婉杭听到这里怔住了,刘江没解释,而是冲她微微一弯腰,便转身离开了。

过了一会儿,乔婉杭朝着工程院走去,上楼的时候,程远正在和工程师们开技术会议。

她从后门进去,听他们讨论新一代产品的改进思路,大家的积极性很高,讨论得热火朝天,她现在能听懂他们讨论的每一个细节。

会议结束后,她上前低声问程远,能不能再给她看一下那封信。

"你没看?"程远眉头一拧,很是诧异。

"我找不到了……"乔婉杭找了个借口。

程远歪着头,显然不信,问她:"你这么脆弱吗?"

"呃……"乔婉杭有些尴尬,"还有吗?"

"你等一下,"程远赶紧转身,喊了一句:"小尹!"

小尹回头跑了过来,手里还夹着笔记本电脑,问道:"怎么了?"

"你把THE里面那几封邮件调出来给大乔看看。"程远说完,重重地拍了一下小尹的肩膀。

小尹神色颇有些紧张,半张着嘴,看了一眼乔婉杭,又垂眸点了点头,指着旁边的办公室问:"在这里?"

"行。"乔婉杭说完,带着小尹进了旁边的会议室。

小尹迅速打开了自己的笔记本电脑,调出一个文件夹,很快推给了乔婉杭,说道:"里面有六封信,Danial_Xu发给翟总工的三封信,还有翟总工给他的回信。"

小尹给她电脑后,就一直坐在她旁边,也不看电脑,椅子冲着外面的窗户,把一个本子放在窗台上,两手撑在窗台,低头写写画画,他的头发很久没有剪了,都

575

遮住了他的眼睛。

乔婉杭拖动了一下鼠标,看着邮件格式存储的信件,每一封邮件都显示了日期和时间。

啪嗒一声,她点开了第一封信。

徐浩然的第一封信:
2019年11月23日 上午11:03 旧金山
　　以下是你上周电话里说想看的资料。

由此可见,的确是翟云忠听到风声以后,找到徐浩然询问最详细可靠的情况。

信件中是在国情咨文中挑选的片段和解读,全部围绕对中国芯片产业的封锁计划,其中提到名字的有五家,云威是其中一家。

接下来是一组数据,包括云威芯片设计产品中X86架构的占比之高,云威产业链中涉及的国外知识产权,以及云威采用新架构的芯片销量和其他几家芯片巨头的柱形对比图,那张图就像是蚂蚁和大象。

附件中是一篇论文,内容探讨的是芯片领域最高难度的FPGA芯片,云威和全球领先技术的差距。

没有任何主观评价,邮件最后一行只有一句话。

　　十年了,改变了吗?

翟云忠的第一次回复:
2019年11月24日 凌晨3:20 北京时间
……

的确是徐浩然曾给他看过的那封,没有任何修改,字里行间是极度的绝望和不甘。

乔婉杭看到这两封信,抵抗力变强了,她明白,徐浩然在试图摧毁翟云忠对技术的信念。当时的翟云忠刚投入资宁科技园,资金链极为紧张,加上产品研发陷入僵局,他带着一冲上天的豪气,在巅峰中小心行走,但还是被现实推入谷底,他整个人处在崩溃边缘。

乔婉杭轻轻呼出一口气,接着往下点开邮件。

徐浩然的第二封信:
2019年12月6日 下午2:21 旧金山
　　你还有一个机会,挽救你的投资和你的研发线,请查收附件的案例。

相对于云威,这一切更简单,不需要任何汇报和协议,只需要一组代码。
　　请别多虑,只是技术授权方需要确保技术的使用范围,不是用在军工领域。
　　我们都是技术出身,只有一个终极目标,就是让科研冲到世界的顶尖水平。
　　如果不同意,无须回复,但也确定,你将脱离这条赛道,沦为尘埃。
　　附件中是某国芯片公司签订的协议,答应提供公司内部的所有交易数据,以此换取技术授权。
　　这封邮件,徐浩然总算透露出来些许情绪,他优雅克制的背后是极端的骄傲,甚至自负。十年前,翟云忠挫败了他的骄傲。他用了十年,来证明翟云忠选错了路。

翟云忠的第二次回复:
2019年12月16日 上午9:12 北京时间
　　我要进入这个赛道里,我将站在世界之巅。
下面是一组代码。
　　他经历了一周的挣扎,最后发出了这封邮件,这是绝望后的求饶,是被重重包围以后,渴望能有人给他一条活路。

　　乔婉杭深吸一口气。低声问了旁边的小尹:"邮件你看过?"
　　"看过。"小尹也不回头,他今天的状态有些失常。
　　"那组代码最后植入进去了吗?"乔婉杭问道。
　　"不能算是植入,这是一组含有密钥的代码,能起到防护功能,但如果给厉害的黑客看到,他经过分析,会知道怎么不受拦截地入侵系统,获取信息。"
　　"那当时被入侵了?"
　　"我们没有看到任何入侵痕迹,"小尹声音有些发抖,"这个漏洞存在了大概八分钟,我们就修改了那组代码,堵死了他们的路,翟总工还……"
　　"他还怎么?"
　　"您看完最后一封邮件,我跟您说。"小尹低着头,头发遮着双眼,脸通红,声音低得像个蚊子。

徐浩然的第三封信:
2019年12月15 下午5:22 洛杉矶（翟云忠发出邮件的八分钟以后）
　　???

接下来是一幅古典画，里面的女人跪在地上，面前是个打开的盒子。

潘多拉的魔盒刚开了一个缝隙，就被阖上，放出来的是"罪恶"，而藏在盒子最下面的"希望"却被永远关在了黑暗里。

还有一句话：你以为这就结束了？

三个问号，应该就是如小尹所说，翟云忠给了他们入侵的通道，但不到十分钟后，程序员又把它堵死了。THE无法进入。

联想到徐浩然威胁过他们要公布翟云忠的第二封邮件，乔婉杭的眼睛布满血丝，她用力握拳，然后再松开，点开了翟云忠最后那封邮件。

翟云忠的最后一次回复：
2019年12月25日 上午8：00 北京时间（和徐浩然的邮件相隔十天，在他死后半小时）

>我为自己的软弱感到羞耻。
>这是我对自己的裁决。
>我深知，未来哪怕我有一丝一毫的退缩，都将会是毁灭性的灾难。
>我愧对和我一起拼搏的同事，更不知将以何种面目面对我的家人和我的孩子，我不再值得他们的信任和尊重。
>所有罪恶，我一人承担，希望不在盒子里，不在我身上，更不在你身上，至于在哪里，由后来人回答吧。
>
>——翟云忠

乔婉杭看到这里，眼泪就这么流下来，他对自己竟如此残忍，因为打开城门的八分钟，他用死亡来惩戒自己，可怕而决绝的自我裁决。

最后一封邮件，是一种陷入绝境的无力感，自责、愤恨、迷茫。

乔婉杭沉浸在难以自拔的悲痛中，低着头，用力握拳，直至自己手不再发抖，回头时，突然发现小尹站在她身边，低着头，弯着腰，她赶紧站起来，她看到小尹整个身子都在发抖，男孩晶莹的泪水落在灰色地毯上。

"我不知道那组代码背后有这些事，那天夜里程总工和翟总工吵架的原因我总算知道了，因为，因为翟总工发现自己的那条路走不通，我想是我，是我堵住了翟总工的路……"小尹哭泣着说道，"我，对不起您，我不知道怎么办……那是一条活路，对吗？"

"抬起头来！"乔婉杭站了起来，突然有些生气，小尹吓得抬头，嘴巴张着，看着乔婉杭。

"对不起……我，我太蠢了。"小尹哭道。

"不许道歉，你一点都没错！"颜亿盼两手紧抓着男孩颤抖的胳膊。

"那不是活路，小尹，我告诉你，那不是活路，那是万劫不复的深渊。应该是他要谢谢你，你没有错，你把他拉回来了，真的，你把他拉回来了。"乔婉杭认真地对他说道。

小尹还是没说话，一直流泪，说不出话来。

乔婉杭看着他，是的，就是眼前这个年轻的不起眼的男孩，拉了他一把。

"那天，那天我看到这组代码，就修改了，还在他面前显摆，我说，谁一个不小心……大家就白干了，"小尹断断续续地说着，泪水一直顺着下巴往下流，"看吧，有我在，世界最牛的黑客都进不来。我好蠢啊，他还表扬我了，我记得，他表扬了我，为什么啊？为什么不说真话啊！"

"你值得表扬啊。"乔婉杭无比真诚地说道。

"你别说了。"小尹的声音变得尖利，大声喊道，手捂着头和耳朵，不知道该怎么办，翟云忠最后给他竖起的大拇指和笑容，一直铭刻在他脑海。

他边哭，边摇头。

乔婉杭掰开小尹捂着耳朵的双手，看着他，轻声说道："谢谢你，小尹。"

小尹呆呆地愣在那里，整个人似乎陷入了混沌状态。

"谢谢你，真的，你让他醒了过来，打败一个人最好的方法不是让他死，而是让他沦为附庸。"乔婉杭紧紧抓着他的手说道，"你救了他，不然你们这么长时间的努力都付诸东流了。"

小尹说不出话来，口里无声说道："我吗？"

乔婉杭用力点了点头，替他擦干了眼泪，也不再说话。

小尹也呆坐在原处。

乔婉杭合上了小尹的电脑，站起来朝着门口走去。

小尹看着电脑，自己明明已经是个了不起的架构师，此刻趴在电脑上哭得像个孩子。

乔婉杭出来后，注意到工位上工程师们神色的异样，会议室内是毛玻璃，虽然看不清里面的画面，但应该能听到一些动静。

每个人都沉默着没有说话，乔婉杭匆忙离开了这层楼，出门的时候，她身体有些晃荡，她扶着玻璃门时，听到身后有人说了一句："大乔……"

乔婉杭没有回头，只是抬了一下右手，示意别跟过来，然后匆忙走向电梯口。

关于小尹和乔婉杭的对话，这层楼的工程师们大差不差地了解了一些，整个下午，都没有人开口议论此事，甚至都没人说话。小尹一直默默地埋头在工位上。整

579

个氛围很压抑。

晚餐过后,花坛旁边多了很多束花,来自工程院各个人,寒风凛冽,花朵盛情绽放。

入夜时分,工程院里一群工程师站了起来。

"我一定要让他们尝到欺负人的代价!我要让他们尝到被压制的痛苦!"厚皮吼道,"从今以后,除了吃饭,我只编程,FPGA攻克不了,我就天天想,夜夜想!"

"是,天天想,夜夜想!"

一群程序员宣誓般吼了起来。

旁边突然传来鼓掌声,在这豪强万丈中显得漫不经心,众人回头,看到程远站在门口,刚刚收起自己鼓掌的手,他过去也会鼓舞士气,这次居然很平静。

"快八点了,早点回去吧,不在一时。"程远一抬手,让大家散了。

"老大,这次您不说几句?"罗洛在旁边低声说道,一脸期待。

"说什么?最没用的就是受辱以后扬言报复,复仇的雄心烧了一夜,快马加鞭好几天,然后就精疲力竭,又回到半死不活的状态。真正的强者从来不是陡然爆发,而是持续努力、平衡心态,是细水长流、劳逸结合,你们心里要存的是理想,那才是天上永不落的星辰,不是怒火,燃烧了自己,然后被现实轻易地浇灭。"程远长吁了口气,接着说道,"明早继续做regression(回归),继续检查布局布线有没有时序问题,继续讨论问题,修改漏洞,优化设计,该吃饭吃饭,该休息休息,听到没有?"

"听到了。"有人回答,其他人也跟着说。

"听到了。"

"听到了,老大……"小尹也抬起头,低声呢喃道,"老大,你听到了吗?"

"各位领导,各位潜力股们,明天见。"程远笑了笑,抬手冲大家挥了挥,便转身回办公室。

"明天见!"

在这里,他们相见的每个明天,就是这个领域最扎实最有希望的未来。

129.泣血而啼

天气回暖了,过年放假前,公司举办了年会。

这一年乔婉杭抽了几个大奖。

沈美珍、夏发前来参加。沈美珍给她送来了搭载最新款芯片的主板样品,不忘认真地告诉她:"乔董,你给了我希望,成全了我。"

"互相成全。"乔婉杭坦然笑道。

"三年时间,你们完成了转型,乔董,我敬你。"旁边的夏发举着杯子,真诚地说道,"有机会我想请教您,你们怎么能将研发这项附加业务,做成了核心业务?"

她垂眸看着酒杯,酒精的香味熏得她眼角发酸,言语变得迟缓,半天不知道怎么接话。

"哎呀,这种事,肯定是靠人才嘛!"沈美珍拍了拍夏发,大声说道。

乔婉杭一时愕然,公司的转型怎么完成的,她没办法来概括,如果另一个人在这里,她应该能清楚地回答这种问题。

"我只是选择了相信。"乔婉杭低声说道。

三人举杯相碰。

今年负责颁奖的是梁木颂,杰出贡献奖颁发给了一个研发中心的智能数据团队——智慧城市项目中,新款芯片的数据运算能力又上了一个台阶。

梁木颂和前任廖森的风格完全不同,在台上没什么架子,还和一群人把领带捆在头顶,一起跳加油舞,自己玩得比员工还欢快。但他的研发思路非常清晰,来云威将近一年时间,实现了云威和国兴两个研发团队的无缝衔接,延伸的几条研发线也都管理得井井有条。

台上Lisa和袁州带着电视台特有的笑容和语调进行播报:"本季度'寒鸦'第二代量产,订货量在稳步上升。接下来请欣赏民族舞蹈《寒鸦戏水》。"

乔婉杭看着台上欢腾,也跟着笑了起来,高管们也都围着她,给她敬了几轮酒。她好不容易抽了空,一个人出来透口气。

刚关上身后的大门,就感到那种喧闹和热情陡然抽离。酒店后门的停车场冷清无比。

程远正在外面抽烟,见她出来,说了一句:"你也是出来躲酒的?"他看上去被灌了不少酒,眼睛旁边绯红一片。

"嗯,是啊。"乔婉杭吁了口气。

两人又没话了,看着前面的停车场,路灯下车身都发出冷冷的光。

"哦,有件事要跟你请示一下,"程远打破了尴尬的沉默,"我下个月打算去资宁科技园办公,会带一部分工程院和冥思的研发组过去,梁博士同意了。"

"怎么突然去那边?我记得那边主要是集成组的。"

"那里很安静,封闭状态下效率高。"程远吸了口烟,又说,"资宁在一个乡村做科技农场试验田,工程院也派了团队给它们做智能系统。"

"哦,好。"乔婉杭点头同意了,一时不知怎么接话。

"四五月的时候,省里的领导也会去视察,你有时间可以去看看。"

"我问问亿……袁州,"乔婉杭抿了抿唇,酒让她的脑子有些飘忽,"看看行程,再说。"

程远愣了一下,两人又都莫名地沉默起来。

程远用力吸了一口烟,缓缓吐了出来,"下周三徐浩然的案件审理,我会作为证人提交一部分证据。"

"行。"乔婉杭眼睛一动不动地看着地面,良久说道,"我能去旁听吗?"

"因为涉及商业机密,不公开审理。"程远眼睛眯缝了一下,"你想见徐浩然?"

乔婉杭不知道怎么回答,徐浩然对翟云忠的种种做法和影响,导致的那些结果,包括翟云忠最后那封信,她都无法释怀。徐浩然收到这些信以后又做何感想,她也想知道。

种种复杂的情绪萦绕脑海,她缓了几秒,问道:"可以吗?"

"我帮你问问刘江。"程远用力把烟在旁边的柱子上摁灭了,扔进烟灰缸,"我进去了,梁博士说一会儿找我喝酒。"

庭审当天,刘江说,或许在庭审休庭时或合议庭合议时能让她见徐浩然一面,但最终,她还是被拒之门外。

律师和法院办事员给她的解释是:一是徐浩然不想见她,二是本身也不合规。说白了,就是乔婉杭没有一个合适的身份与徐浩然见面,她既不是证人,也不是受害者,对徐浩然的所有公诉中并不包含害死翟云忠。

换句话说,她本人和这起案件毫无关系,她甚至连旁听的资格都没有。

乔婉杭只能坐在法庭外等待对徐浩然的宣判,作为翟云忠的未亡人,代他见证这个和他缠斗十年的人的结局。

她一个人坐在长长的椅子上,看着空空的过道和冰冷的大理石地板,想起第一次在这里看到翟云忠信时的情绪失控,再到现在的失重感,她恍若迷失在岁月长河里。

漫长的审讯过后,经过合议庭合议,徐浩然被判十年监禁。

乔婉杭通过刘江了解到这个消息,站起来准备离开,正在这时,徐浩然被警察带了出来,他脸色很平静,眼神只黯然地看了乔婉杭一眼,姿态依然优雅。

乔婉杭一动不动地看着他走近。

"你以为是我害死了他?"徐浩然站在乔婉杭面前,停下脚步,看着她。

"不是吗?"乔婉杭抬眼看着他,尽量保持克制。

刘江站在旁边,并没有阻止二人交流。

"他的死,是他玩的最后一局,也是最好的一局。他一死,对方觉得云威难成气候,再加上廖森引入外资混淆视听,于是松了套在他们脖颈上的绞绳。他的死让云威赢得时间壮大，保住了工程院这张王牌，所有人，程远、亿盼、廖森都在其中，唯独你，他没算到你会参与进来。"徐浩然波澜不惊地说着，露出了老气横秋的笑，然后被带走了。

此刻，乔婉杭真正明白自己被拒之门外的原因：她其实一直都是局外人。

程远这个时候也出来了，两人一起走出法院，气氛很沉闷。

"你能想象吗，"乔婉杭侧过脸，说道，"过去他是辅佐云忠的元老。"

"他也是改变颜亿盼命运的人生导师。"程远冷冷说道。

"他为什么会变成这样？"

"他或许一直没有变，他对技术和体制有着盲目崇拜，又或许曾是意气风发，却在现实的恐吓中消磨殆尽，与其说他相信世界不变，不如说他失去了改变现实的勇气。"程远评价他时，有一丝惋惜。

"为什么你依然还有意气？"乔婉杭侧过脸看着程远，她的目光黯然，像是真的不解这种坚持。

程远笑了笑，他不知道怎么回答，有些东西似乎是镌刻在骨子里的，他反问道："你没有了吗？"

"我不知道……"乔婉杭低头看着台阶，觉得那场手术似乎抽干了她所有的心气，"我不知道还剩多少，也不知道人是不是随着年龄增长，都会和徐浩然一样，故步自封，没了前行的意气。"

程远看着她，大病初愈，她确实有些变化，一时也不知道怎么安慰，最后从文件袋里拿出那份翟云忠最后签名修改代码的日志，说道："这张日志原件留给你吧，它至少证明老翟离开前最后的意气。"

这也是证明云威信息未被泄露的关键性证据。

乔婉杭木然接过，眼睛发红，没再多说什么。

月色清冷，乔婉杭家的书房又打开了，一盏落地灯立在书桌边上。

那份研发日志的原件，被她放在了这里。

这是一份云威的Butterfly（蝶影，一款软件）研发日志，其中记录了一项程序修改需求单。

《20191216》是名称，也是日期，日志记录了一个需求单。

系统优化需求：防护代码修改

优化理由：增强加密系统，确保数据安全。

原代码：（一组和翟云忠邮件一致的编程代码）

修改为：（另一组新的程序）

修改测试：运行良好，增加了三层密钥。

修改人：尹小键（签字）

　　修改批复：A+类修改，翟云忠（签字）

　　"A+类修改的意思是最佳修改，"程远在提交这一证据时，向审判长解释了这日志的作用，"意味着翟云忠最终对此事的肯定，和对自己之前选择的否定。"

　　乔婉杭看着这张纸，不知心里应该恨谁。

　　她这段时间又回到了书房里，她现在白天尽量让自己脱离情绪的控制，晚上再回到这里，书房里的书也都看完了，但还有很多思绪无法抽离。

　　海可填，南山可移。日月既往，不可复追。

　　她理解他的选择，却依然没有办法原谅他的选择。

　　若是要追究，在他死前，两人的感情还剩下多少，她没有答案。如果说没剩多少，为什么她现在无法解脱；如果说还有很多，那为什么抵不过他内心的荣誉感。

　　自杀而不留遗书，是最为残酷的死法，它拥有一种永恒不灭的力量，把所有的遗憾、猜测和悲伤都留给了生者。

　　他们从结婚到死别，这十二年里，有恩爱、有平淡，也有争吵和冷淡，翟云忠到死之前，是怎么看待这桩婚姻的？

　　从最后那封给外人的信来看，他或许在乎妻子对他的看法，"我的家人"里面应该包括她吧，这个小小的期许，让她觉得格外委屈。

　　她以为会和他携手走过年年岁岁，可所有的期待在翟云忠的纵身离世戛然而止。

　　她知道他最后那一刻想过跟她道别，但最终只是留下一声叹息。

　　这就是他们关系的终点，一声叹息。

　　"是我不对，"乔婉杭内心常常会哭泣，在黑夜，在无人时，甚至在人群中，那种悲伤会突然涌来，"我明明可以去找你，也明明可以告诉你：没关系，有我在。"

　　可那时的她无法在他冷淡的态度下，说出这样的话。

　　更何况，那时的她怎么懂这些呢？

　　她总是任性地要求他来迎合她，但最终也没等到他回到她身边。等来的是他对自己残酷的惩罚，这明明也是对她的惩罚啊，惩罚她的自私，惩罚她对他的疏远和不理解。

　　他或许认为，她最终只会将手里的股票卖了。他绝不会想到，她用了三年走他没走完的路，也体会到他热切的期盼和深度的绝望。

　　可终究还是晚了。

　　这三年来，翟云忠连一次都没进入过她的梦境，一点念想不给，一点余地不留。

你为荣耀而死，可我呢？那种入骨的疼痛，要我如何缓解。

转眼又是元旦，春节……没完没了。

这些和她的关系不太大，在他死后，她被剥夺了家人团聚欢庆的能力。

翟家的聚会，她本想拒绝，她不是缺乏勇气，而是缺乏反复疗伤的能力。

初三那天，翟云鸿再次打来电话："我们来接你和孩子吧，就是吃个饭，没别的事，让几个孩子一起玩玩。"

乔婉杭犹豫，看着站在身边的孩子们，他们都很懂事，但期待的眼神让她心疼。

去年有颜亿盼陪，今天不行了。她不能总等着人来陪自己，陪自己踏过清冷岁月，陪自己熬过无尽长夜。

她还是带着孩子去参加翟家的聚会了。没有了利益纠葛，再加上她去年的手术，大家都对她很客气，翟云孝和翟绪纲刻意和她保持距离，筵席散了之后，父子二人破天荒地一起去后山看望老爷子。

今年无雪，山里青松傲立冷风中，直立白云间，显得更绿更高了，层层包裹着庙宇。

翟云鸿看着远山，问了乔婉杭一句："要不要去给二哥烧炷香啊？"

她觉得自己总是要放下的，于是跟着他们上去了。

山间还未回暖，路边的荒草爬满整条路，她低着头跟他们上山，思绪飘飘浮浮没有落脚处。

点香的时候，翟云鸿的妻子一直在旁边念叨："二哥在那边好好休息，不用操心这边，这里都很好，嫂子很好，孩子也很好。"

小松学着大人的样子跪拜着，阿青则在旁边把自己在路边折下来的一大把青松放在墓碑边上。

翟云鸿的妻子给了她三炷香，翟云鸿点燃打火机，她拿着香最后也没有点，只是弯下腰，把香放在墓碑前，她只是觉得没有话要借着这个来对他说。

她蹲下了身子，抚摸了一下翟云忠照片上那张年轻的笑脸，凄然一笑，兀自说了一句："你好狠啊。"

寺庙的钟声远远传来。

墓碑旁边的家人们都沉默了。

一行人下了山。

外面陡然起风了，风吹着她的衣角，猎猎作响，她站在半山腰，脚下是青石板铺成的路，两边的青苔草藤爬满静穆的庙宇，往下走是愈见宽广的路，远处车水马龙、熙熙攘攘，忙碌的人们奔波向前。在这座星罗棋布的楼宇城中，有一座高耸明亮的大厦，她的余生将会独守于此。

130.妖魔面具

四月的时候，资宁那个传说中的快乐农场接待省委领导视察，作为技术支持方，云威也应邀出席，袁州和Amy过来和乔婉杭对流程。

"我听小张说，那里可漂亮了，种花的、种草的、养羊、养兔子……"Amy笑眯眯地说道，乔婉杭并没有确定是不是出席，她很卖力地推销着。

"怎么还有种草的？"袁州问道。

"药材吧，中医药大学和农业大学的试验田也在那里，现在是网红景点，大乔，您可以带着孩子去。"Amy给乔婉杭用PPT展示流程，她产假结束后，还在哺乳期，脸圆乎乎的，和袁州站在一起，并称为沟通部的两根圆柱。

"以后吧，到时候肯定忙得很。"乔婉杭眼神放空一般看着图片。

"没事，我替您照顾着，我现在带孩子可有经验了。"Amy笑眯眯地说道。

"Amy你是带婴儿，少年儿童你还是差点吧，我行，我当过志愿者。"袁州乜了Amy一眼说道。

"你看哪个妈妈学育儿只是学新生儿，肯定儿童、少年都要学着带呀！"Amy反驳道。

"我打算和Lisa建议，在'员工周末游'里加个'快乐农场'，您去体验以后，可以给她提意见，您说话，她肯定听。"袁州说道。云威的员工福利里，有员工公费旅游，是个组合福利，其中包括一次国内游，还有各种周末游，类似采摘、牧场或者游乐场什么的，人事部会提供各种选项让员工勾选，很受员工欢迎。

"行，那我就当替员工考察了。"乔婉杭淡然笑道。

活动当天，乔婉杭跟在视察的领导旁边，程远跟在后面，他们先来到实验室，云威研发中心的一个技术人员介绍这里的科学养殖和科学灌溉系统，以及检测农产品品质的流程。

农科院技术专家还让他们观察显微镜下不同品种的细胞情况，每个环节，乔婉杭都象征性地参与一下，旁边还有人不停地拍照。

这里的工作环境虽比不上市区方便，但好在没有干扰，空气也很清新。

之后，一群人下了农场。村主任是个实在人，也没什么口才，站在领导旁边，就拿手指着眼前的土地，说道："土地被划分成好几块，黄的是油菜花，是农大的实验品种；红色的是玫瑰，七月会有人来收，要做成玫瑰花酱和玫瑰花饼干出口的；喏，那绿色的是稻田，稻田下面养了螃蟹，这螃蟹可好吃了，肉都是甜的，国庆的时候你们过来尝尝，都是供给上海的。山上种了茶叶和橘子树，那橘子是从外面引进了一个实验室调试出来的，那甜度刚刚好，去年我们自己吃了一波，送了一波，今年订单就满了，带你们去后山看看，那里还养了山羊和鸡。"

"你们这个搞了多久了？"一位领导问道。

"其实吧，这些之前差不多也有，但因为销路不太好，总是变来变去，有的地就荒了，去年开始有了规划，找了外面一个懂行的来当农场主，她在这儿待了快一年，考察加游说，反正差不多弄成这样，那片还有没开垦的。"村主任介绍道。

乔婉杭渐渐脱离了视察队伍，落在后头，小路泥泞，并不好走，不知走了多久，忽然一阵凉意扑面而来，她才仰着头，眯缝着看着天空，明明是碧蓝的天，从哪飘来的细雨？

原来今天正是谷雨时节，山里的雨说下就下，Amy急忙让下属去跟村民借伞，有的人给领导备了伞，撑开的时候，发现这雨被风吹得肆意飘散，伞下人的脸上也蒙上了雨雾。

脚边的水稻被风吹得掀起绿色的波浪，带刺的叶刃刮在乔婉杭裸露的脚踝上，细白的皮肤上能看到血印子，倒也没什么刺痛感，她便懒得躲了。

大家往回赶的时候，乔婉杭慢吞吞地跟在后面，一个村民从她身后快步走了过来，往她手里塞了个棕色的斗笠和斗篷，村民身后还有几个人，手里都拿着斗笠和斗篷，大家看这朴拙的东西觉得很有趣，都接了过来，按照指导一一穿戴上了。

一行人穿着蓑衣跟着村主任穿梭在农田阡陌中。

"别说，这行头比伞管用。"领导的助理笑眯眯说道。

"农场主让送过来的，这人常下田，比较有经验。"村民说道。

"农场主来没来？"领导问道，回头向人群中看去。

乔婉杭斗笠下淡色的眸子也跟着在人群中寻找着。

"就一个农民，出去在外头见了世面还是觉得当农民好，成天就窝在那个红砖房里。"村主任说完，指了指半山腰一个简陋红砖房。

众人也都看了过去，有不少红砖房，都隐藏在山间大树下，大家虽然不知道村主任具体指的是哪栋房子，但也都跟着点点头，然后又转到旁边的油菜花田里了。

"你见过吗？"乔婉杭低声问旁边的程远。

"见过，一脸横肉，可丑了，一周泡在田里都不带洗澡的，我和她核对设备情况，可痛苦了，"程远瞥了她一眼，"你有兴趣认识？要不……"

"那就不打搅了。"乔婉杭立刻抬手否决。

旁边的山村炊烟袅袅，雨停了，雾气从山顶升起来，这座曾经闭塞的山村里春意盎然，大块的黄色、绿色和红色铺满山间和田野，水塘里倒映着青色的天幕，泥泞的土地上踩着深深浅浅的脚印，正在山里采摘的茶农哼着不知名的小调。

大家本来还计划要去山里看看散养的羊和鸡，因为下雨，路不好走，于是也就都回酒店了。

这个农场与乔婉杭的青松温泉度假酒店和资宁科技园还有几公里的距离，她坐车回去以后也没有参加他们在酒店的聚餐。

夜空幽深，春夜的寒意没有散去。

乔婉杭一人拿着酒上了顶层的露台，白天下了雨，露台边缘还有些雨水，扶手的地方也湿漉漉的，天上没有星星，她喝了几口酒，想着如果在那个农场里，有人夜晚拿着激光笔再介绍一下，或许她还有兴趣再听听。

夜风拂面，空气骤寒，寒气从鼻腔一直灌入胸口，她仰着头把酒喝得一滴不剩，酒精的味道迅速填满整个胸腔。

科技园里工厂和实验室的灯渐次熄灭了，忙碌的人们都回到了自己温暖的家中。

科技园外围的一个晒谷场，又出现了熟悉的一幕，村民们围在一个路灯下面，点着篝火，跳起了傩舞。

那一片的火光鲜明，让周围的万家灯火成了点缀。地方虽远，但依稀传来了村民击鼓和歌唱的声音。这声音，让整个科技园显得尤为岑寂。

她坐电梯下去，走入夜幕中，朝着那个热烈的光点走去。

晒谷场白天经过了雨水的洗涤，凹进去的地方泛着莹莹水光，映照着跳跃的火把，村民们光着脚，戴着面具，围着火把跳舞。

抬脚，落脚，轻轻跳跃，转圈……扭动一下，再往前走……简单的动作，清晰的节奏。

她站在那里一动不动地看着，旁边一个小男孩把手里的面具递给她。

她轻车熟路地戴上了面具，脱了脚上的高跟鞋，打着赤脚，脚踝上还有几道白天被草划得浅浅的血印子，她把过膝的长裙往上拉了拉，在腰间系了一个小花结，然后跟上了队伍一起跳着，圆圈的另一端有个男人穿着黑色灯笼裤，手里敲着鼓，动作潇洒而恣意。身边的男男女女围成圈，按照鼓点抬脚，踢腿，脚踏在水洼处，溅起的水滴四下飞散，好不欢腾。

村民口里很有节奏地念着当地的土话，据说是祈福的语言。

保佑五谷丰登，保佑安居乐业，保佑你我平安顺遂。

不知跳了多久，已至深夜，终曲结束后，人群三三两两地散开了。

灼热的空气还没消散，夜风的寒冷被驱逐。

有一个穿着红色褶皱绣花长裙的村姑没有走，她站在火把旁边，戴着一个妖怪的面具，和乔婉杭脸上戴的魔鬼面具一样，外观恐怖吓人，妖的眼睛魅惑，魔的眼睛红彤彤地直瞪着人。

火被风吹着发出呼呼的响声，火苗会突然上蹿，面具下，一个女人的声音传来。

"希望你余生不要活在愧疚中，希望你能按照自己的意愿生活。"

"你每个节日都可以过，而且要快乐地过。元旦快乐、新年快乐、春节快乐、中秋快乐……你不必走他留给你的路，更不必考虑对不对得起谁，你只要想，你想要成为什么样的人。"

"不要怕，往前走。你走的路一定是鲜花满地，众人追随。"

那声音温柔而坚定，在这黑夜中，让人心潮上涌。

乔婉杭站在那人对面，低下头，肩膀因抽泣而颤抖，抽泣声湮灭在旁边柴火噼里啪啦的燃烧声中。她走上前，没有掀开妖怪面具，而是用力抱紧了她。

没有人知道，这一妖一魔的面具下面，有着怎样美丽温柔的脸。

火焰在夜色中燃烧，二人站在一起，仿若永不凋谢的花朵。

131.浴火重生

翟云忠去世五年后，云威在全球发布自主研发芯片"凤凰678"，取代了上一代的"寒鸦"，意指"烧死的是乌鸦，烧不死的都是凤凰"。

在直播中，"凤凰678"与Xtone的"蛟龙221"现场评测，各个指标的条形状随着测试的开始不断上升，评测结果高出同期Xtone的蛟龙18%。

但没有人为此庆幸。

德国杂志称中国芯片自主研发还有很多技术难关要突破，云威自入围这个高科技圈以来，战绩显赫而又惨烈，以后的每一步，都会被世人关注，也将会面对更多障碍。

发布会后，乔婉杭面向公众，接受国内外媒体的采访。

有人问道："Winter is coming, are you ready？"（寒冬来临，你准备好了吗？）

乔婉杭答道："不是寒冬来临，我们一直身在寒冬中。我们永远年轻，永远面对死亡。"

是的，在寒冬中，总是有人迎着风雪前行，他们中有人独行，也有人抱团，有人离开，也有人加入，但无论如何，这个队伍都没有中断过，他们一直朝着日出的方向走去。

冷硬残酷的高科技战场外，总是有美好的世间桃源。

农场主颜亿盼在资宁的"快乐农场"规模已成。

该农场采用了云威智慧系统，种植和喂养都有准确的数据监控，销售体系也通过线上搭建完成。该系统由程远院长亲自监督完成，还亲自下乡指导检测。

有人问过程院长,他为什么会来支持这么一个项目,他都会低调地说:"我们做应用开发的,不就是这个目的吗?让大家生活更好点儿。"

当然,他不可能跟人说,为了找自己老婆,他一张老脸都不要了,喝醉酒,非要跑到农妇家里,敲门大喊:"我的一颗芯,是不是在你那里呀,是不是呀!你干吗把我的芯拿走?!"

这土味情话,里面那见过世面的农妇都招架不住了。

"那可贵了!比钻石还贵,还给我!"敲门声不绝入耳。旁边的村民都拉亮了自家的灯,再喊下去,整座山的村民都会亮灯了。

里面的农妇不得不开门,把他接进来。

然后因为二人的配合,成就了这个科技农场。

科技农场效率、品质之高受到老百姓的追捧和业内人士的盛赞,成了全国示范项目。学校里的孩子经常会来农场跟着农学院的大学生学习,农民们对这种先进的东西接纳起来很快,田野里充满了汗水、笑声和希望。

这个农场曾登上过国际科技杂志,至于农场主则一直处于神隐状态,有人说是个皮肤黝黑的泼妇,有人说是返乡的大学生,还有人说是个漂亮的村姑。但当地人都说,农场除了有农场,还有个平层红砖房,是她一个朋友送的,里面的设备是她老公手底下团队给设计的,从她醒来开始,里面的东西都围着她转,那个屋子像有脑子似的,忠诚而聪明地服务主人。

又据知情人士透露,旁边那家客源不断的青松度假酒店的温泉房,都比不上农场主浴室的先进功能,夜晚她通常都会泡在自家的温泉浴池里,在纯天然的星空吊顶下,喝着农场果汁,低头看着汨汨流动的温水,发出感叹:逝者如斯夫,科技改变生活啊!

每年,快乐农场的股东之一乔婉杭女士会来验收投资成果,表面上是视察,实际上也就是带着孩子来游玩。

旁边的资宁村小学六年级的学生正在上晚自习,他们月底期末考以后将去隔壁的市区上学,老师跟这个毕业班的三十四个学生们说,有个叫大乔的人晚上会给他们一个小惊喜,每个人都有。

孩子们兴奋地问:"是什么啊?"

"是吃的吗?"

老师笑而不答。

还有孩子们依然好奇:"是玩的吗?"

懂事一点的孩子说:"都说是惊喜了,别问了。"

老师说:"老师只知道,这是学校惯例,每届毕业班都会有。"

可到了下课,也没看到惊喜,孩子们只能出了教室,连奔带跑地出了校园,学校周围的农场静谧无比,孩子们行走在乡间小路上,忽然一阵亮光闪来,嘭的一声,夜空中绽放出璀璨烟花,一群回家的孩子都抬头仰望天空。

欢呼声随之而起。

那烟花就在头顶肆意的绽放,像火箭发射,又像星河旋转,花火绵延不断,四周亮如白昼,无论是阡陌小道,还是良田万顷,或是围绕农场的远山,都蓦然呈现于眼前。

有的孩子站在田间,有的孩子正在村口,有的孩子刚跨过栅栏……

曾当过某全球五百强企业对外发言人的颜亿盼第一次用了村头的大喇叭说话:

"这里一共三十四发烟花,是送给你们每一个人的,不管以后你们经历怎样的人生,一定要记住,有个人曾经在黑夜里送了你们满天的烟花,无论你们以后的路有多难走,或许看不到光,或许没有人陪伴,但都一定要记得这个夜空,这些光曾经照亮过你们不平的道路。

"孩子们啊,请在强压下保持勇气和决心,请永远心存希望,当你踏向理想的那一刻,是我站在你们身后的全部意义。"